内海紀子　小澤 純　平 浩一 編
Edited by Utsumi Noriko, Ozawa Jun and Hira Kouichi

太宰治と戦争

DAZAI OSAMU AND THE WAR

ひつじ書房

⊙ひつじ研究叢書〈文学編〉

第一巻　江戸和学論考　鈴木淳著
第二巻　中世王朝物語の引用と話型　中島泰貴著
第三巻　平家物語の多角的研究　千明守編
第四巻　高度経済成長期の文学　石川巧著
第五巻　日本統治期台湾と帝国の〈文壇〉　和泉司著
第六巻　〈崇高〉と〈帝国〉の明治　森本隆子著
第七巻　明治の翻訳ディスクール　高橋修著
第八巻　短篇小説の生成　新保邦寛著
第九巻　村上春樹のフィクション　西田谷洋著
第一〇巻　小説とは何か？　小谷瑛輔著
第一一巻　太宰治と戦争　内海紀子・小澤純・平浩一編

ひつじ書房

太宰治と戦争

目次

まえがき――〝戦争〟に立ち会い続けた言葉

小澤　純

太宰治［一九〇九―一九四八］の創作活動は、一九三一（昭和六）年九月一八日の満州事変勃発、日中戦争に続く太平洋戦争、敗戦後の占領期にほぼすっぽりと収まる。太宰治名義で最初に発表された「列車」（『サンデー東奥』一九三三・二・一九）は、「その頃日本では他の或る国と戦争を始めてゐたが、それに動員された兵士であらう。」（四面）と、上野駅で「私」が出征兵士を目にする満州事変以後の光景を点描する。山内祥史『太宰治の年譜』（大修館書店、二〇一二）には、一九三二（昭和七）年の「三月下旬か四月上旬の頃」、今官一達が「「列車」の朗読を初めて聞いた」（一二三頁）とあり、構想段階も含め、太宰はその始まりから、長い〝戦争〟に立ち会い続けていたと言えよう。

例えば「十五年間」（『文化展望』一九四六・四）の「私」は、疎開先の津軽から、「いつたい私たちの年代の者は、過去二十年間、ひでえめにばかり遭つて来た。」と漏らし、「れいの階級闘争」の顚末、そして上京後の生活に思いを巡らせていく。

つづいて満洲事変。五・一五だの二・二六だの、何の面白くもないやうな事ばかり起つて、いよいよ支那事変になり、私たちの年頃の者は皆戦争に行かなければならなくなつた。事変はいつまでも愚図点々つづいて、蔣介石を相手にするのしないのと騒ぎ、結局どうにも形がつかず、こんどは敵は米英といふ事になり、日本の老若男女すべてが死ぬ覚悟を極めた。（七頁）

ここでは、どこか主客や因果関係の判然としない語りによって、いつの間にか総力戦体制へと向かっていった状況が的確に写し取られている。この戦争の名称については、連続性を強調する「十五年戦争」という括り方から断続性に従った細分化まで、ジャーナリズム／アカデミズム双方の多様な議論があるが、同時に、この「私」の回顧が示唆する、名状しがたい〝戦争〟の感触も忘れることはできない。本書のタイトルが『太宰治と戦争』である理由の一つは、この戦争が歴史的な固有名詞に未だなり切らず日常的な普通名詞でもあった、同時代を生きる作家の視点に寄り添うためである。

太宰治と戦争をめぐる評価史について粗描したい。奥野健男『太宰治論』（近代生活社、一九五六）の「一貫した戦争に対する否定を潜めた無視の態度」（一五七頁、傍点原文）という評言が、〈芸術的抵抗〉説を多層化し、具体的分析への端緒となったことは確かだろう。ただし、戦争への協力／抵抗といった枠組みを再検討する試みは、七〇年代に入ってからである。吉本隆明・橋川文三「〈対話〉太宰治とその時代」（『ユリイカ』一九七二・四）において、吉本は〈天皇制〉に対する太宰の「肯定的なリズム」を俎上に載せ、橋川は三島由紀夫と比較しつつ、『日本浪曼派批判序説』（未来社、一九六〇）の構図を太宰中心に編み直す。同時期、東郷克美が『太宰治という物語』（筑摩書房、二〇〇一）に精選される『右大臣実朝』論や『お伽草紙』論を発表、戦中戦後を貫くモチーフを剔抉した。研究の場では作品論が流行し、戦時下の傑作とされる長篇について盛んに書かれた。

ところで、太宰文学を人口に膾炙させた新潮文庫に、戦時下の生活に踏み込んだ短篇群が入ったのは一七冊目の『ろまん燈籠』においてで、一九八三（昭和五八）年二月まで待たねばならなかった。「解説」で奥野は「水準はこの悪時代の中でも少しも落ちていない」（二九五頁）と断言するが、かつて花田清輝・佐々木基一・杉浦明平編『日本抵抗文学選――戦時下の芸術における抵抗線』（三一書房、一九五五）に収録された「十二月八日」（『婦人公論』一九四二・二）を例外として、「新郎」（『新潮』一九四二・一）、「作家の手帖」（『文庫』一九四三・一〇）、「佳日」（『改造』一九四四・一）、「散華」（『新若人』一九四四・三）、「東京だより」（『文學報國』一九四四・九）等が、八〇年代を迎えるまで、全集類や復刻本以外では一般読者の目に届きにくい片隅に追いやられていたのである。

こうした戦時下の短篇群が長篇同様に本格的に取り上げられるのは、九〇年代になってからである。赤木孝之『戦時下の太宰治』（武蔵野書房、一九九四）は戦争への〈順応〉に着目しており、北川透は「戦時下の文学」（『岩波講座日本文学史』一三巻、岩波書店、一九九四）での「十二月八日」をはじめ、「散華」や『惜別』（朝日新聞社、一九四五）についてレトリカルな次元での再評価を試みた。戦後五〇年、太宰文学の戦中戦後の連続性に言及した加藤典洋『敗戦後論』（講談社、一九九七）をめぐるラディカルな批判も記憶に留めたい。長野隆編『〈シンポジウム〉太宰治　その終戦を挟む思想の転位』（双文社出版、一九九九）収録の安藤宏「「語り」の力学」、藤井貞和「思想は騙るか」、東郷克美「天皇・エロス・死」による報告と討論では、方法意識に重心を移したアプローチが響き合う。また、中村三春による文学理論に基づいた精密なテクスト読解と、山﨑正純による同時代の哲学・政治思想との比較分析は、両極から太宰文学における〝戦争〟の意味を照射してきた。近年では、金ヨンロンが〈歴史的時間〉という概念を用いて、〈抵抗〉の今日的意義を示しつつある。

歴史学やメディア研究の立場から、戦争の時代が捉え直された点も大きい。『岩波講座　アジア・太平洋戦争』全八巻（岩波書店、二〇〇五〜二〇〇六）は、戦後篇として成田龍一・吉田裕編『記憶と認識の中のアジア・太平洋戦争』（同、二〇一五）を増補、過去の傷痕が投げかける諸問題を現在に接続する。戦争に纏わる文学を網羅した『コレクション戦争と文学』全二〇巻・別巻（集英社、二〇一一〜二〇一三）には、「待つ」（『女性』博文館、一九四二）、「未帰還の友に」（『潮流』一九四六・五）、「薄明」（『薄明』新紀元社、一九四六）、「たづねびと」（『東北文學』一九四六・一一）が採られた。紅野謙介「太平洋戦争前後の時代――戦中から占領期への連続と非連続」（別巻『〈戦争と文学〉案内』）は、小説集の刊行点数等から太宰を最も活躍した作家として挙げ、賛成／反対を問わず「きまじめに戦争に向き合わねばならないという至上命題を、太宰治は斜めに見ていた」と把握、「背景か、遠い雷鳴のようなもの」にこそ「むしろ戦争の濃厚な影を見るべき」（九二頁）と指摘する。

文学と戦争をめぐる研究領域では、これまでの蓄積の上に新たな成果が出現している。例えば本書執筆者に限っても、松本和也『昭和一〇年代の文学場を考える――新人・太宰治・戦争文学』（立教大学出版会、二〇一五）と『日中戦争開戦後の文学場――報告／芸術／戦場』（神奈川大学出版会、二〇一八）は、錯綜するメディアの網目を精査して、太宰を含む戦時下の文学（場）の変動を包括的に解析し、五味渕典嗣『プロパガンダの文学――日中戦争下の表現者たち』（共和国、二〇一八）は、戦記テクスト等の膨大な資料を駆使して、戦時体制下の言説群に張り巡らされた力学に迫る。

本書は、太宰治という作家／作品（像）を任意の点としながら、歴史的文脈としての〝戦争〟との接線を多角的に探り、同時に、必ずしも〝戦争〟とは直結しない言葉の特異点に目を凝らす試みである。本書の構成として、はじめに「太宰治スタディーズ」の会による【共同研究】を置き、三部立ての【論文】篇に、一一本の論文と二本のコラムを収める。執筆者は各々の立場で、先行研究や資料と対話を重ねた。目次順に簡潔な紹介をしたい。（なお、各章の副題と作品の初出は省略する。）

「**【共同研究】クロニクル・太宰治と戦争 1937-1945**」（「**太宰治スタディーズ」の会／内海紀子・平浩一編**）は、太宰と戦争の時代との関わりを、「戦局」「社会」「文学」のトピックで年代順に俯瞰しつつ、同時代言説の細部に分け入っていくものである。扱う範囲は、メンバー間の熟議を経て、日中戦争開戦から太平洋戦争終結までとする方針を採った。四ヵ月ごとに執筆者がタイトルを付し、個々の視点を導入することで、太宰と戦争を切り結ぶクロニクルの多様性を確保する。

「**I 〝戦時下〟の文学（者）**」では、日中戦争から太平洋戦争へと戦局が拡大する只中での文学（者）の内実と変容に着目し、三本の論文とコラムを配した。**1章・滝口明祥「戦時下における〈信〉という問題系」**は、諸作の〈信〉をめぐり、関係性／超越性に関わる側面を分けつつ、しかしいずれも読者との結びつき強化の手段として機能していることを論じる。**2章・野口尚志「総力戦体制下の〈家庭の幸福〉」**は、全文削除処分を受けた「花火」について、台頭する優生思想に紐づけられた家族観への巧みなアイロニーを読み解く。**3章・井原あや「戦時下の朗読文学」**は、「東京だより」を含む朗読文学の全容を探り、投稿欄の反応まで視野に入れて戦時下の読者共同体の実態に迫る。**［コラム］五味渕典嗣「パロディの強度」**は、創作における「一九四一年一二月八日」言説の多様性から、太宰「十二月八日」を再吟味する。

「**II 〝聖戦〟と〝敗戦〟の時空**」では、太平洋戦争末期において文学的強度を示した諸作への多義的な視座を求め、四本の論文とコラムを配した。**4章・松本和也「「散華」における〝小説〟と〝詩〟」**は、テクストに書き込まれた小説／詩の位相差を明らかにし、戦時下の死に収斂する意味作用とは別様の読解可能性を指し示す。**5章・吉岡真緒「『津軽』論」**は、「純粋の津軽人」に自らを定位する「私」の巡礼が中央権力への反逆となる論理を、緻密なレトリック分析によって検証する。**6章・斎藤理生「「瘤取り」論」**は、典拠『コブトリ』と比較して重層的な関係のずれを見出し、掲載予定誌『現代』の文脈に接続して時局とのずれも併せて対象化する。**7章・大國眞希「「竹青」」**は、発表経緯を念頭に置きながら原典『聊斎志異』等との差異に分け入り、固有の象徴性とコミュニケーションへの意志を発見していく。［コラム］**若松伸哉「「私の胸底の画像」を語る『惜別』」**は、戦時下の伝記小説の流行を跡付け、語り手が関係者である戦略性について分析する。

「**Ⅲ　〝戦後〟への架橋**」では、戦中と戦後の連続／不連続が明滅する諸作の問題領域を注視し、四本の論文を配した。**8章・内海紀子「この戦争の片隅に」**は、「佳日」を中心に〈つつましさ〉の変質過程を追い、戦後の「雀」にまで延びる主体性の放棄に対して現在の立場から問いかける。**9章・長原しのぶ「『パンドラの匣』論」**は、木村庄助「病床日記」の戦中の時間を重ね合わせつつ精読することで、本作とキリスト教との積極的な接点を浮かび上がらせる。**10章・小澤純「「日本一」を書くこと、書かないこと」**は、「日本一」を忌避する『お伽草紙』の「私」を「散華」へと接続し、戦中戦後を跨ぐ「責任」の意味について考える。**11章・平浩一「「戦後」の日付」**は、「如是我聞」を糸口として志賀直哉「灰色の月」評価をめぐる現象を博捜し、末尾の日付の解釈から「戦後」という問題圏を捉え返す。

以上は、個々の論者が拓く諸領域についての標識に過ぎない。本書が、〝戦争〟に立ち会い続けた言葉を再考するための、礎の一つとなることを願う。

【共同研究】

クロニクル・太宰治と戦争 1937-1945

「太宰治スタディーズ」の会
内海紀子・平 浩一 編

凡例

・上段のトピックについては、『日本近代文学大事典』全六巻・付録（一九七七〜一九七八、講談社）、『昭和ニュース事典』全八巻（一九九〇〜一九九四、毎日コミュニケーションズ）、『日本近代文学年表』（一九九三、小学館）、『近代文学年表』（一九九五、双文社出版）、『昭和文学年表』全九巻（一九九五〜一九九六、明治書院）、『近代日本総合年表』（二〇〇一、岩波書店）、『コレクション戦争と文学』別巻（二〇一三、集英社）他を参照した。

・太宰治の年譜的事項は、山内祥史『太宰治の年譜』（二〇一二、大修館書店）を参照した。また、引用は原則として『太宰治全集』全一二巻・別巻（一九八九〜一九九二、筑摩書房）に拠った。

・引用部の漢字や変体仮名は、原則として現行の字体に改め、仮名遣い・送り仮名は底本のままとした。ただし、雑誌名の表記は奥付に従い、人物名については、適宜、旧字体を用いた。また、雑誌の刊行年月も原則として奥付に従った。

・資料の引用に際しては、書名は『　』で、新聞・雑誌、作品名、掲載記事名は「　」で統一した。また、二次文献についてのみ頁数を示した。なお、引用部の傍線・傍点は、注記の無い限り引用者による。

・上段の作品の並びは、原則として媒体五十音順、次に、作者名五十音順とした。

・本稿の一部は、「太宰治スタディーズ 第四号」（二〇一二）小特集「〈1939年〉——編月体でみる話題作とメディア」、ならびに「太宰治スタディーズ 第六号」（二〇一六）特集「太宰治と戦争——1941-1945」をもとにした。

▼1937年5月

[社会] 1日、商工省に統制局を設置。
[社会] 1日、西宮球場開場。
[社会] 14日、企画庁官制公布（内閣調査局は廃止）。
[社会] 26日、内閣に文教審議会を設置。12月10日廃止され、新たに教育審議会を設置（41年10月13日までに戦時教育体制の基本を確立）。
[社会] 29日、陸軍省、重要産業五年計画要綱決定（39年の生産力拡充計画の母体）。
[社会] 31日、文部省、「国体の本義」を全国の学校・社会強化団体等に配布開始。
[社会] 31日、林内閣総辞職。
[文学] 「お話の木」創刊。
[文学] 「新領土」創刊。
[文学] 間宮茂輔「あらがね」（「人民文庫」～38年1月）
[文学] 小山いと子「高野」（「中央公論」）
[文学] 徳永直「飛行機小僧」（「中央公論」）
[文学] 中村地平「土龍どんもぽつくり」（「日本浪曼派」）
[文学] 内田百閒「棗の木」（「文藝春秋」）

一九三七年五月―八月
「不思議な戦争」の始まり前後

吉岡真緒

一九三七年五月、最初の妻・初代との離別を決意し、別居中だった太宰は、檀一雄、伊馬春部と発起して「青春五月党」なるものを結成したという。この活動として、檀の妹やその友人の女子美術の生徒達と石神井の池畔に遊びに行くも、少女達は皆、甲斐甲斐しい背広姿の高橋幸雄に誘われてボートに降りていき、件の三人だけが縁台に置き去りになった、と檀は自著で回想している（『小説太宰治』一九四九、六興出版社）。この翌々月の七月二八日、檀は日中戦争（当時、北支事変）の動員を受け、太宰、佐藤春夫夫妻、保田與重郎等に見送られて東京駅を発つ（山内祥史『太宰治の年譜』一九四頁）。檀は、太宰の最初の単行本『晩年』の出版や広告に尽力し、当時最も親しい友人の一人だった。

五月の時評や評論で目に付くのは「日本的」、「民族」、「民衆」、「大衆」等の語である。谷川徹三「文学と民衆」（「文藝春秋」一九三七・五）に次のような言説がある。

> 今日の伝統と民族性との問題も今月出た多くの評論を読んでみたところでは明かにひとつの新しい問題への発展を示してゐる。それは民衆の問題である。伝統や民族性に於いて民衆と呼ばれるものが如何なる役割をして来たか。これは一つの歴史的問題であると共に一層切実に今日の現実の問題である。といふのは世界の各国を通じて偉大なる国民文学は市民文化の発展によつて生れたものであり、それが民衆の文学ともなつたのであるが、日本に於いてはさういふ偉大な国民文学が生れぬうちにすでに擬似国民文学たる通俗大衆文学の汎濫を見てゐる。

谷川は、伝統や民族性の問題が民衆の問題に発展したことを重視し、今日の現実の問題として、日本における「偉大な国民文学」の不在と「通俗大衆文学の汎濫」とを指摘する。ここで「通俗大衆文学」の価値の低さは自明であり、それは「今日の通俗大衆文学の大きな強味は明かに民衆の伝統的知性をその根としてゐる点」という一節によって、

▼6月

戦局　19日、ソ満国境の幹岔子島付近にソ連軍が侵入し、満州国軍と交戦、占拠。外交交渉により7月5日、撤退。

社会　1日、献金付愛国切手・愛国葉書発売。

社会　4日、第一次近衛内閣成立。

社会　24日、帝国芸術院官制公布。

社会　28日、国語協会・国語愛護同盟・言語問題談話会、合同で国語協会を結成。会長に近衛首相（8月『國語運動』創刊）。

文学　「文學會議」創刊。

文学　「文藝復興」創刊。

文学　高見順・保田與重郎ほか「人民文庫・日本浪曼派討論会」（「報知新聞」3〜6・8〜11日）

文学　中野重治「汽車の罐焚き」（「中央公論」）

文学　川端康成『雪国』（創元社）

文学　島木健作『再建』（中央公論社、発禁）

文学　**太宰治『虚構の彷徨、ダス・ゲマイネ』（新潮社）**

民衆を重視しつつもその水準の低さをも自明とする。この時期の、文学大衆化に関する論評に散見される意識である。続いて谷川は「農村に存在する耕作農民で、実際に鋤鍬を握つて働いてゐる人達」を具体的な民衆像として接続し、彼等が書く作品の「素材」の新しさが「今日の文学の貧困」である「素材の貧困」を救うとして、鍵山博史編集・農民作家創作集『平野の記録』（一九三七、日新閣）に着目する。素材派への素地と言えよう。ここで尊重すべき「エネルギー」を有するとされる民衆は農民であるが、その生活、すなわち労働者の生活を「素材の新しさ」とする評価は興味深い。

中谷いずみは、日中戦争開戦時、左翼活動に携わっていた者たちがそれまでの「階級対立の強調」から「貧しい人びとの形象によって共感を呼ぶような作品」へと変化した例として、農民を描いた、島木健作『生活の探求』（一九三七、河出書房）を挙げる（「日中戦争の時代」、『コレクション戦争と文学 別巻』六九頁）。一方で、島木のような左翼活動に携わっていた作家は、報告文学という名称でも注目されている。

> 報告文学といふ奇妙な語呂の言葉が、文学至上主義者から見れば何となく馬鹿々々しく、同時に、文学創作の行きつまりを感じてゐる者に対しては、大きな魅力を以て受け入れられてゐる。勿論、ルポルタアジユといふ外国語の訳だが、ルポルタアジユといふ言葉の中には、別に文学と直接に結びつけなければならぬ因縁は含まれてゐない。事実の客観的な報告が、そのまゝ文学として高い価値を持ち得るといふ意味である。（中島健蔵「文芸時評（1）」、「中外商業新報」一九三七・五・二七）

続けて中島（「文芸時評（2）」、前掲紙、一九三七・五・二八）は、報告文学の魅力を「嘗てプロレタリア文学が企て、又現在も企てつゝある仕事に近いもの」と述べたうえで、プロレタリア文学において「嘗ての理想」は「虐げられてゐる者の訴へ」や「虐げてゐる者の不正の暴露」を「文学的な力」によってなすことだったが、現在では「正確に報告する方が有効且強力」であることは社会情勢上当然理解されることだとして、前掲谷川が着目した『平野の記録』や、中野重治「汽車の罐焚き」（「中央公論」一九三七・六）を報告

▼7月

戦局　7日深夜、盧溝橋で日中両軍衝突（盧溝橋事件）。日中戦争の発端。

戦局　11日、現地協定が成立するも、政府、華北の治安維持のため派兵を声明。

戦局　17日、蔣介石、廬山で対日抗戦準備の談話を発表。

戦局　28日、日本軍、華北で総攻撃開始。

社会　12日、華北派兵声明で株式市場崩落。

社会　15日、文相、宗教・教化団体代表者に挙国一致運動を要望。

社会　21日、文部省思想局を拡充、教学局を設置。

文学　16日、芸術院創設で文芸懇話会解散。最後の文芸懇話会賞は、川端康成（『雪国』その他）、尾崎士郎（『人生劇場』）。

文学　17日、松本學、林房雄、中河與一、佐藤春夫ら、新日本文化の会結成、発会式。

文学　伊藤永之介「梟」（「文學界」）

文学　**太宰治『二十世紀旗手』（版画荘）**

文学として評価する。「汽車の罐焚き」は話題作で、報告的な精密さが評価を分ける。「階級対立の強調」ではなく、労働者の生活の客観的な報告に重点を置く報告文学は、プロレタリア文学の移行形として、あるいは文学創作の行き詰まりの打開として評価され、後の従軍文士による現地報告や増産プロパガンダ文学の露払いの役割を果たすこととなる。

六月四日、近衛内閣成立。七月七日深夜、一般に日中戦争の始まりとされる盧溝橋事件が起こった。しかし「日中両政府とも不拡大を希望しながらも、挑発には断乎応戦するとのスタンスをとった」（加藤陽子『満州事変から日中戦争へ』二〇〇七、岩波書店、二一一頁）ため、日本の本格的な武力発動の開始は三週間後で、この間に北支事変と呼称が統一された（戦局拡大で九月に支那事変に改称）。日中とも宣戦布告無しで始まり、裏面では戦争末期まで和平工作が行われたこの戦争を、橋川文三は「不思議な戦争」と称した。橋川は、開戦の宣言が伴うアジア太平洋戦争に際して「これは本当の戦争だと少し元気になった」という自身の「奇妙な記憶」から、当時の日本国民は日中戦争を「戦争と思ってないかもしれない」こと、それが「致命傷」となってアジア太平洋戦争に入るときも判断を狂わせてしまったのではないかと述べ、その根底に、国民党との戦争なのか、中国共産党との戦争なのか、他の何かとの戦争なのかわからない、統一されていない相手との、いわば「敵のないような戦争」を戦うことによって陥った「混乱」を見る（『ファシズムと戦争』一九七三、学生社、二四五〜二四七頁）。日本軍が真珠湾を奇襲し、日本国民に米英との開戦が宣言された日を題名にした、太宰の「十二月八日」（「婦人公論」一九四二・二）における日付の明示や、「ああ、誰かと、うんと戦争の話をしたい。やりましたわね、いよいよはじまつたのねえ、なんて」という「私」の高揚感への問いとなる指摘である。

七月一六日、文芸懇話会が帝国芸術院創設を機に解散。最後の懇話会賞の受賞者二人に賞金各一千円が授与された。文芸懇話会は一九三四年一月、斎藤内閣時の内務省警保局長松本學の「主唱」と直木三十五の「取り持ち」で生まれた「官民合同の文学団体」

▼8月

戦局 13日、上海で日本海軍と中国軍交戦開始。閣議、陸軍の上海派遣決定。15日、政府、南京政府断乎膺懲を声明。全面戦争開始。日本軍、台湾と九州から南京と南昌を渡洋爆撃。中国国民政府、対日抗戦の総動員令を下す。

社会 8日、日本文化中央連盟発起人会。

社会 14日、2・26事件の民間関係者に判決、北一輝・西田税に死刑宣告。

社会 21日、満洲映画協会（満映）、関東軍の指導下に設立。

社会 24日、国民精神総動員実施要項決定。

社会 映画の巻頭に〈挙国一致〉〈銃後を護れ〉などの一枚タイトルを挿入。

文学 吉川英治・吉屋信子・尾崎士郎・林房雄ら、各社特派員として戦地へ赴く。

文学 高見順「工作」（「改造」）

文学 伊藤整「幽鬼の街」（「文藝」）

文学 中條百合子「海流」（「文藝春秋」）

（高橋新太郎「総力戦体制下の文学者」、復刻版『社団法人日本文学報国会会員名簿　昭和18年版』一九九二、新評論、六頁）。帝国芸術院は、母胎である帝国美術院の紛擾を一掃すべく、旧来の美術四部門に文芸、音楽、能楽、建築、書道の新部門を加え、各分野の代表者を任命して会員となし、芸術の発達、文化の向上を目的とした国家機関である。政治が文学を奨励することの可否や、永井荷風・島崎藤村・正宗白鳥の任命辞退（後、島崎と正宗は会員になる）について等、多くの言及がある。文芸懇話会を解消した松本學は、七月一七日、林房雄、中河與一、佐藤春夫等と新日本文化の会を結成。『松本学日記』「一九三七年六月一四日」（一九九五、山川出版社、二二四頁）にそのいきさつが見られる。「佐藤春夫君と中河与一君来て、学者、文学者、文芸家、詩歌人、評論家を交へて「日本的なもの」と云ふ気運をジャーナリズムの一時の流行に止めしめないで永続させるグループを作らうと相談した。之こそ自分が文芸懇話会を作った終局の目的である。（中略）別働隊を作って新日本文芸の運動を起さんとす」。松本は八月八日には「官・民の文化団体の連絡統一機関として、新日本文化の建設と世界へ向けての宣揚を目的とした「日本文化中央連盟」の設立発起人会を開き、九月三〇日に財団法人として設立登記」（高橋新太郎前掲書、七頁）する。全日本の文学者の総力を一つに結集した一元的組織、日本文学報国会の発足は五年後である。

八月二日、「東京日日新聞」・「大阪毎日新聞」の特派員・吉川英治が飛行機で天津に到着。同月、「天津にて」、「南口戦従軍記」等の吉川の現地ルポルタージュや、「吉川英治氏観戦報告　北支観戦報告会」（於　軍人会館）の広告が紙面を飾った。翌一九三八年、吉川は内閣情報部・陸海軍当局による従軍ペン部隊に参加する。この道筋の元を和田利夫（『昭和文芸院瑣末記』一九九四、筑摩書房）は、一九三四年、文士達が希望し、松本學の肝煎りで実現した、文芸懇話会・文士五人の陸軍特別大演習観戦行に見る。観戦した吉川、佐藤春夫、三上於菟吉、白井喬二、菊池寛のうち、三上を除く全員が、情報部肝煎りの懇談会における従軍ペン部隊の誕生に立ち会い、従軍ペン部隊に名を連ねている。

▼9月

戦局 2日、日本政府が閣議で「北支事変」を「支那事変」と改称。

戦局 23日、中国にて第二次国共合作成立。

社会 21日、内閣がローマ字綴方の統一について訓令（訓令式）。

文学 「鶴」創刊。

文学 6日、久保田万太郎・岸田國士・岩田豊雄ら文学座を結成。

文学 徳田秋聲「戦時風景」（「改造」）

文学 吉川英治「戦禍の北支雑感」（「改造」）

文学 石川達三「日蔭の村」（「新潮」）

文学 徳永直「文学的自叙伝」（「新潮」）

文学 中野重治「真実は下等であり得るか？」（「新潮」）

文学 大鹿卓「探鉱日記」（「中央公論」）

文学 津田青楓「良寛父子」（「中央公論」）

文学 坪田譲治「村は夏雲」（「文藝」）

文学 中本たか子「白衣作業」（「文藝」）

文学 有馬頼義『崩壊』（富士印刷出版部）

文学 矢田津世子『仮面』（版画荘）

一九三七年九月―一二月

「文芸復興」と太宰治「前期」の終焉をめぐって

平　浩一

一九三七（昭和一二）年「新潮」九月号において、伊藤整は以下のように指摘する。

　目下戦争が進行中である。その必然さはあらゆる思惟のうへに重つ苦しくのしかかつてゐて、すべての作家に政治としての、また本能としての戦争についての思考を押しつけ、（中略）文学の思考一般もその種の実践的なものへと惹かれてゆくにちがひない。（「文芸批評の危機―文芸時評―」）

日本軍の南京占領、第一次人民戦線事件、火野葦平「糞尿譚」発表と翌年の芥川賞受賞（あるいはその授賞式）をはじめ、多様な局面でさまざまな事柄が断続的に起こったこの時期、文学状況は急激に変化し、そこに〈切断〉がもたらされた――という指摘は、同時代からすでに予見・指摘されており、その後の文学史形成にも継承されていく。

「昭和九年から昭和十二年ころまでにいたる「文芸復興」期」を軸に、文学史を構築したのは平野謙であった（「解説」、『現代日本文学論争史（下）』一九五六、未来社、三〇三頁）。彼は、さまざまな書冊で「満州事変から日華戦争までの時期が文学史上は文芸復興期にあたる」（『昭和文学史』一九六三、筑摩書房、二一五頁）、「昭和九年以後、中日戦争勃発までの現代文学を、ひとつのエポックとしていかに評価するか」（前掲「解説」、二九九頁）と繰り返した。平野の指摘する「文芸復興」の始点には恣意性が見られ問題があるのだが、その終焉時期は、「昭和十二年ころまで」、「日華戦争まで」、「中日戦争勃発まで」と、言葉を換えつつ、ほぼ同じ時期を提示している。ほかの多くの論者も、「昭和十二年の支那事変勃発まで」（曾根博義「〈文芸復興〉という夢」、『講座昭和文学史 第二巻』一九八八、有精堂、六一頁）、「日支事変の勃発した十二年にかけて」（柄谷行人「近代日本の批評・昭和前期Ⅱ」、「季刊思潮」一九八九・一〇、六頁）、「昭和八（1933）年後半から日中戦争（昭12）にかけて」（東郷克美「文芸復興期の模

▼10月

戦局 米国大統領ルーズベルト、日独を侵略国家として非難。
社会 12日、国民精神総動員中央連盟結成。
文学 22日、中原中也没（三〇歳）。
文学 本多顕彰「戦争の文学」（「新潮」）
文学 北條民雄「望郷歌」（「文學界」）
文学 火野葦平「糞尿譚」（「文學会議」）
文学 高見順「流木」（「文藝」）
文学 **太宰治「燈籠」（「若草」）**
文学 外村繁「草筏」（「早稲田文學」～38年5月）
文学 大熊信行『文藝の日本的形態』（三省堂）
文学 河井酔茗『酔茗詩話』（人文書院）
文学 榊山潤『をかしな人たち』（砂子屋書房）
文学 島木健作『生活の探求』（河出書房）
文学 火野葦平『山上軍艦』（とらんしっと詩社）

索」、『時代別日本文学史事典　現代編』一九九七、東京堂出版、一〇〇頁）という形で、やはりさまざまな言葉を用いながら、この時期に「文芸復興」の終焉を見出している。

実際に、一九三七年後半には「文芸復興」という言葉はほとんど見られない。稀に用いられても、「昭和八年頃、文芸復興といふ言葉が頻に叫ばれた頃、私は、新しい文学は今まだ名前を余り知られてゐない作家の中から現れるのではないか、といふ意味の事を述べたことがある」（宇野浩二「新秋文芸観」、「東京日日新聞（夕）」一九三七・八・二二）などと、あくまで〈回顧〉として、すなわち〈過去の出来事〉として語っている。

一方で、この時期の太宰治の動向とそれに対する評価は、どのようなものであったか。太宰治はデビュー以降、生涯を通じて、職業作家として絶え間なく小説を発表し続けた。しかし、この時期だけは、「若草」一〇月号に短編「燈籠」一作しか小説を発表していない。奥野健男はこの小説を「無知で貧しい、しかも恋人に対する懸命な愛から万引して捕った少女」を描き、太宰治自身の「左翼からの脱落、麻薬中毒による錯乱、精神病院への収容、妻初代のかなしい姦通、芥川賞事件等々」の「心情を懸命に告白」した作品と解説している（「解説」、『きりぎりす』一九七四、新潮文庫、二八九～二九〇頁）。さらに「太宰治の作品を年代順に見ると、大きく三つの時期を劃している」、「前期と中期の間に「燈籠」という過渡的な小説が一篇だけあり、その前後一年半の沈黙が在」ると整理している（「太宰治論（1）」、「近代文學」一九五五・三、七二頁）。

つまり、この時期は、文学状況全般においても、太宰治の生活・作品においても、大きな〈切断〉があったとされてきた訳である。

「昭和文学史といえば平野文学史のこと」（磯貝英夫『現代文学史論』一九八〇、明治書院、二九六頁）とされる史観は、一九三五（昭和一〇）年前後に「文芸復興期の一種の文学的豊饒」を見出しつつ、「戦争とファシズムの動乱にまきこまれ、中断され」、以降の時期を「空前の非文学的時代」とするものであった（前掲『昭和文学史』二一四頁・二二三頁）。だが、こうした「昭和文学史」については、「外からの妨害という前提

▼11月

戦局 6日、イタリアが日独防共協定に参加。
戦局 18日、大本営令公示。20日に宮中に大本営設置。
社会 8日、中井正一、新村猛ら「世界文化」グループ検挙。
文学 中野重治「探求の不徹底」(「帝國大學新聞」8日)
文学 島木健作「作品批評の性格」(「帝國大學新聞」15日)
文学 小林秀雄「戦争について」(「改造」)
文学 伊藤整「事変下の小説」(「新潮」)
文学 小田嶽夫「さすらひ」(「新潮」)
文学 徳永直「報告文学と記録文学―文芸時評―」(「新潮」)
文学 森山啓「濤声」(「文學界」～12月)
文学 阿部知二『幸福』(河出書房)
文学 井伏鱒二『ジョン萬次郎漂流記』(河出書房)
文学 和田傳『沃土』(砂子屋書房)

の上で、ゆめの拡大が許されているという一面があることは、見のがせない」という指摘も重要な意味を持つ(磯貝英夫前掲書、二三〇頁)。

実際、日中戦争勃発前年の一九三六(昭和一一)年頃から、すでに「文芸復興」という言葉は、ほとんど用いられなくなっている。用いられたとしても、「二三年前プロレタリア文学運動に蹉跌を生じ急速に退潮するとともに、文芸復興の声が高くあがつた」(中條百合子「文芸時評」、「東京日日新聞」一九三六・九・二五)、「文芸復興論の主唱者や共鳴者は、文運隆盛の兆として讃美したものだ」(窪川鶴次郎「文芸時評」、「都新聞」一九三六・一二・七)などと、先の三七年の宇野の指摘と同様、すでに〈過去の出来事〉として語るものであった。林房雄は、早くも三五年の段階で、「時評(1)文芸復興第二期――文学の世界的水準へ!」(「讀賣新聞」一九三五・九・二一)というタイトルのもと、「「文芸復興」とは、今より約二年前に、若い作家たちの胸に生れた、一つの決意であつた」と〈回顧〉しながら、その「第二期」勃興を鼓舞していた。このように同時代の「文芸復興」終焉の捉え方を見ると、既存の文学史観とは異なり、日中戦争勃発前後を境界として、明確に二分できないことがあらためて浮かび上がってくる。

こうした〈切断〉の問題は、前述のとおり、別の形で太宰治にも見られる。亀井勝一郎「解説」(『太宰治集 下巻』一九四九、新潮社)を嚆矢に生成した、いわゆる「太宰治三期説」は、時代を下るに従って、「太宰治を論じる場合、前、中、後の三期に分けるのが一般的」(渡部芳紀「太宰治論――中期を中心として」、「早稲田文学」一九七一・一一、九八頁)として、考察の前提になっていく。確かにこの〈公式〉は便利だが、例えば先に挙げた短編「燈籠」も、太宰治がはじめて女性一人称独白体を用いたにもかかわらず、「沈黙の時期」に「唯一、発表」されたという点で、「太宰との関わり、その心情吐露という点では重要な作品であるが、作品そのものは、おもしろ味のない作品」(渡部芳紀「『女性』――女の独白形式」、「國文學」一九九一・四、一二一頁)として、小説そのものよりも、実生活における「前期／中期」の〈切断点〉と見なされてきた。

▼12月

戦局 11日、イタリアが国際連盟を脱退。

戦局 13日、日本軍南京を占領、虐殺事件多発（「南京事件」「南京大虐殺」）。

社会 15日、労農派の山川均ら四〇〇人余を検挙（「第一次人民戦線事件」）。

文学 萩原朔太郎「日本への回帰」（「いのち」）

文学 芹澤光治良「菊の花章」（「改造」）

文学 堀辰雄「かげろふの日記」（「改造」）

文学 久保栄「火山灰地」（「新潮」、続編＝38年7月）

文学 泉鏡花「雪柳」（「中央公論」）

文学 岸田國士「北支日本色」（「文藝春秋」）

文学 亀井勝一郎『人間教育』（野田書房）

文学 芳賀檀『古典の親衛隊』（冨山房）

太宰治の「前期」は、一九三三年から三七年、すなわち既存の「文芸復興」観と完全に重なり合う。平野謙も「誰でもいふやうに、太宰治の文学は前期、中期、後期の三期にわけて考へるのがやはり便利である」と述べている（「解説」、『現代日本文学全集49』一九五四、筑摩書房、四一六頁）。「昭和文学史」と「太宰治」研究とは、その〈切断〉の問題において、同じ課題を抱え込んでいる。

日中戦争は「事変」という言葉で示されたように、当初、一時的で局所的なものだと目されていた。しかし、その後、徐々に「終わりなき日常」（参照＝五味渕典嗣『プロパガンダの文学　日中戦争下の表現者たち』二〇一八、共和国、一九頁）と化していき、強い閉塞感を生んでいく。本項冒頭で引いた伊藤整の指摘を受け、十返一（＝肇）は「文藝汎論」一二月号で、一九三七年後半を振り返りながら、以下のように述べている。

「事変の拡大につれて、かういふ時代に文学でもあるまいといふ声が聴かれるが、それは間違ひだ」——といふ意味の言葉を小説家たちは書いたり、話たりしてゐる。むろん間違ひである。然し、それを間違ひだといふ側がもしも事変の文学に対する反映や影響を無視せよといふ意味を持つたならば、さらに間違ひである。（「文芸時評」）

この指摘は、その後、実際に「事変の拡大につれ」て、さまざまな形で現実のものになっていく。冒頭の伊藤整の発言やこうした同時代の指摘を、戦後の文学史構築と照応させたとき、「文芸復興」や太宰治研究に限らず、この時期における種々の〈切断〉の問題が、再度、浮上してくる。この時期に勃興した『生活の探求』論争」にせよ、戦時下で長く続いた「国民文学論争」にせよ、その端緒は、すでに「文芸復興」期に見られるものであった。ここに、〈切断〉という問題を単線的に否定や肯定するのではなく、その視座自体を、多様な視点から顧みることが求められよう。それは、同時代から今日までをも含み込みながら、「アジア太平洋戦争」、あるいは「戦争」の捉え方にもつながっていくからである。

一九三八年一月―四月

高揚と統制

野口尚志

近衛内閣が〈国民精神総動員〉をうたい、四月の国家総動員法公布を控えた新年、新聞は南京陥落の報を受けて、「日本民族それ自体がすでに今度の事変で生れ変りつゝあるのだ」「大陸にどつかと足を踏んばる新日本民族！」（田中利一「殻を破つて」、「東京朝日新聞」一九三八・一・二一）という従軍記者の言葉も示す通り、〈新たな日本民族〉への脱皮という観念と国民的一体感を紙面に演出している。こうした時代の気分を端的な形で表すのが、記事や広告に見られる〈戦捷（勝）の春〉という惹句だろう。メディアの高揚した〈春〉の気分のなかに、各出版社・新聞社から戦地に派遣されていた岸田國士・石川達三・林芙美子・榊山潤らの作家が帰国し、見聞を作品化していくことになる。

こうした〈春〉の気分と文学者の関係について、まずは老大家・近松秋江の言葉を引いてみよう。秋江によれば、満州事変以来隆盛した「左傾思想」が、「今度の日支事変」によって「綺麗に拭払せらるゝことが出来れば、一層日の本の天地は明るくなる」という（「健忘症（上）」、「都新聞」一九三八・二・一一）。「それにしても、左翼文学勃興の頃を思ふとまるで夢のやうだ」（「話の屑籠」、「文藝春秋」一九三八・二）という菊池寛の感慨も同類のものだろう。彼らの〈戦勝の春〉の気分には、「左傾思想」に対する鬱積した感情の一掃というカタルシスが結合している。事実、日中戦争勃発後の言論統制は左翼系の作家に作品発表の場を失わせた。徳永直などは前年のうちに『太陽のない街』の絶版を自ら宣言して活動を続けようとしたが、二月二四日付「東京朝日新聞」の「生活に喘ぐ左翼文士　就職に駈け廻るけふこの頃」という記事によれば原稿依頼はなく、中條百合子、中野重治、窪川鶴次郎・稲子なども生活苦を嘆くありさまだという。二月一日の人民戦線第二次検挙や、第一次検挙で留置中の大森義太郎が転向声明を出すといった左翼陣営の目に見える解体は進行しているが、（左翼）知識階級への批判はなお盛んである。

▼1938年1月

戦局　11日、御前会議、「支那事変処理根本方針」を決定。

戦局　16日、中国に和平交渉打ち切りを通告、「爾後、国民政府を対手とせず」との声明を発表。

社会　3日、女優岡田嘉子が杉本良吉と共に樺太国境を越えてソ連に亡命。メディア上で様々な憶測が飛び交う。

社会　映画「五人の斥候兵」（田坂具隆監督）

文学　坪田譲治「子供の四季」（「都新聞」1日～6月16日）

文学　福田恆存「嘉村礒多」（「作家精神」）

文学　高見順「化粧」（「人民文庫」）

文学　横光利一「由良之助」（「中央公論」）

文学　中河與一「天の夕顔」（「日本評論」）

文学　石川淳「マルスの歌」（「文學界」発禁）

▼2月

戦局　4日、ヒトラーが独全軍の統帥権を掌握。

戦局　12日、米英政府によるロンドン条約の建艦制限を超える艦船不建造の保障要求に対し、日本政府は拒絶回答。

戦局　14日、中支那方面軍・上海派遣軍を廃し、中支那派遣軍を編成。

社会　1日、第二次人民戦線事件、大内兵衛・有沢広巳・脇村義太郎・美濃部亮吉ら教授グループ検挙。

社会　13日、唯物論研究会解散を声明。

社会　映画「モダン・タイムス」。

文学　7日、第六回芥川賞が火野葦平「糞尿譚」、直木賞が井伏鱒二「ジヨン萬次郎漂流記」に決定。

文学　中本たか子「南部鉄瓶工」(「新潮」)

文学　榊山潤「苦命」(「日本評論」)

文学　島木健作「続・生活の探求」(「文學界」)

文学　**太宰治「他人に語る」(「文筆」)**

この場合の批判される知識階級とは、〈戦勝の春〉という高揚感に水を差す者のことに他ならない。杉山平助などは特に峻厳で、「現実の直視を避け、しかも高慢を捨て切れない」知識階級を非難し、「敗北主義者を、徹底的な敵として、撲滅」する立場にあるべきだと説く(「知識階級を叱る」、「東京朝日新聞」一九三八・四・六)。知識階級を戦争遂行の阻害要因として排除しようとする動きに対しては、一部の論者(三木清「叱られる知識階級」、「讀賣新聞(夕)」一九三八・三・三〇、など)からの応答はあるものの、大きな声にはなっていない。〈内なる敵〉を発見し、糾弾することは、国民的一体感をさらに強化する作用を持ったはずだが、〈敵〉と名指されることを恐れて沈黙を選択する者もいたかも知れない。

おそらくこうした事情も関係して、当局の言論統制の論理は文学者にも内面化されつつあった。一月三〇日付「都新聞」文芸欄のコラム「大波小波」は「日本評論」二月号の「思想統制の問題」特集について、「誰も彼も必ず「そりや思想統制は当然のことではありますが」とその当然のことを説明に及ぶ前置き長し」と揶揄を含んだコメントをしており、この時期に統制への疑問を呈することの困難を窺わせるが、もはやそうした「前置き」すらせずに、小林秀雄は、「今日国民は、思想統制の必要を是認してゐる」と断じ、これを「団結した国民の良識」として「非常時を乗り切る」ための方策と認定している(「思想統制とデマ」、「東京朝日新聞」一九三八・二・二五)。統制の是認は、角度を変えてみれば戦争と戦勝の感情的高揚を持続させる手段でもあったであろう。

第六回芥川賞は、ほぼ無名であった火野葦平の「糞尿譚」(「文學会議」一九三七・一〇)に決定した。糞尿汲み取り業者の男を主人公としたこの作品自体、左翼インテリゲンチャや自意識過剰の文学に一線を画すものとして読むことが可能だが、芥川賞が発表された「文藝春秋」三月号で菊池寛は「作者が出征中であるなどは、興行価値百パーセントで」あることを率直に吐露している(「話の屑籠」)。続けて、「我々は火野君から、的確に新しい戦場文学を期待してもいゝのではないか」という菊池の言葉は後に現実と

▼3月

戦局 13日、独、オーストリアを併合。
戦局 28日、中華民国維新政府、中支那派遣軍の指導で南京に成立。
戦局 29日、漢口で国民党臨時党大会。蔣介石、党総裁に選出、非常大権を与えられる。
文学 27日、杭州に派遣された小林秀雄によって陣中の火野葦平に芥川賞が授与される。
文学 林芙美子「黄鶴」(「改造」)
文学 **太宰治「一日の労苦」(「新潮」)**
文学 堀辰雄「死のかげの谷」(「新潮」)
文学 石川達三「生きてゐる兵隊」(「中央公論」発禁)
文学 岡本かの子「やがて五月に」(「文藝」)
文学 大原富枝「祝出征」(「文藝首都」)
文学 火野葦平『糞尿譚』(小山書店)
文学 萩原朔太郎『日本への回帰』(白水社)

なったと言ってよいだろう。三月末には芥川賞の使者として文藝春秋社から小林秀雄が杭州に派遣され、火野の所属部隊は急遽、陣中授与式を行ったが、この件は新聞各紙に写真付きで報道された。まさに前線で戦う兵士と芥川賞の組み合わせという一つの「興行」が成立したのである。

その火野が「麦と兵隊」(「改造」一九三八・八)を発表して戦争文学に決定打を放ち、花形作家となる前のこの時期は、従軍作家も戦争を書きあぐねている。榊山潤の「苦命」(「日本評論」一九三八・二)は日本軍に敗北間近の街で暮らす中国人娼婦を主人公に戦争の側面を描き出すが、雇い主の強欲さ、非道さは、戦争で「膺懲」(こらしめること)すべき中国(人)という当時の標語を想起させるような型通りの人物造型以上には見えない。林芙美子の「黄鶴」(「改造」一九三八・三)は、林自身の境遇を色濃く反映した女性が、自己を省みつつ上海から陥落後の南京に移動し、その印象を語ろうとする作品で、戦争を声高に賛美するものではないが、戦場や兵士の観察は表面的なものに終わっている。

大原富枝の「祝出征」(「文藝首都」一九三八・三)にも触れておきたい。武田麟太郎は「ゆるぎないレアリズムの手法は群小文壇作家を圧してゐる」と絶賛しているが(「文芸時評(3)逆説的現象」、「報知新聞」一九三八・三・二)、この作品は、戦死した夫の家で暮らす女性が、亡夫の弟と互いに惹かれ合いながら、その弟も出征していくまでを描いている。日中戦争の勃発から間もないこの時期に、女性の生をとりまく戦争の傷痕を的確に文学表現に昇華しているという点で、記憶に留めるべき作品である。

このように、銃後の世相や戦場を迫真性を持って捉えた作品も確かに存在していた。次に触れる二作品は、ある意味ではそのために発売禁止処分となっている。一つは作者も自覚的に戦時の国民の高揚感の相対化を試み、一つは戦場の現実を剔抉した結果、作者自身も予測しない形で処分を受けた。前者は石川淳の「マルスの歌」(「文學界」一九三八・一)、後者は石川達三の「生きてゐる兵隊」(「中央公論」一九三八・三)である。

「マルスの歌」という表題は作中に登場する「狂躁の巷から窓硝子を打つて殺到して

来る流行歌」を指すが、本作発表とほぼ同時期に発売された「愛国行進曲」のように、この「流行歌」が軍歌や愛国歌の類を表象しているのは間違いないだろう。その「マルスの歌」の季節に染まらない「わたし」の「思想」に対する渇望は、〈戦勝の春〉あるいは「狂躁の巷」の高揚感に流される形で戦争遂行を援護するメディア言説や世相から、自らを切り離そうとする意志の表れである。「反軍又ハ反戦思想ヲ醸成セシムル虞アリ」(「出版警察報」一一〇号)との理由で発禁処分になったのは、「マルスの歌」がそうした作品として確固たる存在感を示し得たからであろう。

「生きてゐる兵隊」は、陥落後の南京を訪れた石川達三が兵隊と共に行動して綿密な取材を行い、その成果をもとに執筆した作品で、事実と重なる記述も多い(参照＝白石喜彦『石川達三の戦争小説』二〇〇三、翰林書房)。戦地における兵士の実情を作家の目に映ったままに書こうと目論んだものと言えるだろう。その結果、銃後の戦勝気分に冷水を浴びせかねない内容を持つ作品となった。つまり、日本兵の残虐性にも赤裸々に言及していたのである。そうした想像力は、国内にまだほとんど働いていなかった。

「中央公論」編集部は検閲を切り抜けようと多量の伏字や削除を施した。それでも内務省警保局は発禁に処し、石川と編集者は新聞紙法違反等で起訴され、有罪判決を受けることになる。こうして、言論統制による文学表現圧殺を象徴する事例となった。

最後に、数え年で三〇歳を迎えた太宰の「一日の労苦」(「新潮」一九三八・三)という随想に触れておこう。「芸術は枯れてしまつた。サンボリスムは、枯死の一瞬前の美しい花であつた」とは、自身もフランス象徴主義の手法で作品を書いた〈文芸復興〉が戦争の彼方に潰えたことを指すとも取れるが、それでも「むくむく起きあが」り、「作家は、ロマンスを書くべきである」という。「私の書くものが、それがどんな形式であらうが、それはきつと私の全存在に素直なものであつた筈である」という言葉から、〈国家総動員〉を尻目に、「私の全存在」をあくまで「ロマンス」へと振り向けようとする意志を感じ取るのは誤りだろうか。少なくとも、ここに〈戦勝の春〉の高揚に流される作家の姿はない。

▼4月

戦局　7日、大本営、徐州作戦の発動を命令。
社会　1日、国家総動員法公布。
社会　6日、電力管理法、日本発送電株式会社法公布(電力国家管理実現)。
社会　このころまでに前年12月公開の映画「オーケストラの少女」が記録的なヒット。
文学　岸田國士「暖流」(「東京朝日新聞」19日〜9月19日)
文学　中村地平「南方郵信」(「文學界」)
文学　中山義秀「厚物咲」(「文學界」)
文学　井伏鱒二『さざなみ軍記』(河出書房)
文学　中原中也『在りし日の歌』(創元社)
文学　堀辰雄『風立ちぬ』(野田書房)
文学　横光利一『春園』(創元社)

▼5月

戦局 12日、独、満州国を正式承認。
戦局 19日、日本軍が徐州を占領。
戦局 22日、隴海線東端の連雲港を占領。
社会 12日、大蔵省が映画館の新設建設禁止の方針を明示。
社会 日本青少年独派遣団出発。
社会 日本語学学会創立大会開催。
文学 **太宰治「多頭蛇哲学」(「あらくれ」)**
文学 尾崎士郎「朝飯前」(「家の光」)
文学 吉川英治「日本の迷子」(「オール讀物」)
文学 大鹿卓「履歴書」(「中央公論」)
文学 伊藤整「石を投げる女」(「文藝」)
文学 飯田蛇笏「銃後の山村」(「文藝春秋　現地報告」)
文学 岡本綺堂『能因法師』(文藝社)
文学 窪田空穂『西行法師』(厚生閣書房)

一九三八年五月—八月　小説空白期にみる〈生〉獲得の前進

長原しのぶ

一九三八年の五月から八月にかけては徐州周辺での中国軍との戦闘と満州国とソ連の国境であった張鼓峰でのソ連軍との衝突が激化する。八月九日の「東京日日新聞」には張鼓峰事件について「我方六日までに戦死七十、戦傷百八十、六日以後に死傷約二百(夜間戦闘も含む)敵の死傷一千五百に達する見込なほ外に戦車百台を破壊、飛行機六機を撃墜せること確実なり、また右六機中二機はわが領土内に墜落せり」とその激しさを語っている。

国内でもその戦争の影響は色濃く現れ、戦時体制下に突き進む国全体のムードが固まりつつあった。例えば、七月一六日には「木戸厚生相より、「第十二回オリンピック大会に関し、政府は現下挙国一致、物心両方面の総動員を行ひ、聖戦目的の達成に邁進しつつある情勢に鑑み、これが開催を取り止むるを適当と認め、この旨オリンピック組織委員会に通達し」との旨の発言あり、更に事ここに至れる事情を説明し、これに対し各閣僚異議なく承認した」(「中外商業新報(夕)」)と、東京オリンピックと札幌冬季オリンピックの中止を決定している。その流れは文学界にも広がった。八月二三日には内閣情報部が漢口攻略戦に文学者を従軍させる計画を発表し、菊池寛の呼びかけで二六日に吉川英治、岸田國士、深田久彌、林芙美子、佐藤春夫ら二二名がペン部隊として結成され、九月中旬に日本を出発した。吉川英治は「国家の大事にあたつては筆も亦剣として、報国の具であることを文人も示してゐる。これは日本の国風である、慣わしである。敢て僕らが特に画期的なといふわけではなく、たゞ會ての封建的舞台から世界的舞台へと、使命が移つたのみに過ぎないのだ」(「東京朝日新聞」八・三一)と述べている。このような心構えの中、ペン部隊の体験は従軍報告としてその年の一二月には多くの雑誌で発表されていくこととなる。

▼6月

戦局 3日、徐州戦の日本軍死傷者が一万人超す。
戦局 6日、日本軍が河南省都・開封を占領。
戦局 13日、中国軍が黄河の堤防を破壊。
社会 8日、大蔵省が米国映画の輸入を緩和。
社会 豪雨被害が拡大。雨量新記録で東京の浸水一五万戸、神奈川県では死者・行方不明四〇人以上。
社会 新協劇団、久保栄「火山灰地」を築地小劇場で上演。
文学 織田作之助「ひとりすまふ」(「海風」)
文学 横光利一「王宮」(「大陸」)
文学 菊池寛「恋愛休戦」(「婦人倶楽部」)
文学 宇野浩二「器用貧乏」(「文藝春秋」)
文学 内田百閒『丘の橋』(新潮社)

社会状況が刻一刻と戦時体制を整えつつあるこの時期の太宰は「多頭蛇哲学」(「あらくれ」五月号)、「答案落第」(「月刊文章」七月号)、「緒方氏を殺した者」(「日本浪曼派」八月号)、「一歩前進二歩退却」(「文筆」八月号)の随筆四本を発表したのみで、小説の発表はない。一九三三年から一九四八年の作家活動の中で太宰は最少で二作(一九三八年)、最大で一六作(一九四六年)の小説をその年毎に世に送り出している。一九三八年は九月の「満願」(「文筆」)と一〇月の「姥捨」(「新潮」)の二作という最少時期であり、五月から八月はいわば小説空白期に相当する。多くの作家が社会情勢との紐帯を否応なく感じ、その空気の中で己の文学活動を展開する一方、この時期の太宰は作家として生活者として自身のあり方を問い直し、新たな一歩を踏み出そうと格闘する時間を過ごしている。八月一一日付の井伏鱒二に宛てた書簡には次のように記されている。

私は、毎日、少しづつ小説書きすすめて居ります。もう二、三日でいま書いてゐる小説書きあがる筈で、これを新潮に送り、それからすぐ、文藝春秋に送るのを書かうと存じて居ります。リアルな私小説は、もうとうぶん書きたくなくなりました。

フイクシヨンの、あかるい題材をのみ選ぶつもりでございます。

発表小説はないが、「書きすすめて」いる小説とは「姥捨」であり、「満願」も「前期の疾風怒涛から一年の沈黙」(渡部芳紀「満願」、『太宰治必携』一九八一、學燈社、八三頁)を経た作品だ。「姥捨」と「満願」は「ともに中期の出発を告げる作品」(前掲『太宰治必携』、八四頁)であり、とくに小山初代との離別を描いた「姥捨」は「こんどは、遺書として書くのではなかつた。生きて行く為に、書いたのだ。」(「東京八景」、「文學界」、一九四一・一)との言葉通り、太宰の〈新生〉を意味する作品である。

「姥捨」執筆に関して「私は、その三十歳の初夏、はじめて本気に、文筆生活を志願した」(「東京八景」)という太宰にとってこの時期はまさに作家としての再出発を志した期間であり、中期の文学活動期間に移行するためにただひたすら自己内面の深部を見つめ続けた時間であった。その意味では戦争の足音が強くなる外界からは一種切り離さ

▼7月

[戦局] 11日、ソ連、満州東部国境で日本軍と衝突。

[戦局] 16日、満独修好条約の批准終わり正式発効。

[戦局] 20日、日本機が武漢に最大規模の爆撃。

[戦局] 31日、日本軍が張鼓峰を占領。

[社会] 国際ペンクラブが東京大会取消を決定。日本ペンクラブは脱退。

[社会] 28日、松竹が恋愛映画全廃を宣言。

[社会] 東京オリンピックと札幌冬季オリンピックの開催中止を正式決定。

[社会] 辻芳郎監督・嵐寛寿郎主演「髑髏銭」がヒット。

[文学] **太宰治「答案落第」（「月刊文章」）**

[文学] 室生犀星「文学は文学の戦場に」（「新潮」）

[文学] 林芙美子「従軍の思い出」（「話」臨時増刊号）

[文学] 大江賢次「移民以後」（「文學界」）

[文学] 豊島與志雄『白い朝』（河出書房）

れた自己内部の世界で新たな出発に向けて苦闘の日々を送るのである。

また、八月一一日付の井伏宛書簡には「こんどのお嫁のお話は、私、そのお話だけで、お情どんなにかありがたく、いままで経験したこともなかつたあたたかい世間をみせていただいたやうな気がいたし、もう、井伏さんのお言葉だけで、私は、充分に存じなければなりませぬ。私ごときに、ごめんだう見て下さつてもうどんなにか恐縮か存じませぬ。」とある通り、太宰には井伏を介して石原美知子との見合い話が進んでいた。その後、一〇月二五日付の井伏宛書簡を確認すると、

小山初代との破婚は、私として平気で行つたことではございませぬ。私は、あのときの苦しみ以来、多少、人生といふものを知りました。結婚といふものの本義を知りました。結婚は、家庭は、努力であると思ひます。厳粛な、努力であると信じます。浮いた気持は、ございません。貧しくとも、一生大事に努めます。ふたたび私が、破婚を繰りかへしたときには、私は、完全の狂人として、棄てて下さい。

「結婚といふものの本義」を学んだとの反省の弁と「一生大事に努めます」という新たな生活の基盤を作る意気込みが窺え、生活者としての再出発と生活の安定を求める意識を捉えることができる。

以上のような太宰の状況からは「太宰自身が戦争との関わりをほとんど実感する機会がなかった」（赤木孝之『戦時下の太宰治』一九九四、武蔵野書房、一一頁）との指摘があるように個人的問題の整理と作家としての新たな出発という社会と距離をとった内に向うベクトルの中に作家太宰の姿はあったと考えられる。

一方で、同時期に発表された随筆四本に注目すると太宰の別の側面も確認できる。作家緒方隆士の追悼文である「緒方氏を殺した者」には「息子戦死の報を聞くや、台所に行き、しやつしやつと米をといだといふ母親のぶざまと共に、この男の悲しみの傾倒した表現をも、苦笑してゆるしてもらひたい。」とあり、その死を悼む表現に息子の「戦死の報」を受け取った母親の姿を利用している。更に、「作家と読者」の関係を説いた

▼**8月**

戦局　11日、モスクワ交渉でソ連との停戦協定が成立。

戦局　30日、日本軍が南北から武漢包囲の体制を整える。

社会　3日、大日本活動写真協会は国家精神総動員の標語を映画館に掲示。

社会　商工省が乗用車の製造中止指令。

社会　北京で東亜文化協議会発会式挙行、宇野哲人らが出席。

文学　火野葦平「麦と兵隊」（「改造」）

文学　**太宰治「緒方氏を殺した者」（「日本浪曼派」）**

文学　**太宰治「一歩前進二歩退却」（「文筆」）**

文学　林房雄『牧場物語』（第一書房）

文学　森銑三『おらんだ正月』（冨山房）

文学　山之口貘『思弁の苑』（むらさき出版部）

「一歩前進二歩退却」の中には「私が夜おそく通りがかりの交番に呼びとめられ、いろいろうるさく聞かれるから、すこし高めの声で、自分は、自分は、何々であります、といふあの軍隊式の言葉で答へたら、態度がいいとほめられた。」と「軍隊式の言葉」という当時の社会状況を彷彿とさせる言葉が散見される。太宰自身が直接的に戦争に関わることはなかったが、社会の中に浸透しつつある戦争が日常化している様子を太宰の文章から読み解くことが可能だ。

一九三八年四月一日には国家総動員法が公布された。太宰が個人の内面に突き進む中、社会は全体主義的な方向に展開している。その流れに太宰は一見無関係に思われるが、「事態がたいへん複雑になつてゐる。ゲシュタルト心理学が持ち出され、全体主義といふ合言葉も生れて、新しい世界観が、そろそろ登場の身支度を始めた」（「多頭蛇哲学」）と述べる言葉には若干ながらも社会との接点を確認できる。何故ならそれは「近衛公が議会で、日本主義といふのは、何ですか？　と問はれて、さあ、それは、一口でかう説明は、どうも、その、と大いに弱つてゐたやうであつたが」（「多頭蛇哲学」）と表現され、「全体主義」は当時の国策である「日本主義」に結びつくことを明示しているからだ。ただ太宰によるその言葉は戦争を軸とした社会批評の域に達することはなく「さあ、なんと言つていいか。わからないかねえ。あれなんだがねえ。あれだよ。わからないかねえ。なんといつていいのか、ちよつと僕にも。」（「多頭蛇哲学」）というように結局のところ何であるのかその実態を明確化することはできないままとなる。

太宰は決して社会の情勢を意識外に置いていたのではない。その視野は確かに変化を続ける社会にも開かれていた。しかし、「をととしあたり、私は私の生涯にプンクトを打つた。死ぬと思つてゐた。信じてゐた。さうなければかなはぬ宿命を信じてゐた。」（「答案落第」）という苦悶の時期を過ごしてきた太宰にとっては社会への確かなる帰着を果たす前に自身の〈生〉の獲得が必要であり、その期間こそがこの小説空白期であったといえる。

▼9月

戦局 30日、英独仏伊のミュンヘン協定調印。
社会 1日、東亜研究所、開所式。
社会 11日以降、従軍ペン部隊、続々と戦地へ出発。
社会 17日、映画監督の山中貞雄、戦病死（二八歳）。
社会 27日、陸軍省、新聞班を情報部と改称。
社会 エーヴ・キュリー『キュリー夫人伝』（白水社）
文学 「文學界」の同人拡大。
文学 阿部知二「風雪」（「日本評論」～39年8月）
文学 幸田露伴「幻談」（「日本評論」）
文学 中里恒子「乗合馬車」（「文學界」）
文学 **太宰治「満願」（「文筆」）**
文学 瀧口修造『近代芸術』（三笠書房）
文学 保田與重郎『戴冠詩人の御一人者』（東京堂）

一九三八年九月―一二月
〈社会化〉する作家たちと御坂峠の太宰治

滝口明祥

九月一三日、太宰は井伏鱒二の勧めにより、山梨県の御坂峠にある天下茶屋に来た。御坂トンネルがつくられ、国道八号線が開通したのが一九三一年のことだった。その三年後に御坂トンネルの近くに建てられたのが天下茶屋であり、国道を行き交う人々に食事や宿泊場所などを提供していた。

井伏が太宰を御坂峠に呼び寄せた理由の一つには、太宰に見合いをさせるという目的があった。太宰が天下茶屋に来た五日後の一八日、甲府の石原家で見合いが行なわれた。相手の津島（旧姓石原）美知子は当時のことを次のように書いている。

　当時、太宰はごく少数ではあるが、熱烈な愛読者と、支持者を持っていたが、知名度ともなればいたって低いものであった。（略）そして相当ひどい評判や噂が彼を囲んでいたらしいが、私は知らなかったし、この縁談を伝え聞いて某社に勤めている親戚のものから、私の母に忠告があったことを聞いたが、それほど気にならなかった。かぞえ年で二十七歳にもなっていながら深い考えもなく、会わぬさきからただ彼の天分に眩惑されていたのである。（『回想の太宰治』一九七八、人文書院、一一～一二頁）

見合いの時点で、美知子はすでに『虚構の彷徨』（新潮社）を読んでおり、その後、太宰の依頼で『晩年』（砂子屋書房）が版元から美知子のもとへ送られた。井伏は見合いが済んだ翌朝帰京し、太宰は天下茶屋で長編「火の鳥」の執筆に取り組むこととなる。

ちなみに井伏は同月、「文學界」の同人になっている。前年から小林秀雄と河上徹太郎が編集を担当していた「文學界」は一挙に八名の新しい同人を迎えたのだが、その一人が井伏だったのである。新しく同人に加わったのは井伏の他に、中村光夫、今日出海、中島健蔵、眞船豊、堀辰雄、三好達治、亀井勝一郎であり、同人の総数は二六名、文字

▼10月

戦局　21日、日本軍、広東を占領。27日、武漢三鎮を占領。

社会　5日、東京帝大の河合栄治郎教授の四著書（『ファッシズム批判』、『社会政策原理』、『第二学生自治』、『時局と自由主義』）、発禁。

社会　6日、東京帝大の有沢広巳助教授、休職となる。

社会　16日、大日本雄弁会講談社社長・報知新聞社社長の野間清治が狭心症のため急逝（五九歳）。

文学　**太宰治「姥捨」（「新潮」）**

文学　上田廣「黄塵」（「大陸」）

文学　山田清三郎「囚敵」（「日本評論」）

文学　小林秀雄「歴史について」（「文學界」）

文学　舟橋聖一「木石」（「文學界」）

文学　佐藤春夫『東天紅』（中央公論社）

通りの文壇の一大勢力となった。

同時期の文壇で大きな注目を集めていたものとして、従軍ペン部隊が挙げられる。九月一一日に陸軍班の久米正雄、片岡鐵兵、尾崎士郎、岸田國士、瀧井孝作、深田久彌、佐藤惣之助、丹羽文雄、川口松太郎、浅野晃、中谷孝雄、富澤有為男、林芙美子の一三人が出発、福岡で白井喬二が合流し、そこから飛行機で上海へ出発した。一四日には海軍班の菊池寛、吉屋信子、佐藤春夫、吉川英治、小島政二郎、北村小松、浜本浩の七人が羽田から飛行機でやはり上海へと出発した。（杉山平助は単独で七日にすでに出発していた。）

陸軍省新聞班員の鈴木庫三は「漢口従軍を前にして　従軍文士に期待」（「東京朝日新聞」一九三八・九・三）で、「従軍したからとて、直にその役目が済まなかつたら済まなくとも吾等は敢て催促がましいことを言はないつもりだ」としつつ、「希くはつまらぬ拘束を離れて自由に観察し、優れた天分を遺憾なく発揮して偉大なる構想を遂げ、読む者をして感泣せしめ、日本精神を将来永久に作興せしむる様な不朽の傑作が一つでも世に現れて貰ひたい」と従軍ペン部隊に期待の言葉を述べている。内閣情報部長の横山光暉もまた、「漢口へ、漢口へ　剣とペンは同じ鉄から成る」（「東京日日新聞」一九三八・九・六）で、「文壇の方々を煩はして第一線を見てしつかりと日本精神の神髄を体験して頂き日本精神の高揚の上に一役買つて頂きたい」と述べており、松本和也が言うように、「総じて、当局は短期的な成果よりは、ゆるやかな国民の馴致といったところに文学者の（効果的な）役回りを見出していたようにみえる」（『日中開戦後の文学場』二〇一八、神奈川大学出版会、八三頁）。

また、従軍ペン部隊に関しては、火野葦平「麦と兵隊」（「改造」一九三八・八）との関連で語られることも少なくなかった。たとえば川端康成は次のように述べている。

礼を失する引例ながら、多数の大衆文学者が漢口攻略戦に従軍してゐる。その人達が現地に行つて戦争を、いはゆる「大衆文学」の眼で見るであらうか。いはゆる「純文学」の眼で見るであらうか。その人が文学者であるならば、無論「純文学」

▼11月

戦局 3日、近衛首相、東亜新秩序建設を声明（第二次近衛声明）。

社会 7日、農民文学懇話会の結成。

社会 20日、岩波新書、刊行開始。

社会 29日、戸坂潤、服部之総や古在由重ら旧唯物論研究会の関係者、一斉に検挙。

文学 「文体」創刊。

文学 **太宰治「九月十月十一月」（「國民新聞」9～11日）**

文学 岡本かの子「老妓抄」（「中央公論」）

文学 **太宰治「女人創造」（「日本文學」）**

文学 石川達三『結婚の生態』（新潮社）

文学 小川正子『小島の春』（長崎書店）

文学 齋藤茂吉『万葉秀歌』（岩波書店）

文学 火野葦平『土と兵隊』（改造社）

文学 ルカッチ『歴史文学論』（三笠書房）

の眼、文学の眼で見るにちがひない。戦場で文学どころかと言ふことこそ、文学者としては、遊びの心である。火野葦平氏の「麦と兵隊」や上田廣氏の「黄塵」（大陸）など、出征兵士の陣中作品にも明らかな通り、水火のなかでも、文学の心は失ほうとして失へないのである。感動を先づ純潔にとらへることが、文学の第一歩である（「文学の第一歩」、「東京朝日新聞」一九三八・九・三〇）。

「文藝春秋」一一月号には「土と兵隊」も発表され、川端が言うところの「「純文学」の眼」を体現している存在として、火野葦平はますます盛んに持ち上げられていくこととなった。

一一月には農民文学懇話会も結成されている。計画が立ち上がったのは九月のことであり、それを伝える新聞記事（「〝土〟の作家今ぞ起て／農民文学に時局動員」、「大阪毎日新聞」一九三八・九・二〇）では、「内閣情報部が文壇人を漢口攻略戦に動員してその成果に大きな期待が懸けられてゐる折柄今度は農林省が農民文学を通じて都会人に農村の真実を理解させ農業政策の遂行に役立たせようとの目的から農民文学の作家を動員しようといふ計画がたてられてゐる」と説明されている。従軍ペン部隊との関係で農民文学懇話会が理解されたのは同時代的にもありふれた認識だったようで、X・Y・G「スポットライト」（「新潮」一九三八・一一）も両者を一連の流れとして捉えながら、文学のある種の有用性が国家から認められだしたことと、その危険性を指摘する。

最近、世間の評判になつた文学者の大量従軍を初め、有馬農相の農民小説作家との懇談会だとか、第二次文学者の従軍だとか、いろいろなことが伝へられてゐる。いづれも国家を背景にしてゐる当局者と、文学者との接近であり、文学といふものが、国家から関心を持たれ初めた、その現はれであると見てよからう。わるく言へば、所謂統制の手が、文学の上にも伸びて来たのだといふことになるのだらう。

だが、有用性の承認とは同時に統制の始まりなのではないかというこの危惧は、この後も多くの人に真剣に考慮されることはなかったようだ。五味渕典嗣が適切に指摘する

▼12月

戦局　20日、汪兆銘、重慶からハノイへ脱出。

戦局　22日、近衛首相、日中国交に関して善隣友好・共同防共・経済提携の近衛三原則を声明（第三次近衛声明）。

社会　1日、大日本航空の設立。

社会　10日、創元選書、刊行開始。

社会　20日、東京帝大総長に海軍造船中将の平賀譲が就任。

社会　26日、中谷宇吉郎ら、雪の人工結晶に成功。

文学　丹羽文雄「還らぬ中隊」（「中央公論」～39年1月）

文学　草野心平『蛙』（三和書房）

文学　大日本歌人協会編『支那事変歌集 戦地篇』（改造社）

文学　林芙美子『戦線』（朝日新聞社）

文学　ロジェ・マルタン・デュ・ガール『チボー家の人々』第一巻（白水社）

文学　柳田國男『昔話と文学』（創元社）

ように、「国家機構や政策プロジェクトの下請け化を社会的な承認と取り違えていく」者たちによって、「文学の意義と価値を雄弁に謳いあげようとする言葉が、ある種の有用性・実用性の訴えにシフトして」いくという事態が起きていったのである（『プロパガンダの文学――日中戦争下の表現者たち』二〇一八、共和国、一一七～一一九頁）。

また、東京帝国大学においては、一〇月五日に河合栄治郎教授の四著書が発禁となったのを皮切りに、その翌日に有沢広巳助教授、一二月一四日に脇村義太郎助教授、同月二四日に大内兵衛教授がそれぞれ休職となった。同月二〇日には同大総長に海軍造船中将の平賀譲が就任しており、ますます当局の統制が強められていくこととなる。

そのような同時代的な動きのなかで、一一月に発刊された岩波新書は、たしかにある種の「抵抗」を示すものとして捉えることが可能だろう。岩波茂雄が書いた発刊の辞では、「偏狭なる思想を以て進歩的なる忠誠の士を排し、国策の線に沿はざるとして言論の統制に民意の暢達を妨ぐる」ことを指弾し、「武力日本と相並んで文化日本を世界に躍進せしむべく努力せねばならぬことを痛感」したと述べられている。クリスティ『奉天三十年』、津田左右吉『志那思想と日本』、寺田寅彦『天災と国防』など二十点を一挙に刊行した。

岩波新書の発案者は前年に入社した吉野源三郎である。イギリスのペリカン・ブックスをモデルとし、赤一色に統一された装丁はモダンであった。それは岩波書店のイメージ自体をも変えていく。佐藤卓己が指摘するように、「新書は定期発行される雑誌に近いフローなメディアであり、それはストックされる書籍を中心とした岩波書店の伝統とは離れてい」た（『物語岩波書店百年史2』二〇一三、岩波書店、一二〇頁）。

再び目を太宰に向けてみれば、石原美知子との縁談は順調に進み、一一月一六日に婚約披露の宴を開いている。同月一六日には御坂峠を下りて甲府市内の下宿に止宿、そこから徒歩一〇分くらいの石原家へ毎日のように通うようになる（山内祥史『太宰治の年譜』、二〇五頁）。だが、その一方で、天下茶屋にいた頃から書き継いでいた長編「火の鳥」は結局、原稿用紙百枚ほどで筆が止まり、ついに未完のままとなったのであった。

▼1939年1月

戦局 26日、スペインにてフランコ軍、バルセロナ攻略。

社会 8日、拓務・農林・文部各省と民間団体による「大陸の花嫁」移民計画、実行段階に入る。

社会 東京高速鉄道新橋～渋谷間開通。

社会 朝日新聞社懸賞入選歌「皇軍将士に感謝の歌」の「父よあなたは強かつた」が、福田節作詞・明本京静作曲でコロムビアレコード化、全国を風靡。

社会 文芸興亜会創立。

文学 高村光太郎「正直一途なお正月」（「東京朝日新聞」2日）

文学 立野信之「後方の土」（「改造」）

文学 岡本かの子「家霊」（「新潮」）

文学 石川達三「武漢作戦」（「中央公論」）

文学 釈迢空「死者の書」（「日本評論」～3月）

文学 高見順「如何なる星の下に」（「文藝」～40年3月）

文学 林芙美子「北岸部隊」（「婦人公論」）

一九三九年一月―四月
大陸へ〈転進〉する文学の欲望

内海紀子

川端康成は「文学の嘘について」（「文藝春秋」一九三九・二）で、新しく迎えた年の文学状況をこのように予測している。

作家達は弱きものとしての女の運命を哀れんでゐるのではないことに注意しなければならぬ。寧ろ強きものとしての女の生活力に、あこがれを寄せてゐるのである。男である作家が男に見出しにくい生命を、女に託して慰めてゐるのである。戦争と大陸とが、文学の世界にも男を復活させるであらうことは、新しい年の動きに違いない。

ここでいう〈女〉とは、川端自身の言葉を借りれば「女の日常生活と生理」に根差した素直さ（「文芸時評」、「東京朝日新聞」一九三八・一一・三）、情感に満ちた優しさ、肉体性、天賦の生命力といったいわゆるフィクションとしての〈女〉ジェンダーを指す。一九三〇年代、みずみずしさや生命力を失って硬直した男性作家の創作物は、〈女らしさ〉を新たな価値として見出し、〈女〉を擬態したり創作の素材にすることによって蘇生した。そして今、文学を賦活する次なるカンフル剤として「戦争と大陸」が発見されたのである。

近代文学と大陸（ここでは満州）の関わりを振り返ってみよう。満州事変の翌年、一九三二年から開拓移民が始まった。一九三六年五月、関東軍の舵取りで満州農業移民百万戸移住計画が立ち上がり、満州へ大規模に日本人農民を移住させる計画が実施される。ひとの流れとともに新天地・満州を見たいという内地の欲望も高まり、欲望に応えるべく新たな創作の素材を求めて文学者たちが外地へ赴いた。

一九三九年一月、菊池寛、大佛次郎、岸田國士、中村武羅夫、久米正雄、長與善郎を中心として文芸興亜会が結成される。大陸への往来や視察等の便宜を図ることで、日本の文化人が積極的に大陸へ進出し、また中国の文化人とも交流して興亜新文化の建設に寄与しようという試みである。さらに三月、文学者と拓務省が提携して、大陸開拓文芸懇話会

▼2月

戦局　10日、日本軍、海南島奇襲上陸。

社会　9日、国民精神総動員強化方策を決定。

社会　16日、「敵機を受けるか、鋼鉄を出すか」の標語のもとに商工省が鉄製不急品（郵便ポスト、街路灯、広告塔、灰皿など一五品目）の回収を始める。

社会　「父よあなたは強かつた」のブーム続く。ショーやレビュー、日本舞踊、三味線音楽、映画等にも広く波及。

文学　18日、岡本かの子没（五一歳）。

文学　徳永直「先遣隊」（「改造」）

文学　奈智夏樹「フライムの子」（「新潮」）

文学　尾崎士郎「ある従軍部隊」（「中央公論」）

文学　日比野士朗「呉淞クリーク」（「中央公論」）

文学　**太宰治「富嶽百景」（「文体」）**

文学　**太宰治「I can speak」（「若草」）**

文学　佐藤春夫『戦線詩集』（新潮社）

が結成式を行った。文章報国を目的とし、具体的には大陸開拓事業の視察、大陸開拓文学の振興につとめ、大陸開拓文芸に関する研究会や座談会、講演会なども開催した。大陸開拓文芸懇話会のメンバーは福田清人、近藤春雄、荒木巍、田村泰次郎、春山行夫、湯浅克衛、岸田國士、伊藤整、井上友一郎、豊田三郎ら錚々たる面々が名を連ねている（参照＝尾崎秀樹『近代文学の傷痕』一九九一、岩波書店）。四月には第一次視察旅行団として伊藤整、福田清人、湯浅克衛、田郷虎雄、田村泰次郎、近藤春雄らが渡満した。伊藤整『満洲の朝』（一九四一、育生社弘道閣）はその時の体験を綴った紀行文である。満州視察旅行はその後も続き、福田清人は『大陸開拓』（一九三九、作品社）を発表、張赫宙も視察の経験を長篇小説『開墾』（一九四三、中央公論社）に結実させた。

大陸開拓文芸懇話会のメンバーには、プロレタリア文学出身で、共産主義からの転向体験を経て、「戦争と大陸」（川端）に目を向けた徳永直もいた。「先遣隊」（「改造」一九三九・二）は、満州の広大な自然を背景に、意気軒昂たる移民たちの胸中に隠された葛藤を描き出している。写真だけの見合いを経て満洲へ渡ってくる、まだ見ぬ「大陸花嫁」へ向けられる男たちの期待や戸惑い、鬱積した性欲等も描かれた。だが文学が希望を込めて輝かしく描き出したフロンティアの人々――武装開拓移民、満蒙開拓青少年義勇軍、大陸花嫁など国策のもとに大陸へ送られた人々――はわずか数年後、日本の戦争のために苛酷な運命をたどることになった（参照＝川村湊「解説　満洲は〝王道楽土〟であったか」、『戦争と文学16　満洲の光と影』二〇一二、集英社）。

さて川端の予測は的中し、一九三九年は満州を舞台にした開拓文学、そして従軍文学が大いに注目された年となった。大勢の作家が戦争を見るために中国や南方に渡り、文学作品が生み出された。一月、従軍作家の石川達三「武漢作戦」、丹羽文雄「還らぬ中隊」（ともに「中央公論」）が発表され注目を集める。二月、日比野士朗が彼自身の実戦体験を描いた「呉淞クリーク」（「中央公論」）を発表し、緻密な戦場描写で高く評価された。

日比野「呉淞クリーク」の冒頭は、一九三七年一〇月二日、呉淞クリーク（蘊藻浜）郊

▼**3月**

戦局　15日、ヒトラー、ボヘミア・モラビアの保護領化を宣言。チェコ解体。

戦局　27日、日本軍、南昌占領。

戦局　28日、フランコ軍がマドリッドに入る。31日、スペイン全土を制圧。

社会　兵役法改正。兵役期間延長、短期現役制廃止。

社会　大陸開拓文芸懇話会結成。

社会　大学での軍事教練を必須化。

社会　文部省、「学生思想の健全化を図るため」高校大学予科の外国語教科書から恋愛論を一掃。トーマス・ハーディの「テス」、クライスト等が不許可に。

社会　8日、松竹映画「父よあなたは強かつた」（監督原研吉）公開。

社会　23日、日伊文化協定調印。

文学　1日、岡本綺堂没（六六歳）。

文学　**太宰治「黄金風景」上**（「**國民新聞**」**2日**）、**下**（**3日**）

文学　石川淳「白描」（「長篇文庫」～9月）

文学　菊池寛「野菊の兵士」（「婦人倶楽部」）

外の部落の田圃で、部隊が間近に迫った敵前渡河の命令を待ちながら寝そべっている場面から始まる。友軍の陣地からひっきりなしに大砲が発射され、部隊の頭上を越えて敵陣に撃ち込まれる。傍らでは見渡す限りの青々とした棉畑の間に田んぼの稲が実り、秋の陽ざしに輝いて金色に波打っているのどかとしか言いようのない情景が描写される。

銃弾が飛び交う戦場と、戦争という圧倒的な出来事のさなかにも日々の営みを淡々と続ける自然が、非日常／日常の壁に隔てられるのではなく、確かな現実として同一平面上に描かれる。この手法は「呉淞クリーク」の随所に見られる。日比野の実戦体験がよりリアルな「戦争と大陸」を見たいという読者の期待を満足させ、戦争文学としての高い価値を担保したことは間違いないが、「呉淞クリーク」の印象を鮮明にしているのは、戦場＝動／自然＝静を隣り合わせで描くことで世界の奥行きを増す、すぐれて文学的な手法である。

＊＊＊＊

さて太宰は一月六日に甲府御崎町に居を移し、翌日、東京杉並区の井伏鱒二宅で結婚式を挙げた。新居で落ち着いた生活を始め、妻津島美知子の回想や手記に詳細に記録される安定した執筆生活に入る。いわゆる太宰文学中期の豊饒がこれより生まれた。

一月、「國民新聞」の短編小説コンクールに指名を受けて参加し、「黄金風景（上）」を三月二日付で、「黄金風景（下）」は翌三日付で発表した。審査投票の結果、太宰と上林暁「寒鮒」が同点で当選し、二人で分けて賞金五十円を得た（山内祥史『太宰治の年譜』、二一〇頁）。この「黄金風景」と二月発表の「富嶽百景」、四月発表の「女生徒」はいずれも好評のうちに文壇に迎えられ、太宰治復活のきざしと見なされた。

一月末、有明淑という二〇代の読者が書いた日記が太宰の手もとに届いた。太宰は彼女の日記を詳細に読み込み、小説執筆に生かした。有明日記は一九三八年四月末から八月上旬の五か月にわたっているが、太宰はこれを取捨選択し、若干のオリジナルの場面をつけ加えて一日の出来事にまとめ直したのである。こうして東京に住む女子学生が、朝起きてから夜寝るまでの一日を一人称で語る小説「女生徒」が完成した。

▼4月

戦局　1日、独、ポーランドとの不可侵条約、英独海軍協定破棄宣言。

戦局　10日、伊、アルバニアを併合。

社会　5日、映画法公布。内務省に脚本の事前検閲を受けること、文化映画・ニュース映画の強制上映など26カ条。

社会　12日、米穀配給統制法が公布。

社会　大陸開拓文芸懇話会の事業として、国策ペン部隊が満洲へ出発。

社会　14日、陸軍美術協会が結成。会長に松井石根陸軍大将、小磯良平・藤田嗣治・中村研一・向井潤吉らが参加。

社会　テイチクレコード「九段の母」（作詞石松秋二、作曲能代八郎）ヒット。

文学　中野重治「鑿」（「革新」〜8月）

文学　岡本かの子「河明り」（「中央公論」）

文学　**太宰治「女生徒」（「文學界」）**

文学　火野葦平「海南島記」（「文藝春秋」）

文学　**太宰治「懶惰の歌留多」（「文藝」）**

「女生徒」は「文學界」四月号に発表され、批評家から高く評価された。とりわけ川端は、「女の精神的なものについて、大凡失望することの多い私は、この「女生徒」程の心の娘も現実にはなかなか見つからないのを知る」（「文芸時評／小説と批評」、「文藝春秋」一九三九・五）と絶賛した。つまり川端自身も一翼を担った当時の文学場における〈女〉の消費と需要に、「女生徒」もうまく呼応したといえる――太宰の卓越した編集の手腕によって。

太宰は有明日記を編集する際、あるスタンダードに則っている。日記にもともとあった批判的言辞や社会問題への言及を、太宰は切り捨て、日常生活の細部や美しいものへの憧れを綴った箇所を選んで小説に取り入れたのだ。その結果、〈実社会から切り離されて学生というモラトリアムを浮遊する繊細な感受性を持つ少女〉が「女生徒」で造形された。

相馬正一「太宰治の『女生徒』と有明淑の日記」（『資料集有明淑の日記』二〇〇〇、青森県立図書館・青森県近代文学館）が指摘する通り、有明日記には、石川達三が一九三七年に日本軍の南京攻略に従軍した体験をもとに書いた『生きてゐる兵隊』への言及がある。

> お八つを食べてから「生きてゐた兵隊」を読む。／この小説は、問題になつたさうだけれど（引用者注：石川達三の反軍思想が問われて発禁となり、作者と編集者が猶予付きの禁固刑に処された）、之を問題に取り上げた人達が、馬鹿みたいに思はれる。／何んでも無い事ではないか。普通一般の誰れでもが、思ひ、感じ、考へる事ではないのか。こんな事を禁じて、どうする気なのだろう。（中略）一度戦争したら、どんな事があつても敗けてはならない、と云ふ気持を起させる小説が、排せきされる様では、国民が戦争に対して批判を持つ力を失つてしまふ事と同じではないのか。

この箇所を太宰は削った。戦争を批判的に捉える女性の姿は消され、代わりに「女生徒」には、人生で確固たるものを掴めずにいる少女が、前線の兵士の規律正しい生活や、国のために役立つ生き方に憧れるさまが描かれた。それは数年後、「少女の友」他の雑誌に集った銃後の少女たちが、熱狂的に戦争に感情移入していく流れを奇しくも先取りしていた。

▼5月

戦局 12日、満蒙国境ノモンハンで、満・外蒙両国軍隊衝突。「ノモンハン事件」の発端。

社会 22日、(財)結核予防会設立。

社会 29日、文部省、小学校五・六年と高等科の男児に武道(柔・剣道)を課す。

文学 井伏鱒二「多甚古村」(「革新」)

文学 円地文子「女の冬」(「新潮」)

文学 富澤有為男「東洋」(「中央公論」)

文学 岡本かの子「雛妓」(「日本評論」)

文学 小林秀雄「歴史について」(「文藝」)

文学 中里恒子「後の月」(「文藝春秋」)

文学 伊藤整『街と村』(第一書房)

文学 川端茅舎『華厳』(龍星閣)

文学 小林秀雄『ドストエフスキイの生活』(創元社)

文学 **太宰治『愛と美について』(竹村書房)**

文学 本庄陸男『石狩川』(大観堂)

一九三九年五月―八月
芥川賞と「素材派・芸術派論争」の行方

平　浩一

富澤有為男「東洋」の「中央公論」における大々的な掲載と相次ぐ不評、井伏鱒二『多甚古村』の大ヒットなどが挙げられるこの時期であるが、ここでは本年半ばの八月を中心に見ていきたい。「新潮」八月号の「記者便り」欄では、やや特異な要請が述べられている。

本多顕彰氏の「ユートピアの否定」は、処々に伏字をなさなければならなかつたのは遺憾であつた(中略)伏字のことが出たので、ちよつと、云ひ添へておきたい。当局の意嚮としては、成る可く伏字はないやうにとのことであるし、編輯部としても、成る可く伏字にしないやうにと気は十分につかつてゐる。今度の場合など、締切や編輯の関係で、伏字のあるものを載せる結果になったが、何うか、執筆者の方でも、何の程度までが活字として発表されるかの大体の見当をつけて執筆の上寄稿されたい。このことは、読者に対しても親切を欠くことになるし、執筆者自身としても、伏字の多いままでは、遺憾にたえないことであらう。

このように、伏字にならないよう「執筆者」に留意を促す文面が、雑誌そのものに掲載されているのである。ノモンハン事件勃発をはじめ、戦局がいっそう複雑化していくなかで、「何の程度までが活字として発表されるか」意識するようにと、この時期、文学者に対する検閲の内面化が、より強く要請され浸透しつつあった。

そうしたなか、六月「文藝首都」に発表された半田義之「鶏騒動」が、第九回(一九三九年上半期)芥川龍之介賞を受賞する(同時受賞は長谷健「あさくさの子供」、「虚實」一九三九・四)。投稿雑誌の色彩が強い「文藝首都」からは、それまでも幾度か芥川賞の候補が出ていたが、受賞自体はこれがはじめてであった。なお、翌第一〇回の金史良「光の中に」をはじめ、この後も「文藝首都」から多くの芥川賞候補者が出て、二

▼6月

社会　10日、警視庁、待合・料理屋など明日より午前0時限り閉店を通牒。

社会　16日、国民精神総動員委員会、遊興営業の時間短縮、ネオン全廃、中元歳暮の贈答廃止、学生の長髪禁止、パーマネント廃止など生活刷新案決定。

文学　9日、明石海人没（三七歳）。

文学　伊藤整「邂逅」（「新潮」）

文学　窪川稲子「営み」（「新潮」）

文学　亀井勝一郎「滅びの支度」（「文藝」）

文学　半田義之「鶏騒動」（「文藝首都」）

文学　中山義秀「碑」（「文藝春秋」）

文学　丹羽文雄「継子と顕良」（「文藝春秋」）

文学　**太宰治「葉桜と魔笛」（「若草」）**

文学　河上徹太郎『事実の世紀』（創元社）

文学　堀辰雄『かげろふの日記』（創元社）

文学　和田傳『大日向村』（朝日新聞社）

年半後の第一四回（一九四一年下半期）には、芝木好子「青果の市」が受賞している。

「鶏騒動」については、瀧井孝作が選評で「何でもないモデルをも面白く描出すやうな力量がある」と述べているものの、宇野浩二は「最悪の場合を云へば、箸にも棒にも掛らぬやうな小説を書く作家になりはせぬか」、横光利一は「批評をしやうとすれば、難は限りなく出て来る作品」と評しているように、決して手放しでの受賞ではなかった（「芥川龍之介賞経緯」、「文藝春秋」一九三九・九）。しかし、『綴方教室』（一九三七、中央公論社）や火野葦平の活躍などの潮流を汲んだ「素朴」や「純粋」という評価軸が、国鉄職員等を勤めながら長く研鑽を積んだ半田の姿勢に好機をもたらしたと見ることもできる。同作への「案外素直な、簡潔なスケッチの基礎に立つてゐる」という指摘や（森山啓「新人の特徴（上）芥川賞の二作品について」、「都新聞」一九三九・九・二）、同時期の「職業人的な文人の作品が面白くない」という感想などからもそれが伝わってくる（市川為雄「素朴への憧憬」、「早稲田文學」一九三九・五）。また、両者ともに、芥川賞をはじめとする「文学賞」の強い影響力を指摘していることも注目しておきたい。

太宰治の動向も含め、この時期で決して見逃せない文学上の論点は、何よりも「題材」、「素材」をめぐる評価のあり方であった。例えば、八月に発表されたさまざまな小説について、「新潮」の「創作時評」（九月号・神田鵜平）では、「この作家のとつておきの材料の一つ」、「この材料については」、「もつと慎重に題材を扱つてほしい」、「全的に題材を追求しなければいけない」などの指摘が続く。「文藝春秋」の「呪はれた才能——文芸時評」（九月号・片岡鐵兵）でも、「描く素材が豊富で」、「素材の一つ一つを類型に片附けて」と繰り返しており、八月号の創作全体を「平和すぎる」とし「いつたい時勢は作家たちにどういふ働き掛けをしてゐるのだらうか」との不満を漏らしている。

こうした「材料」、「題材」、「素材」を基軸とした小説の評価に、戦時体制を背景とした「素材派／芸術派」の対立図式が横たわっていたことは、言うまでもあるまい。

「新潮」八月号巻頭では、無署名の「新潮評論」が三本掲載されているが、やはり、

▼7月

戦局 6日、零式艦上戦闘機、海軍による最初の試験飛行。
社会 6日、第一回聖戦美術展。
文学 9日、戸川秋骨没（六八歳）。
文学 23日、本庄陸男没（三四歳）。
文学 外村繁「白い鳥」（「新潮」）
文学 寒川光太郎「密猟者」（「創作」）
文学 泉鏡花「縷紅新草」（「中央公論」）
文学 武者小路實篤「愛と死」（「日本評論」）
文学 井伏鱒二「多甚古村駐在記」（「文學界」）
文学 井伏鱒二『多甚古村』（河出書房）
文学 芹澤光治良『愛と死の書』（小山書店）
文学 **太宰治『女生徒』（砂子屋書房）**
文学 林達夫『思想の運命』（岩波書店）
文学 三木清『構想力の論理』（岩波書店）
文学 三好達治『艸千里』（四季社）

その話題のほとんどを「素材派／芸術派」の問題が占めている。評論「文学據点の再考」では、両者の「対峙」自体を「大凡無意味」と断じ、さらに次の評論「芸術至上主義への杞憂」でも、「融和が企図されるのでなければ」論争は「無意味」になると結論づけている。立場こそ異なるが、両論ともに「素材派／芸術派」が大きな問題となっていたことを提示しながら、同時にその対立自体が「無意味」になる可能性を予期していた。

本年一月の上林暁「外的世界と内的風景」（「文藝」）から始まったとされる「素材派・芸術派論争」は、一九三九年最大の文学的トピックであったといって良いだろう。しかし、同時代から「芸術派と素材派という名前は、わかつたようでわからない言葉」（窪川鶴次郎「「芸術派」と「素材派」」、『現代文學論』一九三九、中央公論社）などと指摘されていたように、両者の定義自体、実は非常に曖昧であった。戦後から近年にかけても、この論争は「抽象的」、「理念的」とされ（谷沢永一「素材派・芸術派論争」、『近代文学論争事典』一九六二、至文堂、二七一～二七二頁）、そこに「割り切れない複雑さ」も見出されてきた（松本和也『昭和一〇年代の文学場を考える――新人・太宰治・戦争文学』二〇一五、立教大学出版会、四六四頁）。「昭和文学史」を構築することに腐心した平野謙も、「文学論争というには、あまりに曖昧な性格」と指摘している（「解説」、『現代日本文学論争史（下）』一九五六、未来社、三〇四頁）。「素材派／芸術派」の「複雑」な状況は、戦後の文学史形成においても解消されることは無かった。

本年八月、宇野浩二は次のように述べている。

> 近頃の流行語であるらしい素材派とか芸術派とか云ふ言葉は、はつきり分らないが、凡その見当はつくから、その凡その見当で云ふと、火野葦平の『糞尿譚』が芥川賞になつた時の芥川賞候補作品には素材派的な小説が大部分を占めてゐた。（「八月の創作（1）我流文芸観」、「北海タイムス（夕）」一九三九・八・八）

宇野もここで、やはり「素材派とか芸術派」の曖昧さを強調しているが、同時に両者の対立の源泉を、火野葦平を介して芥川賞に接続していることは見逃せない。「素材派的

▼**8月**

戦局 20日、ノモンハンでソ連・外蒙軍、総攻撃開始。日本軍第二三師団が壊滅的打撃を受ける。

戦局 23日、モスクワで独ソ不可侵条約調印。

戦局 28日、平沼内閣、欧州情勢複雑怪奇と声明して総辞職。

戦局 31日、ヒトラー、ポーランド攻撃を命令。

文学 尾崎士郎「篝火」（「改造」）

文学 **太宰治「八十八夜」（「新潮」）**

文学 伊藤整「息吹き」（「文藝」）

文学 北原武夫「文学者の精神（文芸時評）」（「文藝」）

文学 中野重治「空想家とシナリオ」（「文藝」～11月）

文学 日比野士朗「霧の夜」（「文藝」）

文学 阿部知二「楡の墓」（「文藝春秋」）

文学 梅崎春生「風宴」（「早稲田文學」）

な小説」の命脈、あるいは「芸術派」との対立は、芥川賞のなかでも、着実に敷設され継承されていたのだ。さらにこの問題系は、文学者の「社会性」と「私小説」等の観点から、第一回芥川賞の石川達三「蒼氓」にも遡行できる（参照＝松本和也前掲書）。

このような文学状況の潮流と、当然、太宰治も無関係ではなかった。「鴎」（「知性」一九四〇・一）や「女の決闘」（「月刊文章」一九四〇・一～六）などで、彼も「素材派・芸術派論争」に強い意識を向けている。そこから、本年八月「新潮」発表の「八十八夜」を顧みたとき、「中期」という実生活に還元されてきた太宰治の作風の変化が、当時の文学状況と、深く関わっていたことが浮き彫りになる（参照＝平浩一『「文芸復興」の系譜学――志賀直哉から太宰治へ』二〇一五、笠間書院、二九五～三〇七頁）。

もちろん、太宰治の作家活動を、逆に同時代の文学状況へとすべて還元してしまうことにも問題はあろう。例えば、太宰治が甲府から三鷹村下連雀に転居したのは本年九月一日であり、その後、作品内にも「三鷹」が多く登場していく。戦時体制が複雑化し、文学者がより強く時局の影響を受けていったこの時期、時代情勢と（実）生活との微妙な関係・力学のなかで作品を捉えることの重要性を、「素材派／芸術派」の対立も示す。

いずれにせよ、芥川賞などを通じて基底部が構築され、この年に勃発した「素材派・芸術派論争」は、多くの「複雑」さを内包し、常に「無意味」となる可能性と表裏一体のまま、「曖昧」さばかりが表面化していった。

そうした対立軸をよそに、戦局は次々と変化し、一九四一年にはついに「文学非力説」の論議が交わされていく。その後、四二年になると、五月に日本文学報国会が結成され、「文學界」九・一〇月号で「近代の超克」の特集が組まれ、一一月に大東亜文学者大会が開催される。文学者も、なし崩し的に戦時体制へと向かっていき、その反措定としては、かろうじて「消極的抵抗」といった言葉などが残っただけであった。こうした一九四〇年以降の文学状況は、一九三九年の「素材派・芸術派論争」が内包した「無意味」さにより、すでにその下地が形作られていたのである。

▼9月

戦局 1日、独が、17日、ソ連が、ポーランドに進駐（第二次世界大戦開戦）。
社会 1日、「興亜奉公日」が始まる。
社会 23日、石油配給統制規則公布施行。
社会 徳川夢聲による朗読「宮本武蔵」（吉川英治）放送開始。
文学 7日、泉鏡花没（六五歳）。
文学 芹澤光治良「出世譜」（「改造」）
文学 坪田譲治「兄を描く」（「改造」）
文学 稲垣足穂「石膏」（「新潮」）
文学 徳永直「長男」（「中央公論」）
文学 丹羽文雄「隣人」（「中央公論」）
文学 尾崎士郎「博多」（日本評論）
文学 **太宰治「座興に非ず」（「文學者」）**
文学 中村地平「龍舌蘭」（「文藝世紀」）
文学 福田清人「露人墓地」（「若草」）
文学 村山知義「幸福な娘」（「若草」）

一九三九年九月―一二月
「こをろ」創刊と泉鏡花の死

大國眞希

二〇代の学生を中心に福岡で文芸雑誌「こをろ」が一〇月に創刊された。誌名は「古事記」の国生みの神話にある「塩こをろこをろに攪きなして」から採られた。島尾敏雄は「特高刑事の心証をよくするだろうという意識をはらいきれなかったところがあるが」、「動かせない意味をもったものではなく、いわば物の創造のときに発する音を単純に写しとっただけということが、いくらか私たちをなぐさめていたように思う」と回想している（『私の文学遍歴』一九六六、未来社、三三〜三四頁）。創刊号に「こおろ。この言葉を愛することから、この言葉を呼ぶことに例へなく雄大なそして典雅な誇りで胸を溢れさせることから、僕らの新しい日の雑誌は出発する。」「こおろ。これより若く、新しい言葉を知らない」とあり、ほぼ全ての号に「古事記」の該当箇所が引用された。但し、創刊号は「音楽的なものを求めた」矢山哲治の提案により「こおろ」と表記したが、阿川弘之に指摘され、四号以降は表記を改めている。四号（一九四〇・九）には「一周年の言葉」が掲載され、「「こおろ」は「こをろ」に発展いたします」と宣言されている。「音楽的なもの」から「歴史的仮名遣いの原則論」に立った「正確な」表記へ。この「一周年の言葉」について紅野敏郎氏は「昭和十年代後半の青年文学者の運命がなんと象徴的に如実に語られている文ではないか。日本の運命に「敢然」と参加する旨を、まさに敢えていわねばならなかった彼ら、しかし「文章の道」を「隠微にして至難」と位置づけ、「大声」を出さず、黙ってやりぬく決意を披瀝する」としている（「「こをろ」の意義―昭和十年代文学再検討―」、「文学」一九七七・二、二一〇頁）。

フランスの文芸雑誌「N. R. F」を念頭に、表紙に「文藝雑誌」と記載された「こをろ」は、まずは「純文学を中心とした汎藝術評論、エッセイ（科学・思想的なものをふくむ）」を編集することが方針として打ち出された。戦後に文学活動をしている同人に

▼10月

戦局 16日、「援蔣ルート遮断」を目指し、大本営「南寧攻略作戦」発令。(11月15日から欽州湾に上陸)

社会 18日、価格等統制令、賃金臨時措置令、地代家賃統制令、会社職員給与臨時措置令、公布。

社会 20日、価格等統制令施行。

文学 「こをろ」創刊。

文学 川端康成「初秋高原」(「改造」)

文学 横光利一「秋」(「改造」)

文学 **太宰治「美少女」(「月刊文章」)**

文学 **太宰治「畜犬談」(「文學者」)**

文学 一瀬直行「ある一家」(「文藝」)

文学 岩倉政治「東医院開業記」(「文藝」)

文学 中里恒子「孔雀」(「文藝」)

文学 金史良「光の中に」(「文藝首都」)

文学 **太宰治「デカダン抗議」(「文藝世紀」)**

文学 **太宰治「ア、秋」(「若草」)**

前出の島尾、阿川のほか眞鍋呉夫、小島直記、一丸章、那珂太郎などがいるが、創作発表の場ではなく、「文学を超えて」「真にデモクラチックな自由と自治」により「私たちだけの精神的、文化的気圏」をつくることが目指されている。すでに「九州文學」の同人であり、詩人として活動をしていた、旧制福岡高等学校(理科甲類)卒業、九州帝国大学農学部在籍の矢山哲治が中心となっていたと考えられ、その周辺から発刊に至る流れを三つ指摘することができる。矢山が「九州文學」の「文学的主張への反発」から「新しい自分たちだけの雑誌を作りたい」と考えていたこと、立原道造が刊行を計画していた詩誌「午前」への参加を矢山に呼び掛けたこと(一九三九年三月、立原の死により立ち消えになった)、島尾、中村健次、川上一雄、矢山らが刊行を計画した「十四世紀」が内務省から発売禁止の処分を受けたこと、である(「こをろ」も数回、「鋏禍」を受けた)。同人は創刊当時「日本浪曼派」、特に檀一雄や太宰治を好み、本の貸し借りをしていた。滝口明祥が明らかにしたように、戦時下において太宰はまだ「人気作家とはとうてい言いがたい」存在であった(『太宰治ブームの系譜』二〇一六、ひつじ書房、五頁)が、矢山は「手紙(岸田國士・横光利一・太宰治について)」(四号)を書き、「二十世紀旗手」によって「狂喜させ」られ、「女の決闘」で「自分は太宰治を脱皮したやうに納得しかけて」、太宰を「排除し始めてゐた頃」に「皮膚と心」を読み「新しい彼を発見して嬉しかつた」、また「「鷗」を読んで、少しばかり苦痛であったが、しかし、「桃日」を書きあげたことが、太宰治を裏切ることの完成であつた」、「太宰治を唯一の作家のやうに考へなくなつた今日の方が、彼を作家として評価することは大きい」などと語っている。また、島尾敏雄も三号掲載の「断片一章」で太宰の「畜犬談」に触れている。その他、四号には「太宰治論(アンケート)」も掲載され、吉岡達一は、現代の混乱する空気における「知性の不安」を中心軸として、人生と文学と生活の相関について論じている。「太宰氏の文学は確に人生的な対称となる危険はあつても、又真の文学的な対称となり得ないことは決してあるまい」と位置づけ、太宰文学の進みを見ながら、

▼11月

戦局 30日、ソ連、フィンランドを攻撃。冬季戦争始まる。

社会 11日、兵役法施行令改正公布。(徴兵合格に第三乙種を新設)。

社会 18日、大日本音楽著作権協会、日本文藝家著作権保護同盟、設立。

文学 眞船豊「孤雁」(「改造」)

文学 佐藤春夫「びいだあ・まいやあ」(「中央公論」)

文学 林芙美子「明暗」(「日本評論」)

文学 **太宰治「おしやれ童子」(「婦人画報」)**

文学 **太宰治「皮膚と心」(「文學界」)**

文学 小田嶽夫「道化踊り」(「文藝」)

文学 田畑修一郎「狐の子」(「文藝」)

文学 武田麟太郎「菊屋橋」(「日の出」)

「我々の文学にあせらず気永に進まねばなるまい」と結論づける。平山吉璋は太宰は「天才」で、作品に「私達に共通の苦悩」が描出しているが、「人生的真実感」が認められないと言う。「私達は、作家である前に、人間であらねばならぬ。作家の自由に向ける凝視は、作品を通じて、普遍的人間性の追求でなければ嘘である」と論じている。後藤健次は、太宰を「我々の行方を教へ」はしないが、「かうしたら、あゝしたらと、たえず我々の傍に居て一緒に山にでも川にでもついてきてくれる。同じくるしみを苦しむ人」であり、「暗澹とした若い世代の必然の悩みが同じ病気の同じ盲目の太宰治に兄貴のやうな懐しさを感じる」と捉える。しかしながら、太宰文学に「手練」を感じてしまうという。「文章が巧すぎ」て、「小説の作法や小説的な言葉の配列に慣れ切つてゐる」ので、「深さや彼の苦悩の色が、見えない」としている。「私が太宰治に感じる最大の不満は、彼の人格(推知され得る範囲に於いての)と彼の作品の逆流にある。勿論彼のあの諧謔に、彼の退引ならない生活苦悩が、泣いても笑つても仕方のない時代の憂鬱、心然の悩みが、果物に水気を思ふほど、それほど直接に滲みでるやうなら私は帽子を脱いで、心から降伏する」と書いた。いずれの文章も、「我々」「ヤンガーゼネレイション」が、この時代の「空気」のなかで、「文学」をいかに「人生」と結びつけ「生活」において展開させるかが問われている。虚構を放擲せず、虚構を超える文学。後藤は太宰と対照的に「虚構であることを放擲」した作品として火野葦平の戦争文学を捉えたが、矢山は「文学すること/生活すること」という副題を付けた「火野先生」(九号、一九四一・一〇)の中で「作家と存在の乖離」「生活と文学の矛盾」について論じている。

檀一雄は九州出身であったので、「こをろ」同人の周辺にいた。そのために誌面上だけではなく、檀を介し、同人たちは直接太宰治に会う機会もあったようだ。檀の母親高岩トミの家の家庭教師をしていた田尻啓は一九三一年一二月二三日に上京した際に会った太宰治のことを回想している(『もがり笛の女　高岩トミと私』一九九一、菁柿堂)。玉川上水を檀、太宰、田尻の三人で散歩をした時に、胸を悪くしていたために時々大きな空咳をしながら

▼12月

戦局　14日、ソ連、フィンランド侵入を理由に、国際連盟から追放される。
社会　1日、白米禁止令施行。
社会　6日、小作料統制令公布。
社会　12日、軍機保護法施行規則改正。
社会　25日、木炭配給統制実施。
文学　武田麟太郎「好きな場所」（「改造」）
文学　小山いと子「熱風」（「中央公論」）
文学　幸田露伴「鵞鳥」（「日本評論」）
文学　今日出海「フイレンツエの春」（「文學界」）
文学　中村地平「霧の蕃社」（「文學界」）
文学　丹羽文雄「太宗寺附近」（「文藝」）
文学　半田義之「風葬」（「文藝春秋」）
文学　尾崎一雄「山からの手紙」（「若草」）
文学　中谷孝雄「背徳者」（「若草」）

太宰は「召集の赤紙が来たら、玉川上水に飛び込んで死んでしまつたほうがきれいだよ」と話し（一四三頁）、あるいは「「そうか、君は新京で緑川にも会ったんだな。彼はいい男だ」／歩きながら突然思い出したように言い出し、懐しそうな顔つきをした。彼は、書斎に入るやいなや、紙と筆を取り出し、変体がなで歌を書いた。／「わかるかな、これが、僕の今の心境だ」／「渡された奉書紙には、「恋びとのこふといへどもあまりにて」という妙な上の句で始まる恋歌であった」（一四五頁）らしい。島尾も日記でこのことに触れている。そのほか、那珂太郎も一九四〇年三月に太宰を訪ねている。「当時彼は三十歳の新進作家で、まだ世間的にはさほど有名ではなかつた」「この新進作家は自分の部屋では畳の目に視線を落すばかりで、十代の高校生を正視もできぬ気弱さうな人だった」とし、その後、井の頭公園の池畔の茶屋へ行ったと書く。その時の様子を「池畔遠望」に作品化し、更に大学が半年繰上げ卒業となった一九四三年、入営直前にも再度三鷹に会いに行き、「もう二度と戻れるかどうかわからない、別れの挨拶に、といふ悲壮感めいた気持もなかつたわけではない。」と回想している（「回想的散策」『那珂太郎はかた随筆集』二〇一五、海鳥社、一六六〜一六七頁）。このことは千々和久彌も書き残している。

　奇しくも泉鏡花の死を報じる記事（「逝ける泉鏡花氏　文壇人の床しい情景」）と火野葦平の帰還の記事（「火野葦平軍曹　二年振り福岡へ」）が「東京朝日新聞」（一九三八・九・八）に並んだ。鏡花の逝去を受け、「文藝春秋」「中央公論」「日本評論」「改造」「文藝世紀」が追悼を組み、小林秀雄は「言葉について」で「文章の力といふものに関する信仰が殆ど完全であるところが、泉鏡花の最大の特色を成す」として「素材派とか藝術派とか言つてゐる連中に、たとへ犬一匹ですら信ずる力があり得ようか」と書いた（「文藝春秋」）。また、火野の帰還をうけて、「東京日日新聞」は座談会「火野葦平と語る（1）〜（6）」（一九三九・一一・二〇〜二五）を、「改造」は「火野葦平帰還座談会」（「改造」一九三九・一二）を、「中央公論」は「火野葦平・石川達三対談」（「中央公論」一九三九・一二）を組んだ。

▼1940年1月

戦局 14日、阿部信行内閣総辞職。16日、海軍大将・米内光政内閣成立。

社会 11日、津田左右吉が早稲田大学教授を辞任。

文学 廣津和郎「巷の歴史」（「改造」）

文学 **太宰治「女の決闘」（「月刊文章」～6月）**

文学 **太宰治「短片集」（「作品倶楽部」）**

文学 **太宰治「俗天使」（「新潮」）**

文学 中里恒子「競馬場へゆく道」（「新潮」）

文学 **太宰治「鷗」（「知性」）**

文学 **太宰治「美しい兄たち」（「婦人画報」）**

文学 火野葦平「南京」（「文藝春秋」）

文学 **太宰治「春の盗賊」（「文藝日本」）**

一九四〇年一月―四月
紀元二六〇〇年の幕開けと系譜小説

斎藤理生

西暦一九四〇／昭和一五年は、神武天皇の即位から二六〇〇年目に当たるとされ、紀元（皇紀）二六〇〇年として、多くの記念行事が執り行われた。一連の行事の目玉として期待されたオリンピックと万国博覧会は中止になったが、正月三が日の橿原神宮には前年の二〇倍となる一二五万人の参拝者が訪れた。二月一一日には全国の神社で奉祝紀元節記念大祭が挙行された。「日本評論」は一月号に別冊附録「綜合二千六百年史」を添えた。

一方で、戦争の長期化に伴い、人々の風俗に影響が見え始めていた。三月三日、銀座を歩いた永井荷風は、日記に「わかき男女身だしなみの悪しくなりしこと著しく目立つやうになりぬ。東京従来の美風、小ぎれい、小ざつぱりしたる都会の風俗は、紀元二千六百年に至りて全くほろび失せたり」（『荷風全集 第二四巻』一九九四、岩波書店）と書いた。約三〇年後、中村光夫は回想する。「昭和十五年という年は、斎藤、津田問題が象徴するように、国の動向を批判する自由がすべて失われた年、正月に門松も立てられず、デパートの売出しも「自粛」させられる一方、紀元二千六百年の式典が津々浦々で行われた年ということになります」（『文学回想　憂しと見し世』一九七四、筑摩書房、二三頁）。

一九四〇年初頭の文学を取り巻く状況として、まず前後の時期と同じく、「素材派」と「芸術派」との対立があげられる。たとえば中村武羅夫は、「新潮」三月号の「芸術性の貧困」で、「短時日の旅行や、短期間の材料調査に依つて」、「お手軽」「無雑作」に作品が書かれる傾向があると批判している。「鷗」（「知性」一九四〇・一）において、紹介を頼まれた「兵隊さんの小説」に「細工」を施さざるを得なかった「私」を描き、森鷗外が訳したオイレンベルグの作品の引用と解釈で作られた「女の決闘」（「月刊文章」一九四〇・一～六）に「このごろ日本でも、素材そのままの作品が、「小説」として大いに流行してゐる様子」だが「素材は、小説でありません。素材は、空想を支へて

▼2月

戦局　2日、衆議院本会議で、立憲民政党斎藤隆夫の反軍演説。

社会　11日、紀元節、皇紀（紀元）二六〇〇年祝典。多数の囚人が恩赦を受ける。

社会　12日、津田左右吉の『神代史の研究』などが発禁となる。

文学　5日、寒川光太郎「密猟者」が芥川賞受賞に決定。

文学　上田廣「続建設戦記」（「改造」）

文学　室生犀星「信濃」（「改造」）

文学　壺井栄「暦」（「新潮」）

文学　石上玄一郎「絵姿」（「中央公論」）

文学　大田洋子「生きる子等」（「中央公論」）

文学　**太宰治「駈込み訴へ」（「中央公論」）**

文学　眞杉静枝「風の町」（「中央公論」）

文学　木山捷平「河骨」（「文學者」）

文学　中里恒子「鶖鳥の花」（「文藝春秋」）

くれるだけ」だと記した太宰治は、「芸術派」に肩入れしていたと言える。むろん銃後の作家として、太宰に選択の余地がそれほどなかったことも事実であった。

純文学が売れていたことも見逃せない。佐藤卓己『『キング』の時代』（二〇〇二、岩波書店、三三二頁）や山本芳明『カネと文学』（二〇一三、新潮社、二一四～二二二頁）で指摘されているように、当時は「出版バブル」の渦中にあった。金谷完治は「時代の趣向―文藝時評の立場から」（「日本讀書新聞」一九四〇・四・五）において、「出版界は多忙を極め日々の新聞紙の広告面を見ても何十冊といふ新刊書が紹介され、殊に戦争物などは飛ぶやうな売行き」だとして、「文学ものになると所謂大衆作家のものするものよりも寧ろ純文学畑の作家の作品の方が版を重ねてゐるといふ傾向」があると述べた。豊島與志雄も「文芸時評（3）」（「讀賣新聞」一九四〇・三・三）で、「書きおろし出版が成立するやうになつてきた」ことに言及し、岩上順一も「文学と批判精神」（「九州帝國大學新聞」一九四〇・二・九）で「小説は未曾有といつてい丶ほどの繁栄をしめしてゐる」としている。

むろん戦争文学は盛んであり、火野葦平の活躍は顕著であった。ただし武田麟太郎は、「呉淞クリーク」（「中央公論」一九三九・二）の日比野士朗や「建設戦記」（「改造」一九三九・四）の上田廣ら帰還作家が、狭義の戦争文学に縛られない作品を発表し始めていることに注目し、「現実の戦争が第二期に入つてゐると同じく「戦争文学」も第二期に入つて来た」という印象を記している（「文芸時評（二）」、「讀賣新聞」一九四〇・四・五）。

女流作家の進出も顕著であった。一九三八年の林芙美子の従軍、三九年の中里恒子の芥川賞受賞などの流れを受けた動きである。長谷川時雨を中心とした、「女人藝術」の後継誌である「輝ク」は、この年の一月に、陸軍省恤兵部監修の下に雑誌「輝ク部隊」を、海軍省軍事普及部・同恤兵係監修の下に雑誌「海の銃後」を慰問文集として作成。「二千六百年の新春のお年玉として早速前線の将士へ贈られることゝなつた」（「東京朝日新聞」一九三九・一二・二七）。こうした動きは、女流作家たちが社会進出を模索し

▼3月

戦局 7日、戦争政策批判により衆議院本会議で斎藤隆夫が除名処分となる。

戦局 30日、汪兆銘が南京で親日政権として国民政府樹立（南京政府）。

社会 28日、敵性語追放。内務省が芸能人の外国名・「ふざけた」芸名禁止を通達（ミスワカナ、ディック・ミネ、藤原釜足ら16名）。

文学 23日、水上瀧太郎没（五二歳）。

文学 中山義秀「醜の花」（「改造」）

文学 丹羽文雄「再会」（「改造」）

文学 高木卓「歌と門の盾」（「作家精神」）

文学 石川達三「使徒行伝」（「中央公論」）

文学 小山いと子「オイル・シエール」（「日本評論」）

文学 **太宰治「老ハイデルベルヒ」（「婦人画報」）**

ていた一つの表れとしても見るべきであろう。不遇な技術者の姿を丹念な調査に基づいて描いて話題になった小山いと子「オイル・シエール」（「日本評論」一九四〇・三）もその一つである。それは室生犀星の「女の作家がかういふ素材をどれだけこなして見ても、小山いと子さんには力作であつても読者にはちつとも面白くない」（「文芸時評（2）」、「東京朝日新聞」一九四〇・三・一）という意見のように、文壇で「女流」に期待される作品ではなかったかもしれない。が、だからこそ当時、彼女たち自身が目指していたものをうかがわせる。

そうした前後にも通じる状況の中で、特にこの時期の特徴としては、系譜小説の流行がある。系譜小説とは、主要登場人物やその一族の有為転変を一息に描いた作品を指す。その流行は、岡田三郎「文芸時評②」（「都新聞」一九四〇・四・二）における「この月の小説を読んでみて、ひとりの人間像を描き、その人間の生きかたをとほして、なにものかを暗示しようとこゝろみたやうに考へられる小説が、数はさうないが、特別に目立つ」という言葉からもうかがえる。系譜小説の代表的な作品としては、廣津和郎の「巷の歴史」（「改造」一九四〇・一）が挙げられる。岐阜から上京したお縫が、下宿屋を開業して財を築いてから、養子の息子を恐れて帰郷するまでの四〇年間が描かれた小説である。この時期には、宇野浩二『器用貧乏』（一九四〇、中央公論社）や丹羽文雄「ある女の半生」（「中央公論」一九四〇・八）など、似た小説が多く書かれた。

新進作家だった壺井栄は、一九四〇年二月に、「新潮」に「暦」、「中央公論」に「赤いステッキ」、「文藝」に「廊下」を発表する活躍であった。間宮茂輔は「文芸時評（3）」（「東京日日新聞」一九四〇・一・二六）で、「去年辺りから女流作家の進出といふことがいはれてゐる」とした上で壺井に注目し、特に「暦」を「一家の歴史をその多勢の家族たちを通じて描いて最後まで読者を惹いてゆく」と高く評価した。こうした系譜小説流行の中で、新人の織田作之助や野口冨士男の作品も認められてゆく。特に作之助は「夫婦善哉」（「海風」一九四〇・四）で七月に「文藝推薦」賞を得て、文壇進出の足がかりとする。

▼4月

戦局 9日、独軍がデンマーク王国・ノルウェー王国に侵攻、デンマークが降伏。

社会 8日、国民体力法公布。

社会 9日、日本ニュース映画社（後の日本映画社）設立。

社会 10日、米穀強制出荷命令発動。

文学 井伏鱒二「へんろう宿」（「オール讀物」）

文学 織田作之助「夫婦善哉」（「海風」）

文学 上田廣「青い鳥」（「文學界」）

文学 野口冨士男「風の系譜」（「文學者」～6月）

文学 北原武夫「青春」（「文藝」）

文学 **太宰治「善蔵を思ふ」（「文藝」）**

文学 宮本百合子「三月の第四日曜」（「日本評論」）

文学 **太宰治『皮膚と心』（竹村書房）**

宮本百合子は「文芸時評（4）」（「都新聞」一九四〇・一二・一）で、一九四〇年に「系譜的な作品がどつさり書かれた」理由を、「目前の無説明な、紛糾に対して何とか会得の筋道を見出したい切実な要求」に求めている。たしかに系譜小説では過去の時間が圧縮して表現され、そこに人物や一家の足どりという「筋道」が付けられる。そうした俯瞰的な認識のあり方が、現下の世相を描き難くなり、人々が日一日と変わる状況への対応に追われたこの時期に、強い魅力を放ったようなのである（参照＝斎藤理生「織田作之助『夫婦善哉』の「形式」―「系譜小説」を手がかりに―」、「日本近代文学」二〇一三・一一）。

もっとも、太宰治はそうした流行とは無縁であった。太宰にとってこの時期は、前年の「女生徒」（「文學界」一九三九・四）をはじめとする作品群の好評を背景に、より精力的に活動を始めた時期に当たる。一月には五作品を発表。以後も毎月、継続的に作品を世に問うている。なかでも「中央公論」二月号の新人作家特集に「駈込み訴へ」を掲載したことは、文壇での地位の再確立を意味した。また、「月刊文章」の「女の決闘」で初めて連載を持ったことも、安定した創作活動を物語っている。四月二〇日付で『皮膚と心』を竹村書房から刊行したことで、書きためた短篇を集として出版するというサイクルも軌道に乗る。この時期には随想も毎月二篇以上発表している。

生活面においても、正月三が日の間に「昭和十一年十月以後、破門のようになっていて無沙汰していた、佐藤春夫宅にも年始の挨拶に行った」（山内祥史『太宰治の年譜』、二二四頁）ことで復縁を果たしたり、三月下旬に田中英光と面会し、『杏の実』を『オリンポスの果実』に改題させて取り持ち、田中の本格的な文壇デビューの橋渡しをしたり、山岸外史『芥川龍之介』（一九四〇、ぐろりあ・そさえて）の出版記念会では幹事として尽力するなど、表面上は文壇人として充実した活動をした時期であった。ただ同時に、「鷗」の語り手に「私は、いま、なんだか、おそろしい速度の列車に乗せられてゐるやうだ。この列車は、どこに行くのか、私は知らない」と、先行きの見えないまま加速してゆく状況への不安を語らせてもいたのである。

▼5月

戦局　10日、英、チャーチル挙国一致内閣成立。独軍、蘭・ルクセンブルグ・ベルギーに侵攻。

戦局　15日、蘭、独に降伏。

戦局　28日、ベルギー国王、独に降伏。ベルギー首脳陣は英に亡命政府樹立。

社会　1日、国民優生法公布。

社会　17日、閣議で、新聞雑誌用紙統制委員会の設置決定。

文学　6日、日本文芸家協会主催の文芸銃後運動第一回講演会開催（～13日）。

文学　窪川稲子「夢の彼方」（「改造」）

文学　張赫宙「密輸業者」（「改造」）

文学　**太宰治「走れメロス」（「新潮」）**

文学　高村光太郎「自分と詩との関係」（「文藝」）

文学　會津八一『鹿鳴集』（創元社）

一九四〇年五月―八月

文芸銃後運動の拡大と東京オリンピック・ロスの磁場　小澤　純

ドイツ軍による周辺国への侵攻は勢いを増し、戦車と航空機を大量投入した電撃戦でダンケルクから英仏連合軍を撤退させてパリを掌握、七月にはバトル・オブ・ブリテンを開始する。この時期の太宰作品に目を通した時、六月完結の「女の決闘」（「月刊文章」）にせよ、五月の「走れメロス」（「新潮」）にせよ、ドイツ文学との結び付きが強いのは偶然ではないだろう。七月に連載が始まる「乞食学生」（「若草」）の第三回には、「フランスの人だつたら、だめだ。」「敗戦国ぢやないか。」と言い捨てる少年を登場させ、ヴァレリーを持ち出す〈私〉を狼狽させることになる。五月にチャーチルの挙国一致内閣が成立していたが、日本でも七月に第二次近衛内閣が成立、大東亜新秩序を掲げて南進政策に乗り出した。直前には七・七禁令施行で「ぜいたくは敵だ」のスローガンが飛び交い、労働組合は消滅している。中央公論社が後押しした「新風」は創刊号（一九四〇・六）で廃刊となった。

菊池寛を主唱者として日本文芸家協会主催の文芸銃後運動が計画され、五月六日より実施された。菊池、久米正雄、横光利一、林芙美子、吉川英治等が浜松から京都に向かう先々で講演した第一回については、岸田國士「文芸銃後運動――各地公演旅行の目標」（「東京日日新聞」一九四〇・五・二二～二三）が詳しい。岸田によれば「空前といはれるほどの盛況」で、作家は自己批判しつつ為政者による国民への警告の意を汲み、「進んで、国民全体のぎり〳〵結着の力を出しきる生活と秩序とを自分自身の手で作り上げる正しい方向を発見」しなければならない。文学者の言葉には、「自己陶酔による徒らな鼓舞や激励や叱咤はない代り、政府の代弁者たちのもたぬ反省もあり、自責もあり、苦さにみちた述懐があ」り、「黙々として国民の歩む道」を示すというのだ。第二回での講演をリライトし、小林秀雄は「文學界」八月号に「事変の新しさ」を発表するが、「歴史始つて以来の大戦争」と「非常な大規模な新しい政治」という未曾有の経験への覚悟を養う、まさに岸田のマニ

▼6月

戦局 4日、英仏連合軍、ダンケルクから撤退。
戦局 10日、伊、英仏に宣戦布告。ノルウェー、独に降伏。
戦局 14日、独軍、パリに無血入城。
戦局 22日、仏、独に降伏。
社会 3日、聖戦貫徹議員連盟、一国一党の結成を主唱。
社会 24日、近衛文麿、枢密院議長を辞任。新体制運動推進を表明。
文学 22日、馬場孤蝶没（七〇歳）。
文学 18日、古田晁が筑摩書房創業。
文学 中野重治「街あるき」（「新潮」～7月）
文学 **太宰治「盲人独笑」（「新風」）**
文学 **太宰治「古典風」（「知性」）**
文学 室生犀星「戦死」（「中央公論」）
文学 幸田露伴「連環記」（「日本評論」～7月）
文学 三好十郎「浮標」（「文學界」～8月）
文学 **太宰治『女の決闘』（河出書房）**
文学 **太宰治『思ひ出』（人文書院）**

フェストに沿うものである。秀吉の朝鮮出兵失敗は持ち合わせの理論に拘ったからであり、一方、信長の桶狭間での勝利は「首尾一貫した解り易い形では現れぬ」理論の洞察に拠るとして、過去の理論を疑う難しさを説きつつ、「今日の非常時が、僕等凡庸の人間にも、この真理に近付く機会を提供してくれてゐる事」を強調する。この運動は「外地」へと拡大したが、近年、「満洲新聞」（一九四〇・八・二七～三一）に掲載された小林の講演録「事変の新しさ」が西田勝によって再発見された（「すばる」二〇一五・二）。菊池、中野実三と臨んだ新京の女性限定の会場で、小林は「今度の戦争といふやうなものも之は広い意味から見れば政治政策なんです……政策も非常に拙い政策で戦争をしなくても済むものならばしない方がいゝ」と漏らす。「内地」のメディアには載せられない本音であったか。

　こうした時局に通底する機運は、例えば白樺派の長與善郎「文芸時評」（「東京朝日新聞」一九四〇・五・二八～六・一）にも及ぶ。第二回「日本人の教養――羽仁五郎君の労作を読む」では「局部の知識しかない事務官上りが官僚閥でいつ迄も重職に就く規則」を批判して、菊池を「政治の要所にもつと取り立てる日本にならないと駄目だ」と断言し、第三回「現代新人の通性――自信のない基本作因」では、新人作家の「小器用で、達者になつてゐる割に、肝腎な要所が何かふわりとしてゐて、締めくゝりが明かでな」い「蒙昧」の典型として「知性」六月号に載った太宰「古典風」をたしなめる。いわば後続を動員する物言いだが、太宰は六月二日の同紙に「自信の無さ」を発表、「私たちは、この世紀の姿を、この世紀のまゝで素直に肯定したい」と即座に反論し、「臆病な労苦」を重ねることを「決定的な汚点だとはちつとも思ひません」と締め括った。ただ、「乞食学生」第一回で、「自信がないんだよ、僕は。」と〈私〉が少年に伝えても、「へん。自信がないなんて、言へる柄かよ。」と切り返されており、さらに戦時下に育った世代との差異を考える必要もあろう。

　ある意味では自信に溢れた英雄《ヒーロー》を描く「走れメロス」は、松本和也『昭和一〇年代の文学場を考える――新人・太宰治・戦争文学』（二〇一五、立教大学出版会）が指摘するように、ナチスが主導した一九三六年のベルリン・オリンピックと一九四〇年に開催

▼7月

戦局 10日、独、バトル・オブ・ブリテン開始。

社会 7日、奢侈品等製造販売制限規則（七・七禁令）施行。

社会 8日、日本労働総同盟、自主解散。産業報国会に編入。

社会 22日、第二次近衛文麿内閣成立。陸相は東條英機。

社会 26日、閣議で、「基本国策要綱」（大東亜新秩序）が決定。

社会 27日、英人をスパイ容疑で一斉検挙、後に国外追放。

文学 8日、吉行エイスケ没（三四歳）。

文学 中野重治「齋藤茂吉ノオト」（「日本短歌」他～42年2月）

文学 坂口安吾「イノチガケ」（「文學界」～9月）

文学 金史良「草深し」（「文藝」）

文学 **太宰治「乞食学生」（「若草」～12月）**

文学 萩原朔太郎『帰郷者』（白水社）

予定だった東京オリンピックをめぐる同時代文脈を張り巡らせつつ、少女の視線に「赤面」するアイロニーが組み込まれることで、大文字の歴史を異化する批評的な視座を確保していたとも捉えられる（二六四頁）。同時代評では、「新潮」六月号での「いふほどのこともない」（嵯峨伝「創作月評」）や「文藝」六月号での「更に簡潔に書かれてあつたら好小品となつた」（K・G「作品短評」）と傑作扱いしない雰囲気が印象的だが、「早稲田文學」六月号の稲垣達郎「五月の小説」は、「鬼才とか新時代を感じ」るのは性急で、このまま後続作家が太宰の語り方に影響を受ければ「文学は少年の玩具にな」ると警告、「美しいといふことが、文学にとつてそれほど重大」かと疑義を呈す。受容の問題として、「走れメロス」の両義性の一端に触れたものと言え、文芸銃後運動等によって時局の言葉が浸透していく只中での評者の危機意識を読み取ることができる。同時に、「新風」に載った「盲人独笑」における抑制の効いた修辞と構成を並べてみれば、幻の東京オリンピックを代補する紀元二六〇〇年の諸行事への際どいアイロニーを、太宰の諸テクストから読み込む一助となろう。

ところで、「走れメロス」掲載の「新潮」五月号には、中野重治が「二つの本」で山本有三編〈日本少国民文庫〉第五巻の吉野源三郎『君たちはどう生きるか』（一九三七、新潮社）とプロレタリア歌人・坪野哲久『百花』（一九三九、書物展望社）を取り上げている。新刊でもない前者を選んだのは、原案の山本が「主婦之友」に長らく同伴作家的な「新篇路傍の石」を連載（同年七月に当局の干渉により断筆）していた状況と関わるだろう。興味深いのは、中野は「一つの部分的な不満」として、主人公コペル君の描写が「大人のこのみから、また大人の常識判断から」書かれて子供の経験が湧き出ず、「全体として教師風な匂ひがにほつて来る」点が「山本氏の芸術全般に結びつ」くと指摘していることだ。また『百花』についても、坪野が齋藤茂吉の歌論を観念的に理解するのみで、「上辺は甚だ精神面の勝つたものとなりながら、内面的にうすいものとなつて行く」歌に不満を漏らす。観念への批判的態度を小林と共有するが、広義の啓蒙意識への違和に裏打ちされており、「日本短歌」七月号に始まる「齋藤茂吉ノオト」の厳しさの基底を垣間見ることができる。

▼8月

戦局　7日、独、アルザス＝ロレーヌを編入。

戦局　24日、独空軍、ロンドンを誤爆。

戦局　26日、英空軍、ベルリンを報復空襲。

社会　15日、立憲民政党解散。議会制民主主義の停止。

社会　ベルリン・オリンピックの記録映画「オリンピア」が好評。

文学　23日、久保栄等が一斉検挙される「新劇事件」、新協劇団・新築地劇団に解散命令。

文学　25日、賀川豊彦、憲兵隊に拘引。

文学　30日、長谷川天渓没（六三歳）。

文学　伊藤整「得能五郎の生活と意見」（「知性」～41年2月）

文学　小林秀雄「事変の新しさ」（「文學界」）

文学　北原白秋『黒檜』（八雲書林）

中野が師事した室生犀星もまた、「中央公論」六月号に掲載した「戦死」によって、時局への違和を静かに表明している。同誌の巻頭言「更めて戦争を考へる」には、「支那事変始つて以来已に三年、わが陸海空軍の将兵は酷暑厳寒の中にあつて、百戦百勝、国民はその労苦と犠牲に感謝すると共に、その武勲赫々たることを誇りとする」とあり、「本気で戦争をやる政治家がほしい」と揚言されるが、「戦死」は、日本側が初の大敗を喫し隠蔽された、一年前のノモンハン事件での戦死者・岡荻博伍長をめぐる物語である。作家の山野（犀星がモデル）は、「五十人くらゐで五倍くらゐの敵兵と戦つて行方が分らなくなつた」博の葬儀のため、一三年振りに田端を訪れる。博は隣家の彫刻家・岡萩の長男だが、幼くして亡くした山野の次男に瓜二つだったため、山野は自宅に招き可愛がり、度が過ぎたために岡萩を不機嫌にすることもあった。やがて山野の長男と岡萩の長女が結婚し、山野にとって博は長男の義弟となる。本作では、葬儀の日に庭池の端に重ねられ干からびた鮒、関東大震災で埋められた人々、そしてかつて住んだ家の書斎を見て幻視する「数限りもない小説の死体」から這い出る無数の蛆が、博（と次男）の死に折れ重なっていく。在郷軍人が開く告別式に馴染めない岡萩老人や気丈な妻の孤影は、戦時体制下の一義的な「戦死」に対して、取り返しのつかない個人の死を刻み込む。翌年、本作は第三回菊池寛賞を受賞するが、戦禍が限りなく拡がる太平洋戦争前夜においては皮肉と受け取るしかない。

かつて太宰は「地球図」（「新潮」一九三五・一二）によって鎖国後の日本の牢獄で生を終える伴天連シロオテの孤影を描いた。坂口安吾は同様の素材で「イノチガケ」（「文學界」一九四〇・七～九）を執筆、しかし信長、秀吉、家康の切支丹政策の歴史を俯瞰しながら殉教の荘厳を減殺する技術にも焦点を当て、現在の戦時体制に通ずる近世の閉じたシステムにシローテの生を写し出した。七月二七日、在日イギリス人一一名が軍機保護法違反容疑で一斉検挙され、ロイター通信東京支局長コックスが憲兵隊の取り調べ中に司令部から飛び降り死亡したのは、その二日後のことであった。八月頃、太宰は、社会から隔離されて結核の療養を続ける文学青年・木村庄助との文通を始めている。

▼9月

戦局 23日、日本軍、北部仏印に進駐。

戦局 25日、米国、重慶政権に二五〇〇万ドル借款供与(為替援助)。

戦局 27日、日独伊三国同盟、ベルリンで調印。

社会 1日、「東京朝日新聞」と「大阪朝日新聞」を、「朝日新聞」に名称統一。

社会 13日、講談落語会、艶笑物、博徒物などの口演を禁止。

文学 **太宰治「女の決闘」その他**(**「月刊文章」**)

文学 小田嶽夫「魯迅伝」(「新潮」)〜11月)

文学 **太宰治「失敗園」**(**「東西」**)

文学 堀辰雄「野尻(のち「晩夏」と改題)」(「婦人公論」)

文学 田中英光「オリンポスの果実」(「文學界」)

文学 高木卓『歌と門の盾』(三笠書房)

一九四〇年九月—一二月 始動する大政翼賛会文化部と文壇新体制

松本和也

一〇月上旬、太宰治は東京商科大学で「近代の病」と題して講演した(山内祥史『太宰治の年譜』、一三二頁)。これをシンポジウム「近代の超克」に通じる、対米英戦下における近代の再検証と同列に扱えるかは議論を要するが、国民国家日本にとって目標でもあった近代が、その意味を大きく変えつつある時代に、太宰のような文学者も無縁だったわけではない。そもそも太宰は、マルクス主義という思想からの転向作家でもあるのだから。そうした時期に、太宰は戦時下の芸術家宣言とも称すべき「一燈」を発表する。同作は、時局に屈せずに芸術至上主義を掲げた小説ではない。そうではなく、松本和也が「戦時下の芸術家(宣言)——太宰治「一燈」試論」(「太宰治スタディーズ」二〇一六・六)で論じたように、「芸術家である「私」が、作中に書きこまれた歴史的契機によって皇族-国民国家へと近接していく過程を自己言及的に綴った、国民誕生の物語」(五九頁)なのである。

ほぼ同時期には、第二次近衛内閣のもとで展開されてきた新体制運動の一つの帰結として、大政翼賛会が結成され、一〇月一二日には発会式を迎えた。同会に設置された文化部の部長には、一〇月一九日、満洲視察から帰ったばかりの岸田國士が抜擢された。陸軍軍人の父をもち、自らも陸軍士官学校を卒業した後、フランス文学・演劇を学んだ岸田は、すでに演劇人として一家をなしていたが、その両義的な立場については、白太郎「人物素描 岸田國士」(「文藝」一九三七・四)がよく照らし出している。岸田をさまざまな面において両義的な存在だと評す白太郎は、「思想的にいつても、彼はいはゆる「進歩的」な側に属する、少くともその方のシンパの一人」であると同時に「「文芸懇話会」の指導的なメンバーの一人」でもあるとして、つまりは左右両派からみて「「客分」」(一二七頁)なのだという。大政翼賛会文化部長というポジションも、こうした岸田の相貌にふさわしい。この人事については、山本有三、中島健蔵、三木清らがお膳立

▼**10月**

戦局　19日、国民政府、黄河以南の新四軍・八路軍に黄河以北への移動を命令。

戦局　30日、駐ソ連大使建川美次、訓令によりソ連に不侵略条約締結を提議。

社会　12日、大政翼賛会発会式。

社会　19日、岸田國士、大政翼賛会文化部長に就任。

社会　31日、東京のダンスホール、この日限りで閉鎖。各ホール超満員。

文学　11日、種田山頭火没（五八歳）。

文学　櫻田常久「平賀源内」（「作家精神」）

文学　高木卓「北方の星座」（「新潮」）

文学　小田嶽夫「紫禁城の人」（「文藝」）

文学　**太宰治「一燈」（「文藝世紀」）**

文学　金子光晴『マレー蘭印紀行』（山雅房）

てをしたと目されているが、この時期、文化統制に対するバリケードとしての役割を担い得る人物が求められており、岸田が適任と目されたのだ。逆にいえば、バリケード不在のまま時局に押し流されるように文化統制が進んでいくことに対する危機感が、現実的なかたちで表面化してきた時期だということでもある。こうした危機感は、文壇で広く共有されてもいた。そのことは、松本和也「岸田國士の大政翼賛会文化部長就任をめぐる言説」（「立教大学日本文学」二〇一八・一）に報告された通り、岸田の文化部長就任が報じられた直後から、その人事について、さまざまな立場の文学者が一斉に、きわめて好意的に評価していたことにも明らかである。

　そうした文壇新体制の機運のなかで、佐藤春夫、中島健蔵らが日本文芸中央会、阿部知二、岸田國士らが日本文学者会、長谷川時雨、野上彌生子らが女流文学者会を、それぞれ結成する。こうした動きは、文学領域における自主的な戦時体制強化ともみられる。

　大政翼賛会文化部の事業とも軌を一にしながら文壇で話題になったのは、国民文学論である。昭和戦前期の国民文学論は、平野謙が「太平洋戦争下の国民文学論」（「文学」一九五五・二）で指摘した通り、「中日戦争勃発前後と太平洋戦争中と二段に分けて問題にされた」のだが、正確には一九三七年上半期と、一九四〇年下半期～翌年の二度のピークをもつ。「最近、国民文学といふことが、やたらに使はれる。すこし軽々しいと思はれるくらゐ、これは今日の流行語となつてゐる」と実感をもらす榊山潤は「国民文学とは何か」（「文藝」九四〇・一二）において、「新体制に協力するための、文学者の合言葉といへば、殆んど全部が国民文学」だとまで評して、その盛況ぶりを指摘していた。肝心の議論はといえば、各人がそれぞれの立場・関心から「国民文学」を論じ、あるいは日本の古典作品を「国民文学」と意味づけるなど、多彩な展開がみられたが、議論が深められることはないままにブームは沈静化した。そうしたなかで、翌年になると、小田切秀雄「国民文学論への省察」（「日本文藝」一九四一・七）に、次のような整理が見られた。

　近代日本の文学が国民のうちから孤立して永く自己封鎖的ないとなみをつづけて来

▼11月

戦局 13日、御前会議、日華基本条約案および支那事変処理要綱を決定。

戦局 20日、ハンガリー、日独伊三国同盟加入（23日にはルーマニア、24日にはスロバキアも加入）。

社会 1日、築地小劇場、戦時統制により国民新劇場と改称。

社会 10日、紀元二六〇〇年祝賀行事。

文学 20日、小熊秀雄没（三九歳）。

文学 平岡公威「彩絵硝子」（「學習院輔仁会雑誌」）

文学 浅野晃「国民文学への道」（「新潮」）

文学 稲垣足穂「彌勒」（「新潮」）

文学 **太宰治「きりぎりす」（「新潮」）**

文学 岩倉政治「村長日記」（「中央公論」）

たことへの反省は、すでに数年前繰り返し論議された文学大衆化の問題のなかに強く意識されてゐたのであつたが、その後も横光利一の「純粋小説論」の提唱のなかに同じ反省が全く別の方向に於いて意識されて以来、文学を国民万人のものとするための努力は現代文学の根本的な課題の一つとして残つてゐた。

つまり、この時期の国民文学論とは、一方で帝国日本のナショナリズムと連動した側面をもつと同時に、他方では、文学（者）と国民（読者）の乖離を問題化する立場から、いいかえれば、文学大衆化論の延長線上において議論されていたことになる。

ここで再び太宰の近況に戻れば、この時期には、複数の若い門人・友人たちとの交流がはじまっており、注目される。

第一に、九月には、かつて太宰を頼って戦場から「鍋鶴」原稿を送り、太宰が「若草」への仲介をした縁のある田中英光が、「オリンポスの果実」を発表した。前年、三鷹の太宰のもとを訪れた田中は、「否の実」を持参したが、太宰は「オリンポスの果実」と改題させた上で、「文學界」に斡旋した。なお、同作は第七回池谷信三郎賞を受賞し、高山書院から単行本が刊行される際には、太宰が序文を寄せている。

第二に、一一月には、新聞の消息欄で太宰が三鷹に転居したことを知った小山清が、三鷹下連雀に太宰を訪ね、以後師事した。

第三に、一二月には、戸石泰一と三田循司とが、初めて太宰宅を訪問し、その後、二人は一月に一度は必ず三鷹を訪ねるようになった。この二人は、後に太宰が書くことになる「散華」（「新若人」一九四四・三）のモデルであり、三田はアッツ島で玉砕した守備隊の一員となる。二人の他にも、阿川弘之や森田実歳、千谷道雄らも太宰と会う機会があったという。いずれも、第二高等学校の出身で、「芥」という同人雑誌を創っていた。

第四に、同じく一二月、堤重久も「どうしても太宰に会いたい」という思いを募らせて、三鷹に太宰を訪ねた。その後、堤は、四日か五日に一度位の割で、繁々と三鷹に通ったという。弟の堤康久は前進座の俳優で、『正義と微笑』（一九四二、錦城出版社）

▼12月

戦局　18日、ヒトラー、一九四一年五月までに対ソ戦〈バルバロッサ作戦〉準備を命令。

社会　6日、内閣情報局発足。

文学　寒川光太郎「嶺」(「中央公論」)

文学　**太宰治「ろまん燈籠」(「婦人画報」〜41年6月)**

文学　白川渥「崖」(「文藝首都」)

文学　舟橋聖一「氷雪」(「文藝春秋」)

文学　伊藤整『典子の生きかた』(河出書房)

文学　島木健作『或る作家の手記』(創元社)

文学　山之口貘『山之口貘詩集』(山雅房)

の材料となる日記を提供したことで知られる(山内祥史『太宰治の年譜』、二三五頁)。

　一九四〇年一二月には、内閣情報局がつくられた。これは、一九三六年に設置された内閣の情報委員会が、一九三七年内閣情報部となり、一九四〇年にさらに拡充改組されたものである。情報局には総裁、次長の下に、一官房、五部一七課が置かれた。第一部は企画調査、第二部は新聞、出版、報道の指導取締り、第三部は対外宣伝、第四部は出版物などの検閲取締り、第五部は映画、芸術などの文化宣伝を、それぞれ担当した。実質的な一元化が完成したのは敗戦直前の一九四五年五月で、戦後、一二月には機構そのものが廃止された。また、一二月一九日には日本出版文化協会が設立され、用紙配給統制にあたるようになり、二八日には用紙配給規制規則も公布された。文化統制は、紙(の配給)というごく物質的なレベルで文学活動を規定していくことになる(参照＝五味渕典嗣「紙の支配と紙による支配――《出版新体制》と権力の表象」、「インテリジェンス」二〇一二・三)。

　こうした様々な、しかしゆるやかに方向性を共有した動きがみられた一九四〇年は、文壇内部ではどのように総括されていたのか。ここでは、無署名「新潮評論」(「新潮」一九四〇・一二)を参照する。「今年の文芸界はいかに動いたか」という小見出しのもと、「事変以後、文学が一応自己批判を遂げた後に於いて、文学者の大量従軍だとか、文学の国策への協力だとかいふことに依つて、文学と政治の接近といふことは、実際の上に、ちよいちよいその事実を示してゐた」として、戦争文学、農民文学、大陸文学、文学者の従軍・戦場視察、北支や満洲の見学等々を例示した上で、それらを「文学と政治との交渉とか接近といふ姿態を示してゐる現はれ」とみる同文では、それらが「ハッキリとした自覚の下に問題」となり、「意識して積極的に、文学の側と政治の側とから接近が計られたり、密接な交渉が持たれるやうになつた」ことが、前年と比した特徴だと指摘されていた。国内外の政治動向と関わった文学をめぐる一連の現実的な動きに対して、文学者の意識が否応なく高められていったことこそ、この年最大の文学的出来事だったのかもしれない。

▼1月

戦局 4日、中国、皖南事件。

戦局 8日、東條陸相が「戦陣訓」を通達。

社会 6日、官吏制度改革公布、施行。

社会 11日、新聞紙等掲載制限令、公布。

社会 16日、大日本青少年団結成。

社会 22日、閣議で人口政策確立要綱を決定。

文学 阿部知二「孤愁」（「改造」）

文学 **太宰治「佐渡」（「公論」）**

文学 **太宰治「清貧譚」（「新潮」）**

文学 **太宰治「みみづく通信」（「知性」）**

文学 **太宰治「東京八景」（「文學界」）**

文学 堀辰雄「朴の咲く頃」（「文藝春秋」）

文学 **太宰治「ろまん燈籠（その二）」（「婦人画報」）**

一九四一年一月―四月
見えざる転換――芥川賞と「こをろ」を例として

大國眞希

いわゆる一二月八日を前に戦争の波がひたひたと文学情況を浸している。そのことを考えるために、ここでは一見連続性を保ちながら、転換を迎えた文学事象をふたつ取り上げたい。ひとつめとして、同人誌「こをろ」における転換について記す。

一九四一年三月二八日に発行された「こをろ」は、表向きは通巻六号であり、そこに断絶は見えない。だが、前年末に同人を解散している。いわば第二期の始動と言える。一九四〇年末の解散については、旧制福岡高校出身者と長崎高商出身者との（結成当初から伏流していた）対立に原因をみる向きもあるが、昭和一五年から始まる新体制運動と、そこから展開された「大政翼賛会」とも無関係ではない。むしろ、この時に二〇代前半であった若者たちが、文学とどのように関わり、現実と向き合い、それを超えてゆけるのかという問題に真摯に取り組んだことの表れであると考えられる。当然ながら、「こをろ」誌上においても「新体制」への意識は表明されている。第四号（一九四〇・九）の「一周年の言葉」に「私達、昭和の子らは、新体制へと欣然として参与致します」と書かれ、第五号（一九四〇・一二）の「編集後記」には「新体制は大政翼賛会として、組織は大変立派に出来てゆくらしい。そのくわしい事はよく知らないが、新しい思惟と心情の形は、この時代に僕たちの「こをろ」に、一つの明らかな方向を示すだろう」とあるように。では、具体的には「新体制」をどのように具現化してゆけばよいのか。大政翼賛会に呼応するように各地で文化翼賛団体が結成されており、福岡も一九四一年一月に黒田静雄が中心となって九州文化協会を結成した。続いて、三月三〇日には北九州文化聯盟が組織され、その中核には火野葦平がいた。五月二五日には原田種夫らが福岡地方文化連盟を結成した。矢山ら「こをろ」の同人は福岡地方文化聯盟の発会式に呼ばれていたが、不参加。文化翼賛の声で多くのひとが集められ九州文化協会がつく

▼2月

戦局 17日、トルコ、ブルガリア不可侵条約締結。

社会 7日、米穀法改正案を提出（代用食の国家管理）。

社会 11日、日満親善公演〈歌ふ李香蘭〉で日劇周辺に警官が出動する騒ぎ。

社会 26日、内閣情報局、総合雑誌編集部に執筆禁止者リストを示す。

文学 井伏鱒二「黒い表紙の日記帳」（「改造」）

文学 川端康成「冬の事」（「改造」）

文学 上林暁「悲歌」（「新潮」）

文学 伊藤整「桜谷多助のノオト」（「新潮」）

文学 金史良「光冥」（「文學界」）

文学 丹羽文雄「書翰の人」（「文藝」）

文学 **太宰治「服装に就いて」（「文藝春秋」）**

文学 堝政盈「アルカリ地帯」（「中央公論」）

られ、「九州文學」内を二分することとなり、その反動で協会に漏れた人たちが「福岡地方文化連盟」の組織にかかる。大義名分があるにせよ、政治的に、文化的な見通しなく組織を作ったというふうに考えた矢山は義憤を感じ、火野葦平や田中稲城へ手紙を書いている。一九四一年五月二六日付田中稲城宛書簡には「私は、文化聯盟にも、きはめて、批判的であり、又、消極的な態度をとって来ました」とあり、六月一四日付眞鍋呉夫宛書簡には「文化聯盟、文化協会の問題には、近づかぬことにした」と書かれている。大政翼賛、新体制のお題目を唱えながら、その実は「内紛」であったり「政治ゴッコ」であったりすることなく、その中身が問われるべきではないか、との矢山の主張を窺うことができる。その様な状況下での「こをろ」の解散である。矢山は一九四〇年一二月一三日付鳥井平一宛書簡において「こをろの新体制をはからねばならぬ」と、〈新体制〉という語を使用して、「こをろ」の解散問題に触れている。「こをろ」六号において〈新体制〉として変化が見られるのは、誌面内容よりもむしろ同人を「同人」ではなく「友達」と呼ぶことになった点である。六号（一九四一・三）の「編集後記」には「「同人」が「友達」に立直つて最初のこをろが出来た」と巻頭に示され、また雑誌の巻頭の扉には、「私達は日本の文化を育成したい／「こをろ」はこの趣旨に集つた「友達」である／「友達」はこの趣旨のために会誌「こをろ」を持つ」と掲げられている。この「友達」の語の意味につき、同号で眞鍋呉夫は「矢山哲治は、友達 Die Kameraden の保つ、同伴者としての意味、戦友としての意味を話してくれた。私は、カロッサの「ルーマニア日記」に語られたいみじいことばを想ひ出す」と解説している。英語でいうところの〝friend〟、つまりは〝freund〟ではなく、仲間や戦友を意味する〝Kameraden〟を充てている点には注意を要する。眞鍋がはっきりと示しているように、これは「連帯」や「戦友」を強く意識させる語である。先に触れた「ルーマニア日記」の「いみじいことば」とは、「互ひに結ばれ合つてゐるといふ確信と感情が突然久方ぶりに今までになく強くなつた。幾月もの間共に味つたこと、出発とか夜行軍とか戦闘とか激憤とか死の恐怖とか——さうしたものが所有物となり、最も深

▼**3月**

戦局 1日、ブルガリア、日独伊三国同盟に加盟。
戦局 2日、独、ブルガリア領内に進駐。
社会 1日、国民学校令施行規則公布。
社会 10日、治安維持法改正、予防拘禁制追加。
社会 20日、国家総動員法改正、施行。
文学 火野葦平「兵隊」(「改造」)
文学 廣津和郎「流るる時代」(「改造」)
文学 上野俊介「丹頂」(「現代文學」)
文学 檀一雄「月虫のこと」(「コギト」)
文学 島尾敏雄「暖い冬の夜に」(「こをろ」)
文学 多田裕計「長江デルタ」(「大陸往来」)
文学 堀辰雄「菜穂子」(「中央公論」)
文学 **太宰治「ろまん燈籠(その三)」(「婦人画報」)**

い実質となつてしまつたので、それを放棄することは自分自身の本質を喪失するものだと」気付き、〈行進〉を続けた場面を指す。「友達」の説明で眞鍋呉夫がこの部分を引用したことと符号するように、"Kamerden"は、タイケ作曲の行進曲「旧友(Alte Kamerden)」に使用される名詞だ。つまり、「友達」とはただの仲良しを意味するのではなく、「こをろ」世代、つまり当時二〇代前半の世代の若者たちが「遭遇しなければならぬ、さうして、超越してゆかねばならぬ」(前掲島井宛書簡)と考えた現実に対しての連帯を強く意識した語であると判じられるだろう。あからさまには見えることのない一九四一年を挟んで実施された「こをろ」の転換は、「新体制」、「大政翼賛会」、そして、直後に訪れる「十二月八日」の開戦へと至る時代状況下で起こった、その時代に対応する出来事であった。

一九四一年一月に発表された太宰治「清貧譚」にも「私の新体制も、ロマンチシズムの発掘以外には無いやうだ」という一文が冒頭に書き込まれており、松本和也が示したような「新体制言説との交渉の中に「清貧譚」を(再)配置し、その歴史的な相貌を照らしだす」必要が生じるだろう(『昭和一〇年代の文学場を考える――新人・太宰治・戦争文学』(二〇一五、立教大学出版会、二七〇頁)。太宰について言えば、「人の転機の説明は、どうも何だか空々しい。その説明が、ぎりぎりに正確を期したものであつても、それでも必ずどこかに嘘の間隙が匂つてゐるものだ」と書かれ、いわゆる前期から中期への「転機」を問題にする際に必ず取り上げられる作品「東京八景」も一月に発表されている。

もうひとつの方針転換として次に芥川賞をあげておきたい。第一二回芥川賞(一九四〇年下半期)が一九四一年三月「文藝春秋」誌上で発表され、櫻田常久の「平賀源内」(「作家精神」一九四〇・一〇)が当選した。芥川賞候補作として掲載された牛島春子の「祝といふ男」(『日満露在満作家短編選集』一九四〇・一二、春陽堂書店)にはいわゆる戦局の影響が窺える。中山義秀は「文藝春秋に「平賀源内」がある。芥川賞の当選作だ。審査員諸家の親切な批評があるから、蛇足を加へる必要はないが、私などにはたいして魅力のある作品ではない。/牛島春子氏の「祝といふ男」、火野氏の「兵隊」には、

▼4月

戦局 13日、日ソ中立条約締結。

社会 1日、国民学校令施行。

社会 1日、大都市で米穀配給通帳制実施。生活必需物資統制令公布。

文学 檀一雄「漆黒の天国」（「現代文學」）

文学 寒川光太郎「草への思慕」（「少女の友」）

文学 中里恒子「童女二景」（「少女の友」）

文学 宮本百合子「杉子」（「新女苑」）

文学 渋川驍「鳩」（「新潮」）

文学 眞杉静枝「幸福の旗」（「新潮」）

文学 正宗白鳥「一日の苦労」（「中央公論」）

文学 森三千代「蔓の花」（「中央公論」）

文学 徳永直「風」（「日本評論」）

文学 **太宰治「ろまん燈籠（その四）」（「婦人画報」）**

文学 牛島春子「張鳳山」（「文學界」）

文学 藤島まき「あめつち」（「文學界」）

文学 里見弴「紙一重」（「文藝春秋」）

文学 火野葦平「春日」（「文藝春秋」）

陳甲義といふ支那人捕虜の性格が描かれてゐるが、これには祝廉天といふ満州人の性格が描かれてゐて、私のやうに支那も満州も知らぬ人間にとつては、かなり興味あるものだが陳甲義にしても祝廉天にしても、いづれもヒユウマニスチックな作家精神から作られた人物達である。だから読者に、反感など抱かせる筈がない。」（「中外商業新報」一九四一・三・一）と評価する。その他、白川渥の「崖」（「文藝首都」一九四〇・一二）は「現今の当局の忌避に触れる」と評され、当選に到らなかったが、「村梅記」（「文藝春秋」一九四一・五）は「前回の芥川賞の有力な候補作品「崖」の作者で、全くの新人といふことである。「崖」は知らないけれども、この作など読んで見ると、既に候補作品として発表された牛島春子氏の「祝といふ男」などよりも、はるかに優れた作品であると言はなければならないし、この一作を読んだだけでも、ずつと力量のある作家であることが分る」と中村武羅夫に絶賛されている（「中外商業新報」一九四一・五・二）。

そして、一九四一年三月に発表された「長江デルタ」が、一九四一年上半期の第一三回芥川賞を受賞した。選考の際に、一九四一年五月号の「三田文學」に掲載された相野田敏之の「山彦」と票が割れた。欠席していた選考委員の久米正雄が「ゲンチブンガクノメバエトシテスイセンス」と電報を打ち、辛くも当選が決定したのだ。後に中野重治は選考委員会の討議経過について多田裕計「長江デルタ」は文学的にいえば「高くないといふより低い」とか、「まづい」とか、「芸術的でない」とか、「なにか書生演説のやうなものがある」とか、「肌が荒々しい」とか、よくない作品だということで全員一致したのに、議論は作品の良しあしではなく、時局を認めるか認めないかというところへ焦点が移されてしまっているとし、ここに「芥川賞授賞の方針の明らかな転換」が見られると指摘する。つまり、この回で芥川賞は「軍国主義的転換」をしたと言え、「その後の日本に侵略主義的な戦争文学を大量に生みだすために、これが一つの強い引き金を引いた」（「批評の人間性」、『中野重治全集　第一二巻』一九七九、筑摩書房、七一頁）のだと。芥川賞が一時中断するのは一九四五年からではあるが、ここにもひとつの見えざる転換を指摘できるかも知れない。

▼5月

戦局　6日、スターリンがソ連首相に就任。

戦局　10日、独副総統ヘスが英国へ単独飛行し、対英和平打診を企てるが失敗。

戦局　11日、野村大使が米ハル国務長官に日米交渉修正案を提出する。

戦局　19日、ホーチミンを盟主にベトナム独立同盟を結成。反仏・反日民族解放路線決定。

戦局　27日、米大統領、国家非常事態を宣言。

社会　1日、社団法人日本映画社（日映）が設立され、ニュース・文化映画を製作する。

社会　5日、日本出版配給株式会社が創立される。

文学　廣津和郎「歴史と歴史との間」（「改造」）

文学　吉屋信子「驟雨　蘭印の日本婦人の純情哀話」（「主婦之友」）

文学　**太宰治「連載ろまん燈籠　その五」（「婦人画報」）**

文学　**太宰治『東京八景』（実業之日本社）**

一九四一年五月―八月
独ソ開戦をめぐる状況と「名スタイリスト」の進む道　井原あや

一九四一年五月、ソ連ではスターリンが首相に就任、その翌月、六月二二日にはドイツ軍三〇〇万がソ連を攻撃して、独ソ戦が始まり、イタリアもソ連に対して宣戦布告した。もちろん、この様子は日本においても報じられ、例えば、「ソ連つひに大戦に突入す」「独、対ソ宣戦を布告／ヒ総統進撃命令を発す」「伊も対ソ宣戦布告」「羅も宣戦進撃」「ソ連も戦闘命令を発す」「独空軍大挙、爆撃開始」「芬も対ソ行動開始」（いずれも「朝日新聞」東京版、一九四一・六・二三）というように、ソ連と近接する国々との戦況が示されたのである。

　こうしたソ連をめぐる戦況を、日本もまた注視していた。周知の通り、日本は同年四月に日ソ中立条約に調印し、相互の不可侵と中立を定めたはずであった。しかし、六月に独ソ戦が開始されると、翌七月には、南方進出に向けた対英米戦を視野に入れつつ、一方で対ソ戦を画策し、大本営は「関東軍特種演習」という名のもとに七〇万の兵力を満州に動員することになるのである。このような有様を評論家や文学者たちはどのように見ていたのであろうか。杉山平助は独ソ戦について、次のように記している。

　最近私は、いたるところの講演で、近く世界に大変動が生じ、その結果として、日本にも尻に火のついたやうな情勢が現出するであらうから、今からその心構へをもつて、戦ひ抜く覚悟をきめなければならぬと、説いてまはるのを常とした。／しかし、私のさういふものゝの言ひ方には、インテリ気分の濃厚なものほど、反発を感ずるらしかつた。／（中略）今度の独ソ開戦といふ大事変がさういふ書斎的思案先生たちのために、現実直視のための白内障手術のやうな作用をなすことを、私はひそかに祈つてゐるものである。

（「〈曳光弾〉眼の鱗」、「朝日新聞」東京版、一九四一・六・二四）

今から見れば、この年の一二月の真珠湾攻撃を想起させる、予言めいたものにさえも思え

▼6月

戦局　22日、独軍三〇〇万がバルト海から黒海にわたる戦線でソ連を攻撃。独ソ戦争開始。続いて伊、ルーマニア、フィンランド、ハンガリーもソ連へ宣戦布告する。

戦局　23日、中共、反日独伊・反ファシスト国際統一戦線を呼び掛ける。

戦局　25日、連絡会議において南方施策促進（南部仏印進駐）に関する件を決定。

社会　9日、農林省、麦類配給統制規則を公布する。

文学　徳田秋聲「縮図」（「都新聞」28日～9月15日。情報局の干渉により中断となる。）

文学　**太宰治「千代女」（「改造」）**

文学　**太宰治「令嬢アユ」（「新女苑」）**

文学　**太宰治「ろまん燈籠　その六」（「婦人画報」）**

文学　眞杉静枝「烏秋」（「婦人公論」）

文学　中村地平『長耳国漂流記』（河出書房）

文学　眞杉静枝『南方紀行』（昭和書房）

てしまう文章であるが、ここで杉山は、「インテリ気分の濃厚なもの」たちに「戦ひ抜く覚悟」を説き、「日本にも尻に火のついたやうな情勢が現出するであらう」と述べている。欧州での戦争の有様は、これまでも例えば「欧州の戦乱は俄然バルカンに飛火して、独逸の精鋭は瞬く中にユーゴー及び希臘を席捲してしまつた。独逸兵の強さは、偉大な精神の下に鍛錬せられたるものと、さうでないものとの相違に依る。文学に於いても、その他あらゆる事業に於いても、この精神の有無が、結果に於いて大きな相違を将来することは云ふまでもない」（保高徳蔵「編輯後記」、「文藝首都」一九四一・五）と語られていたが、のちに国際スパイとして、いわゆるゾルゲ事件で検挙される尾崎秀實が「独ソ開戦は世界の抗戦態勢に少なからざる波紋を投じた。勿論枢軸国家対英米陣営の根本的抗争体系には変化は無いのであるが、枢軸国と事実上より密接な関係を保ちつゝ中立を標榜して来たソ連が枢軸国の主戦勢力たるドイツの攻撃の矢面に突如として立つに到つたことは抗争の分野に大きな変化を齎らすものであつた。（中略）／日本とソ連との関係にもまた変化が生じる可能性が存在してゐる」と、「独ソ開戦と重慶の立場」（「改造」一九四一・八）と題した評論を発表するなど、「独ソ開戦といふ大事変」（杉山平助前掲文）は、「欧州の戦乱」（保高徳蔵前掲文）という以上のものを突き付けることになった。

　こうしたなか、太宰は五月に「連載ろまん燈籠　その五」（「婦人画報」）を発表し、『東京八景』（実業之日本社）を刊行、翌六月には「千代女」（「改造」）、「令嬢アユ」（「新女苑」）、「ろまん燈籠　その六」（「婦人画報」）を発表している。続く七月には、初の書下し中篇小説『新ハムレット』（文藝春秋社）を刊行、そして八月には、前掲「千代女」「令嬢アユ」「ろまん燈籠」を収録した（ほか、「みみづく通信」「佐渡」「清貧譚」「服装に就いて」も収録）短篇集『千代女』（筑摩書房）を刊行、順調に仕事を進めていた。

　この時期、時局との関連という点においては、例えば、「令嬢」のように見える娼婦と「佐野君」の交流を描いた「令嬢アユ」のなかに次のような場面が出て来る。

「出征したのよ。」／「誰が？」／「わしの甥ですよ。」ぢいさんが答へた。「きのふ出

▼7月

戦局　2日、御前会議において、帝国国策要綱を決定する（対ソ戦を準備、南方進出のため対英米戦を辞せず）。大本営、「関東軍特種演習」の名目で七〇万の兵力を満州に動員する。

戦局　25日、重慶で米・英・中の軍事会作協議が行われる。

戦局　28日、日本軍が南部仏印に進駐。

社会　1日、全国の隣組が一斉に常会を開く。

社会　16日、第二次近衛内閣総辞職、18日、第三次近衛内閣成立。

社会　27日、満州文芸家協会が設立される。

文学　火野葦平「神話」（「改造」）

文学　上田廣「或日の水間部隊長」（「中央公論」）

文学　織田作之助『青春の逆説』（万里閣）

文学　**太宰治『新ハムレット』（文藝春秋社）**

発しました。わしは、飲みすぎて、ここへ泊つてしまひました。」まぶしさうな表情であつた。／「それは、おめでたう。」佐野君は、こだはらずに言つた。事変のはじまつたばかりの頃は、佐野君は此の祝辞を、なんだか言ひにくかつた。でも、いまは、こだはりもなく祝辞を言へる。だんだん、このやうに気持が統一されて行くのであらう。いいことだ、と佐野君は思つた。／（中略）／「をぢさんが、やつぱり、ゆうべは淋しがつて、たうとう泊つちやつたの。わるい事ぢやないわね。あたしは、をぢさんに力をつけてやりたくて、けさは、お花を買つてあげたの。それから、旗を持つて送つて来たの。」

「旗」――「ひらひらと国旗」を振る娼婦と、その娼婦と一夜を過ごした「をぢさん」。当時の「新女苑」は、〈教養〉と「女性の文化的上昇のルートを描いて見せた」（小平麻衣子『夢見る教養――文系女性のための知的生き方史』二〇一六、河出書房新社、九二頁）雑誌であり、娼婦という人物造形はそうした雑誌には不向きにもみえるが、「事変のはじまつたばかりの頃」と「いま」の違いが、「佐野君」を通して描かれている。こうした女性誌（「婦人画報」「新女苑」）への連載や発表、また、『綴方教室』（一九三七、中央公論社）の豊田正子・『煉瓦女工』（一九四〇、第一公論社）の野澤富美子という、当代の〈書く〉少女たちをモデルとして登場させた「千代女」など注目すべき点の多い時期であるが、ここで、当時の太宰の仕事ぶりを印象づける、「新ハムレット」に関する評に注目してみたい。

二月に執筆を開始し、五月末までかかって仕上げた「新ハムレット」は、刊行に先んじて太宰自身が紹介文（「新ハムレット――書下し長篇小説」、「文藝春秋」一九四一・六）を書くという力の入れようであったのだが、それにもかかわらず、同時代評においては「私には何が何やら分らなかつた」（正宗白鳥「空想と現実」、「日本評論」一九四一・九）、「主人公は太宰の興味を引いたらしいが、太宰のハムレットには生気がない」（板垣直子「太宰治論」、「新潮」一九四一・一〇）、「結果としては失敗作」（小坂松彦「文芸時評――二三の新進作家とその方法」、「赤門文學」一九四一・一二）というよう

▼8月

戦局　1日、米、全侵略国への石油輸出を禁止。対日石油輸出が停止となる。

戦局　12日、ルーズベルト大統領とチャーチル首相が米英共同宣言（大西洋憲章）を発表する。

社会　8日、文部省、各学校に全校組織の学校報国隊の編成を訓令する。

社会　30日、大学の学部に軍事教練担当の現役将校を配属する。

文学　森三千代「国違ひ」（「新潮」）

文学　葉山嘉樹「義侠」（「中央公論」）

文学　中村地平「かしの木や靴店」（「文藝」）

文学　林芙美子「旅人」（「文藝」）

文学　**太宰治『千代女』（筑摩書房）**

に、「失敗作」として受け取られていた。そうしたなか、山岸外史は「新ハムレット」を通して太宰という作家を次のように評している。

　太宰君の「新ハムレット」は、太宰君の最長の仕事にあたるといふことで、僕も前から、楽しみにしてゐた。／いろ〳〵、角度を変へて表現を企てる彼のことだから、また、一工夫あつたに違ひないといふスタイル上の興味もあつた。／（太宰君は、現在文壇では最も稀れな名スタイリストである）／（中略）／新作ハムレットは上述したやうに失敗してゐる作ではあるが、太宰治発展の途上にある『角度を変へた野心作』として、また、読者にとつてひとつの忘れられない意味を与へるものだと言つていゝであらう。／とまれ、太宰治ぐらゐ、各作毎にスタイルを変へ角度を変へて、懸命に仕事に従つてゐる作者は少いといへるのであつて、（中略）。

（「太宰治について　新ハムレット及び東京八景」、「文學界」一九四一・九）

　やはり山岸もまた、他の「新ハムレット」評同様に、その小説自体は「失敗」と述べるものの、太宰については、「各作毎にスタイルを変へ角度を変へ」る「最も稀れな名スタイリスト」と称えているのである。

　同じ頃、坂口安吾は座談会のなかで「太宰がいよいよ自分の書き易い方法を身に付けてきた感じがするんだ。とにかく自分の一番書き易い形式で書く。しかし文学としてそれでいゝかどうかが問題なんだ」（高木卓、大井廣介、坂口安吾、井上友一郎、平野謙、佐々木基一、宮内寒彌「〈座談会〉昭和十六年の文学を語る」、「現代文學」一九四一・一二）と、太宰の今後を危惧しているが、むしろ山岸の言う「名スタイリスト」の方が、今後戦局が悪化の一途を辿るなかでも小説を発表し続けるというスタンスを保つ太宰の有様を評していると言えるだろう。「名スタイリスト」は、この一年後にも、「知的冒険者」「文学的冒険者」（上林暁「〈文芸時評〉文学的冒険者」、「文藝」一九四二・六）と評されており、「当時の文壇にあっていかに太宰が特異な存在であったか」（井原あや「一九四二年五月―八月　南方と文壇の「知的冒険者」」六四頁）、戦中における太宰の特異な、そして多作ぶりがわかる。

▼9月

戦局　3日、独軍、アウシュヴィッツ強制収容所で、ソ連兵捕虜六〇〇人とユダヤ人二五〇人に初の毒ガス処刑執行。

戦局　8日、独軍、レニングラード包囲。

戦局　6日、日米交渉が難航する中、御前会議が帝国国策遂行要領を決定。10月上旬までに外交交渉が進展しない場合は対米英戦争を決意。

社会　15日、米穀国家管理実施要綱。

社会　産業報国会、勤労秩序確定、勤労総動員。生産力増強のスローガンの下、〝働け運動〟開始。

文学　15日、徳田秋聲「縮図」(「都新聞」6月28日〜)が連載八〇回で中断。

文学　長谷川伸「俘虜」(「改造」)

文学　窪川稲子「旅情」(「中央公論」)

文学　小林秀雄『歴史と文学』(創元社)

文学　保田與重郎『美の擁護』(実業之日本社)

一九四一年九月―一二月
太平洋戦争開戦と文学

内海紀子

室生犀星「文学の輪郭とその修業」(「朝日新聞」一九四一・八・二〇)は、「各新聞の学芸欄にはいひ合したやうに文芸時評とか随筆とかいふ原稿はまるで載らなくなつた」と語り、作品発表の場が減少したことによる「作家生活の困苦」を、詳細なデータつきで問題視していた。総合雑誌および文芸雑誌の縮小統合、紙不足のあおりを受けた紙メディアの変容、国策文学へ作家たちを駆りたてる圧力など、さまざまな時局的要因が日々文学者に覚悟を問うていた。犀星は「一人の作家が去年と今年の作品がまるでちがふという時代的なでたらめはやめるがいい」と明快だが、彼の言葉の裏側から伝わってくるのは、文学場に漂う息苦しさを慎重に見極め、憂いているベテラン作家のまなざしである。

この時期は文化統制も目立った。一九四〇年一二月、情報宣伝機能を強めるため各省庁に分散していた情報関係部局を集めて情報局が作られ、文化芸能に対する圧力はいっそう強まっていた。九月、徳田秋聲「縮図」が情報局の圧力を受けて一五日の連載八〇回で中断される。時局をわきまえよとの勧告に対し、秋聲は「妥協すれば作品は腑ぬけになる」と自ら筆を折ったと伝えられる。一〇月、田河水泡の人気漫画『のらくろ』が連載終了に追い込まれた。一九三一年に始まった『のらくろ上等兵』は、猛犬連隊に入隊した野良犬のらくろの活躍をユーモラスに描き好評を博してきた。一九三九年からの『のらくろ探検隊』では、予備役となったのらくろが満州に渡り、朝鮮出身の犬の金剛君、羊の蘭君、豚の包君ら(日本人、漢人、朝鮮人、満州族、蒙古族が協和する「五族協和」を象徴している)仲間とともに鉱山資源を探す。温かみのあるユーモアを交えて日本の戦争と大陸進出を描いてきた『のらくろ』だが、情報局はかねてから軍を侮辱する漫画として目をつけていたという。突然の最終回(「少年倶楽部」一九四一・一〇)では、探検を続けるのらくろが、予備役となり大陸へ来ていたかつての上官ブル連隊長と再会する。開発会社を経営す

▼10月

戦局 12日、独軍、モスクワ攻撃開始。

社会 15日、ソ連共産党員で赤軍第四本部所属の独人スパイ、リヒャルト・ゾルゲ、尾崎秀實、諜報活動容疑で検挙。

社会 16日、第三次近衛文磨内閣が総辞職。開戦派の東條英機が内務相・陸相兼務のまま18日、東條英機内閣成立。

社会 28日、重要産業第一次指定（鉄鋼・石炭・造船など一二業種）決定。

社会 31日、国民購買力の吸収と消費節約を狙った臨時増税案要綱が発表。

文学 石川達三「航海日誌」（「中央公論」）

文学 相野田敏之「山彦」（「文藝春秋」）

文学 **太宰治「世界的」（「早稲田大學新聞」）**

文学 佐藤春夫『支那雑記』（大道書房）

文学 里村欣三『丘の道』（帰還作家書き下ろし長編小説純文学叢書Ⅱ、六藝社）

文学 大日本歌人協会編『支那事変歌集：銃後編』（大日本歌人協会）

文学 和田傳『部落の道』（桜井書店）

るブル連隊長はのらくろに重役に就くよう勧めるが、のらくろは重役より一鉱夫でありたいと答え、「産業戦士」として大陸に骨を埋める覚悟を示す。「一人ゝゝにその覚悟があつてこそ、わが国はますゝゝさかへて行くのだ」。ブル連隊長の言祝ぎを最後に長い物語は終わる。のらくろは大陸の地下に消えた。対米英宣戦の大詔まで後二か月の出来事である。

一二月八日未明、日本軍がマレー半島に上陸を開始し、ハワイ真珠湾を奇襲した。太平洋戦争の始まりである。この一二月八日という日を文学がどう描いたかについては多くの先行研究があるが、しばしば取り上げられる二つの小説を見てみよう。

隣のラヂオが突然臨時ニュースをはじめたのである。／「大本営陸海軍部発表、十二月八日午前六時、帝国陸海軍は本八日未明、西太平洋において米英軍と戦闘状態に入れり。」（中略）／私はもう、新聞なんか読みたくなかつた。今朝来たばかりの新聞だけれど、もう古臭くて読む気がしないのだ。我々の住む世界は、それほどまでに新しい世界へ急転回したことを、私ははつきりと感じた。

（上林暁「歴史の日」、「新潮」一九四二・二）

世界は一新せられた。時代はたつた今大きく区切られた。昨日は遠い昔のやうである。現在そのものは高められ、確然たる軌道に乗り、純一深遠な意味を帯び、光を発し、いくらでもゆけるものとなつた。

（高村光太郎「十二月八日の記」、「中央公論」一九四二・一）

これら一二月八日をテーマとする言説に共通する点は、

（1）「私」がラジオのニュースを聞いて写し取ることで、歴史を正確に記録しようとする。
（2）開戦を、膠着していた日米関係に決着をもたらす吉報として捉える。敵の姿が明確に定まった爽快さが伴う。
（3）今日「新しい世界が開けた」とし、昨日までの過去との断絶した感覚が語られる。
（4）戦争に奮起して励まし合う人々の情緒的な繋がりが描かれる。

「朝日新聞」（一九四一・一二・一一）に掲載された四コマ漫画「フクチャン」を見よ

▼**11月**

戦局　26日、米がハル・ノート（①中国・仏印からの撤退、②三国同盟死文化、③重慶国民政府以外の中国政府拒否）を提示。大本営連絡会議はハル・ノートを日本への最終通牒と結論。東條陸相は撤退に断固反対を主張する。

戦局　26日、択捉島・単冠湾に集結した機動部隊が出港。無線封鎖を行いながらハワイ海域へ向かう。

社会　5日、御前会議、帝国国策遂行要領を決定。作戦準備を進め、12月1日までに交渉成立なら武力発動中止。

社会　国民勤労報国協力会設立。

社会　15日、兵役法改正。丙種合格で第二国民兵編入者も召集に。

社会　石田一松「のんき節」ヒット。

文学　火野葦平「新市街」（「改造」）

文学　**太宰治「風の便り」（「文學界」）**

文学　**太宰治「秋」（「文藝」）**

文学　青野季吉『文学の本願』（桜井書店）

文学　大江賢次『海ゆかば』（霞ヶ関書房）

文学　堀辰雄『菜穂子』（創元社）

う。「サアコイヤルゾ」と決意するフクチャンに、「サアコレデサッパリシタゾ」「ヤルゾガンバレ」と周囲が応答し、奮起の渦は国旗が家々の軒にはためく町じゅうに広がっていく。「ヤルゾヤルゾ　バンザイ／ヤルゾサアコイバンザイヤルゾ」。興味深いのはフクチャンと周囲の人々が、我々は「何を」やるのかと一度も問い直さないことだ。彼らの目的は既に自動化しており、むしろ不問に付されることで、その空白に正しく意味を補完できる者＝国民の精神的紐帯が強調される。「フクチヤン」そして一二月八日をテーマとした小説群が描いたのは、挙国一致の目的を得て感動の共同体が立ち上がるその瞬間であった。

＊＊＊＊＊

さて太宰は一一月に文士徴用令を受けたが、身体検査の結果、肺湿潤で免除となった。太宰は銃後の作家の一人として、若き友人である堤重久や三田循司の出征を見送り、小田嶽夫や中村地平、井伏鱒二、高見順らが従軍作家として戦地へ赴くのを見送っている（山内祥史『太宰治の年譜』、二四五頁）

その太宰も「十二月八日」（「婦人公論」一九四二・二）という作品を書いた。語り手の主婦が「紀元二千七百年まで残るやうな佳い記録」を書こうという気概を持ち、一二月八日の朝から夜まで自分の身の回りに起きた一日の出来事を日記に綴るという設定である。

> 十二月八日。早朝、蒲団の中で、朝の仕度に気がせきながら、園子（今年六月生れの女児）に乳をやつてゐると、どこかのラジオが、はつきり聞えて来た。／「大本営陸海軍部発表。帝国陸海軍は今八日未明西太平洋において米英軍と戦闘状態に入れり。」／しめ切つた雨戸のすきまから、まつくらな私の部屋に、光のさし込むやうに強くあざやかに聞えた。二度、朗々と繰り返した。それを、じつと聞いてゐるうちに、私の人間は変つてしまつた。強い光線を受けて、からだが透明になるやうな感じ。あるひは、聖霊の息吹きを受けて、つめたい花びらをいちまい胸の中に宿したやうな気持ち。日本も、けさから、ちがふ日本になつたのだ。

見てもいない戦場を想像で捏造しないこと、自分の目で見たものだけを書くことは、

▼12月

戦局 8日、日本軍、マレー半島に上陸開始、ハワイ真珠湾を空襲。対米英宣戦の大詔発表。

戦局 11日、独伊、対米宣戦布告。

戦局 12日、対米英戦を「支那事変」も含め、「大東亜戦争」と呼ぶことに閣議決定。

戦局 25日、香港島の英軍降伏。第二三軍、香港を占領する。

社会 19日、言論・出版・結社等臨時取締法公布。

社会 伊藤整「この感動萎えざらんが為に」（「都新聞」14日～17日）

文学 **太宰治「旅信」（「新潮」）**

文学 **太宰治「誰」（「知性」）**

文学 寺崎浩「地紋」（「文學界」）

文学 円地文子『南枝の春』（万里閣）

文学 長與善郎『満洲の見学』（新潮社）

文学 新田潤『片意地な街』（明石書房）

文学 長谷健『開拓村の子供』（四海書房）

文学 保田與重郎『近代の終焉』（小学館）

「鷗」（「知性」一九四〇・一）以来、戦時下において太宰が貫き通した文学の倫理であった。一二月八日を書くにあたっても、太宰は自らの倫理に則ってあくまでも銃後の領域を踏み出すことなく、家庭を営む主婦の視点によそえて書いている。（1）ラジオニュース、（2）開戦＝吉報、（3）過去との断絶、（4）共同体の立ち上げ、といった〈一二月八日〉テーマ言説群の要素をことごとく満たしつつも、太宰が得意とした女性独白体の技法を用いて「妻」を語り手に採用することで、夫（作家）を対象化するまなざしを保持し、〈一二月八日〉という国家的イベントとの距離を客観的にコントロールしていることが注目される。

一二月二四日、大詔奉戴職種別愛国大会のさきがけとして、全国の文学者が集まって聖旨躬行と職域奉公を誓う文学者愛国大会が開催された。この会合に先立ち、朝日新聞は「文学者は如何にあるべきか」というテーマで文学者数名に寄稿を求めている。窪川鶴次郎「私たちの責務」（「朝日新聞」一九四一・一二・二三）は、文学に対する情熱は「国民の生活と情熱」と不即不離であると述べ、文学者が未曾有の大東亜戦争に直面してなすべきことは、「国民の一人として必死の覚悟」を持つこと、「文学にたいする真の自覚」を通して国民の責務を果たすことだと語っている。すなわち文学者＝国民であることを純粋化する考えを示した。また吉川英治「黎明に処する心」（「朝日新聞」一九四一・一二・二四）は、国家の重大事に際して「一朝、召とあれば、この机を抑すゝめ」て街頭へも工場へも馳せ参じ徴用に応ずると高らかに宣言し、この覚悟をこそ「わが文学魂」と呼んでいる。「筆の穂の小さきいのちも／召したまへ／草木もこぞる今し御いくさ」――ほんの数か月前まで文学場に漂っていた生活上の不安や方法論的議論、時局の圧力に対する拒否反応は、一二月八日の「黎明」に吹き払われ、少なくともメディアからは消えた。代わりに登場したのは、〈国民〉に同一化し聖戦に報国する作家であれ、という至上の使命を得て奮い立つ文学者たちの姿である。その高揚感と多幸感が、吉川の歌にも見てとれる。

▼1942年1月

戦局　2日、日本軍、米領フィリピン首都マニラ占領。

戦局　18日、日独伊軍事協定調印。

戦局　23日、日本軍、ビスマルク諸島ラバウル占領。

社会　2日、閣議、毎月8日を大詔奉戴日に決定。

社会　10日、大日本映画製作株式会社（大映）設立。

文学　**太宰治「新郎」（「新潮」）**

文学　火野葦平「朝」（「新潮」）

文学　廣津和郎「號外」（「日本評論」）

文学　正宗白鳥「根無し草」（「日本評論」～8月）

文学　**太宰治「恥」（「婦人画報」）**

文学　芹澤光治良「巴里に死す」（「婦人公論」～12月）

文学　河上徹太郎「光栄ある日―文芸時評―」（「文學界」）

文学　**太宰治『駈込み訴へ』（月曜荘高梨一男私版）**

一九四二年一月―四月
「開戦」と文学――〈連続／切断〉の問題

平　浩一

一九四一（昭和一六）年一二月一〇日、大本営政府連絡会議において、「今次戦争ノ呼称並ニ平戦時ノ分界時期ニ関スル件」が、それぞれ「大東亜戦争ト呼称ス」、「平時、戦時ノ分界時期ハ昭和十六年十二月八日午前一時三十分トス」、とされた（閣議決定は一二日）。ここに、大本営によって「平時／戦時」の「分界時期」が明示されたのである。

真珠湾攻撃ならびに対米英戦開戦の日（付）である「一二月八日」は、その後、小田切進が綿密に調査したように（「十二月八日の記録」、「文学」一九六一・一二、「続・十二月八日の記録」、「文学」一九六二・四）、雑誌媒体でいえば、一九四二年新年号の記事の差し替えからはじまって、四月号まで集中的に言及されていく。太宰治が後に拘った志賀直哉「シンガポール陥落」発表なども見られるこの時期であるが、やはり何より「開戦」、「一二月八日」をめぐる言説とその流通を見逃すことはできないだろう。

例えば、河上徹太郎は「文學界」を舞台に、「開戦以来非常にすがすがしい気持」（「後記」新年号）、「私は今本当に心からカラッとした気持でゐられるのが嬉しくて仕様がない」（「光栄ある日―文芸時評―」同）、「戦争が始つて誰でも非常にカラッとしたと言つてゐる」、「全くカラッとして実に芯が強くなつて、壮大な言葉が出て来てゐる」（「即戦体制下文学者の心」同人座談会」四月号）などと繰り返している。

こうした「開戦」や「一二月八日」をめぐる言説について、曾根博義は「そのほとんどは申合せたかのように、暗雲が一挙に晴れてからっとした気持になると同時に、身体の底から闘志が燃えて来た、という類のもの」と包括している（「戦前・戦中の文学」、『昭和文学全集 別巻』一九九〇、小学館、三九〇頁）。小説にも同様の傾向が見られ、例えば、上林暁「歴史の日」（「新潮」二月号）でも、「なんだかカラッとした気分で、誰彼なしにお饒舌りがしたくてならな」いと、登場人物の「私」が「一二月八日」を語っている。

▼2月

戦局 15日、日本軍、英領シンガポール占領、華僑虐殺事件。

社会 1日、味噌・醤油の切符配給制、衣類の点数切符制実施。

社会 2日、大日本婦人会発会式。

社会 5日、日本新聞会設立。

社会 6日、社団法人映画配給社（映配）設立、4月1日より業務開始。

社会 11日、日本少国民文化協会発足。

文学 18日、三木清、清水幾太郎、中島健蔵ら陸軍報道班員として徴用、南方へ。

文学 伊藤整「十二月八日の記録」（「新潮」）

文学 上林暁「歴史の日」（「新潮」）

文学 **太宰治「十二月八日」（「婦人公論」）**

文学 石塚友二「松風」（「文學界」）

文学 中島敦「古譚」（「文學界」）

文学 **太宰治「律子と貞子」（「若草」）**

文学 齋藤茂吉『白桃』（岩波書店）

以上のような言説が流通した背景を知る上で、津島美知子の以下の述懐は見逃せない。

長女が生まれた昭和十六年（一九四一）の十二月八日に太平洋戦争が始まった。その朝、真珠湾奇襲のニュースを聞いて大多数の国民は、昭和のはじめから中国で一向はっきりしない○○事件とか○○事変というのが続いていて、じりじりする思いだったのが、これでカラリとした、解決への道がついた、と無知というか無邪気というか、そしてまたじつに気の短い愚かしい感想を抱いたのではないだろうか。その点では太宰も大衆の中の一人であったように思う。この日の感懐を「天の岩戸開く」と表現した文壇の大家がいた。そして皆その名文句に感心していたのである。（『回想の太宰治』一九七八、人文書院、三六頁）

このような証言からも、「申合せたかのよう」な言説が流通した背景が見えてくる。一方で、平野謙は「一二月八日」について、また異なった指摘をしている。

十二月八日で日本の現実がガラッと変つたといふことは、それは明かな事実だと思ふけれど、日本全体の姿が変つたほど人間の心といふのは変り難いし、変らないのぢやないかと思ひますね。十二月八日といふのを、一つの区劃りにしてそこに意味をもたせてすぐ書くといふことはどうですかね。（「対談 文芸時評」、「文藝」一九四二・三）

ここで平野は、「一二月八日」という日（付）を「区劃り」として小説にすることに疑問を呈しているが、図らずも「一二月八日」を主題とした小説は、平野が指摘したような傾向を内包したものが多かった。すなわち、先の上林暁「歴史の日」にせよ、廣津和郎「號外」（「日本評論」新年号）にせよ、あるいは太宰治「十二月八日」（「婦人公論」二月号）にせよ、「十二月八日で日本の現実がガラッと変つた」ことが語られながらも、同時に、それでも「変らない」「変り難い」日常生活が続き、その両者が混ざり合っていく戸惑いが描かれている。例えば、太宰治「十二月八日」でいえば、「昭和十六年の十二月八日には日本のまづしい家庭の主婦は、どんな一日を送つたか、ちよつと

▼3月

戦局　1日、日本軍、蘭印ジャワ島上陸。5日、首都バタビア占領。

戦局　8日、日本軍、英領ビルマ首都ラングーン占領。

社会　6日、九軍神の発表。

社会　19日、日本画家報国会結成。

社会　21日、日本出版文化協会、4月より全出版物の発行承認制実施を決定。

文学　上田廣「冬の町」（「改造」）

文学　坂口安吾「日本文化私観」（「現代文學」）

文学　伊藤永之介「路地の人々」（「新潮」）

文学　森山啓「田舎の人」（「新潮」）

文学　室生犀星「えにしあらば」（「中央公論」）

文学　荒木巍「子育木馬」（「文藝」）

文学　志賀直哉「シンガポール陥落」（「文藝」）

文学　谷崎潤一郎「シンガポール陥落に際して」（「文藝」）

書いて置きませう」、「聖霊の息吹きを受けて、つめたい花びらをいちまい胸の中に宿したやうな気持ち。日本も、けさから、ちがふ日本になつたのだ」という〈切断〉＝「区劃り」＝「分界」が冒頭部で強調されながらも、夫はいつも通り仕事をし、夕食をとり、銭湯へ出かける。そんな夫に対して、妻は「どこまで本気なのか」と戸惑い「呆れ」ながら、小説は終結していく。

太宰治の場合、この「十二月八日」という作品を残したために、あるいは「新潮」新年号発表の作品「新郎」末尾に、「昭和十六年十二月八日之を記せり。この朝、英米と戦端ひらくの報を聞けり。」という「区劃り」をわざわざ記していることなどから、「戦時下」との関連を指摘する際、一九四一年一二月八日以降に焦点が当てられる場合が多い。しかし、「十五年間」（「文化展望」一九四六・四）の存在やその記述などをもとに、太宰は「満州事変」（あるいは「第一次山東出兵」）からを、「戦時期」として〈連続〉した形で捉えていたと見ることもできる（参照＝荻久保泰幸「戦争」、『太宰治事典』一九九四、學燈社、一六六〜一六七頁）。さらに、連合国軍、GHQ/SCAPによる占領期（あるいはサンフランシスコ講和条約まで）も「戦時期」に含めるならば、太宰治はその職業作家活動を、常に「戦争」とともに過ごしたと位置づけることもできよう（もちろん、彼の作風・活動は、時期ごとに劇的に変化しており、単線的な〈連続性〉のなかでとらえることにも、慎重であらねばならないが）。

今日に至るまで、この「戦争」の呼称は様々に分かれている。特に、その呼称によって、戦争・侵略がどの時期（地域）を指すかという問題は大きい。例えば、「アジア太平洋戦争」という同一の呼称でも、使用者や文脈によって、一九三一年、一九三七年、一九四一年という、さまざまな始点を指す形で用いられている。ここには、「戦争とは何か」、あるいは、「戦争でない時期とは何か」、という根源的な問いがある。

再び一九四一年一二月の文学をめぐる動向を振り返ると、二四日の文学者愛国大会開催などのなか、「対米英宣戦布告と同時に言論・表現の自由が、徹底的な統制下におか

▼4月

戦局　18日、米軍機16機、日本本土初空襲。

社会　30日、第21回総選挙（翼賛選挙）。

文学　緒方久「京城にて」（「新潮」）

文学　宇野千代「妻の手紙」（「中央公論」）

文学　中山義秀「梅花」（「中央公論」）

文学　小林秀雄「当麻」（「文學界」）

文学　井上友一郎「帰去来」（「文藝」）

文学　横光利一「軍神の賦」（「文藝」）

文学　川崎長太郎「蠟燭」（「早稲田文學」）

文学　金史良『故郷』（甲鳥書林）

文学　高村光太郎『大いなる日に』（道統社）

文学　瀧井孝作『稚心』（小山書店）

文学　**太宰治『風の便り』（利根書房）**

文学　野口冨士男『眷属』（大観堂）

れ」ていったとされる（前掲「十二月八日の記録」、一二八頁）。当然、それは「一二月八日」による〈切断〉＝「区劃り」＝「分界」を背景にしており、四二年五月には、ついに日本文学報国会が結成されることになる。しかし、同会は「開戦」以前の四〇年における大政翼賛会成立と岸田國士の文化部長着任、日本文学者会、日本文芸中央会をめぐる動向、菊池寛や山本有三を中心とした文芸家協会、小説家協会、劇作家協会の発足にまで、その命脈をさかのぼることもできる（参照＝都築久義「日本文学報国会への道——戦時下の文学運動」、「愛知淑徳大学論集」一九八八・二、七〜一八頁等）。

荻久保泰幸は「十五年戦争と文学——十二月八日という日づけ」（「國學院雑誌」一九六八・一〇）で、太宰治「十二月八日」を、上林暁「外的世界と内的風景」や高見順「文学非力説」の「提言を、ひそかに実践した」小説だと位置づけている（二一一頁）。上林・高見両論によって勃発した「素材派・芸術派論争」（一九三九年）、「文学非力説論争」（一九四一年）は、ともに「開戦」を前にした、国策（文学）をめぐる曖昧で漠然とした論争と片付けられることが多い。しかし、「十二月八日」における「嘘だけは書かないやうに気を附ける」と、小説（＝フィクション）のなかで書き付ける太宰治の姿勢は、やはりどこか奇妙なものであり、各論争との〈連続性〉に注目した荻久保の指摘にもある程度首肯できる。

こうした多面にわたる問題系を踏まえると、〈平時／戦時〉〈協力／抵抗〉〈前線／銃後〉〈素材派／芸術派〉〈文学非力／国策文学〉等々、「戦争」をめぐるさまざまな二項対立の評価軸が提示され、同時にそれ自体が問題視されるなかで、「一二月八日」をめぐる言説も「分界時期」と〈連続／切断〉の問題として、あらためて重要な意味を帯び立ち現れてくる。

冒頭で触れた、一九四一年一二月一〇日大本営政府連絡会議の「今次戦争ノ呼称並ニ平戦時ノ分界時期ニ関スル件」自体が、「平時、戦時ノ分界時期ハ昭和十六年十二月八日午前一時三十分トス」としながらも、同時に「今次ノ対米英戦争及今後情勢ノ推移ニ伴ヒ生起スルコトアルヘキ戦争ハ支那事変ヲモ含メ大東亜戦争ト呼称ス」、としていたのである。

▼5月

[戦局] 1日、日本軍がビルマのマンダレーを占領。

[戦局] 7日、マニラ湾コレヒドール島の米軍が降伏。

[戦局] 7日、珊瑚海海戦。

[社会] 9日、金属回収令により寺院の仏具や梵鐘等、強制供出。

[社会] 15日、閣議、大政翼賛会改組を決定。

[社会] 21日、〈大東亜建設に処する文教政策〉を大東亜建設審議会が決定。

[社会] 26日、日本文学報国会設立（文芸家協会解散）。

[文学] **太宰治「水仙」（「改造」）**

[文学] 佐藤春夫「図南の鵬　山田長政の一生」（「週刊少國民」17日～8月9日）

[文学] 上林暁「マレー作戦報告を読んで」（「文藝」）

[文学] **太宰治『老ハイデルベルヒ』（竹村書房）**

[文学] 武者小路實篤『大東亜戦争私感』（河出書房）

一九四二年五月―八月
南方と文壇の「知的冒険者」

井原あや

一九四二年の五月から八月という時間は、戦局においては、同年年明けから続いていた南方の島々における米英軍の降伏、そしてそれにかわるかたちで進められた日本軍による上陸・占領という構図が、六月のミッドウェー海戦の大敗によって立ち行かなくなり、南太平洋進攻作戦の中止を余儀なくされた時であった。そうした戦局に沿うように国内では金属回収令によって寺院の仏具等の強制供出が始まり、さらには、朝日新聞社による夏の全国中等学校野球大会の中止も発表されるなど、先の見えない戦争に邁進していくのである。

このような戦局の様子は、文壇においても反映されていた。例えば、一九四一年一一月に徴用され、翌年二月にシンガポールに入った井伏鱒二は、陸軍の宣伝班の一員として二カ月間『THE SHONAN TIMES』の編集責任者をつとめ、その後も「昭南市の大時計」（「東京日日新聞」一九四二・六・二七）を発表、さらに「花の街」（「東京日日新聞」「大阪毎日新聞」一九四二・八・一七～一〇・七）を連載していた（参照＝滝口明祥「占領下の「平和」、交錯する視線――『花の町』」、『井伏鱒二と「ちぐはぐ」な近代――漂流するアクチュアリティ』二〇一二、新曜社、二二九～二三〇頁）。他にも多くの作家が徴用され、日本の野心の矛先となった南方を記述するものが目立つようになる。また、五月には日本文学報国会が結成され、文学者たちが「報国」のために組織化されていった。

そうしたなか、太宰治はこの時期、五月に「水仙」（「改造」）と小説集『老ハイデルベルヒ』（竹村書房）を発表、続く六月には書下し中篇小説『正義と微笑』（錦城出版社）、ならびに女性一人称小説のみを集めた創作集『女性』（博文館）を出版、そして七月には「小さいアルバム」（「新潮」）を発表している。また、胸部疾患のため徴用免除となり、他の作家のように南方へ赴いて報告記や従軍記を記すことのなかった太宰だが、

▼6月

戦局　5日、ミッドウェー海戦。日本、空母四隻を失い、7日、ミッドウェー作戦を中止。

戦局　8日、日本、アッツ島に上陸。

社会　8日、郵便局で〈弾丸切手〉(割増金付切手債券)が発売される。

社会　18日、日銀、タイ国大蔵省と二億円の借款供与に関する協定に調印する。

社会　18日、徳富蘇峰を会長に日本文学報国会の発会式が行われる。

文学　井伏鱒二「昭南市の大時計」(「東京日日新聞」27日)

文学　高見順「マンダレー入城」(「現地報告」)

文学　林芙美子「海軍兵学校訪問」(「婦人朝日」)

文学　坂口安吾「真珠」(「文藝」)

文学　**太宰治『正義と微笑』(錦城出版社)**

文学　**太宰治『女性』(博文館)**

右に挙げた創作活動の一方で、「六月末頃から、しばしば丙種点呼の召集を受け、突撃の練習、「勅諭」や「軍人の心得」の勉強などをしたという」(山内祥史『太宰治の年譜』、二五二頁)。この「丙種点呼の召集」によって軍事教練に参加する自らの姿について、太宰は知人たちへの書簡の中で次のように記している。

私は昨日から、またもや点呼の軍事教練で、突撃！ワアッ！などの稽古。けふも、これから出かけるのです。／七月六日に点呼の本ものがあるのです。

(山岸外史宛書簡、一九四二・六・二九)

私は明後日の点呼で、けふは勅諭や軍人の心得など勉強して居ります。ことしの九月には召集があるといふ話です。教練に参加して突撃の稽古など致しましたが、すぐに熱を出して本当に心細い兵隊であります。点呼がすんだら、十日ほど山の温泉へでも行つて静養して、それから、よい機会に四谷へ遊びに行かうかと考へて居ります。

(竹村書房　竹村坦宛書簡、一九四二・七・四)

私は点呼や何かで、この夏は少しからだ工合ひをわるくして、これから、山へでも行つて少し静養して来るつもりです。それに就いて、申し上げにくいのですが、三百円だけ、また印税の内から拝借致したいのですが、どうかお願ひ致します。

(博文館出版部　石光葆宛書簡、一九四二・八・七)

軍事教練に参加して「突撃！ワアッ！」と「突撃の稽古など」をすれば「すぐに熱を出して」しまい、「からだ工合ひをわるく」する姿は、ともすれば滑稽味を帯びて戯画化された姿にさえも見える。また、「点呼がすんだら、十日ほど山の温泉へでも行つて静養して」など、病弱そうに見えてどこか暢気なところもあり、まさに本人の言う通り「心細い兵隊」でしかない。しかしこの「心細い兵隊」は、ひとたび作家に戻れば、先述の通り次々に小説集を刊行し、雑誌にも小説を発表するという旺盛な書きぶりを見せていた。

こうした太宰の創作態度や小説は、当時いかに評価されていたのだろうか。ここで、上林暁による「水仙」の評と、内海伸平による『正義と微笑』の評を挙げてみたい。

▼7月

戦局 11日、大本営、ミッドウェーの敗戦により、南太平洋進攻作戦を中止。ニューギニアのポートモレスビーに対する陸路進攻作戦を命令する。

戦局 25日、大本営政府連絡会議、独の対ソ戦参加申入れに対して不参加を回答する旨決定する。

社会 8日、高等女学校の英語を随意科目とし、週三時間以内とすると文部省が通牒。

社会 12日、朝日新聞社が全国中等学校野球大会の中止を発表。

社会 24日、情報局が東京・大阪・名古屋・福岡地区の主要新聞統合案大綱を決定する。

文学 岩田豊雄「海軍」（「朝日新聞」1日～12月24日）

文学 奥村喜和男「大東亜戦争と文学者の使命―日本文学報国会に寄す―」（「新潮」）

文学 **太宰治「小さいアルバム」（「新潮」）**

文学 大庭さち子「幸福」（「若草」）

文学 中島敦『光と風と夢』（筑摩書房）

現在、太宰治氏が目立つのは、彼が一種の冒険者であるからだ。「水仙」の面白さは、逆説の面白さで、菊池寛氏が「忠直卿行状記」で試みた逆説を、太宰氏はもう一度ひっくりかへしてゐるのだ。菊池氏が「忠直卿行状記」で試みた逆説は、当時としては斬新なものであつたが、今日では既に常識となつてゐた。そのやうな斬新な逆説が、常識として通用するやうになつたのは、菊池氏の功績だが、常識となるとともに、逆説としての力が喪はれてゐた。太宰氏は、その上にもう一つ斬新な逆説を樹てたのだ。（中略）最近の氏の仕事には、心理的な、知的な冒険が企てられつつあるのを感ずる。このやうな知的冒険者は、現在の文壇に、殆んど見当らぬと言つていい。

（上林暁「〈文芸時評〉文学的冒険者」、「文藝」一九四二・六）

太宰をどんなふうに論じてゆかうかと困り果てた所で、近作「正義と微笑」を読む。大変楽しく読んだ。それが何よりも私には嬉しかつた。薄汚い身上噺で終始してゐる私小説。歴史小説とレツテルを貼つたおかげで動きのとれなくなつた客観小説。それやこれやでちつとも面白くなくなつた此の頃の小説。既に読む気はしない。そんな中では太宰の小説はともかく面白い。楽しい。若さがある。「正義と微笑」のよさも、その一点につきる。健康な青春文学と云へよう。而も之が近代文学の最後の青春文学になるのではないかと思ふ。淋しい話である。

（内海伸平「太宰治論」、「赤門文學」一九四二・九）

「このやうな知的冒険者は、現在の文壇に、殆んど見当らぬ」と称賛する上林と、「ちつとも面白くなくなつた此の頃の小説」の中で「太宰の小説はともかく面白い」と評価する内海。いずれの評も、当時の文壇にあっていかに太宰が特異な存在であったかを示す証である。

戦時下の太宰について紅野謙介は、「賛成するにせよ、反対するにせよ、きまじめに戦争に向き合わなければならないという至上命題を、太宰治は斜めに見ていた」（「太平洋戦争前後の時代――戦中から占領期への連続と非連続」、『コレクション戦争と文学別巻』、九二頁）と指摘しているが、自嘲するように「心細い兵隊」と呼ぶ姿は、まさ

▼**8月**

戦局 7日、米海兵一個師団がソロモン群島のツラギ、ガダルカナルに上陸。

戦局 8日、ガダルカナル島周辺海域で第一次ソロモン海戦（24日に第二次ソロモン海戦）。

戦局 21日、ガダルカナル島奪回のため上陸した一木支隊がほぼ全滅する。

戦局 22日、独軍、スターリングラード猛攻撃。25日には同市を包囲する。

社会 18日、〈南方諸地域日本語教育並普及ニ関スル件〉を閣議決定。

文学 井伏鱒二「花の街」（「東京日日新聞」「大阪毎日新聞」17日～10月7日）

文学 寒川光太郎「ボルネオ紀行」（「新潮」）

文学 網野菊「国境ひ」（「文藝」）

文学 森山啓「萱原」（「文藝」）

文学 川端康成「名人」（「八雲」）

に戦争を「斜めに見ていた」ことになるだろう。もちろん、「京都帝國大學新聞」の依頼に応じて執筆したものの、時局にふさわしくないという理由で掲載不可となった「待つ」を創作集『女性』の末尾に入れ込んだ（参照＝山内祥史前掲書、二四八頁）はいいが、「「待つ」といふ題は、いよいよ、心配になりました。つまらぬ誤解を受けたくありませんので、どうか、題を「青春」と改めて下さいまし」（博文館出版部文芸課石光葆宛書簡、一九四二・三・二九）と注意深く時局と向き合おうとしてはいる（「待つ」については井原あや「太宰治「待つ」論――「京都帝国大学新聞」との関連を踏まえつつ」『大妻国文』二〇〇三・三も参照）。しかし、先ほどの評から考える限り、当時の文壇が南方へのまなざしを強めるなかで、「心細い兵隊」は、「知的な冒険」を企てる「冒険者」としても評価されていたのだ。

　そうした「冒険者」としての太宰の姿は、「花火」をめぐる一連の出来事にも見える。太宰はこの時期、八月一一日頃から所謂「日大生殺し」と呼ばれた事件をもとに「花火」を執筆していた。この「花火」は、当初雑誌「八雲」のために執筆され「八月末頃に脱稿した」ようだが、「八雲」を編輯する加納正吉が「時局に相応しくない内容であることを憂慮して掲載を見合せ」（山内祥史前掲書、二五三頁）、その後、「文藝」（一九四二・一〇）に掲載されるも、直後に削除を命じられた小説である。

　「花火」は、戦時下に不良の事を書いたものを発表するのはどうか、といふので削除になつたのださうです。もちろんあの一作に限られた事で、作家の今後の活動は一向さしつかへないといふ事ださうで、まあ、私も悠然と仕事をつづけて行きます。（中略）／今月の二十日頃までに、短篇などの仕事を全部片づけて、それから、いよいよ「実朝《サネトモ》」にとりかかるつもり。（高梨一男宛書簡、一九四二・一〇・一七）

　削除を命じられても、「悠然と仕事をつづけて」行く決意。文壇の「知的冒険者」は、八月以降もさらに旺盛な創作欲を見せていく。それはまるで、「実朝《サネトモ》」――『右大臣実朝』（一九四三・九、錦城出版社）に向けた新たな「冒険」でもあるかのように。

▼9月

戦局　12日、ガダルカナル島第一次攻撃。

戦局　13日、独軍の市内突入によりスターリングラード攻防戦開始。

社会　1日、大東亜省設置の閣議決定。

社会　16日、日本滞留宣教師を抑留所に強制収容。

社会　26日、大政翼賛会、第三回中央協力会議（～29日）。

社会　映画「母の地図」（島津保次郎監督）

文学　田中英光「子を負うて」（「新潮」）

文学　「近代の超克」特集（「文學界」9・10月）

文学　井伏鱒二「昭南日記」（「文學界」）

文学　富田常雄『姿三四郎　第一部』（錦城出版社）

文学　森田草平『夏目漱石』（甲鳥書林）

一九四二年九月―一二月
〈思想戦〉のなかの「花火」

野口尚志

前年一二月八日の開戦から一年を迎えるこの時期を象徴する出来事としては、「文學界」九、一〇月号掲載の「近代の超克」特集と、結成されたばかりの日本文学報国会が主催した〈大東亜文学者会議〉の第一回大会の開催ということになるだろう。

新聞には〈思想戦〉という言葉が踊っている。文学に関わる例として、「大東亜戦争一周年　文化の必勝態勢座談会」に日本文学報国会常務理事の肩書で出席した中村武羅夫の発言を引いておこう（「讀賣新聞」一九四二・一二・二）。

> 今まで発展して来た近代文学の方向もその質も、かなり混り気のあるもので、日本文学としてどうも真髄から本物であるとはいひにくい。大東亜戦争の開戦によつて新たに認識され、はつきり体得された日本精神に基いた日本文学を建設し、創造して行かなければならぬ。米英的なものに多く指導された過去の近代文化を否定して、新たに自覚した日本精神に結び付いた文学を創造して行かなければならぬ。その日本精神に基いた文学を拡大して行くことが、アジアを指導する一つの根本的な大綱になるべきださ《ママ》ういふ風に考へてゐる。

〈西洋（米英）の精神〉対〈日本精神〉。「朝日新聞」一二月一九日掲載の「思想戦研究所」設立の記事の見出しに言わせれば、「〝姿なき敵〟の撃滅へ」。これを国外での戦争に対して国内での戦いに見立て、総力戦の一角を占めるものとして位置づけているわけである。

亀井勝一郎の「奴隷の平和よりも王者の戦争を！」（「現代精神に関する覚書」）という一文が知られる「近代の超克」特集（「文學界」一九四二・九～一〇）もその端的な例だろう。戦後に小田切秀雄は、「軍国主義支配体制の「総力戦」の有機的な一部分たる「思想戦」の一翼」であったと批判する（「「近代の超克」論について」、「文学」一九五八・四、一一一頁）。一方で、「戦争とファシズムのイデオロギーに荷担したという通

▼10月

戦局　24日、ガダルカナル島第二次攻撃。
戦局　26日、南太平洋海戦。
社会　10日、陸軍技術研究所設置。
社会　19日、陸軍、本土空襲の米機搭乗員を死刑、または重罪に処する旨布告。
社会　映画「或る女」（渋谷実監督）
文学　織田作之助「素顔」（「新潮」）
文学　石上玄一郎「精神病学教室」（「中央公論」）
文学　**太宰治「花火」（「文藝」）**
文学　新美南吉『おぢいさんのランプ』（有光社）

説にそぐわない特集全体の四分五裂ぶり」という評もある（藤森清「〈近代の超克〉の位相」、『時代別日本文学史事典現代編』一九九七、東京堂出版、一七三頁）。単行本化（一九四三・七、創元社）の際に収録された河上徹太郎「「近代の超克」結語」を読むと、評価が分かれる理由もある程度了解できようか。

　此の会議が成功であつたか否か、私にはまだよく分らない。たゞこれが開戦一年の間の知的戦慄のうちに作られたものであることは、覆ふべくもない事実である。確かに我々知識人は、従来とても我々の知的活動の真の原動力として働いてゐた日本人の血と、それを今まで不様に体系づけてゐた西欧知性の相剋のために、個人的にも割り切れないでゐる。会議全体を支配する異様な混沌や決裂はそのためである。

「相剋」や「割り切れなさ」が、〈西洋対日本〉という単純な図式を描かせなかったとはいうものの、「知識人」も〈思想戦〉の空気とどう関わるかを問われていたのである。

　他方では、日本語への関心が浮上している。発端は外地での日本語教育を念頭に置いた国語審議会による「標準漢字表」「新字音仮名遣表」の発表である。こうした、いわば国語の便宜化、簡易化への文学者からの応答の典型的な例として、亀井勝一郎「国語の危機」（「日本學藝新聞」一九四二・九・一五）を挙げておこう。

　文学者たるもの、深き決意をもつてこの課題に対しなければならない。（中略）現代語の乱脈は、文明開化以来のわが精神と思想の混乱のあらはれに他ならぬのである。（中略）皇国の伝統に照らして、俗化した一切の言語を、その本来の面目に還し、そこに流した祖先の血と悲願に身をもつて直入することである。（中略）言葉は国のいのちである。いかに困難なりともその尊厳を傷つけず、異邦人をして之に従はしめるだけの愛と自信をもたねばならぬ。

　主眼は「美しい日本語を建設すること」という亀井自身の言葉に尽きるのであろうが、「文明開化以来のわが精神と思想の混乱」というように、言葉と思想が直結させられているところを見ると、ここにも〈思想戦〉の影は色濃いと言える。舟橋聖一なども、

▼11月

戦局 14日、第三次ソロモン海戦。
戦局 19日、ソ連軍、スターリングラードで独軍に大反撃を開始。
社会 17日、官庁の一部職権を統制会に委譲。
社会 20日、情報局、日本文学報国会選定の愛国百人一首を発表。
文学 2日、北原白秋没（五七歳）。
文学 3日、大東亜文学者会議（〜5日）。
文学 丹羽文雄「海戦」（「中央公論」）
文学 小林秀雄「西行」（「文學界」〜12月）
文学 板垣直子『現代の文芸評論』（第一書房）
文学 杉山平助『文芸五十年史』（鱒書房）
文学 **太宰治『信天翁』（昭南書房）**
文学 中島敦『南島譚：新鋭文学選集2』（今日の問題社）
文学 馬場孤蝶『明治文壇の人々』（三田文学出版部）

「これが南方進出に伴ふ、敵前上陸的国語の簡易化といふ技術論的便宜主義ならば大いによろしい。然しそのために、本国においても国語の伝統を無視するやうな、浅薄な合理派の理論が便乗するのは、堪へ難いことである」といい、こうした態度を「現下の最悪の思想」であると述べている（「近時所感」、「讀賣新聞」一九四二・九・一〇）。「標準漢字表」「新字音仮名遣表」問題においても、一部の文学者に〈日本精神〉なるものの探求を触発したということになる。一一月の「愛国百人一首」の選定なども、この流れに位置づけられよう。

〈思想戦〉への文学の側からの働きかけとしては、中華民国、満州、朝鮮、台湾、モンゴルの文学者を招聘して開かれた〈大東亜文学者会議〉を外すことはできまい。五月に結成されたばかりの日本文学報国会の主催で企画され、一一月三日に帝国劇場にて第一回大会開会式が行われている。「大東亜文学者大会の意義」（「日本學藝新聞」一九四二・一一・一）と題する一戸務の文章を引いておこう。

　新聞紙上などで、この大会を目して東亜文芸の復興であるといつたやうな題目をつけてゐるが、私からいはせれば、決してこれは東亜文芸の復興ではなく、建設なのである。（中略）日本文化、支那文化、印度文化、その他東亜各地の文化は、それぞれの地域でそれぞれに独自の発達をしてゐる。（中略）今回の大会が、大東亜戦争の目的完遂のために文学者が協力する一つの形であるが、しかし、これを更に大きくみて、敵性国家以外の国々が一塊となつて、新文化を建設する会議だとも解される。

島崎藤村が万歳三唱の音頭を取り、横光利一が「大会宣言」を朗読した。ほかに菊池寛、林房雄、春山行夫、金子光晴、高浜虚子、齋藤茂吉、佐々木信綱などが文学ジャンルを問わずに結集し、〈大東共栄圏〉を形作る国や地域の文学者と交流を深め、「大東亜文学賞」を制定するなどした。

さて、この時期を、太宰治は祖母危篤のため津軽に里帰りしたり、井伏鱒二の南方か

▼12月

戦局　8日、ニューギニアのバサブアの日本軍玉砕。

戦局　21日、御前会議、「大東戦争完遂のための対支処理根本方針」決定。

戦局　31日、大本営、ガダルカナル島撤退決定。

社会　23日、大日本言論報国会結成。

社会　28日、日本出版文化協会、用紙割当を大幅に減配決定。

社会　映画「ハワイ・マレー沖海戦」（山本嘉次郎監督、特殊技術円谷英二）

文学　4日、中島敦没（三三歳）。

文学　堤千代「十二月八日」（「大阪毎日新聞」4日）

文学　川端康成「英霊の遺文」（「東京新聞」8、10～15日）

文学　**太宰治「禁酒の心」（「現代文學」）**

文学　小宮豊隆『漱石の芸術』（岩波書店）

文学　吉田精一『芥川龍之介』（三省堂）

らの帰還を迎えたり、「黄村先生言行録」執筆したりといったことに費やしているが、「文藝」一〇月号に発表した短編「花火」が全文削除処分を受けた。（ただし、「文藝」が店頭に並んだ後に出た処分である）「出版警察報」第一四五号によれば、次のような理由であった。

「花火」ト題スル小説ハ登場人物悉ク異状性格ノ所有者ニシテ就中主人公タル「勝治」ト称スル一青年ハ親、兄弟ノ忠言ニ反抗シ、マルキストヲ友トシ、其他不良青年ヲ仲間ニ持チ、放縦、頽廃的ナ生活ヲ続ケ、為メニ家庭ヲ乱脈ニ導キ、遂ニ其青年ハ不慮ノ死ヲ遂ゲルト謂フ経緯ノ創作ナルガ全般的ニ考察シテ一般家庭人ニ対シ悪影響アルノミナラズ、不快極マルノモノト認メラルルニ因リ第一一〇頁ヨリ第一二五頁迄削除。

当局のこうした判断はともかく、この作品を注意深く読めば、単に乱脈で退廃的な青年を描いただけの作品とはとうてい思えないはずである。

主人公勝治の父はフランス帰り、母はドイツ語学校主事の娘である。この欧州の二大国は、この時点での敗戦国と戦勝国としてもメディア上では表象されているが、これらが勝治のルーツに関わっている。勝治自身は放蕩の果てに死を遂げ、作品は妹が「兄さんが死んだので、私たちは幸福になりました」と述べて結ばれるが、これは「世界の文学にも、未だかつて出現したことがなかつた程の新しい言葉」だという。目をひくのは、これが「エホバをさへ沈思させたにちがひない」と、一神教の神が持ち出されている点である。

妹の「言葉」の〈新しさ〉に対し、西洋の宗教と思想の根本である神が、いわば〈古い〉価値観の代表として現れている。ここには、〈思想戦〉を標榜する人々の〈西洋対日本〉という二元論と重なるようでいながら、より複雑な思いがあるように見える。作品は実際に起きた保険金殺人事件（日大生殺し）を題材としており、一見、河上徹太郎（前掲書）のいう「開戦一年の間の知的戦慄」とは無縁のような「花火」だが、太宰の時局へのまなざし、ひいては〈思想戦〉への態度も窺い得る作品のように思われる。

▼1943年1月

戦局 2日、ニューギニア島ブナの日本軍守備隊全滅。
戦局 9日、南京政府、英米に宣戦布告。
社会 1日、中野正剛が東條英機を批判し「朝日新聞」発禁。
社会 1日、書籍の外函廃止を実施。
社会 13日、情報局がジャズ等の英米音楽の演奏禁止を決定。
社会 21日、中等学校・高等学校・大学等で修業年限を1年ずつ短縮。
文学 **太宰治「故郷」（「新潮」）**
文学 島崎藤村「東方の門」（「中央公論」～10月、中絶）
文学 谷崎潤一郎「細雪」（「中央公論」）
文学 **太宰治「黄村先生言行録」（「文學界」）**
文学 **太宰治『〈昭和名作選集28〉富嶽百景』（新潮社）**

一九四三年一月―四月
「国民文学」への期待と〈非国民〉としての「鉄面皮」

小澤　純

「中央公論」新年号には島崎藤村「東方の門」と谷崎潤一郎「細雪」の第一回が同時掲載された。「後記」では、「事変」から久しく「国民文学の正しきあり方」を待ち侘びた「我等後進」が「両巨豪」へと向ける期待が強調される。二大看板が交互に誌面を飾る計画が「（つゞく次回　三月号）」「（つゞく次回　四月号）」の表記から窺われるが、「細雪」は軍部の指導で第二回以降が掲載見合わせとなり、「東方の門」は藤村の死によって一〇月号で中絶する。ただ、「国民文学」と名指された二作への反響が大きかったことは確かだ。

翌月、佐々木基一「青春の文学（文芸時評）」（「日本評論」）は、冒頭で「歴史を綜合的に描き出」す「東方の門」を取り上げ、「過ぎ去つた歴史を振りかへり、様々な時勢にめゞり合つて来た人間のいとなみや願ひに思ひを馳せ」る藤村の心境を評価する。四迷・鷗外・光太郎・直哉の青春文学を並べながら、「歴史」を語る際には「現在への痛切な体験と反省」が抜け落ちない「青春の情熱」を維持し、同時に「昭和十年前後、あの文芸復興と呼ばれた時代」の「青春の挫折」も自覚すべきことが主張される。明治期以来の「青春」の堆積の上に『夜明け前』に続く歴史小説を執筆する、大家への敬意に裏打ちされた議論である。福田恆存「文芸時評　文学至上主義的風潮について」（「新潮」）も、報道班員達の「文学至上主義的感傷」を批判しつつ、「東方の門」に「明治以来半世紀に亘つて民族の心の動きを先導し」た「大きく豊かな魂の息吹」を感じ、「若々しい情熱に深い感動を覚え」る。「文藝主潮」三月号の市川為雄「国土と文学―文芸時評―」が、「この作家が歴史小説を国土への愛として描いてゐる姿」を感じた点も、「国民文学」的枠組みの近傍にあろう。

対照的なのは「新潮」二月号の宮内寒彌「或る暗示」で、作家達に「白紙令書」が届いた一昨年の出来事を描く尾崎士郎「朝暮兵」（「改造」一月）を読んだ「感慨無量」と比べ、「東方の門」は「歴史の教科書でも無理に読まされてゐるやう」だと漏らす。しかし「細

▼2月

戦局　1日、日本軍、ガダルカナル島から「転進」。
戦局　1日、米、日系二世による部隊の編成を発表。
戦局　2日、スターリングラードの独軍降伏。
社会　23日、陸軍省が標語「撃ちてし止まむ」ポスター5万枚配布。
社会　24日、商工省に金属回収部設置、家庭の鍋など強制供出。
文学　12日、倉田百三没（五一歳）。
文学　火野葦平「敵将軍」（「改造」）
文学　中島敦「弟子」（「中央公論」）
文学　小林秀雄「実朝」（「文學界」～6月）
文学　今日出海「比島従軍」（「文學界」～9月）
文学　岩田豊雄『海軍』（朝日新聞社）
文学　岸田國士『暖流』（三学書房）

雪」については、「如何にも軟文学」だが「ふざけた感じは勿論のこと、この戦時下になどといふ気持など少しもな」く、「唯美的な国民文学を意図されてゐるやうな気配」があり、「新潮」一月号の堀辰雄「ふるさとびと」等と共に、「男女ないし肉親の日本的な愛情の結晶から発する光の中に、国民文学ではないまでも、戦時下に強く存在を主張し得る日本文学の方向が暗示」されたと称揚する。ただこうした評価軸は、例えば伊藤整「文芸時評「細雪」を読む」（「東京新聞」一九四三・三・八）における、「倒錯的な心理」が表に出ないことで「作品が清潔になり、まつとうになり」「作家が立派に見え」た印象の裡に覚えた「一種の不安」に接続するのではないか。この文脈の中に、「ふるさとびと」と同誌同号に掲載された「故郷」、さらには「気の弱い男の子が、それでも、人の手本にならなければならぬと気取つて」と「序」でことわる『富嶽百景』（新潮社）の同時代受容もあろう。

藤村と谷崎の「国民文学」化を戦時下の問題として俎上に載せるのは、「現代文學」一月号の花田清輝「文芸時評―バルトロオの歌―」であろう。対話形式で進むが、ボーマルシェ『セビリアの理髪師』のいかなる猫も夜は灰色になるという一節を枕に、両大家の活躍を夜の「化け猫」に見立てる。そして「東方の門」に対しては、一方が「中央公論」の「後記」を捩って、「これは我々後進に、日本人として、今後、我々の歩くべき道を御教へになつてゐるのですよ。日本古来の伝統に平田篤胤のやうに眼をそそがなければいかん、しかし、また、それと同時にシイボルトのやうに、異国の文化にも、つよい科学的な関心をもたなければいかん、とね」と述べると、もう一方が「そのもつともらしいところが気に喰いませんねえ」と手厳しく切り返す。「細雪」に対しても、ストリンドベリ『幽霊ソナタ』を枕に「木乃伊は四十年間、同じ場所に座つてゐます。――同じ亭主と同じ道具と同じ親類と同じ友達と」と揶揄し、「金利生活者」の道徳に過ぎないと一蹴する。太宰の「故郷」について、「神秘的な血のつながりでも暗示したつもり」だが意味はなく「非常に非科学的」で、「狭い身辺の事実にばかり拘泥」する連中は、従軍や開拓等の「新しい現実」に放り込まれれば「現実と自分とのギャップを「高邁な」心境に

▼3月

戦局 13日、東條英機、南京政府と会見し、戦争完遂を約す。

戦局 18日、戦時行政特例法・戦時行政職権特例等公布、総理大臣の権限を強化。

社会 25日、黒澤明監督初作品「姿三四郎」（東宝）封切。

社会 講談社の「キング」、「富士」に改名。

社会 理化学研究所、大型サイクロトロンの組み立てを完了。

文学 22日、新美南吉没（二九歳）。

文学 高見順「帰つての独白」（「改造」）

文学 蓮田善明「言霊の幸はひ」（「文藝春秋」）

文学 網野菊『妻たち』（東晃社）

文学 芹澤光治良『巴里に死す』（中央公論社）

たすけを借りて埋め」る代物だと批判する。軍部はまさに、「撃ちてし止まむ」を標語に採用しようとしていた。花田はトルストイ『戦争と平和』こそ「心理に救ひ」を求めず「前線や銃後の現実を堂々と料理」する「科学的」筆致であり、同号掲載の火野葦平「歩哨線」は「ちやんと戦争といふ現実」を描く「立派な作品」だが、それは「本当に科学的な、精密な因果律に、興味をもたない御蔭」なのではと留保する。花田の本領は、こうした話題を呼び水に、一九三七年以降に断続連載された横光利一『旅愁』を、道徳か科学かを白黒つけようとする「身うごきできない時代」の典型例とした上で、対話者二人がお互いを「灰いろ猫」だと罵り合う韜晦にあり、実は「文學界」一月号に掲載された太宰の「黄村先生言行録」に漂う生真面目さへのはぐらかしこそ、花田のスタンスに通じていたのではなかったか。例えば宮内は前掲評で、同作は太宰の「才気によつて、その面白さを売り込んで」おり「そのユウモアを解する」には至れないと批判される。さらに「戦時下の緊張した気持の中では、悪ふざけをされてゐるやうでやり切れな」いと断じられた「改造」一月号の岩倉政治「井の頭動物園」と併せて、「同じ動物のことを書いてゐるにもかかはらず、岩倉、太宰の両氏は流石、足もとにも及ばぬやうな鬼気の迫るやうな美しい文章」である「細雪」のダシにされる。だが、「関西の有閑婦女子の生活が書いてありながら、少しも非時局的な感じはしな」いと「細雪」を褒める宮内に、「悪ふざけ」という「身うごき」を感じさせた点が貴重ではないか。「文藝首都」三月号の徳田戯二「文芸時評　文学も決戦で征くべし」でも、同作は「現実決戦下の状態の中で何か空々しい馬鹿々々しさ」や「空しさ」を持つ作品群に入れられ「既に時代的に過去の作品」と見なされるが、却って時局に絡め取られない証左となっている。

三月になり、上林暁は「文芸時評」（「文藝」）で、「今年になつて、一月の話題は、島崎藤村、谷崎潤一郎二家の長篇だつたし、二月の話題は、南方に転戦して帰還した報道班作家の文章であらう」と纏めている。傾向が違う二作家が「今日の時世に、何れも争つて読まれる」原因として「貫き通した芸術家精神」等という「共通した根」があるが、「真に

▼4月

戦局 18日、山本五十六、ソロモンで戦死（五九歳）。
戦局 19日、ワルシャワ・ゲットーのユダヤ人が武装蜂起。
社会 1日、樺太が内地に編入。
社会 12日、文化学院校主・西村伊作、不敬罪で検挙。
社会 28日、東京大学野球連盟が解散を決定。
文学 8日、國枝史郎没（五五歳）。
文学 森山啓「水の音」（「新潮」）
文学 小田切秀雄「国学の源流」（「文學界」）
文学 **太宰治「鉄面皮」（「文學界」）**
文学 亀井勝一郎『大和古寺風物誌』（天理時報社）
文学 北原白秋『牡丹の木』（河出書房）
文学 武田泰淳『司馬遷』（日本評論社）

求める文学はもつとほかにある」と言い切り、話題を、従軍作家が「内的な体験」において「生死の問題を一度きつぱりと解決つけた」点へと移す。「文藝」二月号の高見順のラングーン日誌「子供の遊びその他」における、「死とは、自己を無にすることであり、同時に生かすことである」を引用し、「死に対して確信ある言葉は、書斎の中で頭をひねつてゐても出て来」ず、「行動人の単純率直さを身につけたこと」が報道班作家の強みであり、同時に「複雑微妙な文学の世界へ、如何に還つてゆくか」が今後の課題であるとする。

こうした期待の中で「国民文学」的に書き継がれたのが、今日出海「比島従軍」（「文學界」一九四三・二〜九）等だったのではないか。同号の「後記」（河上徹太郎）には、「発表舞台の殆ど無意識的な制約が、重大な影響を文章に及ぼ」す中での期待が記される。今は一九四一年から石坂洋二郎・尾崎士郎・火野葦平・三木清等と比島派遣軍第一次宣伝班員としてマニラに滞在したが、一年以上前の十二月八日の描写に始まり、その適度な距離感によって開戦時の雰囲気が再構成される。『富嶽百景』の「序」には「戦地から帰つて来た人と先夜もおそくまで語り合」い「正しさ」について思いを巡らす一節があるが、太宰もまた、かつて鎌滝時代の無軌道な青春を共有し、現在は二度目の兵役につく櫻岡孝治が二月に刊行した記録文学『馬来の日記』（大日本百科全書刊行会）に「序」を書く。

太宰は「右大臣実朝」の準備を着々と進めるが、「婦人公論」一月号には大佛次郎「源実朝」の第一回が、「文學界」二月号には小林秀雄「実朝」の第一回が掲載され、時代に呼応している。歴史小説であり唯美的要素も流れ込む太宰なりの「国民文学」への参入と捉えられるが、その構想を対象化していく「鉄面皮」を小林の「実朝」第二回が載る直前の「文學界」四月号に発表する。「国民文学」からは程遠い〈私〉の「青春」を披歴した後、戦時下、執筆中の「右大臣実朝」を織り交ぜる「鉄面皮」振りを露わにしつつ、「第二国民兵の服装」によって「感心の者」と軍人に誤解され、最後は実朝の「ソレダケガ生キル道デス」で締め括ってみる。そこには、花田と共有すべきはぐらかしの精神が忍び込んでいる。

▼5月

戦局 12日、米軍、アッツ島に上陸。
戦局 29日、日本軍守備隊、アッツ島にて、二五〇〇人玉砕。
戦局 29日、連絡会議決定の大東亜政略指導大綱を正式採択（マレー・蘭領印インドの日本領土編入、ビルマ・フィリピンの独立を決定）。
戦局 31日、御前会議、大東亜攻略指導大綱を決定。
社会 18日、日本美術報国会創立。
社会 26日、中央公論社社員木村亨ら四人、富山県泊町で細川嘉六と共産党再建謀議の容疑で逮捕される（横浜事件）。
文学 『少國民文学』創刊。
文学 菊池寛「海行かば」（「主婦之友」）
文学 **太宰治「赤心」（「新潮」）**
文学 田中英光「少年支那兵」（「新文化」）
文学 山田清三郎『建国列伝1』（満洲新聞社）

一九四三年五月―八月
アッツ島玉砕をめぐる文学場・文学者の動向

松本和也

この期間における最大の出来事は、アッツ島部隊の玉砕である。それは、戦局の展開上、重要であることは当然として、大本営発表をはじめとした報道（のタイミング）の問題でもあれば、文学者にとってはその出来事／報道をどのように捉え、いかにして言語化するかという文学的課題でもあり、総じて表象をめぐる問題系を集約した出来事でもあった。

その検討に先立ち、この期間の文学場における動向を三点ほど確認しておこう。

一つめは、火野葦平を中心とした戦争小説の発表である。火野は「陸軍」連載（「朝日新聞」一九四三・五・一一～一九四四・四・二五）を開始した他、「オロンガボの一日」（「八雲」六月）、『真珠艦隊』（朝日新聞社）、『ヘイタイノウタ』（成徳書院）が著されている。ここに、里村欣三「青年将校」（「中央公論」八月）などもくわわる。

二つめとしては、南方徴用作家による、外地をモチーフとした作品の発表があげられる。最も精力的に作品を発表したのは、ビルマに行った高見順で、「シッタン河を渡る」（「日の出」五月）、「戦場の童謡」（「新太陽」五月）、「袖しぐれ」（「新潮」五月）、「ノーカナのこと」（「日本評論」六月）などを書き継いでいった。他にも、榊山潤『ビルマの朝』（今日の問題社）、大江賢次『ジャワを往く旗』（朝日新聞社）、富澤有為男『ジャワ文化戦』（日本文林社）などが上梓されている。

これと連動して三つめとして、大東亜共栄圏を構成する日満蒙華の文学者代表が日本に集まり、「大東亜新生のため」の、大東亜文学者決戦大会が催された。開会を報じる新聞には「誓って米英文化殲滅」（「朝日新聞」八・二六、二面）といった見出しが躍った。

最後に四つめとして、やはり前後する時期における文学場の動向を集約した評論集の上梓があげられる。板垣直子『現代日本の戦争文学』（六興商会出版部）が出版される

▼6月

戦局 10日、米英、ドイツに昼夜の混合爆撃を開始。

戦局 19日、連絡会議、当面の対ソ政策を決定（北樺太石油石炭利権の有償移譲）。

社会 4日、閣議、戦時衣生活簡素化実施要綱決定。

社会 10日、警視庁、国民徴用令関係違反者七七六人を検挙。

社会 25日、閣議、学徒戦時動員体制確立要綱を決定。

文学 森山啓「山径」（「新潮」）

文学 岸田國士「かへらじと」（「中央公論」）

文学 中村地平「馬来人サーラム」（「文藝」）

文学 **太宰治「帰去来」（「八雲」）**

文学 金子洋文『菊あかり』（有光社）

一方で、矢崎弾『近代自我の日本的形成』（鎌倉書房）や山本健吉『私小説作家論』（実業之日本社）がまとめられている。前者はわかりやすい時代の反映だが、大正期以来の古いテーマにみえる後者も、昭和一六年以降、歴史小説（言説）と私小説（言説）とが理念的な近接を果たしていたことを想起すれば、コインの両面ということでもあるはずだ。以上を総じて、アジア・太平洋戦争が、特定の文学者にではなく、それぞれの曲率を以て、文学者個々人の立場・資質にまで着実に食いこんでいった様相が確認できる。

では、アッツ島守備隊の玉砕をモチーフとした文学場の動向に目を転じてみよう。まずは、新聞報道を参照してみたい。アッツ島の戦闘自体は、「敵アッツ島に上陸／わが軍邀撃奮戦／キスカ島に敵影なし」（「讀賣報知」五・一五）といった新聞報道以降、（必ずしも日本軍優位ということではなく）膠着した戦況が折々報じられていった。実際は、五月一二日から始まった戦闘は一七日間つづき、ついに二九日に日本守備隊は玉砕する。そのことは、「アッツ島に皇軍の神髄を発揮／山崎部隊長ら全将兵壮絶・夜襲を敢行玉砕／敵二万・損害六千」（「朝日新聞」五・三一）、「アッツ島の我守備部隊二千数百名全員玉砕す／皇軍の神髄こゝに発揮」（「讀賣報知」五・三一）といった見出しで、三一日付けの紙面から報じられていく。この間、文学者も新聞紙上で発言していく。吉川英治は「アッツの死闘こそ天意の指揮刀だ　悲涙に誓え邁進の心」（「朝日新聞」五・三一）において、「このアッツ島のことを見ることは、我我の悲涙を踏んで立つた勇壮をいよいよ猛ならしめてくれる天意の指揮刀だとも思ふ」（二面）と述べた。また、齋藤茂吉は「神の御軍　アッツ島の忠魂に捧ぐ」（「朝日新聞」六・一）と題して、以下の五首を詠んだ。

守備隊の死憤のつひの突撃を泣かむ涙に加護あらせたまへ／この島に二千ためらふことなくて神の御軍のかばねとなりぬ／われ等いま厳かの涯の悲しさを何にまうさむや涙ぞたぎつ／ひとりだに生きのこらじと打たえしすめら御軍のたましひぞこれ／かなしさは直に一つなる心にて今こそは哮べわが雄たけびを（四面）

▼7月

戦局 10日、連合軍、シチリアへ上陸。
戦局 29日、日本軍、キスカ島より撤退。
社会 21日、日本文学報国会主催によるみそぎ錬成会開催。
社会 21日、国民徴用令改正公布。
文学 23日、田畑修一郎没（三九歳）。
文学 窪川稲子「挿話」（「新潮」）
文学 榊山潤「特派員」（「新潮」）
文学 豊田三郎「行軍」（「新潮」）〜11月）
文学 呂赫若「石榴」（「台湾文學」）
文学 中島敦「李陵」（「文學界」）
文学 上田廣「故旧」（「文藝」）
文学 日本文学報国会編『辻小説集』（八紘社杉山書店）

他にも、松本和也「文学者によるアッツ島玉砕言説分析」（「文教大学国際学部紀要」二〇一九・一）に報告された通り、韻文、随筆、創作といった順序で、アッツ島玉砕をモチーフとした文学者による言説が発表され、それは文学者の社会的存在意義を担保する営為ともなった（参照＝櫻本富雄『玉砕と国葬　一九四三年五月の思想』一九八四、開窓社）。もとより、アッツ島玉砕は、個人／文学者双方の立場から、太宰にとっても重い意味をもつ出来事であった。山内祥史『太宰治の年譜』から、当該箇所を次に引いておく。

〔昭和十八年：引用者注〕五月二十九日　夜半アッツ島の日本守備隊山崎部隊が全滅した。戦死した隊員二千五百有余。翌五月三十日午後五時、アッッ島部隊の玉砕が大本営発表された。八月二十九日、新聞で三田循司の戦死を知った戸石泰一が、「うわずつた手紙」を書いて知らせてきた。二階級特進で陸軍兵長であった。最後まで彼は最下級の兵であったのだ。「暑い夏の日のことだった」と回想している。（二六〇頁）

戸石泰一と三田循司は太宰の愛読者というだけでなく、直接交流もあった。その戸石が知らせる通り、三田がアッツ島で戦死しており、つまり太宰にとってアッツ島玉砕とは、身近な者の死であり、そのことを通じて戦局を直接的に体感する出来事でもあった。

ここで、この間の太宰の文学活動を振り返っておこう。

「新潮」五月号に辻小説として発表した「赤心」は、その後、日本文学報国会編『辻小説集』（一九四三、八紘社杉山書店）に収録される。「八雲」第二輯「小説戯曲篇」に発表した「帰去来」は、太宰を彷彿とさせる主人公「私」が一〇年振りに故郷（青森）に帰郷する物語であるが、ここにも戦局やそれを支えたイデオロギー（故郷の再発見）との切り結びがみてとれ、それは公／私の合一化という文学場の動向とも共振している。また、九月刊行予定の『右大臣実朝』（錦城出版社）について、芳賀檀が「こんど太宰治が『ユダヤ人実朝』を書いた」と放言したという揶揄的な噂話は、八月一〇日頃の出来事だとされている。この噂話自体、文学者の政治的スタンスや言動が、戦局と連動した文学場にはりめぐらされた緊張感の中で、過剰に意味づけられていく状況ゆえに、

▼8月

［戦局］1日、日本占領下のビルマで、バー＝モー政府独立宣言、米英に宣戦布告。

［戦局］23日、米英軍、ベルリン重爆撃。

［社会］12日、中央電力調整委員会、電力消費規制実施方針要綱を決定。

［社会］25～27日、第二回大東亜文学者大会が、「決戦会議」と題されて開催された。

［社会］31日、文化学院、強制閉鎖となる。

［文学］22日、島崎藤村没（七一歳）。

［文学］「文學報國」（文学報国会機関誌）創刊。

［文学］石川達三「日常の戦ひ」（「毎日新聞」～44年1月12日）

［文学］大林清「マライの虎」（「少年倶楽部」～44年7月）

［文学］里村欣三「青年将校」（「中央公論」）

リアリティを持ったものだと考えられる。

　他に、やはり若い愛読者との間に、後の文学活動に繋がっていくごく私的な出来事もあった。木村重太郎宛書簡（一九四三・七・一一）によれば、この年の七月一一日、自殺によって果てた木村庄助の遺志によって日記全一二冊が太宰のもとに送られてきた。『パンドラの匣』（一九四六、河北新報社）はこの日記を素材としている。

　最後に、文学者に対する時局の影響として、検閲の問題にもふれておく。

「中央公論」誌上で、一九四三年一月号から連載が始まった谷崎潤一郎『細雪』は、第三回掲載予定の六月号で、「自粛的立場から今後の掲載を中止」（編集部「お断り」）とされ、連載中止を余儀なくされた（その後、嶋中雄作らの援助によって、谷崎は密かに執筆をつづけていくことになる）。さらに、「中央公論」六月号に発表された岸田國士「かへらじと　日本移動演劇連盟のために」が、やはり陸軍報道部の干渉を受ける。松下英麿『去年の人　回想の作家たち』（一九七七、中央公論社）には次のようにある。

　その［「かへらじと」の：引用者注］見本刷りを陸軍報道部に届けると、当時総合誌の担当であった杉本という少佐が一読して激怒した。すぐ電話があって、編集部長を大本営報道部に呼びつけて、「日本が興亡浮沈の瀬戸際にあるとき、こういうだらしない芝居をのせるとは何たることだ。海に山に死闘をつづけている皇軍の規律は、こんなものではない。これは明らかに国民の士気を減退させるものだ。かかる作品を掲載した雑誌の発売を許可するわけにいはゆかぬ」ときめつけた。（一八七頁）

結局は削除となり、事実上の発売禁止となった「中央公論」は、次号で休刊となる。

　この間の太宰はといえば、「改造」七月号掲載予定で執筆した「花吹雪」と、七月頃「日本讀書新聞」掲載予定で執筆した「革財布」が、いずれも掲載されずに返送されていた。後に、前者は『佳日』（一九四四、肇書房）に収載され、後者は「日本医科大学公団時報」（一九四四・一・二五）に掲載された。つまり、太宰にとっても、書いたものが予定通り発表されるわけではない程度には、時局は迫ってきていたのだ。

▼9月

戦局 8日、伊、降伏。

戦局 9日、伊、国民解放委員会成立。

戦局 22日、国内態勢強化方策発表（二五歳未満の未婚女子、勤労挺身隊に動員、都市施設の地方分散、学生の徴兵猶予停止、男子の職種制限）。

社会 映画「決戦の大空へ」公開。挿入歌の「若鷲の歌」（別名「予科練の歌」）が大流行。

社会 4日、上野動物園で空襲時に備えて猛獣を薬殺。供養式を挙行。

社会 10日、鳥取大地震。

社会 29日、アッツ合同慰霊祭開催。

文学 土家由岐雄「出征前夜」（「少國民の友」）

文学 港邦三「兵のいのり」（「少國民の友」）

文学 織田作之助『大阪の指導者』（錦城出版社）

文学 **太宰治『右大臣実朝』（錦城出版社）**

一九四三年九月─一二月 私小説「作家の手帖」と戦記物「軍隊手帖」と

大國眞希

この時期に太宰治の「作家の手帖」と火野葦平の「軍隊手帖」とが発表されている。第一回の芥川賞の候補に挙がりながらも受賞を逃し（選考委員、川端康成評「作者目下の生活に厭な雲ありて、才能の素直に発せざる憾みあつた」）、そのことが文壇の話題となったことが〈作家太宰治〉生成に影響を与えていることは広く知られている。一方で火野葦平は第六回芥川賞を受賞した。「端睨できない程の変つた素材を駆使する点、面白い作家だが、只行文が未だお話の程度で創作の域に至らない憾があつた」（瀧井孝作）と選考会議では批判される面があるも、「出征中と云ふ政治的条件すら、申分無かつた」（久米正雄）と評され、菊池寛は「作者の出征中であるなどは、興行価値百パーセントで」「我々は火野君から、的確に新しい戦争文学を期待しても〻い〻」と推す（「話の屑籠」、「文藝春秋」一九三八・三）。報道部に所属し、戦地物／戦争文学を書くベストセラー作家と、身体検査を通過せず「内地」にて諧謔的に銃後の生活などを書く作家。芥川賞を軸として、二者は対極に位置している印象を与える。実際、例えば福田恆存「文学至上主義的風潮について」（「新潮」一九四三・二）では、太宰は私小説の分類に、火野は戦争文学に入れられている。

渡辺考『戦場で書く　火野葦平と従軍作家たち』（二〇一五、NHK出版）にも指摘されているとおり、馬淵中佐が火野葦平に望んだことは、「作家の書くものじゃなくて」「兵士たちが戦場で抱く情感とか、親に対する気持ちを綴ってもらう、いわば、そういう陣中日誌のようなもの」であり、「銃後では、自分の親なり子供なり、先生なり兄さんなりが初めて戦場に派遣されて、どういう生活を送り、どういう意気込みで闘っているのかを知りたいと切望して」おり、そのために「出征した兵隊さんの家族なり友人なりに安心してもらう証になるということで」「当時の銃後の人たちへの報告書みたいな形で書いていただ」くことだった。そのような外的条件のもとで兵隊三部作は作ら

▼10月

戦局　1日、軍隊内務令制定。

戦局　2日、在学徴集延期臨時特例公布。理工系と教員養成系を除く高等教育諸学校の在学生の徴兵延期措置を撤廃。

戦局　14日、日比同盟条約調印、フィリピン共和国樹立。

戦局　31日、軍需会社法公布。

戦局　21日、神宮外苑競技場で出陣学徒壮行会、開催。

社会　1日、鉄道省、列車ダイヤ改定。旅客列車、大幅削減。

社会　21日、中野正剛、特高部により身柄拘束。26日、深夜に自殺。

文学　**太宰治「作家の手帖」（「文庫」）**

文学　松原一枝「大きな息子」（「文藝」）

文学　**太宰治「不審庵」（「文藝世紀」）**

文学　織田作之助「勝負師」（「若草」）

れ、〈作家火野葦平〉は受け入れられていく。但し、兵隊三部作だけみても、手記―書簡―三人称と形式を変え、「もう嫌になったと語り手が顔を出して話しだす」などの「道化の華」を彷彿とさせるような構想メモを残す側面もあった。その火野は、一九四二年一二月にフィリピンから帰国しており、この時期（一九四三、四四年）の芥川賞の選考委員をつとめ、日本文学報国会の北九州支部幹事長になるなど、「内地」で活躍をしている。第一八回（一九四三年下半期）の芥川賞作（東野邊薫「和紙」）については、「まことにうまい作品で、今度の芥川賞とすれば、もとより、申し分はないが、私には小説作法といふものに気をつかひすぎてゐるやうで、そこに首を傾げるものがあつた」「しかし、出征した兵隊の妻となるべき女を、家の者がいたはり、また、いたはられながら、いろいろ気をつかつてゐる女の気持などがよくあらはれてゐて、私はときどき涙をもよふした」。「私はいつもさう思ふのであるが、このごろの同人雑誌を読むと、どの作品もなかなかうまい。私はそれに感心したり、また不満だつたりする。」「もつと、形はととのはなくてもよいから、胸の底に触れて来る作品が欲しいと思ふのである」（「芥川賞選評」、「文藝春秋」一九四四・三）と評する。

　如上の「文学至上主義的風潮について」（福田恆存）では、「一篇の感激の歌より、一双の船舶、一台の爆撃機こそ今は必要なのだ。現代に於いて、作家はかならずしも歌をうたひ、小説を書く必要はないのである。報道文学でなくてもいいではないか、なぜ、ただ報道ではいけないのか、戦争文学でなく、なぜ戦争記録ではいけないのか。必要なら、黙々と歴史記述を引き受けたらよいではないか」と書かれ、火野の「歩哨線」については「あたかも終結から仮説を編み出したやうな作為が目立つて仕方ない。かういふテーマを扱ふのにはもつとすなほな記述が望ましい」と評する。このような言説は、平浩一が一九三九年八月の文壇状況について「「素朴派・芸術派論争」の推移と「無意味」化の問題」（「太宰治スタディーズ」二〇一二・六）として論じた「素朴派」「芸術派」とその無意味化にも接続され得る。この時期に至り、下島連「時局小説私観」（「読

▼11月

戦局 1日、決戦中央行政機構発足。

戦局 9日、ワシントンに連合国難民救済機構設置。

戦局 22日〜27日、第一次カイロ会談。

戦局 28日〜12月1日、米、英、ソによるテヘラン会議。

社会 4日、出版事業整備要綱決定。

社会 5日、大東亜会議開催。6日、共同宣言。7日、大東亜結集国民大会。

社会 19日、農務省に協議会設置（物価政策、内閣に統一）。

文学 18日、徳田秋聲没（七一歳）。

文学 丹羽文雄「春の山かぜ」（「改造」）

文学 久保喬「たゝかひ」（「昭和文學」）

文学 木俣修『白秋研究』（八雲書林）

文学 齋藤茂吉『源実朝』（岩波書店）

文学 坪田譲治『ふるさと』（実業之日本社）

文学 中本たか子『新らしき情熱』（金鈴社）

書人」一九四三・九）では「小説を作ることに汲々として生み出すとか創造するとかいふ状態から遠いのが多くの作家の偽りない状態ではないかと思ふ。人生の観察者といふ近代ヨーロッパ文学の生み出した方法を、現にそのまゝの形で日本の文学者が奉じてゐるのであつて、国体を護持し、その為めに全生命をかけるといふやうな態度が、文学者にあるまじき素朴な態度であるといふ容易ならぬ迷信が牢乎として根を張つてゐるのではないか。これは所謂純文学と言はるゝものに一層甚だしい傾向であるが純文学作家と大衆作家の間隔がなくなつて、純文学作家と言はれる人々が、どし〳〵時局小説をものすに至つた為め、却つて危険が増大してゐるやうな傾向があるのである。戦争を分析し観察するやうな態度でものされた読物を読んでゐると読者は何時の間にか作者の視覚から戦争分析し、観察するやうになるのである。巧みに情勢に調子を合はして作られてゐる時局小説に対して鋭い批判が必要であると思はれる。時局小説なるが故に健全であるといふやうな浅薄な見方は一掃しなければならぬ」と論じられ、伊藤整が「昭和十八年度の作品について」（「新潮」一九四三・一二）で、「大体に、この度の戦争になつてから、文学者である作者の従軍中の体験記として書かれる作品が多く出現した。これは当然のことであるが、それにはどうしても筆をとるものとして見た戦争といふ、一種の副次的な戦争文学の性格が主脈となつてゐる。それがこの種の戦争文学にある限界を作る。その限界といふのは、どうしてもこれ等の作品が私小説の系統を持つてゐることから生ずるところの、戦争文学にやつす、といふ書き方であり、主人公の文学者としての風格が、戦ふ者の性格をぢかに伝へぬことである。そこに現はれる美しい風格があれば、それは文学者としての主人公なる作者のものであつて、「戦場における文学者」を描いたといふことなのである」と指摘するやうな問題も浮上してくる。芳賀檀「文芸時評」による、「古来より日本の文学の伝統を、改めて今日も理解してほしいのである。即ち文学は軍隊であり、而も最も果敢な苛烈な捨身の軍隊であり、精神の爆撃隊であつたと言ふこと。其の他の、歴史の戸外に立つ冷たい、否定的な作家的態度からは其の冷たさと

▼**12月**

戦局　2日〜7日、第二次カイロ会談。

戦局　24日、徴兵適齢臨時特例公布。徴兵適齢、一九歳に引き下げ。

社会　7日〜9日　第二回大東亜戦争美術展開催。

社会　10日、文部省、学童縁故疎開促進を発表。

社会　21日、都市疎開実施要綱を発表。

社会　映画「海軍」公開。

文学　坂口安吾「黒田如水」(「現代文學」)

文学　井伏鱒二「布山六風」(「文學界」)

文学　火野葦平「軍隊手帖」(「文學界」〜44年4月)

文学　田中稲城「鏡」(「早稲田文學」)

文学　小田嶽夫『ビルマ戦陣賦』(文林堂双魚房)

文学　深田久彌『親友』(新潮社)

傍観が透徹であればあるほど、平板な薄弱な歪曲した性格や現実の素描しか生れて来はしない」(「東京新聞」一九四三・一二・七)などの議論もある。

高木卓「「いのちのながさ」について」(「新潮」一九四三・九)では、少数のすぐれた作品の、しかもまた少数のうちに、「ほんたうにすぐれた、いのちながいもの」があると主張され、その「いのちながいもの」を更に、「内部にいのちをもつほんたうの古典」と「外部の事情にヨリ多く依存して古典となつたもの」とに区分けできるとする。そして、「いはゆる私小説が、合時代的な作品よりも却つていのちながさ的なものをもち、何か本能的にさへいとほしまれるのも、同じ理由によるのではないだらうか」と指摘する。「「何々と兵隊」や「海戦」はおそらく外的な古典にはなるだらうと思ふにつけても、火野氏や丹羽氏には敬意を表せずにはゐられない」と、「内的な古典」になれば喜ばしいと留保つきながら、火野作品は内部のいのちを持たない「外的な古典」であるかのような評価を与えられている。

更に、この時期、用紙の統制配給が行われ、また雑誌に掲載される小説そのものが減少する。「従来通常に文藝時評の対象となつたやうな文学の頁は殆んど見られない」(中野好夫「文藝時評」、「東京新聞」一九四三・一一・六)情況であった。そのなかで一万を超えた部数を刷られた『右大臣実朝』は恵まれている。滝口明祥が「禁止と奨励―太宰治『右大臣実朝』」(「太宰治スタディーズ」二〇一六・六)で論じているように、本作は一筋縄ではいかない作品ではあるが、一部が「赤心」として辻小説欄に掲載(のち、八紘社杉山書店刊の『辻小説集』に収録)された事実もある(「愛国百人一首」にも所収されている)。

一方、「行動人でなかつた芥川龍之介は、ぼんやりした不安と称して、死の影に脅かされる」のに対して「報道班の作家達は」「行動人である」(上林暁「文藝時評」、「文藝」一九四三・三)と評されていた報道班の中心にいた火野は戦後、「ぼんやりした不安」を引き合いに出した遺書を残して自殺する。

▼1944年1月

戦局 18日、緊急国民動員方策要綱が閣議決定。

戦局 30日、米軍、クェゼリン島・ルオット島に侵攻。

社会 26日、改正防空法による初の疎開命令発令。

社会 29日、「中央公論」「改造」等の編集者検挙（横浜事件）。

文学 **太宰治「佳日」（「改造」）**

文学 坂口安吾「黒田如水」（「現代文學」）

文学 **太宰治「新釈諸国噺（→「裸川」）」（「新潮」）**

文学 火野葦平「雨季」（「中央公論」）

文学 立野信之「松濤」（「日本評論」）

文学 横光利一「旅愁（第五回）」（「文學界」）

文学 上林暁「小便小僧」（「文藝」）

文学 新田潤「童顔の鷲」（「文藝」）

文学 高木俊朗「平林中隊長傳」（「文藝春秋」）

一九四四年一月―四月
創作発表媒体縮小期における執筆活動

斎藤理生

一九四四年二月、アメリカ軍がトラック島に襲来。日本軍は太平洋中部の拠点を失う。伊藤整は一九日の新聞で知った。「日本はどうなるのだ。開戦以来こんなぎょっとした事は無い。戦況は緊迫して来た」（『太平洋戦争日記（二）』二〇〇〇、新潮社）。今や「考えうるあらゆる危急の場合を考えねばならない」。だが「この国家危急の日にも、私たちは、子供の入学がうまく行くことを念じたり、預けてあるバターが無くなりはしないかと心配したり、服装を気にしたりしている」。作家も一人の生活者である。取り返しのつかない事態が起こりつつあることに気づきながらも、日常の諸事に追われ続ける。

生活者としての動揺と並行して、創作を表現する舞台も縮小してゆく。「綜合雑誌は三誌へ」（「朝日新聞」一九四四・一・二一）が報じるように、綜合雑誌は「公論」「現代」「中央公論」のみが残り、「改造」「文藝春秋」は専門誌に転身させられた。菊池寛「話の屑籠」（「文藝春秋」一九四四・三）は、「本誌が綜合雑誌として、何か欠格があつたやうに、誤解され易い」ことへの「弁明」の中に、綜合雑誌として最大部数を誇り、「ひたすら戦争遂行に協力した」のに文芸雑誌にされることへの不満を滲ませている。「改造」も四月号から「時局雑誌」となり、小説は載せなくなる。頁数も、一月号は一〇四頁だったのが、五月号は六四頁になった。むろん雑誌統合の波は幅広く及んでいる。やはり四月、東京で出ていた同人雑誌「文藝主潮」「辛巳」「正統」「文藝復興」「新文學」「新作家」「昭和文學」「小説文化」の八誌は「日本文學者」に統合される。

しかもそうした雑誌を、文学者たちでさえ入手しづらくなってきていた。すでに前年末の段階で、芳賀檀が「文芸時評　真摯な地盤　「国家的な私小説」への置換へ」（「東京新聞」一九四三・一二・四）で「この頃雑誌がなかなか手に入りにくいので、久しぶりにたくさんの雑誌を見る機会を得たことは、嬉しいことであつた」と述べていたが、

▼2月

戦局　6日、クェゼリン・ルオット両島日本守備隊全滅。
戦局　17日、米軍、トラック島を空襲。
社会　3日、日本文学報国会小説部会協議会「大東亜五大宣言小説執筆希望者」による協議会が開催。
社会　10日、「あの旗を撃て」（東宝映画）
社会　10日、青山杉作・千田是也・東野英治郎ら、俳優座を創立。
文学　高見順「ウ・サン・モンのこと」（「現代」）
文学　小尾十三「登攀」（「國民文學」）
文学　儀府成一「碑文」（「文學界」）
文学　火野葦平「兵隊と言葉―「軍隊手帖」の第三章―」（「文學界」）
文学　劉寒吉「古戦場」（「文學界」）
文学　坂口安吾「鉄砲」（「文藝」）

伊藤佐喜雄は「四月号の作品」（「文藝」一九四四・五）で、「中央公論、公論、文藝、文學界だけしか手に入らなかつた」とこぼしている。谷崎精二も「四月文壇覚え書」（「早稲田文學」一九四四・五）で「四月号の諸雑誌の発行が大分遅れた。これは一時的の現象でもあらうが、時局が緊迫した事を知らせる雑誌の記事よりも、発行が遅延したと云ふ事実その物の方が我々に対して無言の、だが力強い警告である」と指摘している。

新聞小説にも変化が見られた。一九四四年元旦から「讀賣報知」朝刊で連載が始まっていた丹羽文雄「今日菊」は、三月五日に唐突に終わる。「夕刊廃止に伴ひ、小説を一本建てとするため」夕刊に連載されていた濱本浩「海員」が朝刊に回されたのである。その様子を気の毒だと同情していた高見順も三月七日に、やはり夕刊廃止を理由に、「東京新聞」に一九四三年一〇月三〇日から連載し、好評を博していた「東橋新誌」の打ち切りを告げられて落ちこむ（『高見順日記 第二巻下』一九六六、勁草書房）。なお、濱本は海軍報道班員として、直前まで南太平洋の最前線にいた。その経験が活かされた「海員」は同年七月二四日まで連載された。同時期に「朝日新聞」で連載されていたのは火野葦平「陸軍」であった（一九四三・五・一一～一九四四・四・二五）。紙面が制限される中で、より戦争遂行にふさわしい作家・作品が掲載されたのである。

そのような状況において、火野の活躍は顕著であった。ただ火野は酷使されていた。浅見淵は「小説月評」（「新潮」一九四四・二）で、「多作から来てゐると思はれる無意識の疲労感が稍々筆力の制動機を弛ませ、同時に表現を沈ませ、もう一段の溌剌さを欠いてゐる」と指摘していた。それでもメディアは火野を求めた。浅見は「文芸時評」（「早稲田文學」一九四四・四）で、「改造」と「中央公論」について「両誌の編輯者は火野葦平か上田廣の作品さへ載せて置けば、何か厄除けでもしたやうな気持になつてゐるのではなからうか」と批判した。〈お墨つき〉の少数の作家に依頼が殺到する状況。そこには、数年後に太宰治らが寵児になったときとは異なる切迫した事情があった。

太宰は一九四四年一月、「新釈諸国噺」と「佳日」を発表した。前者は後に「裸川」

▼3月

戦局　8日、日本軍、インパール作戦を開始。

社会　4日、宝塚歌劇団休演前最終公演。

社会　5日、高級料理店・待合・芸妓屋・バー・酒店の閉鎖令が警視庁より出される。

社会　6日、全国の新聞が夕刊を廃止。

社会　歴史文学賞（財団法人奉仕会）決定。中沢巠夫『阿波山岳党』。

文学　上田廣「春色」（「改造」）

文学　織日作之助「木の都」（「新潮」）

文学　**太宰治「散華」（「新若人」）**

文学　石塚友二「青春」（「中央公論」）

文学　堺誠一郎「応急派兵」（「文學界」）

文学　火野葦平「眼と心と指─「軍隊手帖」第四章─」（「文學界」）

文学　若杉慧「青色青光」（「文學界」）

文学　火野葦平「草原の町」（「文藝」）

と改題。「終戦前、太宰の著書の中で、一番版を重ねた」（津島美知子『回想の太宰治』一九七八、人文書院、二〇四頁）という単行本『新釈諸国噺』（一九四五、生活社）の起点となった。後者は「散華」などと同様に、時局を意識した作品と言えよう。三月に『雲雀の声』が出版不許可になる事件はあったが、旺盛な創作活動を維持し続けた時期だと言ってよい。

一月の太宰の小説について、浅見淵は「小説月評」（「新潮」一九四四・二）で「頁が薄くなると同時に、しぜん雑誌の創作欄は短篇に限られて来たが、かうなると目立つのは個性の際立つた作家の作品」だとして、上林暁、尾崎一雄らと共に「甚だ個性的臭みの強い作家である」太宰の両作品を取りあげている。澁川驍は「新年号の小説」（「文藝」一九四四・二）で、個々の作品は必ずしも認めていないものの、「どんな時にでもすぐ座談の中心を占めて、その場を明るく賑やかにする不思議な人物」のように「作品を読むと、つい何とかいひたくなる」太宰の魅力に評価していた。外地にも熱心な読者はいた。佐藤春夫は後年「稀有の文才」（『現代日本文学全集 月報』一九五四、筑摩書房）で次のように回想している。

> 昭和十八年の秋、南方の戦線に出かけて行つた自分は十九年の春、昭南でデング熱に冒されて一週間ほど病臥した事があつた。その時、偶、ホテルの人が枕頭に持つて来てくれた改造のなかにあつたのが彼の「佳日」といふ短篇であつた。
>
> 自分は一読して今更に彼の文才に驚歎した。（中略）自分は病余のつれづれに、いつまでも枕頭にあつた『佳日』を日課のように毎日読んだ。

太宰はこの時期、大東亜五大宣言の五原則の文学作品化も計画していた。「中国の人をいやしめず、また、決して軽薄におだてる事もなく、所謂潔白の独立親和の態度で、若い周樹人を正しくいつくしんで書くつもり」「百発の弾丸以上に日支全面和平に効力あらしめんとの意図を存してゐます」（「「惜別」の意図」）。折しも「文藝」一九四四年一月号で「大東亜文学作品集（一）」として中国の蘆焚、フィリピンのアルギリヤの作

▼4月

戦局 17日、日本軍、中国で大陸打通作戦を開始。

社会 1日、旅客輸送制限の実施。特急列車、一等車、寝台車、食堂車などが全廃。円タクはなくなる。

社会 13日、「一番美しく」(東宝映画)。

社会 23日、近松秋江没（六七歳）。

文学 久生十蘭「爆風」(「新青年」)

文学 織田作之助「白鷺部隊」(「新創作」)

文学 尾崎士郎「十三夜」(「中央公論」)

文学 八木義徳「劉広福」(「日本文學者」)

文学 火野葦平「名と弾丸―「軍隊手帖」第五章―」(「文學界」)

文学 壺井栄「勝つまでは」(「文學報國」)

品がそれぞれ小田嶽夫および火野葦平の翻訳と紹介と共に掲載され、四月号の「大東亜文学作品集（二）」では満洲の爵青の作品（武田泰淳訳）が、北村謙次郎の満洲文学紹介と共に掲載されていた。同年一月の「文學界」の「編輯後記」には「大東亜建設の偉業を推進する為には、日華両大国は、相手の文化の本質を、お互にもつと明確に知悉しなければならぬ。吉川幸次郎氏の四十枚の力作「支那文章論」は、啻に日本の知識人のみならず、中国の人々にとつても示唆深きものであらう」と述べられていた。『惜別』はこのような背景の中で構想されていたのである。一方で、太宰がこの時宜にかなった企画に参入した理由には、現実的な利点の多さもあっただろう。「資料蒐めや調査について、紹介状、切符の入手等で便宜が与えられる上に、印税支払、用紙割当等でも、当時としては大変好条件を約束された」（津島美知子前掲書、二〇六頁）という。

日々の生活と創作活動とに折り合いを付けること。みずからの資質に合った作品と、時局の流れに逆らわぬ作品とを並行して発表すること。太宰はその危うい均衡の中で、すぐれた成果をあげたと言える。が、どの作家も同じようにふるまえたわけではない。平野謙は「文芸時評　遺著ふたつ　作家の幸、不幸に就て」（「文學報國」一九四四・五）において、「近代的な恋愛心理小説の極北」である「もつと光を」（『青年藝術派新作集　八つの作品』一九四一、通文閣）を書いた井上立士のような作家が、晩年（井上は一九四三年九月没）に『編隊飛行』（一九四四、豊国社）という「もし署名がなかつたら、とても井上立士の作品とは受取れぬ一試作」「畑ちがひの素材」を書かざるを得なかったことに「今日の問題」を読み取っている。野口冨士男は後年「戦時は、私が自身の同世代のなかで最も嘱望していた井上までスポイルした」と悔やんだ（『感触的昭和文壇史』一九八六、文藝春秋、二三七頁）。

なるほど太宰には、実家の支えをはじめ、数々の幸運があった。単純な比較はできない。が、太宰が一般的なイメージとは異なり、急変する環境にほどほどに合わせつつ書き続ける、粘り強さとしたたかさの持ち主であったことは確かであろう。

▼5月

戦局 25日、日本軍、洛陽を占領（大陸打通作戦）。

戦局 27日、米軍、ニューギニア西部のビアク島に上陸。

社会 7日、本郷・千駄木国民学校生徒による初の都立那須戦時疎開学園開園。

社会 10日、名古屋鉄道局に初の女性車掌勤務。7月1日、東京鉄道局にも女性車掌が乗務。8月14日、京成電車に初の女性運転手登場。

社会 16日、学校工場化実施要項発表。

文学 檀一雄「天明」（「現代」）

文学 **太宰治「雪の夜の話」（「少女の友」）**

文学 小山いと子「戯曲東京見物」（「新潮」）

文学 **太宰治「武家義理物語（「新釈諸国噺」）」（「文藝」）**

文学 岩倉政治『草のなか』（講談社）

文学 宇野浩二『人間同志』（小山書店）

一九四四年五月—八月
新設文学賞と朗読文学

吉岡真緒

五月、太宰は「津軽」執筆のため津軽に出発し、六月に帰宅。旅行中、関東軍機関誌「満洲良男」八月号のために「奇縁（新釈諸国噺）」（内容未詳）を執筆、発送した。「津軽」は七月に完成。八月、長男正樹が誕生。（山内祥史『太宰治の年譜』二六四頁）

戦局悪化に伴い、不足する戦力や生産力の補充のため、寄合所から劇場、学校、病院まで工場化され、学生や女性、児童、入院患者をも戦闘や労働に動員する施策が次々と打たれた。両国国技館も工場に接収されたため、五月の大相撲夏場所は後楽園球場で開催となった。国民総出の「生産の増強」・「食糧の確保」のなか、日本文学報国会では、文士を組織的に軍需工場に派遣し、産業戦士を「激励」する活動に加え、産業戦士となった文士の職場報告を機関誌「文學報國」に毎号のように掲載した。日本文学報国会は「日本の文学者が各個に分散し、個人的発言に終□（一字不明）してゐるやうな実情は徹底的に清算し、大和協力の旗の下に、全日本の文学者の総力を一つに結集した一元的組織」（「社団法人『日本文学報国会』設立趣意書」、『日本文学報国会　大日本言論報国会　設立関係書類　上』二〇〇〇、関西大学出版部）である。太宰治「赤心」を収録した、本会編の『辻小説集』（一九四三、八紘社杉山書店）は「建艦醵金運動」の実施である。左翼活動に携わった者にとって、当局を後ろ盾にした本会への入会は「一種の免罪符とうけとられていた」雰囲気があり、入会を「自分から、断ったのは、中里介山ただひとり」だったと、嘱託だった平野謙（「日本文学報国会の成立」、「文学」一九六一・五、六頁）は振り返る。中里介山は一九四四年四月に没し、同月に没した近松秋江と同様に「文學報國」で追悼がなされた。

六月一八日、情報局・陸軍省・海軍省・大政翼賛会後援、日本文学報国会主催・文学者総蹶起大会が警戒警報発令により延期、事実上の取りやめとなった。同大会では、日本文学報国会小説賞を筆頭とした新設の賞と既存の芥川賞・直木賞等を含む、一四種の

▼6月

戦局 15日、米軍、マリアナ諸島のサイパン島に上陸。

戦局 16日、中国基地の米軍B29爆撃機、初めて北九州を空襲。

戦局 19〜20日、マリアナ沖海戦。日本軍、空母・航空機の大半を失う大敗。

社会 10日、大日本言論報国会、ヒトラーへ激励電報を送る。

社会 20日、戦時非常金融対策整備要綱発表（空襲などの戦時災害に対する預貯金支払、応急資金供給対策）。

社会 23日、有珠山大噴火で新山誕生、27日、昭和新山と命名。

社会 30日、国民学校初等科児童の集団疎開決定。

文学 27日、津村信夫没（三五歳）。

文学 「詩研究」（「四季」・「歴程」など統合）創刊。

文学 「俳句日本」（「層雲」・「海紅」など統合）創刊。

文学 井上友一郎「奉天のこと」（「文藝」）

文学 高見順「春寒」（「文藝」）

文学賞の合同授与式が行われる予定だったが、こちらは七月一〇日に実施された（「文學報國」一九四四・七・一〇）。その一つ、第一回・歴史文学賞の最終候補四作に太宰治『右大臣実朝』（一九四三・九、錦城出版社）が残った。候補八作のうち四作が同点で残り、「座長柳川平助閣下に一任後、遂に『阿波山岳党』と決定した」（「文學報國」一九四四・六・一）という。本賞を含む、このときが第一回の賞は七種である。戸川貞雄「権威と責任と『小説賞』設定に就て」（「文學報國」一九四四・一・二〇）には、「国家の要請に応じて設立され」た文学報国会が、芥川賞や直木賞、新潮賞等の既存の文学賞とは別個に「文学報国会賞を設定するの要あることは論を俟たぬところ」であり、「営利的な出版企業態の存続も許されない今日以後にかんがみ、この機会に一層いさぎよく文学報国会賞のうちに解消せしめては如何かと思ふ」との言説がある。つまり、国家の要請に応じた賞以外は「接収」してはどうかというのだが、実現はしなかった。この時期、「表現の個別的な主体が〈国体〉という巨大な単一の主体に吸収され同値される限りで、国家は当時極端に供給統制した物資をそれらの〈表現〉に惜しげもなく放出し、粗悪な紙ながらもかかる〈表現〉の出版は統制下、乱脈なほど歓奨された」（『声の祝祭』一九九七、名古屋大学出版会、一六八頁）との坪井秀人の指摘に鑑みるに、用紙不足の状況下における新設の賞の多さは、言論統制の現れに他ならない。五月には大日本防空協会主催・情報局協賛の「『決戦防空』演劇脚本懸賞募集規定」（「文學報國」一九四四・五・二〇）が、六月には日本文学振興会による「戦記文学賞制定発表」（「文藝春秋」一九四四・六）が、神風特別攻撃隊初出撃を三か月後に控えた七月には「航空文学賞」の決定（「文學報國」一九四四・七・一）が見られる。

七月一〇日、言論弾圧事件として知られる横浜事件の拡大で、情報局は中央公論社と改造社の代表を呼び出し「営業方針において戦時下国民の思想善導上許しがたい事実がある」との理由で自発的廃業を指示、両社は月末に解散した（『中央公論社の八十年』一九六五、中央公論社、三〇一頁・四五三頁）。この直後にあたる、八月一日付「文學

▼7月

戦局 4日、大本営、インパール作戦の失敗を認め、作戦中止を命令。16日、退却開始。

戦局 7日、サイパン島、玉砕。

戦局 21日、米軍、グアム島に上陸。

戦局 24日、米軍、テニヤンに上陸。

社会 10日、情報局、中央公論社・改造社に自発的廃業を指示。

社会 18日、東條内閣総辞職。

社会 20日、学童集団疎開の範囲を東京都のほか一二都市に拡大。

社会 22日、小磯内閣成立。

文学 「をだまき」創刊。

文学 10日、文学賞（一四種）合同授与式。日本文学報国会小説賞、日本文学報国会国文学賞、興亜文学賞、芳賀矢一賞、大陸開拓文学賞、一葉賞、歴史文学賞が第一回。

文学 川端康成「一草一花」（「文藝春秋」）

文学 谷崎潤一郎『細雪第一部』（私家版）

報國」で石川達三（「作家は直言すべし」）は、「自己の人格以外の一切を失つた」、「名声もない、発表機関もない、生活の形式もない」現今の作家が進むべき「挺身」を、次のように示した。

文学に執着する心をすて去るべき時である。まだ残つてゐる寥々たる雑誌や新聞の文芸欄への執筆を心懸けるのも愚劣であり、他の形式、即ち放送文芸や壁小説などで生活と名声とを維持しようと考へることも見すぼらしい努力に過ぎない。書き卸し小説で生活を立てようとする考へ方もまた、取締りの警官の目をくゞつて野菜の買出しをやるやうな悲しい努力ではなからうか。／端的にいふならば日本の文化当局は吾々に小説を要求しては居ないのだといふもあまりに失当ではあるまい。（中略）現下国内の最大難問は民衆の道義心の底下である。その原因は配給の不備であり、言論の不自由であり、又は政治当局の非才無力であり、或は国内宣伝の拙劣である。こゝに私は作家が働くべき大きな分野を見るのである。一切を失つた作家は、右の如き隘路にむかつて挺身して行ける筈である。当局者にむかつて直言し得る立場を持つのである。

石川は、一九三五年、太宰が受賞を逃した第一回芥川賞を受賞。その後、中央公論社の特派員として南京陥落後の作戦に従軍し、一九三八年「中央公論」三月号に「生きてゐる兵隊」を発表した。しかし、即発禁のうえ、石川は取り調べを受け、皇軍兵士の実態の描写を「虚構の事実をあたかも真実の如くに空想して執筆したのは安寧秩序を紊すもの」とされ、編集・発行・印刷人とともに起訴、有罪判決を受けた。「日中戦争下という新しい時局」を知らしめる処分とされる（半藤一利「『生きている兵隊』の時代」、『生きている兵隊』伏字復元版、一九九九、中央公論新社、二〇七〜二〇九頁）。それから六年後、横浜事件関連の検挙が続き、中央公論社と改造社が事実上の解散命令を受けた直後の、体制批判ととられかねない内容や「発表機関もない」との言葉は重く響く。また、「放送文芸」、「壁小説」などの語は、河上徹太郎「短篇小説の在り方」（「文藝春秋」一九四四・七）における「紙が少くなつたから短篇小説が流行つて来たといふことは、昨今文壇の争はれぬ特

▼8月

戦局　3日、テニヤン、玉砕。

戦局　10日、グアム島、玉砕。

社会　4日、国民総武装決定（竹槍訓練など始まる）。

社会　4日、学童集団疎開第一陣出発。

社会　10日、軍需省、「開戦以降物的国力の推移ならびに今後における見透し」作成（サイパン島失陥後の物的国力崩壊を認定）。

社会　15日、軍需省、ダイヤモンドの買上げ開始。

社会　22日、沖縄からの疎開船対馬丸、米軍の魚雷攻撃を受け、沈没。

社会　23日、学徒勤労令、女子挺身勤労令公布。

文学　豊田三郎「高地」（「新潮」）

文学　**太宰治「東京だより」（「文學報國」）**

文学　尾崎一雄「田舎がたり」（「文藝春秋」）

文学　**太宰治『佳日』（肇書房）**

徴である」の言説を併せると、困窮と文学形式の関係を伝える。

困窮が注目させた「放送文芸」だったが、戦時下のラジオが国民を統制する公共性と緊密に結びついていたように、統制に都合の良い側面を有していた。「文學報國」（一九四四・七・一〇）の「聴覚に訴へる文学」には、「新しい国民文学運動の一翼」である朗読文学の意図として「単なる旧作の朗読等の安易な便宜主義は排し、あくまで正しい日本語の醇化を図り、世界に無類の美しい音を持つ国語を効果的に生かして、聴覚を通じて真に魂へ伝へ得る文学」が示された。同号掲載の猪俣勝人「シナリオ文学の道」には、日本文学報国会にシナリオ文科会が独立した喜びとともに、「小説文学の衰退」や「時代の要求によつて、ほとんど他力本願式にシナリオ文学の道が拓かれたのだ」との状況認識が述べられている。翌月の「文學報國」（一九四四・八・一〇）には「朗読文学　短篇小説特輯」が組まれ、室生犀星「謎」、大林清「月光の曲」、庄司總一「螢」、和田傳「もつと大きなじやがいも」、太宰治「東京だより」が掲載された。特輯の劈頭、朗読文学は、ただ単に用紙不足による出版の困難、新聞雑誌の頁数減少などによる発表舞台の激減というような「外部的条件の制約」という「消極的理由」よりも、近時の放送技術事業の発展普及や集団生活者層の増加に伴う拡声装置の整備等によって必然的に要望される「文学の新分野」であるという、朗読文学の意義が示されている。戦時下にして放送技術が発展した現下、用紙不足でも発表が可能で、集団で聞くことによる連帯や国語の均質化が期待できる朗読文学は、国家が要請した文学賞と同様、国民を統制する公共性と文学の結びつきを強めるだろう。一方、音読から黙読へと個人化する読者とともに変遷した近代文学の歴史を考えると、音読を想定して書かれる朗読文学の樹立は文学に新生面を開く可能性も示す。公共性と芸術性は別である。なお「文學報國」の関連から、朗読文学としての「東京だより」に着目した論に、井原あや「閉ざされた声」（「太宰治スタディーズ」二〇一六・六）がある。

▼9月

戦局 5日、最高戦争指導会議、対重慶和平条件を決定。

戦局 10日、雲南拉孟の日本守備隊一四〇〇人玉砕。

戦局 15日、米軍、パラオ諸島のペリリュー島、ニューギニア西方のモロタイ島へ上陸。

戦局 22日、大本営、決戦方面をフィリピンと決定下令。

社会 3日、高野山電鉄事故。死者七一人。

社会 28日、情報局、美術展覧会取扱要綱を発表、公募展禁止。

社会 30日、仏・神・キリスト教関係三〇万人の大日本戦時宗教報国会結成。

文学 太宰治「佳日」が「四つの結婚」(青柳信雄監督　東宝)として映画化。

文学 海野十三「共軛回転弾」(「新青年」)

文学 井伏鱒二「山上陣地」(「新若人」)

文学 三好達治「兵機探玄」(「文藝春秋」)

一九四四年九月―一二月
貪欲なる〈生〉――書くことへの執着

長原しのぶ

一九四四年後半に太宰治が発表した作品は「貧の意地」(「文藝世紀」九月)、「人魚の海」(「新潮」一〇月)、『津軽』(一一月、小山書店)、「女賊」(「月刊東北」一一月)である。「一、三ケ月中に、「津軽」と「雲雀の声」が小山書店から、「新釈諸国噺」が生活社から出る。そろそろ魯迅に取りかかる。」(堤重久宛書簡、一九四四・八・二九)から窺えるように『津軽』を皮切りに三冊の著書刊行と『惜別』(一九四五・九、朝日新聞社)に繋がる準備が進められていた。

紅野謙介は太平洋戦争期にも関わらず刊行された太宰の小説集の多さに着目し、「戦争に対する全面的な肯定もなければ、反戦の思想もない。あるのは、古今東西のさまざまな古典や説話、翻訳文学をもとにしたアレンジであり、人間に対する諷刺と批評に満ちた洞察と励まし、機智に富んだ卓越した語りである。出版社も読者も、情報統制によって表現が一元化されるなかで、むしろこうした太宰治の小説群を喜んで受け入れた。」(『コレクション戦争と文学』別巻、九一〜九二頁)と分析する。太宰作品が世の中に受け入れられていたことは「佳日」(「改造」一九四四・一)が九月に「四つの結婚」(青柳信雄監督、東宝)として映画化され、一二月に同名作品が江東劇場で上演(水谷八重子一座)されたことからも窺えるだろう。

その一方で、当時の文学者の多くは否応なく何らかの形で戦争を支持する国策に取り込まれていた。一九三九年七月に施行された「国民徴用令」によって「多数の文化人、文学者、ジャーナリストたちが陸海軍の報道班員として「徴用」され」、「現地にあって、あるいは任務をおえての帰還後、それらの現地での体験・見聞をもとにエッセイや紀行文、ルポルタージュ、小説や評論、死などを新聞や雑誌に発表し、単行本として発表」(木村一信「大東亜共栄圏と文学者」、『時代別日本文学史事典 現代編』一九九七、東京

▼10月

戦局 10日、米軍機動部隊、沖縄を空襲。那覇初空襲。

戦局 20日、米軍、フィリピン・レイテ島に上陸。

戦局 24日、レイテ沖海戦（連合艦隊の突入作戦失敗、戦艦「武蔵」などを失う）。

戦局 25日、レイテ沖海戦に海軍神風特別攻撃隊が誕生、特攻攻撃開始。

社会 6日、二科会解散。

社会 7日、近畿・中部・奥羽に台風（～9日）。死者行方不明一〇三人、全壊流出家屋一〇〇八戸。

社会 12日、渋谷駅のハチ公像が銅鉄回収のため出陣（撤去）。

社会 18日、兵役法施行規則改正公布、満一七歳以上の男子を兵籍に編入、11月1日実施（満一七歳未満の志願も許可）。

文学 石川達三「空襲奇談」（「文學報國」）

文学 三島由紀夫『花ざかりの森』（七丈書院）

堂出版、一六五頁）という状況があり、井伏鱒二、小田嶽夫、高見順、阿部知二、大江賢次、火野葦平、石川達三など多くの作家がマレー、ビルマ、ボルネオ、フィリピンという南方での戦争を体験し、それを作品化している。

一九四二年五月には「「皇国文学者トシテノ世界観ノ確立」や「文芸政策ノ樹立並ニ遂行ニ対スル協力」という文学者の団結を目的とする日本文学報国会が設置され、三回の大東亜文学者大会が開催される。その第三回大会は一一月に南京で開かれ、「満州国、蒙古、中国、朝鮮、台湾それに日本の代表者たちが集まった」（前掲『時代別日本文学史事典 現代編』一六九頁）という。このような状況下において、確かに太宰のあり方とその作品は他と一線を画していた。しかし、よくよく注視するならば太宰もまた時局の流れに飲み込まれていた事実がある。「雲雀の声」は「刊行間際の十一月二十八日夜半から三十日払暁にかけて空襲で印刷工場が焼け」（赤木孝之『戦時下の太宰治』一九九四、武蔵野書房、一五六頁）、後に「パンドラの匣」（「河北新報」一九四五・一〇～一九四六・一）として発表される。さらに、「西鶴の仕事も一段落で、そろそろ魯迅に取りかからうか」（小田嶽夫宛書簡、一九四四・二・二八）と意欲を見せていた魯迅に関わる仕事（『惜別』一九四五、朝日新聞社）は「内閣情報局と文学報国会の依嘱」（「惜別」あとがき」）であった。

「惜別」執筆において太宰の依頼された「独立親和の原則」は「一、大東亜各国は相互に自主独立を尊重し互助敦睦の実を挙げ大東亜の親和を確立す」（一九四三年一一月六日「大東亜共同宣言」）ことを表しており、特に「大東亜各国」の「自主独立」と「親和」を強く掲げている。一九四四年春、太宰が内閣情報局に提出していた企画書（「「惜別」の意図」）には、「周樹人の仙台に於ける日本人とのなつかしく美しい交遊に作者の主力を注ぐつもりであります。（中略）現代の中国の若い知識人に読ませて、日本にわれらの理解者ありの感慨を抱かしめ、百発の弾丸以上の日支全面和平に効力あらしめんとの意図を存してゐます」とあり、「独立親和の原則」という条件に十分見合う

▼11月

戦局 7日、スターリン、日本を侵略国と演説。

戦局 24日、B29約70機、東京を初爆撃。

戦局 29日、空母「信濃」熊野灘で米潜水艦に雷撃され沈没。

社会 1日、たばこが隣組配給となる。男子一日六本。

社会 2日、新聞朝刊、二ページに削減（週一四ページ）。

社会 13日、日本野球報国会、プロ野球休止を声明、巨人は解散決定。

社会 25日、文部省戦時特別美術展を上野で開催。

文学 井伏鱒二「九百三十高地」（「少國民の友」）

文学 **太宰治『津軽』（小山書店）**

内容だったといえる。しかし、実際に発表された「惜別」については、川村湊が「「大東亜の親和」という課題に対しての答えが、「支那の人を、ばかにせぬ事」。これが太宰の韜晦や逆説でないとすれば、彼はおそらく「大東亜」、アジアの人々との出会いについてまともに考えたことのないことを表しているといっても過言ではないと思える」と指摘し、「小説自体が書きにくくなっている時代において、小説創作のためなら、あらゆるチャンスを利用しようとする」（「『惜別』論」、「解釈と鑑賞」一九九一・四、七二頁）姿勢だと述べている通り、作家として生きること、書くことを第一義的に考えた結果といえよう。

　作家太宰の書くことへの執着は、「私は、私の作品とともに生きてゐる。私は、いつでも言ひたい事は、作品の中で言つてゐる。他に言ひたい事は無い。」（「自作を語る」、「月刊文章」一九四〇・九）という言葉にも表れており、〈生〉きることと同義であった。田中良彦は戦時下にあっても小説や随筆の中に多く引用された聖書やキリスト教への関心の高さに注目しながら、「聖書から「感動」（「風の便り」）を得、それを作品の素材として利用することで戦時下の文学上の行きづまりを逃れたのである。作家である太宰にとって、「一日一日を」「充分に」「たつぷりと」生きることは作品を書き続けることであったろう。」（『対照・太宰治と聖書』二〇一四、聖公会出版、一五九頁）と指摘する。一九四四年に発表した作品における聖書利用は「散華」（ヨハネ二〇・二五）と「雪の夜の話」（マタイ六・一二―一三）の二作（佐古純一郎編『太宰治と聖書』一九八三、教文館、一九六頁）であるが、執筆を計画していた「惜別」にもモーゼを中心とした「出エジプト記」が引用される。「風の便り」（「文學界」一九四一・一一）には「私の今の小説（モーゼの姿を描いたもの――引用者注）は、決して今の時代の人たちへの教訓として書いてゐるのではありません。（中略）私はいつでも自分触覚した感動だけを書いてゐるのです。（中略）このごろ私の身辺にちつとも感動がなくなつてゐたところを聖書が救つてくれました」と記されており、「惜別」にも繋がる意識が確認できる。

▼12月

戦局 13日、名古屋初空襲。

戦局 18日、大阪初空襲。

社会 5日、年末年始、臨時列車を全廃。

社会 7日、映配、生フィルム欠乏により、七三一の映画館（約40%）に配給休止を宣告。

社会 7日、東海地方に大地震と津波（死者九九八人、家屋全壊二万六一三〇戸）。

文学 太宰治「佳日」が江東劇場で上演。

文学 伊藤整「父の像」（「文藝」）

文学 竹内好『魯迅』（日本評論社）

厳しさを増す時代状況の中で個人的にも社会的にも「感動」の減少を感じていた太宰は書き続ける行為によって〈生〉き続けようとしたのである。生み出された作品は太宰個人の〈生〉の枠を超えて多くの人々にも受け入れられる。一一月に刊行された『津軽』は、「敗戦目前という時期でもあって発刊時の評判はあまりないが、昭和十九年歳末の小山書店は、引きも切らずに続く『津軽』の注文に、思わぬ『津軽』ブームとダンディな店主小山久二郎は颯爽として肩をそびやかし、出版業界の用紙対策などの会合に、時おり顔を出しては用紙の配給不足で『津軽』の増刷ができない、との不平をぶちまけていた。」（王花亭散人「『津軽』の出版をめぐって」、『太宰治3』一九八七、洋々社、一三一頁）という。戦時下という特殊な時代状況の中においても流されることなくむしろ巧みに立ち回りながら書くことに拘り、その〈生〉を貫き通す姿勢が敗戦の色濃い時期になお多くの作品を生み出したといえる。

「惜別」執筆準備にはその太宰のある種の強かさが窺える。小崎道雄が「文部省の教化局長阿原氏」の言葉として「この戦争は思想戦であって、最後は信仰の問題であるから、宗教家の使命は重要である（中略）支那では宗教の内、真に働ひてもらへるのは基督教のみ。」（「基督教研究」一九四四・九）と紹介しているように、当時の中国ではキリスト教を中心とした宗教的な働きかけが有効とされていた点は興味深い。太宰が個人的な思いの中で聖書に対峙していたことが奇しくも国家の方策と合致する面があったのである。このような状況を太宰がどれほど理解し戦略的に利用していたかは明確ではないがそれらの状況も含めて書き続ける環境に身を置き続けようとした作家太宰の姿が浮き彫りになる。終戦後、一気に世の中が変化する中で「私たちの魯迅先生が生きてゐたら、何と言はれるでせう」（「返事」、「東西」一九四六・五）という言葉から「右大臣実朝」の源実朝や「駈込み訴へ」のイエスとユダへの関心と同じ地平に魯迅もまた太宰の中に存在し続けたことが確認できる。太宰は戦時下に個人の〈生〉をこそ貫こうとした作家の一人といえるだろう。

▼1945年1月

戦局　9日、米軍、ルソン島に上陸。
戦局　17日、ソ連軍、ワルシャワを解放。
戦局　19日、伊、対日同盟関係を破棄。
戦局　29日、トルコ、対日断交。
社会　13日、東海地方に大地震。
社会　成瀬己喜男監督の『勝利の日まで』（東宝）公開。
文学　27日、野口雨情没（六二歳）。
文学　武田麟太郎「彌生さん」（「文藝」）
文学　上田廣「基地の花」（「文藝春秋」）
文学　**太宰治『新釈諸国噺』（生活社）**
文学　前川佐美雄『金剛』（人文書院）

一九四五年一月—四月
空襲と疎開、そのなかで書き続けるということ

滝口明祥

「月刊東奥」一月号の「自著を語る」欄に掲載された「日本文学の伝統に根ざすもの」で太宰は、『晩年』「以来今日迄の著書と云えば二十に余るのですが、短編集では『千代女』『東京八景』長篇では『新ハムレット』や新日本文藝叢書の『右大臣実朝』『正義と微笑』、新潮社の昭和名作選集『富嶽百景』などが受けたやうでした」と、これまでの自身の道のりを振り返る。また、近刊の『津軽』や刊行予定の『新釈諸国噺』を挙げ、「今迄の日本の文学の伝統はどつちかと云ふとやはり欧米第一主義でしたが、日本文学には日本文学としての他の追従を許さないよさがあるのです。日本文学の伝統に根ざしたもの——其処に私の目標を置いて行きたいと考へてゐます」と述べている。もちろん、これを太宰の本心と受け取ることはナイーブに過ぎるだろう。ここには厳しい検閲と悪化する出版事情のもとで、それでも著作を刊行していこうとする作家のしたたかな戦略をこそ見るべきなのだ。

実際、悪化する情勢の中でも太宰は精力的に執筆を継続している。一月二七日付で『新釈諸国噺』が生活社から刊行されたが、その頃、太宰はすでに『惜別』（朝日新聞社）の執筆に勤しんでいた。二月初めに太宰の愛読者であった竹内好から『魯迅』（一九四四、日本評論社）が送られてきたが、太宰はそれによって『惜別』の構想を大幅に変更する必要は認めなかったのだろう。同じ月の二〇日頃には脱稿している。だが、ますます厳しさを増す戦局のなかで、刊行は戦後の九月にまでずれ込むことになった。ちなみに、『魯迅』刊行時にすでに戦地にいた竹内が太宰の『惜別』を読み、深く失望するのは、一九四六年六月の帰国後のことだ。

一九四五年に入ると、出版界にもより一層、戦局の影響が出始めていた。たとえば、一九四四年に解散した改造社から河出書房に買い取られた「文藝」はA判の用紙が確保

▼2月

戦局 4日、米英ソがヤルタで会談（〜11日）。対独戦後処理、ソ連の対日参戦などを決定。

戦局 19日、米軍、硫黄島に上陸。

社会 溝口健二監督の『名刀美女丸』（松竹）公開。

文学 23日、里村欣三、フィリピンで戦死（四二歳）。

文学 中野重治「「独逸日記」について」（「新文學」）

文学 上林暁「汽車の中」（「大通信」）

文学 中野重治「しげ女の文体」（「文藝」）

文学 三島由紀夫「中世」（「文藝世紀」）

文学 大木淳夫『雲と椰子』（北原出版）

文学 窪田空穂『明闇』（青磁社）

文学 吉田嘉七『ガダルカナル戦詩集』（毎日新聞社）

できず、一月号から判型をB６判に変更している。また、「文藝春秋」も表紙を二色刷りから一色刷りにし、表紙にはイラストではなく目次を刷り込むという創刊当時のスタイルに戻っている。刊行が予定通りいかず、遅れる雑誌もいくつもあった。それまでは一月号は一二月に出るのが普通だったのに、もはや二月になろうとする頃に一月号が出るという事態が起き始めていたのである。

　そのような厳しい状況のなかで創作活動に励んでいたのは、もちろん太宰だけではない。たとえば、前年に東京帝国大学に入学したばかりの三島由紀夫がそうだ。一月一〇日から勤労動員で群馬県の飛行機工場に配属された三島は、その工場の総務課で暇を持て余し、「中世」の執筆に専念した。二月初旬の「擱筆直後に赤紙が来たときは、神々が私に形見となる作品を書かせるために、召集直前に完成させて下すつたか、といふ、大そう大袈裟な感想を持つた。そのせゐか、これは私の小説のなかではめづらしく暗い小説である。しかし神々はもつと皮肉などんでんがへしを用意してゐて、赤紙の結果は、軍医のつまらない誤診による即日帰郷といふ滑稽な結末になつた」（三島由紀夫「あとがき」、『三島由紀夫作品集５』一九五四、新潮社）。その後、三島は「文藝」を編集していた野田宇太郎と知り合い、三月に野田を介して第一著作集の『花ざかりの森』（一九四四、七丈書院）を川端康成に献呈している。

　また、中野重治は後に『鷗外その側面』（一九五二、筑摩書房）としてまとめられる「独逸日記」について」や「しげ女の文体」などを二月に発表している。すでに鷗外論をまとめて筑摩書房から刊行される計画があったものの、その後は終戦や戦後の混乱のなかでなかなか書き進められず、実際の刊行は七年後になった。

　同じ二月に、戦争詩で有名だった大木惇夫が大東亜戦争詩集の第二輯『雲と椰子』を刊行している。その大木の編纂でやはり二月に出版されたのが、一兵士だった吉田嘉七が戦地で書いた『ガダルカナル戦詩集』である。鶴見俊輔が言うように、「この文章が、戦争の後半、もはやこの戦争にたやすく勝つ見こみがないとわかった日々に、兵士として

▼3月

戦局 10日、東京大空襲。
戦局 13日、大阪大空襲（〜14日）。
戦局 17日、米軍、硫黄島を制圧。
社会 1日、日本新聞会解散し、日本新聞公社設立。
社会 6日、国民勤労動員令公布。
社会 28日、三木清、逃走中の高倉テルを援助し、検挙される。
社会 東京大空襲による出版社の被害大きく、多くの雑誌が休刊となる。
文学 小田嶽夫「祖国の山河」（「征旗」）
文学 佐藤春夫「バリ島」（「文藝」）

自分もまた呼び出される時を待つ若い人びとに与えた影響はふか」かっただろう（「解説」、『昭和戦争文学全集5』一九六四、集英社、四八七頁）。その一端は、井上光晴の小説「ガダルカナル戦詩集」（「新日本文学」一九五八・五）によっても窺い知ることができる。

三月六日には、治安維持法違反で検挙されていた高倉テルが警視庁から逃亡するという事件が起きている。同月二一日に高倉は再び検挙されるが、逃亡中の高倉をかくまったとして三木清も検挙された。ちなみに、三木は戦争が終わっても獄中に留めおかれ、九月二六日に死亡している。

すでに東京においても本格的な空襲が珍しくなくなっていたが、三月一〇日の東京大空襲の被害はひときわ甚大だった。B29一五〇機から焼夷弾約二〇万個が落とされ、下町一帯が大火災となり、赤く燃えた空には太宰宅があった三鷹からもよく見えたという。朝になって、吉祥寺の自宅から野田宇太郎が、依頼していた原稿を受け取るために太宰宅を訪ねてきた。野田は、河出書房は焼けたかもしれないが、たとえどんなことがあっても、「文藝」は刊行するつもりだ、と太宰に告げた（野田宇太郎『灰の季節』一九五八、修道社）。そして野田は中央線に乗って河出書房に向かうが、中央線は市ヶ谷までしか運転していない。手前の四谷で下車し、新宿—日比谷間だけ都電が通じているというので、それで日比谷に出て、日本橋まで歩いた。そこはまだ至るところで火が燃え燻ぶっており、空襲前の風景とは一変していたと言う。もちろん、河出書房の社屋も焼け落ちていた。

だが、「文藝」の編集に必要なものは、野田は全て持ち歩いていた。「新潮」や「文藝春秋」といった雑誌までがのきなみ四月号以降は刊行が中絶するなか、野田の尽力によって「文藝」四月号は（発売は五月下旬になったが）刊行され、太宰が野田に手渡した「竹青」も無事それに掲載されたのである。

東京大空襲があった日、罹災した弟子の小山清が太宰を頼ってやって来た。その小山の勧めにしたがって、太宰は妻子を甲府にある妻の実家に疎開させることとする。妻の

▼4月

戦局 1日、米軍、沖縄本島に上陸。
戦局 7日、沖縄に向かっていた戦艦大和が米軍に撃沈される。
戦局 12日、ルーズベルト死去（六三歳）。トルーマン新大統領就任。
戦局 25日、サンフランシスコ連合国全体会議を開く（～6月26日）。五〇か国が参加。
戦局 28日、ムッソリーニ銃殺（六一歳）。
戦局 30日、ヒトラー自殺（五六歳）。
社会 5日、小磯内閣総辞職。7日、鈴木貫太郎が新しい首相となる。
社会 長編アニメ『桃太郎　海の神兵』（松竹）公開。
社会 佐々木康監督の『乙女のゐる基地』（松竹）公開。
文学 15日、田村俊子、上海で死去（六〇歳）。
文学 **太宰治「竹青」（「文藝」）**
文学 火野葦平「島」（「文藝」）
文学 齋藤茂吉『文学直路』（青磁社）

津島美知子は、「このような事態に当たって、家長である太宰は、何一つはっきりとした判断も下さず、意見も出さず、小山さんの言うがままに進退をきめることになったのが、おもしろくなく」、「小山さんが狭いわが家に闖入してきたために追い出されるような気もし」たと回想している（『回想の太宰治』一九七八、人文書院、四一頁）。

三月末に太宰は妻子を甲府に送っていった。三月一四日に妻の母が亡くなり、妻の弟の石原明は軍務で家を離れていたために、妻の妹である愛子が留守宅を預かっている状態だった。そのような事情もあり、太宰は自分も疎開することにはためらいがあったようで、四月二日に帰京した。

だが、帰京した直後、三鷹の自宅あたりが空襲にあった。田中英光がたまたま泊りにきており、小山清と三人で家の防空壕に避難した。「太宰、小山、田中、三人の大男が、小さな壕で死と紙一重の恐怖を味わったわけである。太宰などほとんど失神状態だったろうと思う」（津島美知子前掲書、四二頁）。その二日後にも空襲があり、太宰と小山は吉祥寺の亀井勝一郎宅に五日ほど身を寄せたのち、甲府へと旅立った。それまで東京に踏みとどまっていた他の文学者たちの多くも、三月から四月にかけて次々に疎開していった。そのなかには、二月に「汽車の中」という佳作を発表していた上林暁の他、齋藤茂吉や佐藤春夫もいた。

戦局は刻々と悪化していた。三月に硫黄島を制圧した米軍は、続けて沖縄へ進み、それから約三か月にわたって日本軍と激しい戦いを繰り広げることとなる。戦局悪化の責任を取り、四月七日に小磯内閣が総辞職し、代わって鈴木貫太郎が組閣を行なったが、それで事態が変わるわけもなかった。四月末にはイタリアではムッソリーニが銃殺され、ドイツでもヒトラーが自殺し、日本の国際的な孤立はますます明らかになろうとしていた。

甲府で太宰は、近くの甲運村に疎開していた井伏鱒二や地元の同人雑誌「中部文学」の同人たちと交流するなどの日々を過ごしながら、『お伽草紙』の執筆を継続している。困難な状況のなかでも、太宰の創作意欲は少しも衰えていなかったのである。

▼5月

戦局　2日、ベルリン陥落。

戦局　7日、全独軍降伏、無条件調印。

戦局　全国各都市で空襲続く。10日には、B29三七六機が岩国・徳山・呉・松山・九州を焼夷弾爆撃。

戦局　17日、墜落した米軍機の飛行兵二名が九州帝大で生体解剖される。

社会　1日、久米正雄・高見順・川端康成らが鎌倉在住の文士等の本を集めて、貸本屋「鎌倉文庫」を始める。

社会　22日、戦時教育令を公布。

社会　櫻井忠温「肉弾　飛機、戦車、わが肉」（「朝日新聞」8日）

社会　岸田國士「其日、其日の気持」（「信濃毎日新聞」26日）

文学　高村光太郎「海軍記念日に」（「週刊少國民」27日）

文学　菊田一夫「南の町」（「日本演劇」5・6月合併号）

文学　井伏鱒二「里村君の絵」（「文藝」

文学　長谷川泰一『嵐に吹く』（新潮社）

一九四五年五月―八月
あの戦争の終わりと敗戦の始まり

内海紀子

五月から八月にかけて、アジア太平洋戦争は後退戦を戦えない戦争の様相を漂わせる。「朝日新聞」朝鮮版（一九四五・七・八）は、朝鮮総督府が呼びかける「血で稼いだ時を生かせ」、「今や本土は鉄壁の要塞化全く成れり、彼奴等の上陸を今や遅しと待ち焦れてゐるのだ、いざ遂げん半島完璧の要塞化を！」というスローガンを盛んに掲載していたが、当時既に本土空襲は深刻化し、その被害は甚大なものとなっていた。沖縄では上陸した米軍に対し、日本軍守備隊は部隊全滅を繰り返しながら本島南部へ追い詰められていた。

一九四四年一〇月、レイテ沖海戦において神風特別攻撃隊が初めて出撃した。半年余後の一九四五年五月から八月にかけて、新聞には「特別攻撃隊」に言及する記事が連日掲載されている。「押戴く血染の鉢巻　可憐な女学生の贈物に勇躍して　振武特攻隊、必殺の出撃」（「朝日新聞」一九四五・五・一）、「特攻隊基地に薫る一挿話」（一九四五・五・五）等、特攻隊員の人柄を伝えるエピソードや上官とのやりとり、一般市民との心温まるふれあい、特攻隊基地への訪問記など…。特攻隊員をめぐる美談の需要供給は尽きぬように見える。

ところで戦後七〇年経った現在では、特別攻撃隊は、アジア太平洋戦争末期の極限的な状況下で進退極まった日本軍が最後に打ち出した必死必勝の秘策というイメージでとらえられることが多い。〈特攻〉は、その是非は措き、命を捨てて祖国の礎となろうとする若い隊員たちの純誠な決意と「大和魂」によって成し遂げられる英雄的行為であるとされる。ゆえに〈特攻隊〉は日常を超越した崇高な美の表象として描かれる。

しかし戦争末期の新聞メディアは、特別攻撃隊を非日常どころか常態化した光景として記述していた。特別攻撃隊を戦時下の日常の一コマとして織り込みつつ、「薫る一挿話」を消費しようとするまなざしを見てとれる。特別特攻隊の意義を議論することはもとより、

▼6月

戦局 天皇臨席の最高会議で本土決戦の方針が採択される。

戦局 3月以降沖縄に上陸していた米軍の攻撃を受け、日本軍後退。23日、沖縄の日本軍守備隊の組織的抵抗終わる。

社会 6日、「義烈空挺部隊映画―日本ニュース第二五二号―」公開。

社会 30日、秋田県花岡鉱山で強制労働者として連行された中国人が集団脱走、鎮圧で死者四一八名。

社会 義勇兵役法公布施行。一五歳以上六〇歳以下の男子、一七歳以上四〇歳以下の女子を国民義勇戦闘隊として編成。

文学 岩田豊雄（獅子文六）「女将覚書」（「週刊朝日」17日～9月9日）

文学 大佛次郎「からふね物語」（「新女苑」）

文学 三島由紀夫「ユスガイの狩」（「文藝」）

文学 三好達治『干戈永言』（青磁社）

文学 和田傳『増産班長』（新太陽社）

特攻隊の存在を「伴わない」日常を想像することも、もはや不可能となっているようだ。

＊＊＊＊

さて太宰は一九四五年三月末に家族を甲府に疎開させ、石原家に滞在させている。太宰自身は単身三鷹での生活を続けたが、四月二日と四日に空襲に遭い、自宅一帯が爆撃された後は甲府の石原家に身を寄せた。疎開生活の中でも太宰は着実に執筆活動を続けている。

「あ、鳴つた。」／と言つて、父はペンを置いて立ち上る。警報くらゐでは立ち上らぬのだが、高射砲が鳴り出すと、仕事をやめて、五歳の女の子に防空頭巾をかぶせ、これを抱きかかへて防空壕にはひる。既に、母は二歳の男の子を脊負つて壕の奥にうずくまつてゐる。（「お伽草紙」前書き）

「お伽草紙」は、空襲のさなかに防空壕に身を隠しながら子供に語り聞かせるお話の、裏話という設定で語りだされる。太宰はこの「前書き」を三月一一日頃に書き終え、続いて五月七日までに「瘤取り」を脱稿、八日から「浦島さん」の稿を起し、「カチカチ山」「舌切り雀」を含む「お伽草紙」全四篇二百枚を完成させたのは六月末だった（山内祥史『太宰治の年譜』、二八二頁）。「お伽草紙」は、三鷹から甲府へ移動してゆく太宰の疎開生活の傍らで書き継がれた小説といえる。さて昔話のパロディのスタイルをとる「お伽草紙」は、時局に切り結ぶ要素は少ないように見えるが、

浦島はやがて遙か右上方に幽かな、一握りの灰を撒いたくらゐの汚点を認めて、／「あれは何だ。雲かね？」と亀に尋ねる。（中略）／亀はにやにや笑つて、／「あれは、鯛ぢやないんだ。海の火事だ。ひどい煙だ。あれだけの煙だと、さうさね、日本の国を二十ほど寄せ集めたくらゐの広大な場所が燃えてゐる。」

「やあ、燃える、燃える、大火事だ。」――浦島と亀が目撃する「海の火事」の、あっけにとられる他ない大規模破壊は、空襲の光景に結びつくものとも読める。また当初、「瘤取り」「浦島さん」「桃太郎」「カチカチ山」「舌切り雀」の五編を書くつもりだった太宰が、どうしても「桃太郎」を書くことができず、収録作品を四編に留めたという事

▼7月

戦局 17日、連合国がポツダムで会談。
26日、米英中三国首脳、日本に無条件降伏を要求するポツダム宣言を発表。

社会 11日、配給は一日一人二合一勺。

社会 25日、本土決戦に備え、松根油増産完遂運動始まる。

文学 神崎清「異艦撃退」(「少女の友」)

文学 サトウハチロー「青空より青く」(「少女の友」)

文学 半田義之『珊瑚』(新太陽社)

▼8月

戦局 6日、広島へ原子爆弾投下。

戦局 8日、ソ連、対日本宣戦布告。

戦局 9日、長崎へ原子爆弾投下。

戦局 14日、御前会議でポツダム宣言受諾を決定。

戦局 15日、天皇、ポツダム宣言受諾の詔書を放送。

戦局 30日、連合国軍最高指揮官ダグラス・マッカーサーが厚木に到着。横浜にGHQ(連合国軍総司令部)設置。

実(「舌切雀」冒頭で語られる)にも、汲むべきものがあるだろう。桃太郎は古くから親しまれる昔話であるのみならず、明治時代より尋常小学校の国語読本に掲載されてきた、日本男子の英雄像の典型だったからである。さらにアジア太平洋戦争下においては、桃太郎は〈鬼が島〉＝大陸へ渡って敵を征伐する英雄としても表象されたのである。このような極めて時局的な表象に、あえて太宰は触れることを避けたのかもしれない。

さて七月六日深夜、甲府市街もアメリカ空軍機B29型重爆撃機による空襲を受け、石原家は全焼する。この時の体験は、「薄明」(『薄明』一九四五・一一・二〇、新紀元社。ただし「薄明」は九月には脱稿していたと考えられている)に描かれている。

七月二八日、太宰は妻子を連れて甲府から津軽へ出発、三一日に金木の生家へ辿り着いた。津軽疎開の道中の様子は、「庭」(「新小説」一九四六・一)、「たづねびと」(「東北文学」一九四六・一一)等に描かれている。そして八月一五日の終戦を故郷金木で迎え、戦後もしばらく実家での疎開生活を続けた。

東京三鷹へ戻ったのは、一九四六年一一月一五日であった。

＊＊＊＊

火野葦平「あゝ火箭の神々」は、「神雷特攻隊を讃ふ」と題して「朝日新聞」一九四五年六月五日に発表された。

水ぬるみ、／菜種は黄に、／麦やや青きころ、／虹の門をひらきて／神雷特別特攻隊出撃す。／穹をさく光芒火箭となつて／敵艦のふところに炸裂すれば、／一瞬／げ銀の水柱天心をつき、／海洋は敵に墓場となり、／海洋はわれに花園となる。／げに神の雷はすさまじくも美し。／／私は忘れることができない。(中略)／しかもこれら紅顔の若人たちは／ひとたび出撃してゆけば／たれ一人帰つて来なかつた。／／

語り手「私」が特攻隊員たちに向けるまなざしは、当時の新聞メディアが提供していた〈特攻隊〉表象を忠実に支持しているように思える。詩の中で「神雷特別特攻隊」は、伝統的な日本の自然美を背景として厳かに出撃し、神気さえ放つ崇高な戦いを繰り広げ、

社会　大佛次郎「英霊に詫びる」（「朝日新聞」21日）

社会　吉川英治「英霊に詫びる②慙愧の念で胸さく」（「朝日新聞」23日）

社会　大田洋子「海底のやうな光—原子爆弾の空襲に遭つて—」（「朝日新聞」30日）

文学　釈迢空「悲痛なる美を完成する人々　特攻百首」（「毎日新聞」1日）

文学　高村光太郎「一億の号泣」（「朝日新聞」17日）

文学　川田順「八月十五日正午」（「朝日新聞」22日）

文学　獅子文六「一号倶楽部」（「主婦之友」）

文学　太田千鶴夫「遍歴の子」（「文藝」）

文学　火野葦平『陸軍』（朝日新聞社）

▼9月

戦局　2日、重光葵、梅津美治郎両全権、米艦ミズーリ号艦で降伏文書に調印。

文学　**太宰治『惜別』（朝日新聞社）**

圧倒的な戦果をあげる。そのさまが文語定型詩を意識した語りで重々しく描かれる。この第一連が「神雷特別特攻隊」の公の面を歌いあげるとすると、「私は忘れることができない」と語りだされる第二連以下は、特攻隊員の私的な側面—飴色の革靴を履き、時計を持つ—をスタイルを変えて口語自由詩ふうに綴ってゆく。しかし「ひとたび出撃してゆけば／たれ一人帰つて来な」いとされる「これら紅顔の若人たち」は、理想的かつ類型的な兵士として表象され、彼らの個性は詩のなかに描かれない。

　戦争詩が「一億」「我ら」といった集団的な主体を立ち上げ、人間の〈個〉を描かなかったことは先行研究に詳しい（北川透「萩原朔太郎の戦争—〈ひとり〉が複数である場所—」、「現代詩手帖」一九九九・二。瀬尾育生『戦争詩論』二〇〇六、平凡社など）。高村光太郎が一九四一年一二月二四日の文学者愛国大会で発表した詩「彼等を撃つ」は、「《大詔》に答えることで、《一億》を主格としたまったくあらたな定型を出現」させた（瀬尾育生前掲書、一一〇頁）。「〈ひとり〉の複数形ではなく、国家や〈国民〉、民族などの集団をあらわしている」（北川透前掲書）我ら。戦争詩はこうした集団的主体としての〈一億〉に憑かれ、類型化したファンタジーを文語定型で歌い上げる大量生産装置に堕していた。

　敗戦直後、高村光太郎は「一億の号泣」（「朝日新聞」一九四五・八・一七）を書いた。

> 綸言一たび出でて一億号泣す／昭和二十年八月十五日正午／われ岩手花巻町の鎮守／鳥谷崎神社社務所の畳に両手をつきて／天上はるかに流れ来る／玉音の低きとゞろきに五体をうたる／五体わなゝきてとゞめあへず／（中略）

わななく「われ」は、天皇の綸言の前に額づき、敗戦後もやはり〈一億〉として号泣するのである。高村の〈一億〉は戦中から敗戦のインパクトを経ても保持された。ひるがえって太宰は、あくまで「私は多少でも自分で実際に経験した事で無ければ、一行も一字も書けない」（『お伽草紙』一九四五・一〇、筑摩書房）という保塁に踏み止まり、敗戦後もこの「個の視点」から語り出してゆくことになる。

【論文】篇における、太宰治本文の引用は、注記のない限り
『太宰治全集』全一二巻・別巻（筑摩書房、一九八九〜一九九二）に拠る。

I

〝戦時下〟の文学（者）

1章　戦時下における〈信〉という問題系——太宰治と戦争

滝口明祥

太宰治の「走れメロス」(『新潮』一九四〇・五)は、〈信〉という概念をめぐって展開する小説である。「人を、信ずる事が出来ぬ」(第三巻、一六五頁)という王に、メロスは「人の心を疑ふのは、最も恥づべき悪徳だ」(一六六頁)と断言する。王に囚われたメロスだが、妹の結婚式に出るために友セリヌンティウスを自身の代わりに人質として差し出し、王は「ちよつと遅れて来るがいい」(一六七頁)とせせら笑う。紆余曲折がありながらも、メロスは友が処刑される前に刑場に辿り着き、王は「おまへらは、わしの心に勝つたのだ。信実とは、決して空虚な妄想ではなかつた」(一七八頁)と述べ、作品は大団円を迎える。そこではたしかに「信実」の勝利が描かれているように思われる。だからこそ戦後の国語教科書において、「走れメロス」は定番教材としての地位を保ってきたのだろう。(1)

だが、同時期の太宰作品を見渡したとき、〈信〉という概念が重要な役割を果すのは、この「走れメロス」に限られない。同時期というのは、つまり、戦時下において、ということである。(2)後述するように、戦争に関わる態度を表明する際などにたびたび〈信〉という概念が持ち出されるのだ。

〈信〉が戦時下の太宰作品に頻出しているということは、これまでも指摘されてこなかったわけではない。たとえば安藤宏は「〈信じ〉るという言葉が、同時に戦中の太宰文学を支えるキーワードの一つでもあった[3]」と述べているし、高橋秀太郎も「信とは、戦時下に発表する作品にふさわしいテーマとして太宰に意識されていた[4]」と指摘している。だが、それら先行研究においては、いまだ考察が十分になされているとは言いがたい。第一に、なぜ〈信〉という概念が戦時下において頻出するようになったのか、その理由を説明することには成功していない。第二に、一口に〈信〉と言っても、そこには異なる側面が混在しているのだが、それらが切り分けられていない。戦時下の太宰作品において、〈信〉は大きな問題系を形成しているのであって、それについて考察すること抜きに太宰治と戦争との関係について考えることなど出来はしないはずだ。本稿では、〈信〉という問題系について、二つの側面に分けて考えてみることとする。一つは、関係性に関わる側面であり、もう一つは、超越性に関わる側面である。また、それらの考察は、〈信〉がなぜ他ならぬ戦時下において重要なものとして浮上してきたのかについても明らかにすることとなるだろう。

一　〈信じる―信じられる〉――関係性

〈信〉という問題系のなかで、第一に考えなければならないのは〈信じる―信じられる〉という関係性だ。それは主に、読者をいかに作品の中に巻き込むか、という問題意識のなかで太宰作品のなかに生成してきたと考えられる。

かつて奥野健男は太宰作品と読者との結びつきに特異なものがある理由について、太宰の作品のなかに「読者である自分が、隠された二人称として、小説の中に登場させられている」という特徴を指摘した。(5) 奥野の言う「潜在二人称的」な語りについて、森富子は「発話者＝「語り手」と、受話者＝その語りを「聞く者」との対峙する場を作中に確認する表現である」と指摘し、「太宰の作品の基本的な構造」を「「物語世界」と「語りの場」との作中での共存」に見出している。(6) 太宰の作品においては、〈物語世界〉とともに〈語り手〉と〈聞き手〉とが対峙する〈語りの場〉こそが重要となると思われる。

いわゆる「前期」の作品においては、〈物語世界〉の枠を壊すことが試みられていた。たとえば、「道化の華」（『日本浪曼派』一九三五・五）においては大庭葉蔵などの登場人物の他に、そうした〈物語世界〉の外側に位置する「愚作者」（第一巻、一八〇頁）の「僕」が登場するのだが、その「僕」は、それまで語っていた物語内容を否定しながら、「ああ、もう僕を信ずるな。僕の言ふことをひとことも信ずるな」（一四八頁）と述べる。このような「僕」からの問いかけに、読者はいったいどう応対できるのか？　小森陽一はそれについて、次のように答えている。

「僕の言ふことをひとことも信ずるな」という逆説、真と偽を同時に提出する命題に対して、読者がなしうる実践はたったひとつ、「いや、それでも私はあなたを信じます」という形で、否定的にメタレヴェルに立つことしか許されていない。「はい、わかりました」という立場を選択すれば、その後は、本を閉じ、読む行為を止め、読者であることから降りるだけだ。(7)

その後も「僕」は、自身が書きつけた物語内容に否定的な言及を繰り返しつつ、それでも物語を書き続ける。つまり、そこでは「真と偽を同時に提出する命題」が繰り返し読者に提示されているわけで、そうした反復行為のなかで読者は〈信じる〉という側に立つしかなくなっていくのである。[8]

このように「道化の華」では、〈物語世界〉の枠を壊しつつ、読者を作品内に巻き込んでいくという試みが行われていた。それは、作品内の「愚作者」である「僕」と読者との間に、〈信じる―信じられる〉という関係性を形づくる試みであったとも言えるだろう。ここでは〈物語世界〉も〈語りの場〉もともに安定しておらず、両者が「共存」しているとは言いがたい。森が言うような「太宰の作品の基本的な構造」が形成されるのは、いわゆる「中期」、つまり戦時下になってからである。

平浩一は、いわゆる女性独白体で書かれた「燈籠」（『若草』一九三七・一〇）を「前期」と「中期」の結節点であると評価している。どういうことか。「燈籠」の語り手であるさき子は、「言へば言ふほど、人は私を信じて呉れません」（第二巻、七七頁）と語り出す。また、「私の話を信じられる人は、信じるがいい」（七八頁）とも言う。作品内ではさき子の話の〈聞き手〉については何も記述されていない。だが、平が言うように、「さき子の〈語りかけ〉に反応した時点で、〈現実の読者〉は〈物語世界内〉の〈聞き手〉に近接化し、位相の異なるさき子のパラダイムに巻き込まれていく」[9]他ない。つまり、「道化の華」などでは、〈物語世界〉の枠を壊すことによって、〈現実の読者〉を作品内に巻き込んでいたのだが、「燈籠」においては、〈物語世界〉自体は無傷なままで、それが可能になったと言うのである。そして、〈現実の読者〉を作品内の〈語りの場〉に参加させる際に重要な機能を果たしていたのが、〈信〉という概念なのであった。そこでは、多くの人が自身を信じてくれない、という状況がまず示されたうえで、「私の話を信じられる人は、信じるがいい」という巧妙な語りかけがされることによって、「私」を信じてあげられるのは自分だけなのではないか、という気分に読者は陥りやすくなっていくのだと言えるだろう。

「燈籠」の語り手はもちろん作者太宰治とは異なる。だが、この後、作者太宰治を思わせる語り手が登場する作品においても、「燈籠」のこうした特徴が見出されていくことは重要だろう。言いかえると、奥野が指摘するような作者と読者の特異な結びつきが生まれるためには、〈現実の読者〉を作品内に巻き込む工夫とともに、〈現実の作者〉を作品の語り手と混同させるような工夫が必要であるはずだ。

とは言え、後者の工夫は前者よりもはるかに容易だっただろう。なぜなら、日本の文壇においては、いわゆる「私小説」という読みのモードがあったからであり、それを利用することが可能だったからである。東郷克美は次のように指摘している。

かくして、太宰治はこの国の私小説的風土を利用し、いわば読者との共犯関係の中で、私小説的事実も物語の一切片として虚構の枠の中に組み込んでいく。事実と虚構の境界の無化ないしは相対化――それは作家「太宰治」という語り手、あるいは「太宰治」という物語を作りあげていくことではなかったか。作品が虚像としての「太宰治」を作りあげ、逆にその虚像に作家自身も規制され、さらにはすすんでそれを演じていく。そうすることで、その独自の語りの文体ともあいまって、太宰治のことばというよりは、彼に固有の「声」とでもいうべきものが生成され、それは良くも悪くも、いわゆる「太宰治的なるもの」として中・後期のいかなる作品の中にも響いていくことになるのだと考えられる。(10)

東郷は『虚構の彷徨、ダス・ゲマイネ』（新潮社、一九三七）の諸編に作家情報の意識的な利用が見られることに注目し、「「作中人物的作家」の手法」の嚆矢をそこに見ているが、そうした手法が完成されるのは一九四〇年前後になってからではなかったろうか。たとえば「春の盗賊」（『文藝日本』一九四〇・一）は「私」がどろぼうに入られたという体験を語った小説であるが、肝心の物語内容に入る前に、実に長々と「私」の語りが繰り広げられる。

いつたい、小説の中に、「私」と称する人物を登場させる時には、よほど慎重な心構へを必要とする。フイクシヨンを、この国には、いつそうその傾向が強いのではないかと思はれるのであるが、どこの国の人でも、昔から、それを作者の醜聞として信じ込み、上品ぶつて非難、憫笑する悪癖がある。（中略）／私は、実はこの物語、自身お金に困つて、どろぼうを致したときの体験談を、まことしやかに告白しようつもりでゐた。それは、たしかに写実的にて、興深い一篇の物語になつたであらう。私のフイクシヨンには念がいりすぎて、いつでも人は、それは余程の人でも、あるいは？　などと疑い、私自身でさへ、あるいは？　などと不安になつて来る位であつて、そんなことから、私は今までにも、近親の信用をめちやめちやにして来てゐる。（中略）／次に物語る一篇も、これはフイクシヨンである。私は、昨夜どろぼうに見舞はれた。さうして、それは嘘であります。全部、嘘であります。さう断らなければならぬ私のばかばかしさ。ひとりで、くすくす笑つちやつた。（第二巻、三六五〜三六九頁）

このようにして、ようやく物語内容に入っていくのであるが、そんなにまでして「フイクション」

であることを明示したいのであれば、語り手である「私」を作者太宰治とは全く異なるキャラクターにするのが最も簡便であろう。あるいは、語り手である「私」とは異なる人物を〈物語世界〉の主人公にして語り出せばよい。しかし、「私」は明らかに「太宰治」を思わせる情報に満ちているのであり、しかも彼は〈作中人物〉でもある。あまつさえ、物語内容に入ってからは「私」は「体験者の言は、必ず、信じなければならない」（三七三頁）などと言い出すのだ。いったいこれは「フイクション」なのか、「体験」なのか？[11] また、「おのれの憤怒と絶望を、どうにか素直に書きあらはせた、と思つたとたん、世の中は、にやにや笑つて私の額に、「救ひ難き白痴」としての焼印を、打たうとして手を挙げた」（三七四頁）、「何を言つても気ちがひ扱ひで、相手にされないのでは、私は、いつそ沈黙を守る」（同）などという文に拠って、読者はこのふざけているとしか思えない「私」が本当は何を伝えようとしているのか、気になってこざるをえなくなるだろう。多くの人に誤解されるこの「私」を理解できるのは、自分だけかもしれないのだから――。物語内容それ自体ではなく、むしろそれを超えたところで「私」＝作者太宰治と読者との間に〈信じる―信じられる〉という関係が強固につくりだされていくのである。

作家情報を上手く利用しながら、〈現実の作者〉を作品内に呼び込みつつ、〈信じる―信じられる〉という関係性を梃にしながら、〈現実の読者〉を作品内に巻き込んでいくこと。つまり、〈語り手〉＝〈現実の作者〉、〈聞き手〉＝〈現実の読者〉という幻想がそれぞれ成立したところで太宰作品の〈語りの場〉はつくられるのであり、そこから「物語世界」が語り出されていく。森が言う「太宰の作品の基本的な構造」とは、そのようにして形成されているのだと考えられるだろう。

もう一つ、「善蔵を思ふ」（『文藝』一九四〇・四）の冒頭部分を見てみよう。

――はつきり言つてごらん。ごまかさずに言つてごらん。冗談も、にやにや笑ひも、止し給へ。嘘でないものを、一度でいいから、言つてごらん。

――君の言ふとほりにすると、私は、もういちど牢屋へ、はひつて来なければならない。もういちど入水をやり直さなければならない。もういちど狂人にならなければならない。君は、その時になつても、逃げないか。私は、嘘ばかりついてゐる。けれども、一度だつて君を欺いたことが無い。私の嘘は、いつでも君に易々と見破られたではないか。ほんものの兇悪の嘘つきは、かへつて君の尊敬してゐる人の中に在るのかも知れぬ。あの人は、いやだ。あんな人にはなりたくないと反撥のあまり、私はたうとう、本当の事をさへ、嘘みたいに語るやうになつてしまつた。ささ濁り。けれども、君を欺かない。底まで澄んでゐなくても、私はけふも、嘘みたいな、まことの話を君に語らう。（第三巻、六〇頁）

「私」は、「嘘ばかりついてゐる」と言いながら、「君を欺かない」と言う。なぜなら、「私の嘘は、いつでも君に易々と見破られた」のだから。つまり、ここでの「私」と「君」とのコミュニケーションにおいて、字義通りの意味というのは重要ではない。嘘を嘘であると理解してくれる「君」がいる限り、「私」は安心して嘘がつけるのだし、また「嘘みたいな、まことの話」も出来るのだ。

このような作品において、「嘘でないもの」をその中に書きつけられている言葉の中に探そうとしても無駄だろう。それは「私」と「君」との相互の交流の中にしかないのだから。

ここでの「私」とは一義的には〈語り手〉のことだが、〈現実の作者〉である太宰治を読者は透かし見ることだろう。そして同じく「君」とは作中の〈聞き手〉のことだが、〈現実の読者〉はそれに自身を重ねていくだろう。「牢屋」、「入水」、「狂人」というキーワードをそれとなく挿入することで、読者は作品外の作家情報への欲望を喚起されつつ、そのような世の中の多くの人には〈信じられない〉「私」の唯一の理解者であるかのように錯覚させられていくのである。

安藤宏が「中期太宰文学に通底するモチーフ」だという「〈原稿生活者〉としての〈俗化〉への不安」[12]や「悔恨」[13]を作中で繰り返し表明することもまた、作者と読者の間の〈信じる―信じられる〉という関係性を強化する方向に働くに違いない。〈俗化〉したということで批難する者もいるかもしれないが、しかし、自分だけは作者の苦悩を理解しているのだ、というふうに――。このように一九四〇年前後、奥野の言う「潜在二人称的」な語り、あるいは森の言う「太宰の作品の基本的な構造」が完成されたのだと考えられる。

この一九四〇年前後は「女生徒」(『文學界』一九三九・四)の好評を背景として、太宰があらためて文壇のなかで頭角を現し始めた時期でもあった。たとえば、『中央公論』(一九四〇・二)には「創作・新人特選」の一編として「駈込み訴へ」が掲載されている。第一回芥川賞に落選した際に、他の候補者たちとの競作という形で「ダス・ゲマイネ」が『文藝春秋』(一九三五・一〇)に掲載されたことはあったが、総合雑誌に太宰の作品が掲載されたのはそれ以来のことだ[14]。また、「走れメロス」掲載の一号後の『新潮』(一九四〇・六)に保田與重郎「太宰治氏の文学」が掲載されているように、太宰についての言説が増え始めるのもこの時期である。『新潮』(一九四一・一〇)では特集「新進作家論」が組まれ、板垣直子による「太宰治論」が掲載されている。つまるところ、太宰は一九四〇年前後に「新人」「新進作家」として文壇において再び注目を集める存在となっていたのだと言えるだろう[15]。

作品の表現という点でも、文壇からの評価という点でも、一九四〇年前後、太宰は一つの高みへと昇りつつあったと言ってよい。そして、そのようななかで発表されたのが「走れメロス」なのであり、そこにおいて〈信〉という概念には別種の意味が付け加わっていくのである。

二　主体性を超えるものとしての〈信〉——超越性

「走れメロス」において、メロスとセリヌンティウスは〈信じる—信じられる〉という関係性を形づくるものだと考えられるだろう。それに対して、王ディオニスは〈信じる—信じられる〉という関係性を形成できない存在として現れる。メロスは、「あの王に、人の信実の存するところを見せてやらう」（第三巻、一七〇頁）と言うが、その場合の「信実」とは〈信じる—信じられる〉という関係性の素晴らしさを指しているのだと考えらえる。だが、作品の終盤において、メロスは不思議なことを言い出すのである。

セリヌンティウスの弟子であるフィロストラトスは、刑場へと急ぐメロスに、もう走るのをやめるようにと懇願する。今は自分の命が大事なのだからと。そして、刑場へ引き出されてもなお友のことを信じていたセリヌンティウスの様子をメロスに伝えるのだ。

「それだから、走るのだ。信じられてゐるから走るのだ。間に合ふ、間に合はぬは問題でないのだ。人の命も問題でないのだ。私は、なんだか、もつと大きい大きいものの為に走つてゐるのだ。ついて来い！　フイロストラトス。」

「ああ、あなたは気が狂つたか。それでは、うんと走るがいい。ひよつとしたら、間に合はぬものでもない。走るがいい。」

言ふにや及ぶ。まだ陽は沈まぬ。最後の死力を尽して、メロスは走つた。メロスの頭は、からつぽだ。何一つ考へてゐない。ただ、何かしらの大きな力にひきずられて走つた。（一七六頁）

メロスのセリフの前半部分、「それだから、走るのだ。信じられてゐるから走るのだ」については特に問題はないだろう。しかし、後半はどうか。ここでメロスはなんと、「間に合ふ、間に合はぬは問題でないのだ」とか「人の命も問題でないのだ」などと言い出すのだ。フィロストラトスが「ああ、あなたは気が狂つたか」と言い出すのも無理はないのである。

石田慶幸がこの個所について、「「間に合ふ、間に合はぬ」ことや「人の命」が「問題」の外に置かれる」ということは、そこでは「信実・信頼の証明、つまり勇者＝メロスとしてのメロスの従来の主体的構成には回収され得ない、その枠外にあるものが「問題」になっている」のだと指摘していることは重要だろう。[16]

つまりこの作品において、〈信〉という概念は、単なる関係性に関わる側面だけではもはや捉えられないものとなっているのだ。〈信じる―信じられる〉という結びつきは、通常であれば信じる者と信じられる者との間の関係性を強化する方向に向かうものだが、ここではそれとは違う力が働いている。メロスは、「もつと大きい大きいもの」、あるいは「何かしらの大きな力」という言語化不可能なものに「ひきずられて」いく。[17]〈信〉における超越性に関わる側面がここには現れているのである。

「真の勇者、メロスよ」（一七二頁）と自分に呼びかけたり、妹に「おまへの兄は、たぶん偉い男なのだから」（一七〇頁）と何の臆面もなく言ったりと、多分にナルシスティックかつ自意識過剰なメロスの姿は、[18]それまでたびたび描かれてきていた。だが、いま「メロスの頭は、からつぽだ。何一つ考へてゐない」。間に合えば、「信頼」に報いることができれば、自分は「真の勇者」になれるのだなどという余計なことは考えていないのである。

自意識からの解放。それはおそらくメロスにとっても一種の快をもたらすものだったに違いない。だからこそメロスは頭を「からつぽ」にしたまま、走り続ける。そこでは言葉は不要なのだ。斎藤理生がこの作品において、「饒舌から沈黙へ」という変化を見ていることは興味深い。

再会したメロスとセリヌンティウスは、殴り合う前に言葉を交わしてはいる。しかし「私は、途中で一度、悪い夢を見た。君が若し私を殴ってくれなかったら、私は君と抱擁する資格さえ無いのだ」というメロスの説明は、「ちから一ぱいに頬を殴れ」という過激な要求を満たすには、あまりに言葉足らずである。にもかかわらず、セリヌンティウスはそれだけで「すべてを察し」、逆に自分をも殴らせる。彼らは多くを語らぬまま、殴打と抱擁という行為を介して理解し合う。[19]

たしかに言葉よりも行為が優位となっているこの場面において、メロスは自身が「真の勇者」にふさわしい振る舞いをしているかどうか、などとは考えてもいないはずだ。しかしそれに続く場面において、この友が言う一言が新たな展開を生じさせていることは見逃されるべきではない。

ひとりの少女が、緋のマントをメロスに捧げた。メロスは、まごついた。佳き友は、気をきかせて教へてやつた。

「メロス、君は、まつぱだかぢやないか。早くそのマントを着るがいい。この可愛い娘さんは、メロスの裸体を、皆に見られるのが、たまらなく口惜しいのだ。」

勇者は、ひどく赤面した。（一七八頁）

セリヌンティウスの一言によって、メロスは自分が「まつぱだか」であることに気付いてしまう。他者から自分がどう見られているか、という自意識が再び復活した瞬間である。最後の一文が「メロスは」ではなく「勇者は」となっているのも実に象徴的だろう。「勇者」とは、刑場の人々がメロスを見る視線であり、メロスの自意識でもある。果たしてこのナルシスティックで自意識過剰な若者は、「まつぱだか」の自身を受け入れることができただろうか？[20]

すでに述べたように、「走れメロス」において〈信〉は超越性に関わる側面を顕わにしている。そうした超越性に身を委ねたとき、主体性や言葉といったものは不要になる。そうした状態は、確認したように「走れメロス」においては長く続くものではなかったが、しかしその快楽を、以後の太宰は繰り返し描いていくこととなる。それはたとえば、『津軽』（小山書店、一九四四）のたけさんと再会した際に「私」が感じる「無憂無風の情態」（第六巻、二九七頁）であり、「浦島さん」（『お伽草紙』筑摩書房、一九四五）における〈批評〉や〈言葉〉が不要な理想郷としての竜宮である。そしてそれは『パンドラの匣』（河北新報社、一九四六）の〈かるみ〉へと通じていくだろう。

戦時下において、太宰作品のなかに〈信〉という概念が頻出するのは、そうした超越性に身を委ねることへの快楽が関わっていることは否定できないのではないか。「走れメロス」と同年に発表された「独語いつ時」(『帝國大學新聞』一九四〇・一一・二五。のち「かすかな声」に改題)には、戦争への態度に関わって〈信〉が出てくる。

信じるより他は無いと思ふ。私は、馬鹿正直に信じる。ロマンチシズムに拠つて、夢の力に拠つて、難関を突破しようと気構へてゐる時、よせ、よせ、帯がほどけてゐるぢやないか等と人の悪い忠告は、言ふもので無い。信頼して、ついて行くのが一等正しい。運命を共にするのだ。一家庭に於いても、また友と友の間に於いても、同じ事が言へると思ふ。／信じる能力の無い国民は、敗北すると思ふ。だまつて信じて、だまつて生活をすすめて行くのが一等正しい。人の事をとかく言ふよりは、自分のていたらくに就いて考へてみるがよい。私は、この機会に、なほ深く自分を調べてみたいと思つてゐる。絶好の機会だ。／信じて敗北する事に於いて、悔いは無い。むしろ永遠の勝利だ。それゆゑに人に笑はれても恥辱とは思はぬ。けれども、ああ、信じて成功したいものだ。この歓喜！　／だまされる人よりも、だます人のはうが、数十倍くるしいさ。地獄に落ちるのだからね。／不平を言ふな。だまつて信じて、ついて行け。オアシスありと、人の言ふ。ロマンを信じ給へ。「共栄」を支持せよ。信ずべき道、他に無し。(第一〇巻、二二九〜二三〇頁、傍線・波線ともに引用者。)

傍線を付したように、実に夥しいほどに「信じる」という言葉がここには頻出しているのだが、もちろんこれは字義通りに読めば、戦争の勝利を「信じる」という態度が繰り返し表明されているわけだ。

もちろん、作者太宰の〈真意〉をここから測ろうとすることは、見た目ほど簡単なことではない。信じることの素晴らしさが縷々述べられているようでいて、たとえば、波線部分のような強烈な違和感を持つ言葉が突如として出てくるのである。ここでの「だまされる人」とは、信じた人のことであろう。だとするならば、信じることの素晴らしさがただ表明されているわけではない、という見方も当然できるはずだ[21]。

同じようなことは、太平洋戦争が開始された直後に書かれたとされる「新郎」（『新潮』一九四二年一月）についても言えるだろう。

「我慢するんだ。なんでもないぢやないか。米と野菜さへあれば、人間は結構生きてゐけるものだ。日本は、これからよくなるんだ。どんどんよくなるんだ。いま、僕たちがじつと我慢して居りさへすれば、日本は必ず成功するのだ。僕は信じてゐるのだ。新聞に出てゐる大臣たちの言葉を、そのまま全部、そつくり信じてゐるのだ。思ふ存分にやつてもらはうぢやないか。いまが大事な時なんださうだ。我慢するんだ。」梅干を頬張りながら、まじめにそんなわかり切つた事を言ひ聞かせてゐると、なぜだか、ひどく痛快なのである。（第四巻、三三七頁、傍線引用者）

ここでも、「信じてゐるのだ」という繰り返しそれ自体が読者の不審を呼び起こすに違いない。本当に信じている人間は、わざわざ自分が信じているということを繰り返し言明する必要は無いはずなのだから。

このように「独語いつ時」においても「新郎」においても、戦争を「信じる」という言葉は字義通りの意味とは違うアイロニカルな意味を生成しているように思われるのだが、しかし他方で、先ほど見たように超越性に身を委ねることの快楽が繰り返し描かれているのを考えたとき、やはりここには作者太宰治の願望が何がしか投影されているのだという解釈にも一定の妥当性があるだろう。作者の〈真意〉についての解釈は、決定不能なまま留めおかれざるを得ないのだ。

三　〈信〉と〈不信〉のあいだで

「女生徒」の「私」は、自意識からの解放という願望について、戦争と絡めながら次のように述べている。

> 戦地で働いてゐる兵隊さんたちの欲望は、たつた一つ、それはぐつすり眠りたい欲望だけだ、と何かの本に書かれて在つたけれど、その兵隊さんの苦労をお気の毒に思ふ半面、私は、ずいぶんうらやましく思つた。いやらしい、煩瑣な堂々めぐりの、根も葉もない思案の洪水から、きれいに別れて、ただ眠りたい眠りたいと渇望してゐる状態は、じつに清潔で、単純で、思ふさへ爽快を覚えるのだ。（第二巻、二六〇頁）

「いやらしい、煩瑣な堂々めぐりの、根も葉もない思案の洪水」から解放してくれるものとしての戦争。「走れメロス」以下の作品において、自意識からの解放という快楽が繰り返し描かれたのも、同時代に行なわれていた戦争と無関係ではないはずだ。だが、太宰作品において、自意識からの解放という状態は決して長続きするものではなく、それが最終的な解決には結びつかないということも見逃してはならない。

「信じてゐるのです。花のある事を信じ切つてゐるのです。そんな姿を、まあ、仮に冒険と呼んでゐるだけです。あなたに冒険心が無いといふのは、あなたには信じる能力が無いといふ事です」（第七巻、一七五頁）などという亀の言葉に誘われて浦島は竜宮へと赴く。だが、〈言葉〉や〈批評〉のない世界である竜宮に永遠に留まることはできないのである。「「言葉」のない世界とは、窮極的には「意識」のない世界であ」り、「それは意識発生以前の胎内か、意識消滅後の死の世界に近い」[22]という東郷克美の評言は、けだし至言であろう。現実世界においては、人は自意識を持ち、〈言葉〉によって他者と関わっていかなければならない。

〈言葉〉を介して他者と関わっていく以上、そこでは不透明さやズレは避けられない。だが、〈言葉〉が不要な世界へのあこがれを繰り返し描きながら、そうした言葉の不透明さやズレを誰よりも積極的に利用していたのもまた太宰ではなかっただろうか。そして太宰の作品には、何かを〈信じる〉ことの快楽、つまり主体性を超越的なものに委ねる快楽が描かれる一方で、〈信じられない〉という疑惑もまた繰り返し描かれていたことを忘れてはならない[23]。たとえば、『新ハムレット』（文藝春秋社、一九四一）において、ハムレットは最後にこう呟く。「信じられない。僕の疑惑は、僕が死ぬまで持ちつづける」（第四巻、二六四頁）。

〈信〉と〈不信〉という相反する立場が同じ一人の人物の中にあるというのは矛盾という他ないだろう。しかし、作家太宰治の独創は、そうした矛盾を瑕疵とすることなく、それどころか、読者との結びつきを強化する手段として利用していったことなのだ。つまり、〈信〉の関係性に関わる側面と同じく、超越性に関わる側面もまた、読者をいかに作品の中に巻き込んでいくか、という問題意識に結局は奉仕することになったのだと言えるだろう。

あからさまなメッセージの回避、つまり、ほのめかしや反語といった表現の多用こそが戦時下の太宰作品の特徴である。もちろん、そこには検閲という制度が関わっていたことは明らかだ。中村真一郎は「最も極端な一例」であると断りながら、「或る学者の戦争中の著作が、明らかに、戦争協力を謳つていても、それを読む人の大部分は、その著者の従来からの思想が、反帝国主義、反戦主義であることを知つており、その著作の戦争協力的な部分は、飛ばしてしまつて、専らそこに提出されている事実のみを読み、その事実の集積の背後に、著者がかなり明らさまに匿している事実を読み取る」というような読書行為が戦時下には行なわれていたのであり、「その場合、その書物は、著者と読者との関係に於いて、誤解はなく、唯、出版上の便宜に軍国主義が仮装されていた、と云うにとどまる」と述べている。[24]

字義通りの意味ではなく、そこに隠された作者の〈真意〉を読み取ろうとする読者。おそらくそのような読者の登場こそが、戦時下の太宰作品における豊穣を約束するものでもあっただろう。そのような読者に向けて、太宰は〈信〉と〈不信〉のどちらをも書き続けたのであり、そのような文脈においては、「独語いつ時」や「新郎」における太宰の戦争への態度について解釈しようとしても、最終的な決定はどこまでも先送りにされざるを得まい。作者の〈真意〉は決して明示されないが故に、読者はどこまでも〈作者〉への欲望に衝き動かされていく。つまり、それは作者と読者との関係性を強固にしていくという方向性に寄与するだけなのだ。

おそらく作者の〈真意〉を探ろうとすればするほど、私たち読者は作者太宰治の掌の上で転がされる他はないだろう。それを逃れるためには、〈真意〉にではなく、表現に目を凝らすしかないのではないだろうか。戦時下の太宰が決して一義的な意味には回収できない表現を好んで用いており、しかもそれを読者との関係性を強固にするための手段としていたということ。そしてその際に〈信〉が重要な役割を果たしていたのだということこそに、私たちは注目しなければならないはずである。

注

（1）「走れメロス」の教材化の経緯に関しては、佐野幹「教材「走れメロス」の生成過程」（『読書科学』二〇一八・七）を参照。
（2）「十五年戦争」という見方に従えば、「太宰治」という筆名で書かれた作品が生まれた時点で戦時下であるということになるわけだが、ここで「戦時下」と述べているのは日中戦争が始まった一九三七年七月から一九四五年八月までを指していると考えてもらいたい。また、それはいわゆる「中期」とほぼ重なるものだと考えてもらってよい。
（3）安藤宏「太宰治・戦中から戦後へ」（『國語と國文学』一九八九・五）、一〇七頁。
（4）高橋秀太郎「信と歓喜——昭和15年の善蔵とメロス」（『iichiko』二〇一〇・七）、三三頁。
（5）奥野健男『太宰治論　決定版』（春秋社、一九六六）、二四五頁。
（6）森厚子「太宰治『お伽草紙』の表現構造——「語り」に関する方法論の試み」（『椙山女学園大学研究論集』一九七八・二）、二八頁。
（7）小森陽一「誰が語るのか、そして誰にむかって」（『ユリイカ』一九九八・六）、五二頁。
（8）平浩一『「文芸復興」の系譜学　志賀直哉から太宰治へ』（笠間書院、二〇一五）、二六四頁。

（9）平浩一「朧化される独白――太宰治「燈籠」論」（『文学・語学』二〇一三・七）、五八頁。
（10）東郷克美『太宰治という物語』（筑摩書房、二〇〇一）、九六頁。
（11）樫原修「太宰治の〈私〉小説――「春の盗賊」をめぐって」（『日本近代文学』一九九七・五）は、「作者は意識的に〈私〉を実在の自己と結びつけて見せつつ、一方でそれをずらして行く」（一四一頁）と指摘している。
（12）安藤宏「『東京八景』試論――作品論のために」（『解釈と鑑賞』一九八七・六）、一〇四頁。
（13）太宰治「鷗」（『知性』一九四〇・一）において、小説を書くにあたっての信条を問われた「私」は「悔恨です」（第三巻、一一九頁）と即答している。
（14）その後、総合雑誌掲載の太宰作品は「服装に就いて」（『文藝春秋』一九四一・二）、「水仙」（『改造』一九四二・五）、「佳日」（『改造』一九四四・一）と続いていく。
（15）もちろん、「スポットライト」（『新潮』一九四〇・三）が「「中央公論」に名を連ねてゐる太宰治氏、真杉静枝氏、壷井栄氏、北原武夫氏、大田洋子氏などといふ人々は、果して新人とか、新進作家といふ名に当て嵌めて、適当な作家だらうか」（一三頁）と述べているように、太宰を「新人」とすることに対する違和感を覚える者は当時から当然いたが、森山啓「昭和時代の代表作」（『新潮』一九三九・一二）が「今日活躍しつつある新人のなかで、また自己の個性に根ざし、その芸術の展開において一途な作家たちに太宰治、田畑修一郎、中里恒子、その他の諸氏がある」（五八頁）などと述べているように、太宰をまだ「新人」として扱う人々も少なくなかった。山内祥史『太宰治の年譜』（大修館書店、二〇一二）は、「昭和八年」から「昭和十三年」までを「新進作家の時代」、「昭和十四年」から「昭和二十年」までを「職業作家の時代」と区分しているが、それはやはり正確とは言えないだろう。
（16）石田慶幸「「走れメロス」――信実とナルシシズムの機構」（『国文学研究』二〇〇五・六）、七八頁。
（17）『女の決闘』（河出書房、一九四〇）収録に際して、「もつと大きい大きいもの」は「もつと恐ろしく大きいもの」、「何かしらの大きな力」は「わけのわからぬ大きな力」にそれぞれ改稿されている。

(18) 寺山修司「歩け、メロス——太宰治のための俳優術入門」(『ユリイカ』一九七五・四)は、メロスの「自己中心性とナルシズム」(一三七頁)を批判している。

(19) 斎藤理生「饒舌・沈黙・含羞——「走れメロス」の語りづらさ」(『月刊国語教育』二〇〇八・一)、三四頁。

(20) 石田前掲論文・注(16)は「ラストシーンにおいてメロスのナルシシズムは「親友」の「無意識の殴打」により崩壊する」(八一頁)と述べている。一方、鎌田広巳『「走れメロス」試論——主人公の〈肉体〉と〈自意識〉を主題として」(『国文論叢』一九八九・三)は、「人々とともに、メロスはこのとき、自分の〈肉体〉が、栄光に輝いて存在してゐるのを、〈意識〉してしまってもいたはずである。「可愛い娘」は、メロスの〈自意識〉を、よりいっそうしたたかなものとして再生させていたことになる」(六〇頁)と指摘している。

(21) 高橋前掲論文・注(4)は、「「信じる」という態度に、積極的な信とあきらめの信を、あるいは信と不信を、さらには黙って信じることとその不可能性を、同時に、しかも拮抗・反転する形で塗り込めた」(三八頁)と指摘している。

(22) 東郷前掲書・注(10)、二一二頁。

(23) 藤原耕作「「人魚の海」より太宰文学における「信頼」に及ぶ」(『大宰府国文』一九九七・三)は「「走れメロス」から「新郎」「十二月八日」などを経て『津軽』へ、「信ずる力」への「信頼」は強固なものになっていくが、その一方で素朴な「信頼」に対する疑いの気持も綿々と底流している」(一一頁)と指摘している。

(24) 中村真一郎「藝術的抵抗派」(荒正人編『昭和文学十二講』改造社、一九五〇)、一八一頁。

2章　総力戦体制下の〈家庭の幸福〉——「花火」における青年の身体

野口尚志

はじめに

「花火」(『文藝』一九四二・一〇)が家庭を描いた小説であることに異論はないだろう。この作品は、全文削除処分を受けたことでも知られる。[1]こうした検閲自体が、総力戦体制下で国民の動員と団結を促す〈思想戦・宣伝戦〉の一環であったことは言うまでもない。しかし本稿は、テクストの内部と、そこから召喚される同時代の政治的・社会的布置との関連を捉えることに目を向け、総力戦体制下の家庭でこそ起こり得た悲劇としての側面を探り出したいと思う。まずは、本稿における〈総力戦体制下の家庭〉の枠組に関わる議論を参照したい。

日本の現代史への視点に「総力戦体制による社会の編成替え」を挙げる山之内靖は、近代社会の「第一級市民とその他の市民の区分という階層性」に注目し、総力戦体制は「劣位の市民」が「総力戦の遂行」の「重大な障害」とならぬよう、国民の身分性を排除した「強制的均質化」を促したと述べている。そうして「人的資源」として社会の全員が「戦争遂行に必要な社会的機能の担い手となること」が期待されたという。(2)

山之内がいう「劣位の市民」（労働者階級や、日本では朝鮮人、女性）は、「政治的責任を負うべき位置」になく、「総力戦」への「内面的動機」を欠くために「障害」となりうるとされる。となれば、そこに青年を加えることにそれほどの無理はないと思われる。たとえば、一九二五年のいわゆる普通選挙法で選挙権を得たのは二五歳以上の男子であった。それ未満の青年は、男子といえども「政治的責任を負うべき位置」にないことになる。だが、それも総力戦体制下に至って劇的に変化することになる。それ以前と比べて青年の身体の意味内容が変質したためであるが、この変化は同時代の言説からも窺うことができる。大正から戦後にかけて精神医学や優生学に関わる多くの著書で知られた杉田直樹がこう書いている（『青年期の医学（男性篇）』昭和書房、一九四三）。

> 以前は青年は第二の国民だと云はれたが、今日の時局下では、軍事に又産業に、青年は正に第一の国民であり、国力を全面的に負うてゐる。青年は国家の為めに自重し自粛しなければならない。
> （三頁）

「軍事に又産業に」とあるが、この点を、総力戦下に社会政策論を発表し続けた東京帝大教授で経済学者の大河内一男の所説によって説明しておこう。大河内は『戦時社会政策論』（時潮社、一九四〇）で「国民生活もまた、いまや、はげしい戦場ではないであらうか」（二六九頁）と述べると共に、

『社会政策の基本問題』（日本評論社、一九四〇）では、「戦時体制への急速なる編成替へ」により、「社会政策は経済政策の裡に解体せしめられ、それの十全なる遂行のための用具となつたかの如くである」という認識を示した。こうした転換は「その対象を「人的資源」の問題に移した」ことを意味する。その一面は、「二〇歳乃至四〇歳」の「「頑健な」労働者は「頑健な」兵卒であり、優れた重工業労働者はまた近代戦に於ける優れた戦闘員である」という状況の現出である（三二九〜三三四頁）。大河内は「日本的厚生の問題」（『現代日本の基礎2厚生』小山書店、一九四四）では、「「家」を中心として営まれる家族生活全体としての厚生の問題」を強調する。「世帯主の勤労を培養」し、次世代の「子女の保育」を遂行する点で、「「家」を中心としてのみはじめて長期にわたる国民の尽きせぬ生産力＝国防力としての存在が確保される」からである（五一〜五四頁）。

軍隊と社会とは相互に規定し合うものであることを大河内の議論は簡明に示している。「国民は、軍隊の薄められた状態にすぎない[3]」という状況を、国民の中でもとりわけ青年は現実に軍隊の成員になりえる存在として体現する。言わば前線と銃後が接合される場所にいるのが青年なのである。その青年の身体を「人的資源」として生み出し、確保し、その質を保証するものこそ、家庭であった。

「花火」における家庭を本稿ではこのように捉えて読む。その際、作中に示される「昭和のはじめ」（作品のモデルである「日大生殺し」事件が発生した一九三五（昭和一〇）年あたりまでをその範囲と考える）と、作品発表の一九四二年という二つの時間軸を意識すべきだろう。特に後者は、総力戦体制のいちおうの完成をみた後の時空、具体的には個人を「人的資源」として運用する国家総動員法（一九三八）の施行および厚生省の設置（一九三八）、さらには「人的資源」の質を確保するという名目の国民優生法の施行（一九四〇）後の時空であり、対米英開戦後でもある。「人的資源」としての青年の殺害という事態を、家庭におけるドラマとして描き出すことは、作品発表時の総力戦下でこそ批評的な意味を持ったに違いないのである。

以上をふまえ、本稿は、この作品と発表当時の戦時下の言説との関連を確認し、主人公・勝治が銃後に期待される青年像の対極にあること、勝治の殺害＝排除には作品のモデルである「日大生殺し」事件でも表象された優生思想が関わっていることを示したうえで、作品末尾の「新しい言葉」が戦時下の家庭像への過剰な適応が生んだものと読むことができることを明らかにする。これらを通じて、この作品のアイロニーを読み解きたい。

一　〈内なる敵〉の論理

昭和のはじめ、東京の一家庭に起つた異常な事件である。四谷区某町某番地に、鶴見仙之助といふやや高名の洋画家がゐた。その頃すでに五十歳を越えてゐた。東京の医者の子であつたが、若い頃フランスに渡り、ルノアルといふ巨匠に師事して洋画を学び、帰朝して日本の画壇に於いて、かなりの地位を得る事が出来た。夫人は陸奥の産である。教育者の家に生れて、父が転任を命じられる度毎に、一家も共に移転して諸方を歩いた。その父が東京のドイツ語学校の主事として栄転して来たのは、夫人の十七歳の春であつた。間もなく、世話する人があつて、新帰朝の仙之助氏と結婚した。一男一女をまうけた。勝治と、節子である。その事件のおこつた時は、勝治二十三歳、節子十九歳の盛夏である。（一一〇頁）

「花火」の冒頭である。ここには、「東京の一家庭」の家族構成と、青年としての勝治・節子の年齢とともに、二人が生まれるまでの鶴見家の〈家系〉が語られている。これらは次節以降で論じるが、その前に、発表時の同時代文脈との関わりを示しておきたい。

「フランス」と「ドイツ」は作品発表当時に進行中であった大戦の、その時点での敗戦国と戦勝国である。さらに、二つの西洋の国名が書き込まれている点は、作品末尾の、「その言葉は、エホバをさへ沈思させたにちがひない。もちろん世界の文学にも、未だかつて出現したことがなかつた程の新しい言葉であつた」という部分と呼応する関係にあるだろう。西洋の思想・精神の根幹であるキリスト教の神を「沈思」させ、「世界の文学」が想像だにしなかった「新しい言葉」とは、「兄さんが死んだので、私たちは幸福になりました」という少女の言明である。ここには、キリスト教世界＝西洋のある種の精神性を、はからずも日本の少女の言葉が超えてしまったということが言表されている。

精神性における西洋への意識の背後に、次のような〈思想戦〉の文脈を見るのはさほど難しいことではないだろう。奥村喜和男情報局次長の「大東亜戦争の思想戦的意義」と題するラジオ放送をまとめた記事の一節である（『読売新聞』一九四二・四・九）。

> 思想戦の敵は単に外だけではなく内にもあり、即ち我々自身の中にもあるといふことである。明治維新以来欧州文化の余弊が我々の思想の中にまた生活の中に知らず識らずの間に垢となつてこびりついてゐることを否定することは出来ない（中略）而して米英思想を排除し、国体観念を明徴にすることは、決して偏狭になることでもなければ、また八紘為宇の寛容な精神と矛盾するものでもない（二面）

「欧州」＝西洋の思想を〈内なる敵〉として排除し、純粋な〈日本精神〉だけを取り出そうという非合理な志向である。しかし、ここに〈思想戦・宣伝戦〉の性格の一端は窺えるだろう。一方、「花火」冒頭と末尾に、西洋対日本などという単純な構図は描かれていない。医者の子で、「フランス」で「ルノアル」に師事した父と、「ドイツ語学校の主事」の娘である母が指し示すのは、医学・芸術・言語・教育等の西洋からの科学・文化や制度が生活の隅々にまで浸透している状況である。つまり、近代化＝西洋化のなかに生れているのが勝治と節子なのだ。それは、もはや西洋と不可分な関係にある日本（人）の姿である。この後に語られる「異常な事件」は、そうした日本の家庭で起きた。節子の「新しい言葉」は、あくまで西洋を内面化した日本に生まれた言葉であることが示唆されているのだ。

さて、ここで「花火」の題材となった「日大生殺し」事件のメディア言説に触れておこう。詳しくは後述するが、裁判記録を掲載した『法律新聞』（一九三九・五・五）の論説は次のようなものだ。

凡そ惨虐目を掩はしむる事件としては、近来これ以上のものはあるまいと思はれるのが本件である。其の手段方法が然るのではない。／親は子のために（少くとも日本の道徳に於ては）死ぬものなのである。／政岡が其の子千松を殺し、松王が其の子を我手に依つて死地に導いたのは何れも我子を殺したのであるが、これが今日尚ほ観客の涙をしぼるのは、子の為には命を捨てゝも惜しくない筈の親が、子を殺さねばならない境地に立つた、其の苦境に泣かされるのである。（中略）父と母と妹と、一家総掛りで手を下してゐるのは全く我々日本人の、否、人類の本性に反してゐる。（三面）

ここでは、歌舞伎の演目「伽羅先代萩《めいぼくせんだいはぎ》」と「菅原伝授《すがわらでんじゅ》手《て》習《ならい》鑑《かがみ》」の登場人物の名を挙げながら、この事件の被告を「親は子のために死ぬ」という「日本の道徳」から逸脱した人物として描いてみせる。また、実際の公判では論告で検事が「我国古来の親の愛の美風を万葉集の山上憶良の和歌を引例し滔々と説」いたことも報道された（『東京朝日新聞（夕）』一九三七・七・三、二面）。この「和歌」は「しろがね（銀）もくがね（金）も玉もなにせむに　まされる宝子に如かめやも」である。(4)

この歌が『国体の本義』（文部省、一九三七）の「臣節」の項にも引かれているのが象徴するように、こうしたレトリックは、歌舞伎や『万葉集』などの近代化＝西洋化以前の精神文化の痕跡から〈日本精神〉を仮設し、「道徳」の判断基準にしようとするものだ。この事件は、「日本の道徳」を兼ね備えているはずの日本（人）のなかで、そこから外れた人物が起こしたものとして表象されるのである。これは、先ほど触れた〈日本精神〉を国民に求める〈思想戦〉言説と通じ合っている。

対して、「花火」は最初から西洋と不可分な関係にある日本（人）が強調される。「花火」という作品は純粋な〈日本精神〉という宣伝文句を初めから相対化している。ここにこの作品の時局への向き合い方は明らかだと思われる。ただし、この作品で描かれる悲劇は、そうした時局＝総力戦体制が呼び込んだ〈内なる敵〉の論理が引き金となるのだ。

二　兵士と銃後の青年

では、殺害される勝治のようなキャラクターを総力戦下に投げ込むことで喚起されてくる問題はどのようなものだろうか。勝治は、「家庭破壊者」と呼ばれる言動とはうらはらに、当時の基準では

〈軟弱〉で〈女性的〉と判断されかねない側面を持つ人物である。

勝治は「廊下でタップ・ダンスの稽古をして」、「うたはトチチリチン」、「昔コヒシイ銀座ノ柳イ」、「トトサン、御無事デ、エエ、マタア、カカサンモ」などと歌う。タップダンスは日本に昭和初期に流入したとされる。(5)三つの流行歌はそれぞれ「ベアトリ姉ちゃん」(一九一五)、「東京行進曲」(一九二九)、「新どんどん節」(一九一二)の一節である。(6)大学入試の勉学もそこそこに、踊って歌い、また「拳闘」にも凝っていたという浪費家の勝治は、「広くて浅い智識」と「ダンスと、スポーツを通じて輸入されたモダニズムを生きてゐる」(7)、「享楽主義者」(8)という昭和初期のモダンボーイを思わせる。また、勝治には中途半端な軍国少年の面影がある。「少年航空雑誌」を読んでいた形跡もあり、海外へ「雄飛」する夢を語る。勝治に「普通の暮し」を望む父は医者になることを厳命し、満州の医学校でもよいと言う。ところが、彼の希望する「雄飛」の先は、満州すら飛び越えて「チベット」なのだ。勝治が求めるのは「冒険」や「神秘性」などの個人的な「空想」であり、家父長の命令など及びもつかないところから発想されている。モダンボーイ的で空想家の勝治は、きわめて個人主義的な人物なのである。

加えて、節子の着物を質に入れたり、父の絵を盗んで売ったり、女中の貯金を強奪したり、家の電話を抵当にして金を借りていたりと、金銭の浪費が度を越している点は、一家庭内の問題にとどまらない。既に国家総動員計画の一部として国民貯蓄奨励運動が一九三八年から始まっており、対米英開戦後にはほとんど強制的なものとして貯蓄が奨励されていた。(9)作品全般に渡って描かれる勝治の遊蕩癖も、「国家の秩序を破壊せんとする」、「個人主義」の産物として捉えられただろう。(10)

さて、前節で冒頭部分が大戦下の敗戦国としての「フランス」と戦勝国の「ドイツ」の名を記し、それらとの対比的な関係から日本（の戦争）を語っている旨を述べた。これと共通した太宰治の小説が存在する。「乞食学生」（『若草』一九四〇・七～一二）という作品である。勝治の人物像をより明瞭に捉えるために、この作品に触れておきたい。

注目したいのは語り手が出会う少年の言葉である。その少年は、「フランスの人だつたら、だめだ。」「戦敗国ぢやないか。」というセリフ（なお、「フランス」が「戦敗国」なら戦勝国として「ドイツ」が対置されていることになる）の後に、「僕は、（中略）強い軍隊の秩序」、つまり、「ぎりぎりに苛酷の秩序が欲しい」といい、「うんと自分を、しばつてもらひたい」とか、「僕たちは、みんな、戦争に行きたくてならないのだよ。生ぬるい自由なんて、飼ひ殺しと同じだ」とか、「銃後はややこしくて、むづかしい」と語る。

ここには、日中戦争勃発以来の、銃後において表象される戦場の兵士像の典型を見て取れる。五味渕典嗣によれば、「死と隣り合った戦場で「祖国」のために戦い、自己自身と戦っている兵士たちという表象そのものが、「銃後」の生活と身体の規律化を促す資源」となったという「〈修行〉の言説」が存在したのである。[11]

中川雄介・加藤千香子「「爆弾三勇士」と男性性――〈モダン・ボーイ〉から〈日本男児へ〉」は、昭和モダニズム期の一九三二年にブームとなった「爆弾三勇士」言説に現れる男性像と「モダン・ボーイ」表象との関係を論じ、「西洋かぶれで男性性を欠如させた女性的なモダン・ボーイを裏返したものが、「日本精神」を体現する男性性すなわち「日本男児」なのである」と述べている。[12]「乞食学生」の少年は、〈日本精神〉を体現するものとしての前線の兵士と銃後の〈私〉とを、その男性性の対比において語っているのだ。「強い軍隊の秩序」、「ぎりぎりに苛酷の秩序」を欲し、「銃後」の「生ぬるい自由」を否定する少年に対し、勝治は正反対の人物であると言える。[13] 戦時下に期待された男性像の対極なのである。

また、勝治は「やたらに怒りつぽく」、「狂つたみたいに怒る」かと思えば「めそめそ泣き出し」たりする。この点も、〈男性＝理性的／女性＝感情的〉という二分法のもと、感情のコントロールができないという意味で兵士に求められた男性性から外れている。[14] 以上のように、勝治という人物は、個人主義的ということに加えて男性性という意味でも、総力戦下の「人的資源」のなかの〈不良（品）〉＝〈劣悪者〉として立ち現れている。

三　青年の身体と総力戦下の優生思想

さて、ここで「花火」のモデルとなった「日大生殺し」事件のメディア表象に触れておきたい。事件の概要は以下のようなものである。一九三五年一一月三日、東京・本郷の日大歯科三年徳田貢が自宅で殺され、犯行が家族によることが判明する。当局は父の寛、母はま、妹栄子の三人を勾留し、栄子が最初に自供した。医師として樺太にいた寛の指示で、母はまが妹栄子と共謀して殺害、目当ては寛が貢にかけていた保険金だった。[15]

「花火」の執筆資料となった可能性があるのは、事件当時の新聞・雑誌報道と当事者の手記である。これらに関しては、北川扶生子「「花火」と『日大生殺し　徳田栄子の手記』」が、①遺伝・血統、②「精神異常」、③女性問題・社会問題、④賢明さの不足、女子教育の弊害、個人主義の未発達という四つの観点で分類・整理した。そのうえで、「花火」が「父子の性格不一致の悲劇として構成されている点」はメディア表象とは異なる一方、妹に焦点を当て、殺人に至る彼女の姿を「隠された社会矛盾の露呈と見る点」はメディアの論調と共通しているという[16]。だが、父子の性格不一致だけにこの作品の〈子殺し〉は収斂できるだろうか。特に①遺伝・血統は「花火」にも反映していないだろうか。

『東京朝日新聞』（一九三六・一・一五）に掲載された「栄子の手記」は、前書きの後に「恐ろしい遺伝」と小見出しをつけて「酒乱であり淫蕩である親を持つその子に善良な人間が生れようとはメンデルの遺伝法則が許しません」と始まっているのである。栄子は「優生学」からして「私の如き両親をもつ家庭の子は子孫を社会に残してはならない」と思い、自分の縁談も断ってきた旨と、母から兄の殺害を持ちかけられたときも、「呪ふべき一個の悪質な人間を葬り去ることがこの世のためだ」と考えて賛成したことを語る（七面）。この手記をもとにした大河内武二郎編『日大生殺し　徳田栄子の手記――肉親犯罪の謎を解け――』（第百書房、一九三六）にも同趣旨の記述が見られる（九、一二、二一頁）。要は、兄を殺すことで同時に断種したということである。これが殺害の主要な動機に装われている。

こうした優生学と遺伝・断種の観点は、「花火」にも潜在していると思われる。既に見た通り、「花火」も勝治と節子が生まれるまでの鶴見家の家系、つまり遺伝に関わる記述から始まっていた。これに加えて、勝治が殺害される「事件」の「萌芽」であるという「仙之助氏と勝治の衝突」が決定的となる次の部分に注目したい。

父は薄笑ひして、勝治の目前で静かに言ひ渡した。／「低能だ。」（一一二頁）

「低能」という罵倒語は太宰のこれ以前の作品でも用いられ、特に変哲のないもののはずだが、右の引用部分では、後にその息子を殺害する父からの見限りの言葉であり、「静かに言ひ渡した」と敢えて大仰な演出がされている。

作品が発表された一九四二年当時、「低能」は単なる罵倒語を超えて、既に総力戦下の政治的な文脈に組み入れられていた。家系と「低能」の関係を示す「可哀想な子　如実に示す恐るべき遺伝性精神病の家系調査」という新聞記事にはこうある（『東京朝日新聞』一九四〇・二・二八）。

我が国では最初の試みである全国精神病患者の家系調査の結果が二十七日厚生省から発表された、（中略）特に精神分裂病、躁鬱病、真性癲癇及び内因性精神薄弱（所謂低能）の四種類を対象として調査したものだ（九面）

こうした調査が二年前に設置されたばかりの厚生省によって初めて行われたことは、日本における優生思想がある段階に入ったことと関連しているはずだ。永井潜らが一九三〇年に設立した「日本民族衛生学会」の運動は、一九三三年のドイツでの断種法制定など海外で次々と制定された断種法にも強い刺激を受けつつ、日本での断種法の制定を目標としていた。[17] その結果が一九四〇年五月の国民優生法の公布と翌年六月の施行である。国民優生法の第一条は「本法ハ悪質ナル遺伝性疾患ノ素質ヲ有スル者ノ増加ヲ防遏スルト共ニ健全ナル素質ヲ有スル者ノ増加ヲ図リ以テ国民素質ノ向上ヲ期スルコトヲ目的トス」となっている。第三条では「一　遺伝性精神病」「二　遺伝性精神薄弱」など五項目を設け、これらの疾患が「其ノ子又ハ孫医学的経験上同一ノ疾患ニ罹ル虞特ニ著シキトキ」には「優生手術」、つまり断種手術を可能とした（『官報』一九四〇・五・一、二頁）。「低能」は断種の対象として法的に定められたのである。この国民優生法を頂点とする優生学的断種の思想は、社会的な話題とすら言えるほどの広がりを見せている。たとえば、一九四〇年五月には日本橋三越に国立の「優生結婚相談所」が開設された（『東京朝日新聞（夕）』一九四〇・五・二、二面）。結婚を考えている男女が、自身や相手の家系的な遺伝に関係する疑問を相談するのである。所長の安井洋は、「紙上結婚相談」と題して『東京朝日新聞』でも遺伝と結婚にまつわる相談にたびたび回答している。「低能」を含む〈劣悪〉な遺伝子を持つ者は結婚しても子孫を残すべきでないという趣旨からの回答である（たとえば、『東京朝日新聞』一九四二・一〇・二三、四面）。このように、公然と家庭に介入するようになったのがこの時期の優生学と国民優生法であった。

その背景も、総力戦体制への「人的資源」の動員である。国民優生法施行時の新聞記事（『東京朝日新聞（夕）』一九四一・六・一）を見てみよう。

> わが大和民族の質的増強をめざす〝国民優生法〝は、近く厚生省に手でこれが施行勅令を公布するとともにいよ〳〵七月一日から実施することになつた、東亜共栄圏諸国の盟主として〝民族戦〝の覇者たらんがためには、日本民族の量的増強を必要とすることはもちろんであるが、同時に国民素質の強化を忘れてはならない、（中略）精神病をはじめ各種の遺伝性悪質疾患を銃後国民から駆逐し〝血の純潔〝を護らうといふ同法の内容をこゝに解説してみる（三面）

総力戦をたたかう「日本民族の質的増強」のために〈劣悪〉な遺伝子は除き、〈優秀〉な遺伝子だけを残すというわけである。また、その〈劣悪〉さを駆逐すれば民族の「血の純潔」が保たれるという。民族の〈質〉を問題としたことで、これも〈内なる敵〉を発見し、選別・排除する発想へとつながっている。純粋な〈日本精神〉がここでは日本人の「血の純潔」に変わったが、このレトリックも〈思想戦・宣伝戦〉の発想と相似形をなしている。日本人の〈内なる敵〉を米英思想から〈劣悪者〉に置き換えただけである。

総力戦体制は「人的資源」を確保しつつ選別・排除するという矛盾をはらんでいる。その確保／選別・排除の境界線に「低能」などの〈劣悪者〉を示す記号がある。したがって、この記号は体制の矛盾を照射するものだ。「花火」の勝治が「精神薄弱」なのか否かはともかく、家父長が青年に貼る「低能」という記号は、総力戦下に広がる様々な〈劣悪者〉の審級を代表／象徴している。〈劣悪者〉とされた青年の身体の処置において焦点化されてくるのが家庭である。確保／選別・排除の判断は、現実には家庭によってなされるからである。(18)

国民優生法制定までの過程を詳しく追った野間伸次によれば、「優生学と国家主義がスムーズに結合したナチス」と違って日本では「家族主義が、そのスムーズな結合を阻害し、断種法を不徹底なものとした」という。(19) 断種の決断において、家庭の判断はドイツよりも日本のほうが重きをなしたことになる。優生思想が公然と家庭に介入するようになった一九四二年当時の政治的・社会的文脈のなかで、〈劣悪者〉を確保するのか排除するのか。「花火」の鶴見家は、暗にこうした判断を迫られた家庭として提示されているのだ。

四　「幸福」になった「私たち」について

さて、ここでこれまでの「花火」論にふれると、主に注目を集めてきたのは節子の言動である。作品末尾の「兄さんが死んだので、私たちは幸福になりました」という節子の台詞の前に、「次のやうな一少女の不思議な言葉を、読者にお伝へしたかつた」とあるので当然とも言えるが、「日大生殺し」事件がモデルとなったのも、真銅正宏のいう通り、「作品側の要求から、素材が事後的に選ばれた」可能性も考慮すべきだろう。[20] ともかく、節子に関して、安藤宏は、「無垢に人を信じる者」といい、[21] 北川扶生子は、荒川澄子の論[22]に触れつつ、「制度外の「無垢」な視点を導入することによる効果が狙われている」としている。[23] こうした「無垢」さを見る論の一方、相馬正一は「純情可憐な装い」のなかの「残忍な非情性」を指摘し、[24] 赤木孝之も「人間性の裏側に潜む思いもかけない一面」を読み取る。[25] いずれも節子の性格から作品を意味づけている。

ただし、相馬が「作中の聖女のような節子の言動から結末の一句を導き出すことには不自然さが伴わないわけではない」とも述べているのは、〈性格悲劇〉に回収する読みへの疑義とも言える。そうしたなかで木村小夜は「それまでの無垢とさえいえるけなげさから一変した末尾における彼女のせりふは、既成の不良性、また他方で家族の絆といった既成の秩序を凌いでしまう」と述べ、[26] これをふまえつつ長原しのぶは、「国家主導による既成秩序（家族制度）の瓦解」と作品を解釈し、「その中から節子の新たな生の獲得は描き出されていく」とする。[27] だが、節子は既成秩序を超えているのだろうか。

まず、またここで「日大生殺し」事件と「花火」の家庭を比較してみたい。前掲の「栄子の手記」

は遺伝が主要なテーマとなっているが、家族の成員が遺伝的にどのような人物とされていたかをまとめてみる。兄・貢は遊蕩癖のある浪費家、父・寛は酒好き、女狂い、軽薄、冷酷とされており、母・はまは父親が酒乱で女を漁り母親と離別したという。栄子はこうした形質が自分にも受け継がれていると考えて、自身も結婚する資格がないと思っている。以上の四人が「花火」の四人と重なる位置にある（なお、栄子の下に妹と弟がいる）。栄子からすれば、自分も含めた四人全員に遺伝的な問題があり、子孫を残すことは許されない人物ということになる。

では、「花火」の鶴見家はどうだろうか。実はこうした遺伝的な問題点は注意深く消去されている。まず、「勝治は父に似ず」、「芸術家の天分とでもいふやうなものは、それこそ爪の垢ほども無く」とされている上に、節子も「顔は兄に似ず端麗であつた」とある。こうした記述は作者が「日大生殺し」事件の遺伝の言説を意識していたことの傍証となろうか。

しかし、ここで重要なのは、モデルとなった徳田家と異なり、勝治が家族の中で一人だけ突然変異のように遊蕩癖のある「低能」な人物として設定されている点である。父と母は、家系も人格も問題ない。つまり、鶴見家は勝治さえいなくなれば〈幸福な家庭〉となれるのである。残るのは、家庭のなかで家父長が勝治をどう処断するかという問題である。その家父長たる仙之助は、「低能だ」と言い渡した三年前の時点で勝治を突き放している。勝治を「あの男」と呼び、「へんに他人行儀のものの言ひかたをするやうになつてゐた」とあるのだ。そればかりか、殺害の「二年前」、つまり勝治との衝突が起きてから一年後には勝治に保険金をかけていたのだから、仙之助が勝治を殺害するのは既定路線だったはずである。

それでは、「稀有の性格」とされている節子の無垢さとはどういった種類のものだろうか。節子が全編に渡って取るのは次のような行動である。

「ひどいわ。」朗らかに笑つて言つて素早く母の髪をエプロンで拭いてやり、なんでもないやうにその場を取りつくろつてくれたのは、妹の節子である。（一一二頁）

この部分に、この作品での節子の役割が端的に表れている。勝治が母に「ざぶりと味噌汁を頭から浴びせ」るという行動に対して、「その場を取りつくろ」う。あくまで〈取りつくろう〉ことしかできないのが節子である。彼女の行動は、仙之助が勝治に何らかの処断を下す時を先延ばしにしていたにすぎないのだ。

彼女が兄のために奔走するのは、勝治を「信じる」からである。作中には「信じ」ようとする様が何度も登場する。節子はその一点において「稀有の性格」であったのかもしれない。節子が信じているのは勝治の「改心」である。その先に節子が望んでいるのは、勝治が良き息子となり、鶴見家が〈幸福な家庭〉に復することだろう。前掲の北川論は、この作品を「少女の他者性という通俗的イメージを利用した性格悲劇」とする。[28]だが、この作品で徹底的に他者化されているのは節子ではなく勝治である。節子は常に家父長制下の家庭の側にいて、自分の〈幸福な家庭〉への希望・幻想を疑うことは一度たりともない。「兄さんが死んだので、私たちは幸福になりました」と節子が言ったのは、勝治が死んだことで鶴見家が〈幸福な家庭〉に戻ることができるからである。ところが、勝治を排除した代わりに、家父長は刑に服することになるはずで、「私たち」の指示対象が鶴見家であるとは言いきれない。

では、「私たち」とは誰を指しているのだろうか。前節までに見てきたように、「花火」は、総力戦体制が呼び込んだ複数の選別・排除の文脈が、勝治という青年の身体において交錯するように構成されたテクストなのである。となれば、この作品は、総力戦体制が是認している〈劣悪者〉という〈内なる敵〉の選別・排除を、下部組織の家庭が殺人という形で実行したという物語である。したがって、勝治が死んで「幸福」となる「私たち」には、そうした体制下の国民が含意されていることになる。その体制の根幹である家庭を守ること以外の〈幸福〉を知らない少女も、そうした国民の一員にすぎなかった。兄＝〈劣悪者〉の死によって「幸福になりました」という少女の言葉は、「人的資源」の動員と同時に質を問う総力戦体制と、その下支えを期待された家庭像への、過剰な適応が言わせたものである。

おわりに

明治維新から七〇年を経た対米英戦争の時代に、〈思想戦〉の文脈では純粋な〈日本精神〉が存在するものとして語られ、国民の総力戦への動員のための宣伝のレトリックとなっている。その〈日本精神〉の純粋さや民族の「血の純潔」への幻想が青年の殺害の遠因ともなっている。少女の言葉がキリスト教の価値観にも「世界の文学」にも見られない「新しい言葉」であったと言表されることは、優生思想をはじめ、とうに西洋由来のものとないまぜになった日本（人）の精神性が、総力戦体制下の社会の編成替えの果てに西洋の精神性を超越し、いわば最先端に立ってしまうというアイロニーである。

総力戦体制下では、まだそこへの移行期であった「昭和のはじめ」には禁忌ではなかった人物や言動、思想の選別・排除が目に見えて進行した。「花火」はそうした変化の実感とともに、実在の事件を読み替えてその先に起こり得る皮肉な事態を描いてみせた点で、総力戦体制のはらむ問題を突き、批評する作品と言える。

作者の太宰は、「デカダン抗議」(『文藝世紀』一九三九・一〇)で、「一人の遊蕩の子を描写して在るゆゑを以て、その小説を、デカダン小説と呼ぶのは、当るまい。私は何時でも、謂はば、理想小説を書いて来たつもりなのである」と書いた。遊蕩の子である勝治にも、別の生の可能性があったはずである。三人の悪友との交友は、実は何らかの「理想」への突破口であったかもしれない。作中でも、その一人の有原が、「鶴見君を、いい兄さんにして、あなたへお返し致します」と節子に約束する場面がある。常に兄を「信じよう」としてきた節子の信頼は、この時だけ有原に向けられているのだ。しかし、既に勝治は家父長によって殺害されていた。勝治の別の生への可能性はこうして閉ざされたのである。こうした点も、「花火」が発表当時の総力戦下を指向していると思われる理由である。

フーコーの「生‐権力」に触れつつ市野川容孝は、「優生学を一例とするバイオポリティクスは、決して一国内では完結せず、インターナショナル(あるいはグローバル)なポリティクスとの不可分な関係の中で、その具体的な形を与えられていく」と述べている。(29)「花火」の青年の身体は、他国民に対する優位を獲得しようとする国際的な〈戦場〉にあった。ゆえに、家庭と〈戦場〉もきわめて接近していた。そうした視点を提供する作品である。(30)

注

(1) ただし、掲載誌発売後に出た処分であるため、作品の発表は妨げられていない。
(2) 山之内靖「方法的序論　総力戦とシステム統合」(山之内靖・ヴィクター・コシュマン・成田龍一編『総力戦と現代化』柏書房、一九九五)、一〇〜一三頁。
(3) ロジェ・カイヨワ、秋枝茂夫訳『戦争論』(法政大学出版局、一九七四)、一三四頁。
(4) 森長英三郎「日大生殺し事件」(『新編史談裁判第4巻』日本評論社、一九八四)、一四一頁。
(5)『ダンス・バイブル〈増補新版〉』(河出書房新社、二〇一六)、一八六頁。
(6) 古茂田信男・島田芳文・矢沢保・横沢千秋編『日本流行歌史〈戦前編〉』(社会思想社、一九八一)、二三六、二七五、二二五頁。
(7) 大宅壮一「モダン層とモダン相」(『中央公論』一九二九・二)、一八一頁。
(8) 片岡鐵兵「モダン・ボオイの研究」(『モダンガールの研究』金星堂、一九二七)、一三七頁。
(9) 大蔵省昭和財政史編集室『昭和財政史　第十一巻　金融（下）』(東洋経済新報社、一九五七)、一七三、二三二〜二三三頁。
(10)『読売新聞』(一九四二・四・九)、二面。
(11) 五味渕典嗣『プロパガンダの文学　日中戦争下の表現者たち』(共和国、二〇一八)、二三〇頁。
(12) 細谷実編集・発行『モダン・マスキュリニティーズ2003年』(二〇〇四)、三一〜三二頁。
(13) この作品の語り手は常にその少年を見ている側であり、こうした言説自体を相対化しようとしている。なお、最後に夢であったことが判明する。
(14) 中村江里「戦争と男の「ヒステリー」——アジア・太平洋戦争と日本軍兵士の「男らしさ」」(『戦争とトラウマ　不可視化された日本兵の戦争神経症』吉川弘文館、二〇一八)、一八〇、一八二頁。
(15) 以下をもとにまとめた。「日大生保険金殺人事件」(『犯罪の昭和史1』作品社、一九八四)、二〇七頁。
(16) 北川扶生子「「花火」と『日大生殺し　徳田栄子の手記』」(『太宰治研究21』和泉書院、二〇一三)、四八〜四九頁。
(17) 鈴木善次『日本の優生学』(三共出版、一九八三)、一四三〜一六六頁。
(18) なお、勝治は酒好きで「始末のわるい病気」にもかかっているが、これらも断種の理由となりえた。たとえば、青木延春『体力向上と優生断種』(第三版、龍吟社、一九四一)には、「酒精・黴毒等は其の民族に及ぼす悪果の甚しい点よりして特に民族毒と呼ぶのも寔に当然である」とある(二七八頁)。
(19) 野間伸次「「健全」なる大日本帝国——国民優生法制定をめぐって」(『ヒストリア』一九八八・九)、六〇頁。鈴木智さと「国民優生法制定過程における家族言説」(『社会政策研究』二〇〇四・二)も参照。
(20) 真銅正宏「「花火」に見る太宰的虚構のシステム」(『太宰治研究8』和泉書院、二〇〇〇)、六二頁。
(21) 安藤宏「「一般家庭人ニ対シ悪影響」——太宰治『花火』」(『国文学』臨時増刊、二〇〇二・七)、一〇六頁。
(22) 荒川澄子「太宰治「花火」論——〈新しい言葉〉の真義」(『日本文学論究』二〇〇八・三)
(23) 北川扶生子「「花火」と『日大生殺し　徳田栄子の手記』」(前掲)、四九頁。
(24) 相馬正一『評伝太宰治　第三部』(筑摩書房、一九八五)、一八〇頁。
(25) 赤木孝之『戦時下の太宰治』(武蔵野書房、一九九四)、五六頁。
(26) 木村小夜「花火」(『太宰治事典』學燈社、一九九四)、六六頁。
(27) 長原しのぶ「太宰治「花火」論——〈日大生殺し事件〉作品化の意図」(『日本文藝研究』二〇一七・三)、七六頁。このほか、カフカ「変身」の影響を見る奥村淳「太宰治とフランツ・カフカ——新視点からの「花火」と「猿ヶ島」」(『太宰治』一九八九・六)、九頭見和夫「太宰治のカフカ受容——「花火」を中心として」(『太宰治と外国文学』和泉書院、二〇〇四)もある。
(28) 北川扶生子「「花火」と『日大生殺し　徳田栄子の手記』」(前掲)、五〇頁。
(29) 市野川容孝「黄禍論と優生学——第一次大戦前後のバイオポリティクス」(『岩波講座　近代日本の文

化史5』岩波書店、二〇〇二)、一二三頁。

(30) 本稿は松本和也の「戦時下の青年／言葉の分裂――『新ハムレット』」(『昭和一〇年代の文学場を考える――新人・太宰治・戦争文学』立教大学出版会、二〇一五)をはじめとする太宰の戦時下の作品論に大きな示唆を受けた。なお、折しも昨年(二〇一八)、国民優生法の後身とも言える旧優生保護法(一九四八年公布)によって不妊手術を施された人々が国に賠償を求める訴訟が始まった。総力戦が社会に組み入れた人間の選別・排除の問題は、現在に引き継がれている。

※本論文の性格から、「花火」本文は初出に拠り、『太宰治全集第五巻』(筑摩書房、一九九〇)を参照して脱字を補った。

3章　戦時下の朗読文学——作家・メディア・投稿

井原あや

はじめに——朗読文学について

朗読文学とは、戦時下、特に一九四二年頃から一九四四年頃に提唱された文学で、大政翼賛会文化部副部長であった日比野士朗の言葉を借りれば、「一つの新しい文学運動[1]」であった。こうした文学が提唱された背景には、国語醇化運動や用紙不足、勤労・増産体制下の文化促進等が挙げられよう。朗読文学のなかでも詩については、坪井秀人が『声の祝祭　日本近代詩と戦争』（名古屋大学出版会、一九九七）において次のように指摘している。

戦争詩は折からの国語醇化運動や反モダニズム（＝反西欧・反近代）的な言説と手を携えて朗読運動、さらには普及し始めていたラジオ放送と緊密に結びついていく。大政翼賛会は文化部長の岸田国士の提唱によって〈朗読研究会〉を発生させ、それが日米開戦を契機として〈愛国詩献納運動〉によるテクストの整備を経て、さらに愛国詩の朗読放送のレギュラー化へと発展していくわけである。（一六三頁）

一方、小説においては、既に拙稿「閉ざされた声――朗読文学としての「東京だより」」（『太宰治スタディーズ』二〇一六・六）で述べた通り、日本文学報国会の機関紙『文學報國』を通じて太宰治も関わっていて、「東京だより」（『文學報國』一九四四・八・一〇）を発表している。この拙稿では、主として『文學報國』紙上で交わされた眞下五一・寺崎浩の朗読文学に対する発言を追い、「朗読文学の担い手・作り手の揺れや葛藤」（八六頁）を紙面から読み取ったうえで、『文學報國』における最初の〈朗読文学〉であった里村欣三の「ブキテマ高地」（『文學報國』一九四四・六・一）の特徴などを検討した後、「東京だより」が「「文学報国」が求めた朗読文学の型に寄り添いつつも、一方で朗読とは正反対の、声を閉ざしてしまう二人を描くというズレをも孕んだ小説」（九二頁）とまとめた。

だが、朗読文学のなかでも特に小説においては、なかなか全容が見えない。どのような作家が朗読文学という〈新しい文学の形〉に参加したのか、どのような小説が朗読文学として受け入れられたのか、またメディアを通して、彼ら／彼女らの動きに読者はいかに呼応しようとしたのか、など考えるべき点は多い。そこで本稿では、先に示した拙稿で追い切れなかった部分をいま少し掘り下げることを目指したい。具体的には、朗読文学がメディアの中でどのように語られ取り入れられたのか、なかでも朗読文学としてこれまであまり注目されてこなかった小説を中心に取り上げ、関わった作家やメディア――特に『婦人画報』に光を当て、朗読文学をめぐる作家とメディア、そして読者たちの動きを検討することを試みる。

一　朗読をめぐる言説

まずは、当時の朗読をめぐる言説を整理しておきたい。当然のことながら、朗読文学は黙読ではなく声を出して読み広め、その声を聞き取らねばならない。ゆえにラジオとも結びついていくわけだが、ここで、日本放送協会発行の雑誌『放送研究』において朗読がいかに語られていたのか確認してみたい。たとえば北村喜八は、「詩歌の創作とその朗読[2]」が盛んになったことについて以下のように述べている。

この詩勃興の機運をして単なる流行に終らしめず、日本詩歌の伝統の新しい発展にまで導くことが必要である。（中略）今こそ詩人といふ詩人が国民共通の感激をそれぞれの個性において歌ふべきときであり、春夫の典雅、光太郎の高貴をしのぐ作品の続々とあらはれるべき時であらう[3]。

ここで北村は、詩人たちに「国民共通の感激」を歌うべきだと呼びかけているのだが、その際に詩人たちに求められたのは「春夫の典雅、光太郎の高貴をしのぐ」ものというように具体的な目指すべき像が示されていた。しかし小説においては、こうした目指すべき／超えるべき作家がいないのである。このように朗読文学としての小説は、詩のように熱気を帯びて取り上げられることもなく、かわりに別の朗読ものがラジオの聴取者から大きな反響を得ていた。その反響の大きさは北村の発言から一ヵ月後、一九四二年七月の『放送研究』に掲載された業務局企画部による発言からも明らかだろう。

この六月二十二日、二十三日の二回にわたり午後一時の朗読の時間に、和田放送員によつて放送された「夜鶴の声」が、まことに異常な反響を受けた。当日直後よりの頻々たる電話問合せに、まづ驚かされると共に、その後の投書等、目を瞠らせられるばかりである。（中略）／この度、読んだのはその第一部であつて、（中略）父の恩愛の至情溢れる名文である。(4)

業務局企画部によれば「夜鶴の声」とは、一九〇六年（明治三九年）、当時海軍少将であった武田秀雄が一七歳の娘・満子にあてた「手紙体の訓へ(5)」である（なお、放送時、満子は豊田貞次郎海軍中将夫人である）。記事はこれを和田放送員が朗読したところ多くの反響を得て、朗読は材料と朗読者の力量が揃って成り立つとまとめられている。この「夜鶴の声」を、湯淺與三編『武田秀雄伝』（武田秀雄伝刊行会、一九四四）をもとに確認してみると、末尾に「明治三十九年初秋」（四五四頁）と書かれた第一、同じく「明治三十九年仲秋」（四六〇頁）と書かれた第二からなり、その後、末尾に「明治四十年春」（五一五頁）と書かれた続編「焼野之慈音」もまとめられた。内容は、第一には「淑徳を修め給ふべき事」（四三七頁）から「快活の性情を養ひ給ふべき事」（四五一頁）まで娘への教訓がまとめられており、第二は、冒頭に「御身は何として荒波高き世の中をば安楽に渡り給ふことのなるべきとぞと（中略）第一集の補足に充て申候」（四五五〜四五六頁）とあるように「補足」のため分量も少ないが、第一と同様に娘への教訓が綴られている。続く「焼野之慈音」では、縁談が調い海軍軍人の妻となる娘への教訓がまとめられている。

これらは「婦人はやさしき性情を以て其の生命となし仮にも精神智能に頼りて世に立たんとの考へは起すべからざる者とし り給ふべし。女性は情と涙とに頼つて立ち、男子は思慮分別才能など脳力の活動を主として立つべき者に候」(四四〇頁) という言葉に明らかなように、当時のジェンダー規範に従った教訓であることは言うまでもない。しかし「父は全身の慈愛を以て御身の行末の益々多幸多福ならむことを冀ふものにて御身のことは夢の間も念頭を離れたることなく春の晨、秋の夕、喜憂の情は常に御身の上に纏綿致し候」(四三八頁) とあるように、居丈高な教訓ではない、父から娘への愛に満ちた訓えが人々に受け入れられたようである。確認できる限り、「夜鶴の声」はこの頃、古谷綱武『現代母性学』(東京学芸社、一九四二)[6]、秦賢助『歓喜の書』(鶴書房、一九四二)、先の湯淺與三編『武田秀雄伝』(武田秀雄伝刊行会、一九四四) に収録されていて、成功した朗読ものであったことも含め、当時かなり注目されていたことがうかがえよう。「読む者に、純粋な深い感動を与へずにはおかない」[7]「筆者などは、家内の一同、ラジオの前に坐つて、嗚咽してこの放送を聴いた。あゝ、これこそ、日本の女性訓でなくて、何であらうという感を、深く感じられたのである」[8]という評にあるように、三〇年以上も前に書かれた「夜鶴の声」は、戦時下の人々に受け入れられていったのだ。当然ながら、「夜鶴の声」は小説には当たらない。しかしここまで確認したように、放送員による朗読の仕方もさることながら、単なる教訓ものではなく父から娘への慈愛に満ちた教訓ものである点には、注意を払いたい。

こうして、いまだ朗読文学としての小説に目ぼしいものはないまま、一九四二年一一月の『放送研究』では「朗読文学と放送」という特集が組まれ、日比野士朗「朗読文学の立場」、池田亀鑑「朗読の伝統」、高嶋進之助「朗読放送の素材」、南江治郎「朗読放送の将来性」(以上、掲載順) が各々の立場から意見を述べている。たとえば先述の通り、大政翼賛会文化部副部長をつとめていた日比野は、文学が印刷技術の発展にともなって目で見ることに比重が置かれた「芸術作品」(9)としての側面を持ち合わせるようになったと説きつつ、朗読文学としての小説についても次のように述べている。

当分はラジオ文学が即ち「朗読文学」であるといふやうな関係に置かれるより仕方がないかも知れない。／さうだとすれば、ラジオの条件は、当然「朗読文学」に多くの制限を与へるにちがひない。（中略）たとへば二十分間に放送を終へるものとしては、十枚程度の短篇しか書けないといふやうな条件である。十枚のなかに、文学の形式を持ちこむといふことは、「朗読文学」のこの当分の試みに、のつぴきならぬ形式を強要するかも知れないのである。(10)

日比野はここで朗読文学に適した分量について意見を述べているのだが、要は放送あるいは音読となれば、そこには時間的制約がつきまとうということになるだろう。つまり必然的に短篇小説が朗読文学の主軸をなすことになるのである。こうした分量に対する発言は、後述する「「朗読文学作品推薦」の公募」の規定や、のちに『文學報國』において太宰らによって書かれた朗読文学が短篇であったことにも影響を与えていよう。日比野のほかにもう一人、興味深い発言をしているのが高嶋進之助である。論の末尾に「(筆者は業務局演芸部在勤)(11)」とあるように、日本放送協会所属の人物である高嶋は、朗読文学が大きな転機を迎えた出来事について以下のように述べていた。

先だつて、「夜鶴の声」とその続篇「焼野の慈音《ママ》」といふのが朗読されて、それは大変な好評であつた。千通内外の投書が来るなどといふのは、今まで聞いたこともなかつた。（中略）それを契機に僕らが朗読放送についていろ〳〵と考へさせられたことは、まことにいゝことだと思つてゐる。／（中略）かういふ種類のものは従来の朗読放送では殆どなかつたものであつて、さうしたものを圧倒的に歓迎する世の中の或る動きのやうなものが、僕らの胸にも痛いくらゐ納得されて来たのである。（中略）この大きな戦ひの中で、人々はそれほど謙虚な心でよりよき人間にならうとしてゐるのであり、朗読放送はかくして、教養人のための趣味的なものといふこれまでの概念から、目ざましい飛躍を遂げたのである。／（中略）大衆などといふ言葉を使ひ度くないが、ほかに適当な言葉が思ひあたらないから使ふけれども、大衆にほんたうに心のうるほひを与へるためには、真実を持たぬ浅薄な作品では絶対に駄目である。(12)

右の文章では「夜鶴の声」のみならず、「焼野之慈音」も朗読されたことがわかり、反響の大きさを知ることができるが、いま少し注目したいのは、「夜鶴の声」が朗読の転機を作ったこと、具体的にはそれまで朗読とは教養人に向けられたものであったが、戦時下において大衆に謙虚な姿／謙虚な人間の有様を伝えるものに変化したと述べている点である。つまり、先に確認したように「夜鶴の声」に示された父から娘への慈愛に満ちた訓えが朗読されたことによって、朗読とは戦時下を生きる大衆に謙虚な姿を示すものという一面を持つようになったのである。詩以外に強いインパクトを与えるものがなかった朗読に梃入れするだけの力を「夜鶴の声」は持っていたということになろう。

二　朗読文学と作家たち――『朗読文学選』と「朗読文学の夕」

さて、「朗読文学と放送」の特集が組まれた一九四二年一一月の『放送研究』には、他にも注目すべき記事が掲載されている。その一つが、「「朗読文学作品推薦」の公募」である。これは、「朗読文学の提唱」[13]が報じた、大政翼賛会文化部が朗読文学確立のために過去の文学作品のうち朗読に適した作品を募集しているという記事と、同じものを指していると思われる。「「朗読文学作品推薦」の公募」には規定も記載されていて、「一、推薦作品の範囲」には「第一部　古典文学／第二部　現代文学（大正、昭和時代のもの）／（小説、随筆、小品、手記、紀行、書簡、評論、評伝等、但し翻訳及劇文学を除く）」（三二頁）と書かれているところからも明らかなように、散文が求められていた。枚数についても「推薦作品一篇の長さは四百字詰原稿用紙五枚乃至十枚とする。若し抜粋が数ヵ所の編綴に亘る場合は、省略個所を明瞭ならしめること」（三二頁）と定められ、散文でかつ朗読に適した短いものが求められていたことがうかがえる。

さらに同号には「朗読文学推薦当選発表」という題で、大政翼賛会文化部、日本文学報国会、日本放送協会が選んだ朗読文学（古典一三篇、現代一一篇）のタイトルおよび推薦者の氏名が掲載されており、推薦された作品は翌年、『朗読文学選　古典篇（明治まで）』（大政翼賛会宣伝部、一九四三）および『朗読文学選　現代篇（大正・昭和）』（大政翼賛会宣伝部、一九四三）と題して刊行された。『朗読文学選』に掲載された諸作品に何らかの共通性は見られるのか、ここで、「古典篇」に収録された明治時代の四篇とその作家[14]、また、「現代篇」に収録された作品と作家を挙げてみたい。

・『朗読文学選　古典篇（明治まで）』國木田獨歩「武蔵野」、長塚節「土」、森鷗外「ぢいさん、ばあさん」、吉村冬彦「花物語」（「藪柑子集」）
・『朗読文学選　現代篇（大正・昭和）』島崎藤村「収穫」（「千曲川のスケッチ」）、志賀直哉「大山詣で」（「暗夜行路」）、作者不詳「コタバル上陸記」、川端康成「伊豆の踊子」、村松梢風「蹄斎北馬」（「本朝画人伝」）、中勘助「銀の匙」、芥川龍之介「蜘蛛の糸」、谷崎潤一郎「紙を漉く家」（「吉野葛」）、火野葦平「進軍」（「麦と兵隊」）、丹羽文雄「ソロモン海戦に従ひて」、菊池寛「平野二郎国臣」（「新日本外史」）（以上、掲載順。）

右のうち、たとえば島崎藤村「収穫」は、「私」が見つめる農家の人々の姿——「雪の来ない中に早くと、耕作に従事する人達の何かにつけて心忙しさが思はれる。私の眼前には胡麻塩頭の父と十四五ばかりに成る子とが互に長い槌を振上げて籾を打つた。（中略）母は手拭を冠り、手甲を着けて、稲の穂をこいては前にある箕の中へ落して居た」（一頁）というように黙々と農作業を行う姿が描かれている。これに対し推薦者・島田源二は「解説」に「こゝにはお百姓の営々として取入れに従ふ様子が描かれ、お米をいたゞき生きてゐる私達に深く感謝の思ひを呼びおこしてくれるものがある」（六頁）とその有り難さを記しているのだが、この「収穫」の後に続く推薦作品もこうした感謝の念が示された作品かといえば、そうではないのである。「収穫」の次に掲載された志賀直哉「大山詣で」では、「暗夜行路」の主人公・時任謙作が大山詣でをする途中、朝を迎える場面が取り上げられていた。「明方の風物の変化は非常に早かつた。少時して、彼が振返つて見た時には山の頂きの後ろから湧上るやうに橙色の曙光が昇つて来た。それが見る〳〵濃くなり、やがて又褪せはじめると、四辺は急に明るくなつて来た。（中略）／中の海の彼方から、海へ突出した連山の頂が色づくと、美保の関の白い灯台も陽を受け、はつきりと浮び出した」（一三～一四頁）と謙作の眼前に広がる自然が描かれているのだが、推薦者の酒井保久は「大山詣での途中を描いて、篇中でも最も調べの高い部分である。高山における夜明け、おもむろに暁の闇にほの白い光が射し、さらに明るさを加へるその刻々の時間のうつろひと共に開ける眺めに、この物語の主人公がとけ入つてゐる崇厳・厳粛な気分を、そのまゝ接するものに伝へてくれてゐる」（一五頁）と解説をつけており、謙作を包む自然を描いた調べの高さが推薦した理由となっている。

たしかに、敵機の轟音が鳴り響くなか、鉄条網を越えて敵陣に迫る「皇軍の鉄兜」（二〇頁）の群を描いた「コタバル上陸記」[15]や、徐州へ向けて進軍する様を「たぐひなく美しい」（六五頁）と感じる「私」を描いた火野葦平の「進軍」、また海軍報道班員としてソロモン海戦に従い、「額にも頬にも喉にも、手足にも、無数の爆傷をうけてゐた。汗と血痕で、服はぐしよぐしよ」（七四頁）になりながらも甲板に立ち、「米甲巡サンフランシスコ型」（七二頁）が沈みゆく様を見つめる「自分」を描いた丹羽文雄の「ソロモン海戦に従ひて」などからは、戦場の〈記録〉という共通項は見出せよう。しかし、『朗読文学選』の「古典篇」の中の四篇と「現代篇」を眺めてみても、ここに収録された朗読文学に共通する特色を見出すことは難しいのである。[16]公募までした朗読文学であったが、あまり捗々しい成果をあげたものではなかったということは、当時大政翼賛会文化部長をつとめていたドイツ文学者の高橋健二による次の言葉からもわかるだろう。

翼賛会文化部では、今度この運動（「朗読文学の運動」――引用者注）を提唱するに当つて、試みとして、日本文学国会《ママ》および放送協会と協力して、これまでにある現代文学と古典物の中から、とくに放送用としての朗読向き文学作品を広く一般から推薦募集したが、応募に期待したほどの数を集めることができなかつたとはいへ、ともかく二十数篇の採用作品を選ぶことができたのは幸ひだつた[17]。

つまり朗読文学とは、これといった内実を伴わないまま見切り発車された〈新しい文学の形〉だったということになるだろう。さらに、『朗読文学選　古典篇（明治まで）』『朗読文学選　現代篇（大正・昭和）』の刊行とほぼ時を同じくして、日本文学報国会や読売新聞社、情報局、大政翼賛会、日本放送協会によって「朗読文学の夕」なる集会も開催されていた（第二回目からは「朗読文学の会」に名称が変更し、その時々で名称が異なるが本稿では「朗読文学の夕」に統一する）。この「朗読文学の夕」については、拙稿で月に一回程度開催されていたと述べた通りであるが[18]、ここでは一九四三年二月二日から一一月二〇日までの『讀賣報知』に掲載された記事をもとに参加者を挙げてみたい。（なお、久米正雄のように開催の挨拶等で参加した人物は除き、小説や詩、短歌の朗読のために参加した人物をまとめ、朗読した作品のタイトルが記載されている場合はそれも示した。）

- 第一回（一九四三年二月一一日）前田夕暮、岡山巌、今井邦子、近藤東、尾崎喜八、眞杉静枝、舟橋聖一、村松梢風、鹽田良平、山本安英（「千曲川のスケッチ」朗読）。
- 第二回（一九四三年三月二〇日）久保田万太郎、山岡荘八、井伏鱒二、山本安英、小池藤五郎、蔵原伸二郎、長田恒雄、岡村須磨子、江間章子。

・第三回（一九四三年四月一七日）若山喜志子、松村英一、山ノ《マ》口貘《マ》、津村信夫、川路柳虹、丸山定夫、小島政二郎、高見順、壺井栄、島津久基。
・第四回（一九四三年五月二二日）石坂洋次郎、富澤有為男、大木惇夫、菊岡久利、石井庄司、森雅之。
・第五回（一九四三年六月一九日）片岡鐵兵、寺崎浩、吉屋信子、北澤彪、今木屋進、前田鐵之助、村野四郎、大悟法利雄、柴山武矩。
・第六回（一九四三年七月一七日）岩倉政治、佐藤一英、森三千代、芹澤光治良、神保光太郎、林芙美子、里見藍子、中村彰。
・第七回（一九四三年九月一八日）阿部知二、窪川稲子、今日出海、湊邦三、山本和夫、近藤東、上田穆。
・第八回（一九四三年一〇月一六日）大江賢次（「ジャワの母と鏡」）、福田清人（「義勇軍の寮母」）、池田亀鑑（「雨月物語」）、石川達三（「交通機関についての私見」）、長谷川伸（「勘八駕籠」）。
・第九回（一九四三年一一月二〇日）和田傳、中村星湖、古志太郎、丸山菱二、白鳥省吾、岩倉政治、吉植庄亮。

山本安英や森雅之などのように朗読や役者としての資質が買われて呼ばれたと思われる人物もいるが、右に挙げた通り様々な作家が会に参加し、自ら朗読をしてその声を披露していた。こうした朗読文学の取り組みに対して、参加者の一人であった井伏鱒二はその思いを次のように綴っている。

朗読文学については自分は何の抱負もない。今後、もしも朗読文学が盛んに行はれ、天才が輩出するやうなときが来たら、自分はそれらの朗読を聴いてまはるやうになるだらう。これは正に抱負ではなく、ただ楽しみが一つ増したといふものである。（中略）また朗読して人にきかせる小説は、昔の朗読用の作品や古典の調子など取り入れる必要はないと自分は考へる。孔夫子ならば先づ琴をひいてから朗読にとりかゝるだらう。しかし自分にはそんなこともできかねる。[19]

井伏の発言からは、参加したものの朗読文学から距離を取ろうとする姿勢がうかがえる。もちろん、「朗読文学の夕」に参加した全員が全員、井伏と同じ意見ということもなかろうが、戦時下の詩人たちが傾けたほどの熱意が、井伏からは感じられないのである。

また、既存の文学作品を朗読文学に仕立て直したり「朗読文学の夕」にように作家自ら朗読するという動きがある一方で、「創作としての朗読文学が同時に開拓されることは放送文化建設の上にもつとに要請される所[20]」というように、新しく創作された朗読文学の登場が待たれていたことも見逃せない。おそらくそうした流れの先に、『文學報國』で太宰も参加した「朗読文学　短篇小説特輯」（一九四四・八・一〇）が位置しているのだろう。ただし本稿冒頭でも示したように、『文學報國』においても眞下五一が朗読文学を「代用品[21]」と捉え、それに朗読文学委員であった寺崎浩が答えるという問答が交わされていたのを思い出せば、総じてあまり乗り気とは言えない作家たちの有様や朗読文学の現状が見て取れるだろう。[22]そうしたなか、毎月「朗読文学」の投稿を呼びかけ、それに応じた読者たちがいた。それが『婦人画報』における「朗読文学」である。

三　『婦人画報』のなかの「朗読文学」――作家と読者投稿

『婦人画報』と朗読文学については岩見照代が、男性投稿者の存在や投稿作が時局を意識したものであることを指摘しているが[23]、ここでは作家の朗読文学もあわせてもう少し詳しく検討してみたい。一九四二年一二月[24]の『婦人画報』には、「朗読文学作品募集」の記事が次のように掲載されている。

新しい文学のジャンルとしての朗読文学が、大政翼賛会の提案のもとに華々しく登場したが、本誌はその国民的普及に微力を尽したいために、大政翼賛会、放送局、文学報国会の御支援のもとに、朗読文学の創作を募集することゝとなりました。／各種の集会一家の団欒、また、放送等に於て朗読し得る明朗にして新鮮なる作品を御投稿下さい。（一〇九頁）

記事には「原稿用紙五枚以内（四百字詰）」（一〇九頁）といった「応募規定」も掲載されていて、選者は大政翼賛会文化部長・高橋健二、放送局演劇部副部長・吉川義雄、文学報国会審査部長・河上徹太郎がつとめることも示されており、記事に続いて次頁からは高橋健二による「朗読文学」と題した文章が掲載されている。ここで高橋は読者に向けて、「日本の女の人は人の前で正しく声を出す訓練を受けてをりません。わけもなく躊躇したり、度を越えたはにかみやうをするかと思ふと、不自然にはしやいだりします。（中略）先づ文学作品の朗読によつて声を出す練習をし合ふのは、よい訓練の機会になると思ひます」「朗読文学は頽廃的な文学を自然と陶汰《ママ》して行きます。小説は女や子供に読ませられないといふやうな非難が次第に消えて行くやうになれば、朗読文学の効用また大なりと言はねばなりません」（一一一頁）と述べている。ここまで確認したように、朗読文学は何を書けば正解なのかもわからない、内実を伴わず言葉だけが先走りしたような〈新しい文学の形〉であったはずだ。しいて確かなことを挙げれば、朗読文学が国語醇化運動や用紙不足、勤労・増産体制下の文化促進等を背景に動き出したということだろう。たしかに高橋は、論の最後で朗読文学の長所は「国語を純粋に分りよく正しく親しみあるものにする」（一一一頁）と言っているが、『婦人画報』の読者たちに伝えられたのは、声を出して文学作品を読むことが「日本の女の人」ができない「正しく声を出す」訓練になるということ、そして声に出して読めば自然と頽廃的な文学は消え、「小説は女や子供に読ませられないといふやうな非難」も消えて行く、ということこれまでの朗読文学をめぐる言説には見られなかった、いわばジェンダー規範に則った朗読文学への向き合い方であった。

募集後、読者による最初の朗読文学が掲載されるのは、一九四三年二月になるためだろうか、しばらくの間、誌面には作家たちの朗読文学が載っていた。いずれも見開き一頁の短編で、掲載順に日比野士朗「めぐりあひ」、伊藤整「鶏の来た日（童話）」、武者小路實篤「尊徳と忠真俟」（『婦人画報』一九四二・一二）、眞杉静枝「大学生と母」、岡田禎子「藤子の手紙」（『婦人公論』一九四三・一）、福田清人「宿帳」、石塚友二「仔猫」（『婦人画報』一九四三・二）、網野菊「おたつと孫嫁」（『婦人画報』一九四三・三）である。たとえば日比野の「めぐりあひ」は、患者たちと座談会を行うために傷痍軍人の療養所を訪問した「私」の前に現れた、年の離れた従姉の「お雪さん」との三〇年ぶりの再会を綴ったものである。両親を早くに亡くした「お雪さん」は少女の頃から苦労を重ね、すっかり老け込んでいたが、隣の結核療養所で働く男性と結婚し、雑役婦として働く今の彼女の姿からは、世俗の幸せよりも慎ましやかな人生を選んだのだろうと感じられた、というものである。伊藤整の「鶏の来た日（童話）」は、一郎と二郎という幼い兄弟の家にやってきた鶏について書かれたもので、物語自体は鶏と二郎との触れ合いが中心だが、途中、食事時に蝿が食卓に止まる様を一郎と二郎は「敵の飛行機のやう」といい、二郎が母に「一番上のお薯を敵機が爆撃したんだよ」（一一四頁）と話しかける場面も描かれており「めぐりあひ」同様、時局を感じさせる仕上りとなっている。

眞杉静枝の「大学生と母」は、「私」が「泉さんの奥さん」から持ち掛けられた、二五歳になる「魂も体も、無垢な」（一〇六頁）息子の結婚話の相談に乗るという筋である。息子は「学生生活の後、軍隊生活を又、幾年か重ねる」ことになっており、そうした中で「夫となるべき日のことを、どういう風に、とりきめればよいか」（一〇七頁）と考えあぐねる息子の手紙を受け取った「泉さんの奥さん」（息子の母）に助言を与えるものである。岡田禎子の「藤子の手紙」は、藤子という若い女性が母に宛てた手紙形式で持ち掛けられた縁談への返事をするという筋で、藤子の縁談の相手は近いうちに入営が決まっており、結婚したとしてもすぐに別れるのではと母はためらっていたが、藤子は若くして夫を失い一人息子を育てていた女学校の先生に再会し、先生の息子の戦死を知る。藤子の縁談相手の母もまた、早くに夫と死別して一人息子を育ててきた人で、息子の入営中一人になるその母を思って、藤子は縁談を受ける決意を固めたのだった。また、福田清人の「宿帳」は、「私」がかつて卒業した中学校のある城下町を訪ねるというもので、「私」は昼間、大空に煌めく戦闘機を見た。その後、宿屋の宿帳をめくると前日と翌日の宿泊地に「大空」（六九頁）と書いた人々がいて、彼らが大空を翔る海軍航空将校であったというものである。石塚友二の「仔猫」は、幼少時代から猫嫌いであった「私」が父となり、家中をうろつく鼠からわが子を守るために猫——仔猫を飼う話である。網野菊「おたつと孫嫁」は、七四歳の今も家を取り仕切るおたつが、「兵隊に行つてゐた」（七二頁）孫息子のために花嫁を見つけるというもので、顔は醜いが気立てが良く素直な花嫁をおたつが気にかけ、大切に扱う様が描かれている。

こうしてみると、「仔猫」は異なるが、ごく短い物語の中に時局を入れ込むこと、また「めぐりあひ」や「藤子の手紙」「おたつと孫嫁」には先の「夜鶴の声」の登場によって朗読文学にもたらされた新生面である大衆に戦時下における謙虚な姿／謙虚な人間の有様を伝えるといった要件をも満たしているといえる。いずれにせよ「仔猫」も含めて、その後の読者投稿の見本となるよう掲載されたものであろう。[25]

一方、読者投稿による朗読文学はといえば、第一回目の選評に「我が社が率先公募した朗読文学は、忽ち三百余篇の御投稿を得た」[26]とあるように、先の『朗読文学選』の公募とは異なり、大変な反響を得ていたようである。投稿は、一九四三年二月から一九四四年六月まで続き、入選・選外も含め毎号二～三篇程度掲載されていた。これらの投稿に目を通してみて目立つのは、先の作家の〈見本〉をふまえ、何らかの形で時局を取り込もうとする姿である。たとえば、最初に読者投稿を掲載した一九四三年二月の『婦人画報』には、兵士達の郷愁が入り混じった行軍の様を示した堺好明による「上海行軍」が掲載されている。

選後評を見ると、たとえ文学的に優れていても本文掲載に至らないケースもある。磯貝秀子の「愛猫」（『婦人画報』一九四四・三）は、「文学的に一番傑れてゐたのは「愛猫」であつた。（中略）だが、猫への愛情といふテーマがいかに美しく描かれてゐるにしても、果してこの苛烈なる銃後の貴重な一頁に値するだらうか」（一〇七頁）と指摘され選外佳作となった。ゆえに文学的才能よりも時局を入れ込んだものが目立ち、たとえば父亡き後、事務員として働く母と、淳一・千鶴という幼い兄妹の貧しいながらも互いを思い合った暮らしを描き、「僕はお母さんのくろうをかんがへれば、お年玉なんかほしくありません。大きくなるまで、戦争に勝つまで、僕は何にも欲しがらずに勉強します」（八一頁）と母に宛てた慰問文（手紙）を書く小倉義一の「慰問文」（『婦人画報』一九四三・四）や、夫が戦死し、まだ幼い息子と母に死なれた父を家に残して教員として働き始める主人公が「強くならなければならない。甘えてはならない」（一〇七頁）と自分にも、息子にも言い聞かせていく福井慶子「遺族章」（『婦人画報』一九四三・七）などが誌面を飾ることになるのだ。

こうした読者投稿は、選評を読むと多い時には五〇〇篇近く、「満州、北支、中支、朝鮮、台湾、樺太[27]」などからも寄せられていた。それだけ読者が、書くことに意欲を見せ、朗読文学に向き合おうとしていることの証だろう。「夜鶴の声」が見せた謙虚さと、放送に向けて、また雑誌に掲載するにしても短編が求められるなか、『婦人画報』の投稿者たちはそうした制約を懸命に守りつつ朗読文学に向き合ったということになろう。実際、読者のなかには「朗読文学は大変立派な御運動と存じます。私も常会で朗読させて頂きました。（四谷・文[28]）」という者もいて、『婦人画報』の読者たちは、書くことと読むことの両面から朗読文学を支えた存在といえる。

四　「ハガキ文学」への路線変更

このように、作家たちが朗読文学に消極的であったのに比して、『婦人画報』の読者投稿は大いに盛り上がりを見せた。しかし、『婦人画報』がその誌名を『戦時女性』に改めた時、「投稿は一切ハガキを用ひるハガキ文学の誕生を目企んで、朗読文学の募集は一応打切ります[29]」と路線変更を余儀なくされたのである。

「ハガキ文学」は、一九四四年八・九月号から見られるようになり、選評も掲載されなくなる。もはや「ハガキ文学」なるものを募集するにあたっては、〈声〉によって広めることの大切さであるとか、国語醇化運動といったことは重要ではない。「ハガキ文学」の背景には当然ながら用紙不足が大きく関係しているが、読者たちはそこでも懸命に書いているのだ[30]。五〇〇字という投稿規定のなかで斎藤須磨子「一筋道」、笹葉子「アスパラガス工場」(『戦時女性』一九四四・八、九)、金ヶ原芙美「青空」(『戦時女性』一九四四・一〇)、北川要「初陣」、高橋喜久子「ポックリと老人」(『戦時女性』一九四四・一一)、今井清子「若芽」、今泉美谷子「医局で」(『戦時女性』一九四四・一二)といった「ハガキ文学」がまとめられた。太宰らが『文學報國』に朗読文学を発表していた時と同じ頃、『婦人画報』の朗読文学は終わりを迎え「ハガキ文学」となったのである。

ここまで、本稿では拙稿「閉ざされた声――朗読文学としての「東京だより」」では追い切れなかった朗読文学の側面を、当時の朗読をめぐる言説を確認した上で、朗読文学に参加した作家たち、また作家たちの朗読文学への向き合い方を追って、『婦人画報』の朗読文学を検討した。見過しがたいのは、「代用品」と呼ばれ作家たちが戸惑いを見せた朗読文学に、男性も含めてではあるが『婦人画報』の読者たちが、作家の〈見本〉や選後評を通して真摯に向き合おうとしている点である。朗読文学は、太宰のようなプロの作家のみならず、多くの書き手がそれぞれ温度差を抱えながら挑んだ〈新しい文学の形〉だったといえよう。

注

（1）日比野士朗「朗読文学の提唱　日本語純化に一つの示唆」（『朝日新聞』一九四二・九・三〇、朝刊）、四面。なお、朗読文学については、吉岡真緒「一九四四年五月―八月　新設文学賞と朗読文学」（『太宰治スタディーズ』二〇一六・六）も参照。

（2）北村喜八「国民詩とその朗読」（『放送研究』一九四二・六）、七七頁。なお、末尾に「（朝日新聞より転載）」と記載されている。

（3）前掲（2）に同じ。

（4）業務局企画部「〝夜鶴の声〟朗読放送の成功について」（『放送研究』一九四二・七）、七四～七五頁。なお、末尾に「（黒田）」と記載がある。

（5）前掲（4）に同じ、七四頁。

（6）古谷綱武『現代母性学』（東京学芸社、一九四二）には、「「夜鶴の声」は、海軍中将武田秀雄閣下が、その愛嬢を教訓せられた書状をもつてできてゐる。この書物は、愛媛県立高等女学校長秦四郎氏が、修身の教科書にするために編輯せられたもの」（九三頁）と書かれている。

（7）古谷綱武『現代母性学』（東京学芸社、一九四二）、九四頁。

（8）秦賢助『歓喜の書』（鶴書房、一九四二）、一八〇～一八一頁。

（9）日比野士朗「朗読文学の立場」（『放送研究』一九四二・一一）、一七頁。

（10）前掲（9）に同じ、二二頁。

（11）高嶋進之助「朗読放送の素材」（『放送研究』一九四二・一一）、三七頁。

（12）前掲（11）に同じ、三四～三六頁。

（13）無署名「朗読文学の提唱」（『朝日新聞』一九四二・九・一二、朝刊）、三面。この記事については拙稿「閉ざされた声――朗読文学としての「東京だより」」（『太宰治スタディーズ』二〇一六・六）も参照。

（14）このほか、「古典篇」には「古事記」の「倭建命」から幕末の薩摩藩士・有馬新七の「都日記」まで九篇が収録されているが、ここでは明治以降の四作品を確認する。

（15）「コタバル上陸記」の末尾には「作者はコタバル従軍報道班員で氏名不詳／この「コタバル上陸記」は昭和十六年十二月二十四日、大阪朝日新聞（九州版）に掲載されたもの」（『朗読文学選　現代篇（大正・昭和）』大政翼賛会宣伝部、一九四三、二一頁）とある。

（16）『朗読文学選』については坪井秀人が『声の祝祭　日本近代詩と戦争』（名古屋大学出版会、一九九七）において「内容は古事記、古今集序に始まり吉田松陰書簡や『神皇正統記』、独歩、鷗外、『暗夜行路』の大山詣での条り、それに中勘助（戦時下は早くから戦争詩人として活躍）の『銀の匙』、火野葦平『麦と兵隊』等々…訓話的色彩を基調に抄録し網羅的に構成してある。谷崎潤一郎の『吉野葛』までが採られている点も興味深い。しかしこの朗読用テクストは収録作品そのものより、その〈外枠〉の部分に多くが語られているように思われる」（一九八～一九九頁）と述べ、「文学の国策利用が放送メディアと一体となって推進されたことを物語る」（一九九頁）と指摘している。

（17）高橋健二「国民文学の礎石　朗読文学の募集について」（『日本読書新聞』一九四二・一一・二三）、一面。

（18）拙稿「閉ざされた声――朗読文学としての「東京だより」」（『太宰治スタディーズ』二〇一六・六）参照。第一回～九回までの出席者は以下の記事をもとにまとめた。「朗読文学の夕　ゆうべ本社講堂に開く」（『讀賣報知』一九四三・二・一二、朝刊、三面）、「朗読文学の会」（『讀賣報知』一九四三・三・二〇、朝刊、四面）、「恤兵資金献納　第三回朗読文学の会」（『讀賣報知』一九四三・四・一五、朝刊、四面）、「第四回朗読文学の会」（『讀賣報知』一九四三・五・二〇、朝刊、四面）、「第五回朗読文学の会」（『讀賣報知』一九四三・六・一六、朝刊、四面）、「朗読文学の会」（「第三回海の記念日行事」の項、『讀賣報知』一九四三・七・一七、朝刊、三面）、「第七回朗読文学の会」（『讀賣報知』一九四三・九・一七、朝刊、四面）、「第八回朗読文学の会」（『讀賣報知』一九四三・一〇・一五、朝刊、

四面）、「第九回朗読文学　新穀感謝の夕」（『讀賣報知』一九四三・一一・二〇、朝刊、四面）。

(19) 井伏鱒二「朗読文学」（『日本読書新聞』一九四三・三・二七）、一面。

(20) 〈新野〉「編輯後記」（『放送研究』一九四二・一二）、一二八頁。

(21) 眞下五一「代用品文学の汚名　朗読文学について」（『文學報國』一九四三・一〇・一）、二面。これに対し寺崎は「朗読文学委員から　眞下五一氏に答ふ」（『文學報國』一九四三・一一・一）と題した返答を発表した。

(22) 巌谷大四は当時の有様を「「朗読文学の会」を組織して、各所で作品朗読をしてもらったり、詩人、歌人、俳人を動員して、地方の工場や、傷病兵の慰問と、作品指導をしてもらったり、そんなことの世話をするぐらいのことであった」（『私版　昭和文壇史』虎見書房、一九六八、五七頁）と振り返っている。

(23) 岩見照代「解説」（『「婦人雑誌」がつくる大正・昭和の女性像』第一七巻、ゆまに書房、二〇一五）。

(24) 本号は、目次には「十二月号」とあるが、奥付では「昭和十七年十月十五日印刷／昭和十七年十一月一日発行」と記されている。おそらく一二月一日発行の誤りと思われる。

(25) この後、日比野士朗は軍用犬の物語「月に吠える犬」（『婦人画報』一九四四・一）を書き、岡田禎子も一九四四年三月の『婦人画報』で「早春通信」という、女学生が「前線の兵隊さん」（一〇四頁）へ宛てた手紙形式の小説を発表している。

(26) 無署名「選を終へて」（『婦人画報』一九四三・二）、七六頁。

(27) 無署名「朗読文学選後評」（『婦人画報』一九四三・六）、一〇六頁。

(28) 「廻転扉」（『婦人画報』一九四三・五）、一〇八頁。

(29) 無署名「朗読文学の募集打切について」（『戦時女性』一九四四・五）、六九頁。

(30) こうした戦時下の女性たちの〈懸命さ〉については小平麻衣子『夢みる教養　文系女性のための知的生き方史』（河出書房新社、二〇一六）を参照。

コラム

パロディの強度——「十二月八日」論のために

五味渕典嗣

太宰治は「一九四一年一二月八日」をいちはやく小説化した書き手の一人である。よく知られるように、太宰「新郎」（『新潮』一九四二・一）の末尾には「昭和十六年十二月八日之を記せり。／この朝、英米と戦端ひらくの報を聞けり。」との一節が読まれる。掲載号の編集後記には、一二月一六日開催の日本出版文化協会雑誌分科会の記事が出ているので、なるほど執筆のタイミングに矛盾はない。そうなると気になるのが、作中で、対米英宣戦の日に「主人は、どうやら一つお仕事をまとめたやうで、その原稿をお持ちになつて」雑誌社に向かったという記述のある「十二月八日」（『婦人公論』一九四二・二）とのかかわりだろう。松本和也は、「「十二月八日」とは一二月八日の感動よりもむしろ、一二月八日をいかに語るかが課題とされた」（傍点原文）批評的なテクストと論じた（『昭和一〇年代の文学場を考える　新人・太宰治・戦争文学』立教大学出版会、二〇一五）が、ならばその批評の対象には、他ならぬ太宰自身の作も含まれることになる。

問題は、その批評の中身であり、強度である。「新郎」掲載の『新潮』と同じ一九四二年一月号の雑誌をひもとくと、『文芸』創作欄には、真珠湾攻撃を伝えるラジオ・ニュースに「私は立ちどまり、自分のまはりの世界が、無限大の拡がりを持つたまま、ぐるりと一廻転するのを感じた」と記した伊藤整「父の記憶」が載っている。日米戦争開始の報に「何か頭が明るくなつて来るのを覚えた」と書きつけた広津和郎「号外」（『日本評論』一九四二・一）も落とせない。

しかし、むしろわたしが気になるのは、作中に「一二月八日」の日付を書き入れながら、その歴史的な位置づけを語っていないテクストの存在だ。伊藤「父の記憶」と同じ『文芸』に掲載された真杉静枝「眼鏡の小母さん」は、妻を亡くした官吏の家に、子守りなのか家事手伝いなのか、曖昧に居ついてしまった女性を主人公に据えた作である。物語の中では、「日米開戦が報じられた」その翌日に、バスの車内で「あの非国民を引ずり降ろせ！」と叫ぶ乗客たちを、美しい声で鎮めていく女性車掌の姿が印象的に描かれるが、その様子がとくだん作中で意味づけられているわけではない。中山義秀「破れ傘」（『文学界』一九四二・一）は、冒頭で開戦のニュースに「激しい焦燥感」に突き動かされたという「平井」を視点人物とする物語だが、主な話柄は、彼が文学を志しながら、房総の小さな街で「鬱屈した意識の不安や焦躁にいらだつてゐた」頃の亡妻との思い出の方にある。また、この作では、旅の途中の旅館で、亡妻によく似た仲居に出会ったこと、その女性がどうやら性的に奔放だったことが述べられていて（検閲を意識して活字が空白になった場所がある）、「一二月八日」の日付が書かれる意味がますます分からない。しばしば「一二月八日もの」の典型と言及される火野葦平「朝」（『新潮』一九四二・一）も似たようなものだ。この作の主人公・研吉は、大本営発表のラジオ・ニュースを耳にして「ずんと、身体の方を霊気のやうなものが通つた」と感じている。しかし物語の軸は、研吉の父・啓作が「なのみ」の巨木（ナナミノキのことか）を、周囲の迷惑も顧みず、金に糸目を付けないで自庭に植え替えようとする様子を苦々しい思いで見つめる研吉の心持ちに置かれている。

これまで多くの論者が、「一九四一年一二月八日」言説の定型性を指摘してきた。しかし、こと創作欄に掲げられたテクストは、この歴史の日付ともう少し複雑な関係を取り結んでいるのではないか。この事態をどう見るかは、それこそ解釈の分かれるところだろう。だが、ここで気になるのは、創作欄レベルでは「一九四一年一二月八日」をどう書くかが決して安定的ではなかったタイミングで、いちはやく「新郎」を書き、さらに重ねて「十二月八日」を書いた太宰治の問題である。確かに「十二月八日」は、「このごろ私は毎日、新郎の心で生きてゐる」と屈託なく述べた「新郎」の夫を、生活者の視線から相対化する妻の姿を描いたテクストである。双方の作に「山茶花」が点綴され、一方では学生たちへの面会謝絶を、他方では、そんな学生たちの心持ちを思いやるエピソードが書き込まれている。その意味では、ある種の自己パロディと言うべき実践であることは疑えない。だがそれは、いったい何に対する、どのような批評なのだろうか。

タイミングを考えれば、太宰治は、「創作」ジャンルでの「一九四一年一二月八日」言説の定型化・神話化に先鞭を着けた書き手と言うことができる。だとすると太宰は、自ら言説の土俵をつくり、その土俵の中で相対化のゲームを行ってみせたとも言えることになる。そのように考えを進めるなら、太宰が作る言説のフィールドの内側にとどまることは、いささか厄介な問題をはらんでいるとわたしは思うのだが、いかがなものだろうか。

II

〝聖戦〟と〝敗戦〟の時空

4章 「散華」における〝小説〟と〝詩〟

松本和也

一 問題関心

一九四三年五月のアッツ島玉砕をモチーフとした太宰治「散華」(『新若人』一九四四・三)について、太宰作品のアンソロジーに同作を推した高橋源一郎に、次の紹介文がある。

「散華」は昭和十九年に発表された短編。太宰の下には、たくさんの(作家志望の)学生たちが訪れた。そのうちの一人が、戦地から送った手紙は以下の通り。「御元気ですか。/遠い空から御伺いします。/無事、任地に着きました。/大いなる文学のために、/死んで下さい。/自分も死にます、/この戦争のために。」。その学生は、この手紙を投函した後、玉砕した。この手紙に、作家はどう応じたのか。見事だと思う。読んで下さい。(1)

本稿では、右に高橋が「見事」だと評した「散華」のエッセンスへと、歴史的なアプローチを試みたい。それに先立ち、問題含みの「散華」に関する先行研究を整理しておく。

「散華」最大の争点は、登場人物である青年二人の死の捉え方である。テクスト前半では、三井君の病死が「美しいもの」として、後半では三田君の玉砕が崇高なものとして書かれる。時局を考慮すれば、いずれも有意の青年の死でありながら、前者は私的な死、後者は公的な死であり、それゆえに社会的な意義も異なる。「散華」というタイトルからしても、後者にウェイトがかかるのは、一見自明である。にもかかわらず、前者が配置されたことを重くみる鳥居邦朗は、「玉砕した「三田君」について語る前に、肺結核で死んだ「三井君」の死の美しさをこのようにめんめんと語る意図は何なのか」という問いをたて、「少なくとも二人の死が等価のものとして並べられていることは確か」で、「それが美しき死として等価であるということは、玉砕死と病死との間に差はないということ」だと受けとめ、「その〔死に関する〕基準はどうやら世俗のそれとは遠いところにある」[2]とみて、「散華」の基底的な価値観を明るみに出した。「散華」をめぐる「解釈の鍵」を「二人の死がどのように関連するのか」にみる権錫永は、「彼ら〔三田、三井、戸石〕に関する情報の比較を通して当時の〈玉砕〉に対する「散華」の批評的な意味が問われるべき」だと指摘し、さらに、「仮に〈玉砕〉・戦争・軍部などへの批判として読めたとしても、この作品は同時代においてそれとは裏腹な意味、つまり、〈玉砕〉賛美・戦争協力として読まれやすい作品だということを忘れてはならない」[3]と付言している。北川透は、「あくまで私的な病死と、〈玉砕〉ということばが象徴する、神の御柱としての公の死が、等価として通用するはずがない」という当時の状況を想定した上で、「「散華」がそれを等価として描いているとすれば、これほど危険なことはない」と歴史的読解を示した。つづけて北川は、「当時、

「散華」からその危険性が見えなかった理由の一つ」を、テクストの「周到な仕掛け」にみている。具体的には、「三井君の《美しい臨終》を、《空を飛ぶ神の白絹の御衣のお裾に触れて散る》イメージにおいて、徹底的に美化し」、「三井君を《神のよほどの寵児》にまで高めることによって、〈総力戦〉に翼賛する世間の眼をくらまし、三田君の神の御柱は相対化されることになった」(4)のだという。「散華」初出掲載誌の性格を確認しながら、「三井君の平凡な病死は、三田君の「アッツ島の玉砕」という日本イデオロギーのシンボルとも言える戦士に対照させるための平凡な「月見草」のような存在だった」と、やはり二つの死を問題化する李顯周は、作中の「私」に「どのような死に方をしようと「人間の最高の栄冠」は「美しい臨終」であることには変わりがないというある死生観」(5)を見出している。さらに一歩ふみこんで、議論のアクセントを二人の死からそれを書く「私」へと明確にシフトしたのは、「「私」は、亡くなった人間について、彼らとの日常の交流のなかで自分が経験したことや感じたことを材料として、その瑕疵も含めて個人を語っていく態度を一貫して保持している」ことを指摘した若松伸哉で、「玉砕した個人を英霊として神格化し、日本国家・日本民族の審級まで謳いあげる同時代の言説を参照した」上で、「「散華」における「私」の姿勢」が「それらとは著しく異なっている」点に、「「散華」という小説が同時代に対して持つ表現の特殊性(6)」を見出し、歴史的に評価している。

以上の研究史を振り返れば、太宰治「散華」に関しては、玉砕した三田君にくわえて病死の三井君も書かれた物語内容に即して、「玉砕」した三田君への注目から、二人の死を等価とする見方、さらには死をそのように書く「私」の同時代的意味へと、発展的延長線上において、論点のスライドと連動しつつ、その読解は拡張‐深化されてきたことになる。

本稿では、こうした成果を批判的に引きついだ上で、同時代における文学場内／外のコンテクストを参照しながら、新たに三井君／三田君という二青年を、それぞれが書いたとされる〝小説／詩〟という観点も加味して分析することで、やはり小説家である「私」（さらには詩をよくする「山岸」）も一挙に検討対象として俎上に載せる。以上の議論を総合し、太宰治「散華」の歴史的な意義について考察することが、本稿のねらいである。

二　同時代コンテクスト

本節では、太宰治「散華」のモチーフに関わるアッツ島玉砕や学徒動員が具体的にどのように言表されていたのか、同時代のコンテクストを素描しておく。

一九四三年五月二九日、アッツ島におけるアメリカ軍との戦闘によって、山崎保代大佐率いる日本軍守備兵が全滅する。このことを大本営が「玉砕」という表現によって発表したのが翌三〇日、六月一日付の新聞から「玉砕」の表現を用いた報道が展開されていく。

これをうけて第一に、アッツ島玉砕をモチーフ－主題とした言表――アッツ島玉砕言説が、文学者によって大量に産出されていく。それらにおいては、「戦時下の合言葉」[7]を用いながら多種多様な韻文・散文が書かれ、アッツ島守備隊の玉砕を厳粛に受けとめた上で英霊が讃えられ、銃後の国民生活の再認識（反省）が促され、また、一連の言説を通じて、国民の一体化、感情の集約も促進されていった。さらに、アッツ島玉砕をモチーフをめぐる言表行為を通じて、文学者はその社会性－社会的存在意義を確保することにもなった[8]。

つづいて、第二に「散華」の物語内容に関わる同時代コンテクストとして、前後する時期に話題となった学徒動員をめぐる言表も瞥見しておく。玉砕を遂げる三田君にくわえ、三井君、戸石君も含め「散華」に登場する青年は、いずれも学徒動員期の学生なのだから。

ここでは特集「出陣する学徒へ」(『文藝』一九四三・一一)を手がかりにしてみよう。学徒動員を「文学の問題として考へる時、文学の壮大な前進だと思はずには居られない」と捉える火野葦平は、「学生の決意」において自らの実戦経験を振り返り「砲弾の下に曝されて、そのときに私の感じたこと」は「いつでも悔いなく死ぬことのできる日本人としての喜びであつた」と述べ、「まづ日本人として美しく死ぬことばかりを念じて居ればよい」という。その結果、「そのやうな悲願が文学の上に実を結ばない筈はない」(九頁)というのが火野の論理なのだが、ここでは、日本人としての戦場での貢献が文学の成就へ至るという回路が、自明視されている。これを「今までのやうに、戦場を外にして思に耽り、学術のことを考へるなどといふことは絶対に許されない」と否定的に述べたのが藤田徳太郎「出征する学生諸君に寄す」であり、「学生諸君は、最早学生の殻を脱して、何よりも軍人でなければならないし、軍人であることは、最も輝しい皇国のみ民の姿そのものでなければならない」と、軍人であることが要件とされ、「臣民としての最も尊く純粋なる精神のもとに生きて、光栄ある任務につく」(一〇頁)ことを言祝いでいく。右の二つの言表を媒介するのが、日比野士朗「新しき世界のために」で、ここで日比野は「君たちの教室は、あの白壁の狭い四角な場所から、ひどくいき〳〵した、生命を賭するやうな場面にまで拡大された」(一三頁)と述べて、教室の延長線上に戦場を配置してみせる。

いずれも、文学をはじめとした学問を学ぶべき学生を、戦時下の日本人であるという条件によって、戦場での活躍／死を期待される軍人へと、ノイズレスに読みかえた言表である。実際、「散華」に登場する学生たちも、結果的にせよこうした言説の範疇にある。

最後に第三として、太平洋戦争開戦後の文学場における〝詩〟の位相についても確認しておく。これは、主要登場人物の三田君が詩人であったことにくわえ、「散華」自体が〝詩〟的であるという本稿の読解‐見通しにも関わる。昭和一〇年代における詩的精神については別稿[9]で論じたが、日中戦争開戦後の文学場においては、戦争に関わる感動の多くが、短歌や俳句をはじめとした韻文によって表出されるようになっていく。これは、時局の推移に伴う、新聞・雑誌上における文学言説掲載スペースの狭小化とも連動しているのだが、一九四一年一二月八日の対米英開戦以降、この傾向はさらに強まっていく。つまり、アジア・太平洋戦争末期における詩とは、一般に大東亜共栄圏の確立を目指して世界史的戦争を戦う日本（人）が、その民族的感動を無媒介的に表出‐共感する装置でもあったのだ。

以上の同時代コンテクストをふまえた上で、次節では「散華」の分析を試みていく。

三　「散華」の分析的読解

まずは、同作への自己言及を含む、太宰治「散華」冒頭部を引いておく。

玉砕といふ題にするつもりで原稿用紙に、玉砕と書いてみたが、それはあまりに美しい言葉で、私の下手な書き物の題などには、もつたいない気がして来て、玉砕の文字を消し、題を散華と改めた。／昨年、私は二人の友人と別れた。早春に、三井君が死んだ。それから五月に、三田君が、北方の孤島で玉砕した。三井君も、三田君も、まだ二十六、七歳くらゐであつた筈である。（八〇頁）

ここで「私」は、書記の現在を明示しながら、「玉砕」という言葉を「美」において価値づけた上で、昨年死別した「二人の友人」を話題として提示している。「私」に帰属する「書き物」の題としては見せ消ちとされた「玉砕」という言葉を、三田君の死については用いながら、青年の死として三井君と三田君とを並置するように「私」は語りだす。

とはいえ、「散華」における「私」の企図は、テクスト中盤では次のように三田君に注目するかたち（厳密には、三田の手紙がもたらした「私」の感動）で、明示されてもいる。

けれども、私は以上の三通のお便りを紹介したくて、この「散華」といふ小説に取りかかつたのでは決してない。はじめから、私の意図は、たつた一つしか無かつた。私は、最後の一通を受け取つた時の感動を書きたかつたのである。／それは、北海派遣××部隊から発せられたお便りであつて、受け取つた時には、私はその××部隊こそ、アツツ島守備の尊い部隊だといふ事などは知る由も無いし、また、たとひアツツ島とは知つてゐても、その後の玉砕を予感できるわけは無いのであるから、私は、その××部隊の名に接しても格別、おどろきはしなかつた。私は、三田君の葉書の文章に感動したのだ。（八五頁）

「散華」は小説家「私」の身辺雑記の体裁を採りながら、出入りしていた学生のうち、三井君が病死したこと、後には三田君がアッツ島で玉砕したことを、特に後者については任地からの四通の「私」宛て書簡を紹介－読解していく短編である。従って、体裁・形式ばかりでなく、「散華」は私小説として受容され得る特徴を備えたテクストでもある。[10]

ここで、時間指標を手がかりに、「散華」における時間軸（順序）を、整理しておく。

①「昭和十五年の晩秋」・「四年も昔」……三田君・戸石君が太宰をはじめて来訪
②「昨年」〔一九四三年（昭和一八年）〕の「早春」……三井君の死
③「昨年」〔一九四三年（昭和一八年）〕の「五月」……三田君の死
④「昨年〔一九四三年（昭和一八年）〕の五月の末」……「アッツ島の玉砕をラジオで聞いた」
⑤「〔一九四三年（昭和一八年）〕八月の末」……「アッツ島玉砕の二千有余柱のお名前が新聞に出てゐて」、その中に三田君の名前をみつける
⑥語り－書記の現在〔一九四四年（昭和一九年）〕

「散華」発表の一九四四年初頭を⑥とすれば、テクストに書きこまれた物語内容の時間軸としては、一九四〇年秋の新体制運動期以来、アッツ島玉砕報道をへて、その後、三田君の遺稿集の相談まで、つまりは一九四三年末までとなる。物語言説の順序でいえば、⑥から「私」＝「太宰」が三井君、三田君と出会った当初を振り返り（①）、それから「昨年」（昭和一八年）相次いだ二人の死を語り（②③）、玉砕した三田君についてその手紙に繰り返し言及し、その間に三田君がアッツ島で玉砕した人

物であることが織りこまれていく（④⑤）。

従って、三田君（の手紙）については、玉砕したという情報が提示されるタイミングが異なる意味作用を生じさせるはずで、テクスト構成／読書行為‐受容にとって重要である。

時間軸とあわせて、「散華」分析に際しては、次に引く伊藤整の指摘が示唆的である。

太宰において特徴的なことは、私小説を分解し、効果的な部分のみを生かして、話の筋や順序を省略するといふ意識的な書き方である。（中略）感動は多く、詩を読む時のやうに、作品に盛られた生の認識から来るのである。それ故、私小説を純粋化する方向は、その純粋な認識のみを選み出して組み合はせることでなければならない。即ち詩の方法である。そして太宰治が行つた文学の方法の基礎は全体として正にこのやうなものであつた(11)。

伊藤は、私小説とみなされがちな太宰治の書法が、その実、「純粋化」という操作をへた「詩の方法」なのだと論じている。この指摘は、「散華」において特に有益で、物語内容として詩を含む「散華」それ自体も、詩の方法で書かれた散文（散文詩）だと捉え得る。

さて、研究史において注目されてきた二人の青年は、三井君が小説を、三田君が詩を、それぞれ書いていた。また、彼らが師事する先達として、「私」が小説を、「山岸」が詩を書いている。ここで、モデルとされた山岸外史による「眠られぬ夜の詩論」（『四季』一九四一・二）から、小説家と詩人の差異について論じた次の一節を参照しておきたい。

作家の意識と、詩人の意識とは、当初から、全く別なものである。土でつくつた瀬戸物と神の手がつくつた花ほどに違ふ。罪悪の魔物と神ほどに違ふ。／作家は、まづ、悪の意識、善悪の批判、理性のなかに於ける冷酷な観察に従つて、自分のことも他人のことも、意地悪く、微笑ましく眺めてゐるものであるが、詩人は、当初から、善の意識のなかに統一されて美しく棲んでゐる。（中略）詩人にとつては、自己の感情と感動のみが生きてゐる意味になつてをり、常に、主観の主張のみが、人生の真実であることを確信してをるものであり、必らずしも、他我の存在に対しての批判をもち得ない。／謂はば、真の詩人は、一個の嬰児である。嬰児と同様の感性と、嬰児と同様の天国に棲んでゐる。詩人にとつて、思索といふ地獄はない。詩は、懐疑からは生れない。（六六～六七頁）

詩論ということもあってか、極端なまでに両者の差異が強調されているが、「散華」に書かれた〝小説（家）／詩（人）〟にも通じる指摘だといえる。今一度「散華」に戻れば、その主要登場人物は、三井君と「私」が小説を、三田君と「山岸」が詩を体現しており、本稿では単なる青年の死ではなく、〝小説／詩〟に注目したテクスト分析を進めていく。

第一に、三井君については、次のように「小説」との関わりが語られていた。

三井君は、小説を書いてゐた。（中略）三井君の小説は、ところどころ澄んで美しかつたけれども、全体がよろよろして、どうもいけなかつた。背骨を忘れてゐる小説だつた。それでも、だんだんよくなつて来てゐたが、いつも私に悪口を言はれ、死ぬまで一度もほめられなかつた。

（八〇頁）

「小説」については「私」から否定的な評価しか受けなかった三井君だが、肺を病んでの死にざまについては、「このやうな時代に、からだが悪くて兵隊にもなれず、病床で息を引きとる若いひとは、あはれである」という感想にくわえ、次のように絶賛されている。

三井君の臨終の美しさは比類が無い。美しさ、などといふ無責任なお座なりめいた巧言は、あまり使ひたくないのだが、でも、それは、実際、美しいのだから仕様が無い。（中略）私は三井君を、神のよほどの寵児だつたのではなからうかと思つた。私のやうな者には、とても理解できぬくらゐに貴い品性を持つてゐた人ではなかつたらうかと思つた。人間の最高の栄冠は、美しい臨終以外のものではないと思つた。小説の上手、下手など、まるで問題にも何もなるものではないと思つた。（八一頁）

ここで注目しておきたいのは、第一に三井君の臨終について、「美」、「神のよほどの寵児」といった修辞が用いられている点、第二に「小説」の上手／下手より上位に「人間の最高の栄冠」として「美しい臨終」が配置された点である。「小説」を書いていた登場人物に対する「私」による最大の評価は、小説ではなくその「臨終」に向けられたことになる。原因は病気だが、学芸よりも死を重んじる発想は、学徒動員言説とも共振している。

第二に、三田君については「詩」がとりざたされる以前に、「づば抜けて美しく玉砕した」、「北方の一孤島に於いて見事に玉砕し護国の神となられた」（八一頁）とその死が語られる。その後に、「詩」との関わりが、山岸／「私」による評価とあわせて書かれていく。

「三田君は、どうです」とその頃、私は山岸さんに尋ねた事がある。／山岸さんは、ちよつと考へてから、かう言つた。／「いいはうだ。いちばんいいかも知れない」／私は、へえ？と思つた。さうして、赤面した。私には、三田君を見る眼が無かつたのだと思つた。私は俗人だから、詩の世界がよくわからんのだ、と間のわるい思ひをした。三田君が、私から離れて山岸さんのところへ行つたのは、三田君のためにも、とてもいい事だつたと思つた。（八三頁）

ここで三田君は、「詩」がわかる山岸さんから高く評価されているが、俗人である小説家の「私」（＝「太宰」）が「詩」を理解できずにいる、という、序列を孕んだ〝詩／小説〟の差別化にも注目しておこう。こうした前提をふまえた上で、「私」は三田君からの手紙を全文紹介（引用）した後に、その読後感を記すという手順で書記を進めていく。

まず、「四通の中の、最初のお便り」として、行分けで次の手紙が紹介される。

太宰さん、御元気ですか。／何も考へ浮びません。／無心に流れて、／さうして、／軍人第一年生。／当分、／／「詩」は、／頭の中に、／うごきませんやうです。／東京の空は？（八四頁）

内容としては、「無心」であると言明しながらも、否定的ないいまわしで「詩」を気にしていることが確認できる。それに対する「私」の読み方（受容）は、「このころ、三田君はまだ、原隊に在つて訓練を受けてゐた様子」だと実生活を想定した上で、文面については「たどたどしい、甘えてゐるやうなお便り」だと捉え、その根拠として「正直無類のやはらかな心情が、あんまり、あらはに出てゐる」（八四頁）ことを難じるものだった。

つづいて、二通めの手紙が、やはり行分けで次のように紹介される。

拝啓。／随分ながい間ごぶさた致しました。／御からだいかがですか。／全くといつていいほど、／何も持つてゐません。／泣きたくなるやうでもあるし、／しかし、／信じて頑張つてゐます。（八四頁）

内容としては、文面から（「詩」という言葉も含めて）具体性が消え、抽象的な現状報告となっている。「私」は「前便にくらべ」て「苦しみが沈潜して、何か充実してゐる感じ」を読みとり、「三田君に声援を送つた」という。ただし、語りの現在から振り返ったこの時点では、「まだまだ三田君を第一等の日本男児だとは思つてゐなかつた」（八四頁）。

「私」による評価が明らかに好転していくのは、次に紹介する三通めからである。

太宰さん、御元気ですか。／私は元気です。／もつともつと、／頑張らなければなりません。／御身体、大切に、／御奮闘祈ります。／あとは、ブランク。（八四〜八五頁）

「かうして書き写してゐると、さすがに、おのづから溜息が出て来る」という「私」は、これを「可憐なお便り」だと捉えた上で、その読み方を次のように具体的に開示していく。

> もつともつと、頑張らなければなりません、といふ言葉が、三田君ご自身に就いて言つてゐるのであらうが、また、私の事を言つてゐるやうにも感ぜられて、こそばゆい。あとはブランク、とご自身で書いてゐるのである。御元気ですか、私は元気です、といふ事のほかには、なんにも言ひたい事が無かつたのであらう。純粋な衝動が無ければ、一行の文章も書けない所謂「詩人気質」が、はつきり出てゐる。（八五頁）

ここで「私」は、ついに「なんにも言ひたい事が無」くなった三田君に、逆説的に、しかしクリアに「所謂「詩人気質」」をみてとり、「純粋な衝動」も探りあてている。翻ってみれば、ここまでの三便において、三田君は繰り返し、何かしらがないという内容を変奏しながら書いてきたのだが、ついにそのことを言語化し、「ブランク」と書くに至っている。にもかかわらず／それゆえに、「私」はこれまで以上の何かを読みとり、人物‐手紙を高く評価していく。

最後に、このテクストにおいて「私」が主眼だとした、四通めの手紙を検討したい。

> 御元気ですか。／遠い空から御伺ひします。／無事、任地に着きました。／大いなる文学のために、／死んで下さい。／自分も死にます、／この戦争のために。（八五頁）

「死んで下さい」という一言が「なんとも尊く、ありがたく、うれしくて、たまらなかつた」という「私」は、「これこそは、日本一の男児でなければ言へない言葉」（八五頁）だと断じ、いつしかこの手紙を「詩」と捉え直しては、次のような評言を連ねていく。

私には詩がわからぬ、とは言つても、私だつて真実の文章を捜して朝夕を送つてゐる男である。まるつきりの文盲とは、わけが違ふ。少しは、わかるつもりでゐるのだ。（中略）私には、どうも田吾作の剛情な一面があるらしく、目前に明白の証拠を展開してくれぬうちは、人を信用しない傾向がある。（八五頁）

内容としては、差出人／宛先双方に、その本業に撤することで「死」へと至る生き方を、具体的な目的として太宰さんには「文学」を、自分自身には「戦争」をに示しながら求めていく。こうして、死を終着点として、文学／戦争を等価に配置する文面となっている。

物語言説上では、すでに三田君の玉砕（死）は語られているから、最後にこの手紙を残して三田君は戦死しているはずであり、そのことは読者にも了解される。三田君が戦死したという現況、さらには、それに先立つ決意によって、右の手紙は特別の意味を孕んでいく。

以上、本節の議論‐読解を、〝詩／小説〟という観点からまとめておく。

テクスト前半では、「私」が四年前から「小説」を書く三井君、「詩」を書く三田君を知っており、両名ともが昨年逝去したことが示される。しかも、いずれも〝詩／小説〟といった文業それ自体によらない、死を媒介とした文学の成就が、彼らの死によって保証されるといった「私」（太宰）に独自な読み方（受容）が示されていた。しかもその読み方は、三田君からの四通の手紙を読み進めるプロセスとして開示され、それはそのまま「私」による「詩」（三田君の手紙＝「詩」および「詩」）の理解とも連動しており、もっといえば、そうした物語内容によって「散華」というテクスト総体もまた〝詩〟へと近接していく。

四　〝詩〟としての「散華」

最後に、くりかえし三田君の四通めの手紙を読む「私」による、手紙－〝死〟の読み方（受容）について検討することで、改めてテクスト全体を歴史的に意味づけていきたい。

「私」は、四通めの手紙（＝「詩」）について、「うれしかつた」、「よく言つてくれた」、「大出来の言葉」と絶賛するばかりでなく、「戦地へ行つてゐるたくさんの友人たちから」の手紙と比較も行い、「私に「死んで下さい」とためらはず自然に言つてくれたのは、三田君ひとり」、「なかなか言へない言葉」だとして、その独自性を最大限強調－評価していく。そして、そのことをもって、「私」は三田君が「つひに一流の詩人の資格を得た」と確信するに至っている。なお、（物語言説ではなく）物語内容の順序に従えば、この時点で「私」は、三田君が戦地にあることは知っているが、玉砕の件は知らないはずだ。さらに、小説家である「私」は、「詩人といふものを尊敬してゐる」、「純粋の詩人とは、人間以上のもので、たしかに天使であると信じてゐる」と前提した上で、三田君について「山岸さんの言ふやうに「いちばんいい」詩人のひとり」だと「信じた」（八六頁）と言明している。

ここで、三井君の死が「神」という修辞によって語られていたことを想起しつつ、詩人だと承認された三田君が「天使」に擬せられていることに注目しておこう。「「天使（angel）」という言葉」について山内志朗は、「ギリシア語で「アンゲロー（伝える・伝達する）」という動詞があり、「天使」はその派生語で、言葉の上では「伝達するもの・メディア・メッセンジャー」」、特に神の心を人間に伝える者」だと語義を示した上で、「空気のように透明で、存在しないに等しい媒体、これが天使」であり、それゆえ「天使に言葉は必要ではないことになる」のだと論じている。(12) ここに、「純粋の詩人」たるゆえんがある。

この段階では、三田君の手紙を「一流の詩人」の証とみた「私」は、「山岸さんの説に、心から承服出来たといふ事が、うれしくて、たまらなかつた」というにとどまるが、「このやうな美しい便り」をなぜ書き得たのかについては、「よほど後」（八六頁）に知る。

> 私は、山岸さんと同様に、三田君を「いちばんよい」と信じ、今後の三田君の詩業に大いなる期待を抱いたのであるが、三田君の作品は、まつたく別の形で、立派に完成せられた。アッツ島に於ける玉砕である。（八八頁）

もとより、「私」（と「山岸さん」）とが期待した詩業の彼方には、新たな詩作品が想定されていたはずである。ところが、三田君は兵士として玉砕を遂げ、新作が書かれることはなくなる。にもかかわらず／それゆえに、「まつたく別の形」で、詩業は「立派に完成」したと「私」は判じている。三井君同様、ここでも死にざまと文学が接続されたのだ。

してみれば、死因こそ異なるものの、〝文学（小説／詩）が書き手の死によって完成する〟、そしてそのことを「私」が言祝ぎながら承認する、という展開において、三井君と三田君は、「玉砕」改め「散華」と題されたこのテクストにおいて、等価とされている。

以上の議論を総じて「散華」とは、文学（小説と詩）志望の学生と小説家の「私」、詩人の山岸を主要登場人物として、戦時下における死をモチーフとし、学生の美しい死を文学の成就－完成とみることをテーマとしたテクストである。こうした物語内容には戦争末期の時局が刻まれているばかりでなく、学徒動員や玉砕、さらには太平洋戦争の肯定でもある。もっといえば、小説や詩が、死を介して国家や戦争に回収されていく物語にみえる。

ただし、従来までの指摘とは異なる意味で、「散華」には右のような時局的な側面と同時に、もう一つの側面が本稿の〝詩／小説〟に着目した読解からは浮上するはずだ。そうした局面を切開する重要な手がかりとなるのは、テクスト終盤の次の一節である。

ふたたび、ここに三田君のお便りを書き写してみる。任地に第一歩を印した時から、すでに死ぬる覚悟をして居られたらしい。自己のために死ぬのではない。崇高な献身の覚悟である。そのやうな厳粛な決意を持つてゐる人は、ややこしい理窟などは言はぬものだ。激した言ひ方などはしないものだ。つねに、このやうに明るく、単純な言ひ方をするものだ。（八六頁）

三田君の手紙を書き写すうちに、「崇高な献身の覚悟」をもつ三田君の「明るく、単純な言ひ方」――〝純粋さ〟に感じ入る「私」は、手紙の読み方を次のように語っていた。

さうして底に、ただならぬ厳正の決意を感じさせる文章を書くものだ。繰り返し繰り返し読んでゐるうちに、私にはこの三田君の短いお便りが、実に最高の詩のやうな気さへして来たのである。アッツ玉砕の報を聞かずとも、私はこのお便りだけで、この年少の友人を心から尊敬する事が出来たのである。純粋の献身を、人の世の最も美しいものとしてあこがれ努力してゐる事に於いては、兵士も、また詩人も、あるいは私のやうな巷の作家も、違つたところは無いのである。（八六頁）

まず注目したいのは、「私」が手紙の（表面を字義通りにではなく）「底」を、しかも「繰り返し繰り返し読ん」でおり、その帰結として「短いお便り」が「最高の詩」に見えてきたという経緯である。これは裏を返せば、書き手は表面的な文字を介して、その「底」にメッセージを隠して書きこんだ、ということになる。(13) これを、戦争末期に書かれた「散華」であるがゆえの〝順応／抵抗〟の書法と読むのは飛躍にすぎる。こうした書法‐受容は、そもそも字義レベルにおいても「散華」に書かれていたはずなのだから。

たとえば、「散華」冒頭近く、学生間の関係を調整しようとした「私」は三田君を、「人間は真面目でなければいけないが然しにやにや笑つてゐるからといつてその人を不真面目ときめてしまふのも間違ひだ」と諭す。表面的な笑い方と「不真面目」さとを短絡的に直結させることの愚を戒めた「私」は、可視化された表面の「底」に宿る多様性を示唆していたはずで、この後、「敏感な三田君は、すべてを察」（八三頁）して遊びに来なくなる。また、病弱のため毎日大蒜を食べていた三井君に、「僕のからだ、くさいでせう？」と聞かれた「私」は、「その日、三井君が私の部屋にはひつて来た時から、くさかつた」と感じていながら、「いや、なんともない」（八〇頁）と返事をし、表面と異なる「底」を示してもいた。そうである以上、こうした書法－受容は、「散華」の語り手「私」／「散華」というテクストの規則ともみられる。

してみれば、「散華」における二重化された書法－受容の規則が、三田君からの「短いお便り」＝「最高の詩」にも用いられていたことになり、両者は紋中紋よろしく相似形を描く。両者が相似形である以上、三田君の「手紙」同様に、このテクストも詩である。

もう一点、「私」による三田君の「手紙」の読み方（受容）について、注目しておきたい。三田君の「手紙」については、アッツ玉砕という事後的な情報もあって、死を軸に詩と美とを結びつけて審美化して捉えることで、「散華」における死（の表象）は、同時代の死者の描き方一般とも共振していた。しかし、「手紙」を繰り返し読んだ「私」は、その評価に際して、「アッツ玉砕の報を聞かずとも」と述べて、玉砕－死という重要な条件を一つ抜きとり、生きている状態における「純粋の献身」を「美」と称しては、兵士／詩人／作家（小説家）といった、職業・立場の差異を貫く等価性を打ちだしている。

ここにおいて、「散華」最大のモチーフとも見られた玉砕死から、死が抜きとられ、それゆえに玉砕でも死でもなく生きることが、文字通り純粋なものとして浮上するだろう。三田君の手紙と「散華」というテクストが相似形を描いているならば、この小説のテーマはもはや死ではなく、玉砕とも見紛う出来事－表象から、戦争の表徴である死を抜きとったところに現出する純粋さそれ自体である。そのように読みとっていく手続き－プロセスそれ自体を実践した軌跡がこのテクストであった以上、本稿の議論をへた後の「散華」とは時局に対して二葉の姿勢を示した小説だというにとどまらず、そうした時局的な相貌と同時に、純粋詩をそのエッセンスとして指向した散文詩という相貌も体現していたはずなのだ。

注

（1）高橋源一郎「（無題・推薦コメント）」（『男性作家が選ぶ太宰治』講談社、二〇一五）、一〇四頁。

（2）鳥居邦朗「昭和十九年（評伝）」（『解釈と鑑賞』一九九三・六）、一〇八〜一〇九頁。

（3）権錫永『『散華』』（神谷忠孝・安藤宏編『太宰治全作品研究事典』勉誠社、一九九五）、一一三頁。

（4）北川透「文学の一兵卒――太宰治「散華」について」（『日本文学研究（梅光女学院大学）』一九九九・一）、九六頁。なお、権は「アジア太平洋戦争期における意味をめぐる闘争（3）――太宰治「散華」・「東京だより」」（『北海道大学文学研科紀要』二〇〇二・二）において、「三井の死は、戦争期においては「非国民」と言われかねない死に方」だと指摘した上で、「そのような「非国民」的な死を「比類が無い」、美しい死として、「玉砕」と等価のものとして並べるということ、そして、三田の「玉砕」を性格の問題に還元されるようなものとして扱っていること、それは明らかに「玉砕」の相対化／批評であった」（七一頁）とその意義を捉えている。

（5）李顯周「太宰治の「散華」論――三つの「死」の意味」（『文学研究論集』二〇〇二・三）、一一三頁。掲載誌『新若人』に関して、中野綾子「雑誌『新若人』について　付・「学徒は如何なるものを読む可きか」アンケート結果一覧」（『リテラシー史研究』二〇一五・一）参照。

（6）若松伸哉「戦時下における〈個〉の領域――太宰治「散華」論」（斎藤理生・松本和也編『新世紀太宰治』双文社出版、二〇〇九）、二一四頁。

（7）坪井秀人『声の祝祭　日本近代詩と戦争』（名古屋大学出版会、一九九七）、一一三頁。
（8）拙論「文学者によるアッツ島玉砕言説分析」（『文教大学国際学部紀要』二〇一九・一）参照。
（9）拙論「昭和一〇年代における詩的精神のゆくえ——立原道造「鮎の歌」を手がかりとして」（『人文研究』二〇一八・一二）参照。
（10）拙論「昭和一〇年代後半の歴史小説／私小説をめぐる言説」（『昭和一〇年代の文学場を考える　新人・太宰治・戦争文学』立教大学出版会、二〇一五）参照。
（11）伊藤整「解説」（『現代日本小説大系　第五十三巻』河出書房、一九五二）、三三三頁。あわせて、野口尚志「太宰治「めくら草紙」論——〈空虚〉な〈私〉とボードレール、象徴主義」（『稿本近代文学』二〇一二・一二）も参照。
（12）山内志朗『天使の記号学』（岩波書店、二〇〇二）、一〇頁。
（13）拙論「研究対象／問題領域としての昭和一〇年代文学」（『阪大近代文学研究』二〇一八・三）参照。

※同時代の意味作用を問題化するため、「散華」本文は初出によった。

5章　『津軽』論――言語空間『津軽』の反逆

吉岡真緒

一　はじめに

『津軽』（小山書店、一九四四）は、作者太宰治の一九四四年五月から六月にかけての津軽旅行を題材とし[1]、新風土記叢書の一冊として歴史・地史に分類されて刊行された[2]。そうした経緯から三つの側面――A「風土記」（人文地理的記述に傾いて、風俗記・名勝記・名産名物記などにもわたる地方誌[3]）B作者太宰治の旅行記（記録）C虚構――を指摘できる。同時代評には宇野浩二の「小説には必要であるいはゆる「虚構」がなさすぎる[4]」という指摘や、豊島與志雄の「この新風土記は、小説のやうに面白い。感銘はまったく小説と同じである[5]」との言が見られ、両者の違いは、先程のABとCの側面のうち、重点をABに置くか、Cに置くかの違いといえよう。つまり、小説でありながら風土記的、記録的ととるか、風土記、記録でありながら小説的と捉えるかの違いである。そこには、風土記・記録と小説とを区別する意識が見られよう。しかし、『津軽』テクストの言葉であるという点においてＡＢＣに区別はない。虚構の言説は「大半が現実から借用された雑多な要素からなるパッチワーク、程度に差はあれ同質化されたアマルガム」[6]であり、テクストに取り込まれた以上、どのような断片も同質化されテクストの全体性に吸収される。従って『津軽』の風土記の側面をなす多くの歴史・地史資料も、それらが現実に存在した資料であろうとなかろうと、語りに必要とされ、語り手「私」の言葉として他の言説と同質化されている以上、「私」を語る言葉として虚構化された資料と言わざるを得ない。

『津軽』については「「風土記」の系譜」[7]という題名で論じたことがある。版元の小山書店と新風土記叢書が企画された時代における「一種漠然とした「郷土主義」ともいうべきものの雰囲気」[8]とに着目した論で、新風土記叢書の宣伝文に見られる、ユートピア的な「故郷」を「神のみ手に生みなされた、うまし国たる日本」に直結させる中央権力への従属が『津軽』にも見られることを指摘した。『津軽』にそうした面があるという見解自体は今も変わらない。しかし、『津軽』テクストの表現が中央権力への従属とともに反逆も示す両義性については、紙幅の都合で言及することができなかった。

先行論においては、歴史・地史資料の引用に着目して「時局と一体化出来ぬ」「私」の「イロニイ」[9]や、中央の価値基準に対する「イロニカルな見解」[10]が指摘され、食の豊かさを印象付ける描写に「戦時下の暗い陰」に対する「対抗」[11]が指摘されている。しかし『津軽』には「イロニイ」や「対抗」の水準を超えた中央権力に対する反逆が、従属とともに表現されている。『津軽』に「周縁的世界への自己還元とともに、一見それと矛盾するような肉親との和解というモチーフ」を抽出した東郷克美は、前半に目立つ「周縁から中心を眺めかえす反逆の視線」が「津軽人の反文化・非服従」の確認の結果、自分と「同一視」され、それと呼応するように「後半に進むにつれ、肩肘はった反中央の言辞も徐々に影をひそめる」と述べ、反骨精神の「中途半端さ」を指摘する。[12] テクストには中央権力に対する従属と反逆の両義性があるが、それは『津軽』の構造として一貫している。テクスト外の時空とテクストに描かれた飲みかつ食らうだらしない「私」との差異が、戦時下のファッショ的時空に亀裂をもたらすと指摘する松本常彦の論[13]は刺激的ではあるが、この亀裂がテクスト外の時空を召還しなければならない点、考察の余地がある。無論それは時代性を考慮しないということではない。言語空間『津軽』を成す表現そのものに反逆が実現されているからだ。

二　負けた国の国人（民族）という定位

二・一　弘前城と隠沼

『津軽』は「序編」と「本編」で構成される。主人公「私」の津軽旅行記ともいえる「本編」に対し、「序編」に記されているのは、これから語られる「或るとしの春」の津軽旅行が「私」の「三十幾年の生涯」において「かなり重要な事件の一つ」であり、この旅行以前は六つの町以外の津軽を知らなかったことの強調と、六つの町の思い出、親しいがゆえに六つの町について「本編」で「語る事は務めて避けたい気持」の表明とである。これらの内容は「本編」を読む際の予備知識あるいは前置きとなっている。安藤宏は、六つの町は肉親か自己形成に深く関わる「故郷」に位置付けられ、「本編」で語られる他の町と「常に見えざる呼応関係」を形造ると指摘する。「〈故郷〉は、常に〈肉親〉

と一体不可分のもの」[14]との指摘が端的に示すように、安藤が重視するのは肉親と「私」の関わりである。そうすると、ある町が他とは異質な町として浮上する。六つの町の中で唯一、肉親や親戚に触れられず、かつ、最も多くの言葉が費やされる弘前である。

「序編」でのみ語られる弘前は「津軽人の魂の拠りどころ」であることが繰り返される。弘前は、津軽と呼ぶに等しい町、すなわち津軽の換喩として表現されており、津軽人と不可分の町としてその重要性が強調されているのである。「弘前の城下の人たちには何が何やらわからぬ稜々たる反骨があるやうだ。何を隠さう、実は、私にもそんな仕末のわるい骨が一本あつて」(一五四頁)とあるように、肉親ではなく弘前の「城下の人たち」の気質に「純血種の津軽人」とされる「私」の反骨が同期される所以である。この気質は「本編」で「日本の或る五十年配の作家の仕事」を「罵倒」する振舞いの元とされる「れいの津軽人の愚昧なる心」の意味内容になっており、弘前を語る言葉は津軽人「私」の参照枠となっている。

> いつたいこの城下まちは、だらしないのだ。旧藩主の代々のお城がありながら、県庁を他の新興のまちに奪はれてゐる。日本全国、たいていの県庁所在地は、旧藩の城下まちである。青森県の県庁を、弘前市でなく、青森市に持つて行かざるを得なかつたところに、青森県の不幸があつたとさへ私は思つてゐる。私は決して青森市を特にきらつてゐるわけではない。新興のまちの繁栄を見るのも、また爽快である。私は、ただ、この弘前市の負けてゐながら、のほほん顔でゐるのが歯がゆいのである。(一五五～一五六頁)

「日本全国、たいていの県庁所在地は、旧藩の城下まち」であるのに対し、青森県の県庁は弘前藩の城下まちだった弘前ではなく青森に置かれている。それを「県庁を他の新興の町に奪」われた、「青森県の不幸」、「弘前市の負け」とする表現に見られるのは、政治の拠点を弘前から青森に移行させる威力をもった権力、すなわち江戸幕府に替わって中央権力となった政府への反感と敗北感である。青森に県庁が置かれたという事実は、服属の歴史として提示されているのである。

『津軽』のタイトルである津軽は弘前藩の通称であり、テクストにも「津軽藩」の語がある。そして『津軽』初版の口絵を飾るのは弘前城の写真であり、作者の手による挿絵「津軽図」は、ほぼ津軽藩の領地である。このようなパラテクストを周縁にしたテクストにおいて津軽の換喩とされ「津軽藩の歴史の中心」とされる弘前は、近代中央権力によって県庁を「新興のまち」に奪われた町とされている。パラテクストとテクストの作用によって、弘前には近代中央権力に服属した近代以前の津軽藩の属性が付与されているといえよう。したがって政治の拠点の移行は、それまでのあり方を古いものとして無効にされる服従であり、「負け」に他ならない。弘前と不可分とされ、「純血種の津軽人」とされる「私」は、服属の歴史を負った国の国人として定位されているのである。

あれは春の夕暮だつたと記憶してゐるが、弘前高等学校の文科生だつた私は、ひとりで弘前城を訪れ、お城の広場の一隅に立つて、岩木山を眺望したとき、ふと脚下に、夢の町がひつそりと展開してゐるのに気がつき、ぞつとした事がある。私はそれまで、この弘前城を、弘前のまちのはづれに孤立してゐるものだとばかり思つてゐたのだ。けれども、見よ、お城のすぐ下に、私のいままで見た事もない古雅な町が、何百年も昔のままの姿で小さい軒を並べ、息をひそめてひつそりうずくまつてゐたのだ。ああ、こんなところにも町があつた。年少の私は夢を見るやうな気持で思はず深い溜息をもらしたのである。万葉集などによく出て来る「隠沼」といふやうな感じである。私は、なぜだか、その時、弘前を、津軽を、理解したやうな気がした。この町の在る限り、弘前は決して凡庸のまちでは無いと思つた。とは言つても、これもまた私の、いい気な独り合点で、読者には何の事やらおわかりにならぬかも知れないが、弘前城はこの隠沼を持つてゐるから稀代の名城なのだ、といまになつては私も強引に押切るより他はない。隠沼のほとりに万朶の花が咲いて、さうして白壁の天守閣が無言で立つてゐるとしたら、その城は必ず天下の名城にちがひない。（一五六頁）

弘前城を稀代の名城となす「夢の町」は、異界のように表現されたうえ「万葉集」に出てくる隠沼に比される。隠沼は「隠った状態の（外界から遮断された）沼[15]」で、枕詞「隠沼の」は「他人・世間から遮断した心の奥底に潜む、本人にしかわからない真意を表す語句[15]」とされる。そうした語意および近代中央権力に服属した津軽藩・津軽人というコンテクストと弘前を津軽の換喩とするレトリックから、右の隠沼が意味するのが「負けてゐながら、のほほん顔」の津軽人の心の奥底に潜む真意すなわち反骨であるのは見やすい。先程の引用は「弘前市の決定的な美点、弘前城の独特の強さ」の描写の不能と「津軽人の魂の拠りどころ」ゆえに弘前には「特異の見事な伝統がある筈」という確信の表明に接続されており、「夢の町」・隠沼は、そうした美点や強さ、見事な伝統として提示されている。「何百年も昔のままの姿」として「夢の町」が表現されているように、「伝統」とされる反骨は、長い時間をかけて醸成された津軽人の気質であり、津軽人「私」の「仕末のわるい骨」として血肉化されている。それを支えるのは、負けた国の国人という定位である。近代中央権力によって形骸化された弘前城と隠沼という図像は、負けた国の国人としての反骨を表している。

二・二　反骨のレトリック

津軽の歴史や風土、伝承を紹介する歴史・地史資料の引用は、引用元が複数であるがゆえに一つの事柄を反復、強調するレトリックとなっている。

①膨脹時代にあつた大和民族が各地方より北上してこの奥州に到り、蝦夷を征服しつつ、或ひは山に猟し、或ひは川に漁して、いろいろな富源の魅力にひきつけられ、あちらこちらと、さまよひ歩いた。（二〇五頁）

②南部、津軽辺の村民も大かたはエゾ種なるべし。只早く皇化に浴して風俗言語も改りたる所は、先祖より日本人のごとくいひなし居る事とぞ思はる。（二〇七頁）

③斉明天皇の御代、越の国司、阿倍比羅夫出羽方面の蝦夷地を経略して齶田（今の秋田）渟代（今の能代）津軽に到り、遂に北海道に及ぶ。これ津軽の名の初見なり。乃ち其地の酋長を以て津軽郡領とす。（中略）蝦夷の種類を説いて云はく、類に三種あり近きを熟蝦夷、次を麁蝦夷、遠きを都加留と名くと。其他の蝦夷は、おのづから別種として認められしものの如し。津軽蝦夷の称は、元慶二年出羽の夷反乱の際にも、屢〻散見す。当時の将軍藤原保則、乱を平げて津軽より渡島に至り、雑種の夷人前代未だ嘗て帰附せざるもの、悉く内属すとあり。渡島は今の北海道なり。津軽の陸奥に属せしは、源頼朝奥羽を定め、陸奥の守護の下に附せし以来の事なるべし。

（二三三〜二三四頁）

④幸徳天皇が崩ぜられて、斉明天皇がお立ちになるや、中大兄皇子は、引続き皇太子として政をお輔けになり、阿倍比羅夫をして、今の秋田・津軽の地方を平げしめられた。（二三五頁）

⑤頼朝の奥羽平定以後と雖も、その統治に当り自然他と同一なること能はず、『出羽陸奥に於いては夷の地たるによりて』との理由のもとに、一旦実施しかけた田制改革の処分をも中止して、すべて秀衡、泰衡の旧規に従ふべきことを命ずるのやむを得ざる程であつた。随つて最北の津軽地方の如きは、住民まだ蝦夷の旧態を存するもの多く、直接鎌倉武士を以てしては、これを統治し難い事情があつたと見えて、土豪安東氏を代官に任じ、蝦夷管領としてこれを鎮撫せしめた。

（二三七〜二三八頁）

⑥当時の東北蕃族は皇化東漸以前に、大陸との直接の交通に依つて得たる文華の程度が、不充分なる中央に残つた史料から推定する如く、低級ではなかつたことを同時に確信し得られるのである。田村麻呂、頼義、義家などの武将が、これを綏服するに頗る困難であつたのも、敵手が単に無智なるがために精悍なる台湾生蕃の如き土族でなかつたと考へて、はじめて氷解するのである。

（二三八〜二三九頁）

⑦鎌倉時代の末、津軽に於いて安東氏一族の間に内訌あり、遂に蝦夷の騒乱となるに到つて、幕府の執権北条高時、将を遣はしてこれを鎮撫せしめたが、鎌倉武士の威力を以てしてこれに勝つ能はず、結局和談の儀を以て引き上げたとある。（二三九頁）

①〜⑦は引用された順である。⑤⑦が同じ文献で、それ以外はそれぞれ別の文献からの引用として

提示されている。これらの断片によって反復されるのは、中央権力を担った大和民族とは異なる民族としてエゾ種・蝦夷・都加留民族を立ち上げる差異化であり、直接の支配や完全な支配はなかったとしても、津軽が中央権力に服属してきた歴史である。「序編」で示された、近代中央権力に負けた国・津軽という歴史の反復が見られる。いわゆる『風土記』[16]には、大和朝廷から異種族とされた反乱の民を表現した「土蜘蛛」や「国巣」[17]の記述がある。新風土記叢書『津軽』は「聖戦下」の「土蜘蛛」や「国巣」として津軽人を立ち上げ、『風土記』の系譜に連なっているといえよう。弘前を津軽藩となす属性付与が、近代中央権力による青森への県庁設置という事実を弘前（津軽）の「負け」とするレトリックを有効にしていたように、中央権力を握った大和民族とは異なる民族として津軽人を差異化する反復は、たとえ直接の支配や完全な支配のない服属だったとしても、服属それ自体が津軽民族にとっては「負け」であることを示し、そうした歴史を負った民族として津軽人を定位する。それは「純粋の津軽人」である「私」の定位でもある。

まつたく、津軽の歴史は、はつきりしないらしい。ただ、この北端の国は、他国と戦ひ、負けた事が無いといふのは本当のやうだ。服従といふ観念に全く欠けてゐたらしい。他国の武将もこれには呆れて、見て見ぬ振りをして勝手に振舞はせてゐたらしい。（二四〇頁）

先程の引用文献⑦の直後に続く右の引用は、引用文献から総合的に出された「私」の歴史認識である。確かに⑥「田村麻呂、頼義、義家などの武将が、これを綏服するに頗る困難」、⑦「鎌倉武士の威力を以てしてこれに勝つ能はず、結局和談の儀を以て引き上げた」との言説は、中央権力の武力行使に屈しなかった国として津軽を立ち上げていよう。しかしこれをもって「他国と戦ひ、負けた事が無い」や「服従といふ観念に全く欠けてゐた」とする認識は、「序編」において津軽の換喩とされる弘前の「負け」や、引用文献①〜⑤における「征服」、「経略」、「内属」、「平げしめ」、「代官に任じ」等の語が示す服属の歴史と矛盾する。このねじれは、中央権力に対する反骨以外の何ものでもない。「序編」に示された、県庁を他の町に奪われ「負け」ていながら「のほほん顔」の下に伝統としての反骨を隠沼として持つ弘前のように、服属の歴史の反復はそうした歴史を負った津軽人「私」を定位するとともに、一見偏った歴史認識に接続されることで、連綿と受けつがれてきた津軽人伝統の反骨を血肉化した「私」を立ち上げる。弘前城と隠沼という図像を構造化したこのような語り方は、本テクストを貫いている。

三　『津軽』の巡礼

三・一　巡礼化する仕掛け

新風土記叢書の一冊であり、作中でも「聖戦下の津軽風土記」であることが示される『津軽』「本編」の旅は巡礼としても提示されている。「本編」は五章で構成され、それぞれの章に「一　巡礼」「二　蟹田」「三　外ケ浜」「四　津軽平野」「五　西海岸」の章題が付けられている。巡礼は「複数の宗教上の聖地をつぎつぎに参詣していく行動[18]」である。「一　巡礼」という章題に地名を表す章題が続く配列によって地名は聖地の意味を帯び、「本編」を巡礼の物語として立ち上げる。旅を巡礼化する仕掛けは「序編」にも見られる。

或るとしの春、私は、生れてはじめて本州北端、津軽半島を凡そ三週間ほどかかつて一周したのであるが、それは、私の三十幾年の生涯に於いて、かなり重要な事件の一つであつた。私は津軽に生れ、さうして二十年間、津軽に於いて育ちながら、金木、五所川原、青森、弘前、浅虫、大鰐、それだけの町を見ただけで、その他の町村に就いては少しも知るところが無かつたのである。（一三九頁）

「序編」の冒頭である。「或るとしの春」の津軽旅行まで、金木以下の六つの町しか津軽を知らなかったとする表明は、六つの町の思い出を経た後、次のように反復される。

この六つの町は、私の過去に於いて最も私と親しく、私の性格を創成し、私の宿命を規定した町であるから、かへつて私はこれらの町に就いて盲目なところがあるかも知れない。これらの町を語るに当つて、私は決して適任者ではなかつたといふ事を、いま、はつきり自覚した。以下、本編に於いて私は、この六つの町に就いて語る事は努めて避けたい気持である。私は、他の津軽の町を語らう。／或るとしの春、私は、生れてはじめて本州北端、津軽半島を凡そ三週間ほどかかつて一周したのであるが、といふ序編の冒頭の文章に、いよいよこれから引返して行くわけであるが、私はこの旅行に依つて、まつたく生れてはじめて他の津軽の町村を見たのである。（一五七頁）

「私はこの旅行に依つて、まつたく生れてはじめて他の津軽の町村を見たのである」は、冒頭で示された、この旅行まで六つの町しか津軽を知らなかったする表明の反復である。反復は、この設定の重要性とともに、六つの町を〈既知の町〉に、それ以外の町を〈未知の町〉となす区分を明示する。「本編」の旅は〈既知の町〉青森を起点とし、〈既知の町〉と〈未知の町〉を往還し、〈未知の町〉小泊で終わる。〈既知の町〉・語りの現在から〈未知の町〉・過去（或る年の春）へと向かう「序編」と「本編」は、その構成と内容によって、〈既知の町〉・〈未知の町〉の二重構造とともに往還関係をなしているのである。

〈既知の町〉・〈未知の町〉の区分は、旅を巡礼化する要素である。巡礼の意味は「身体をつかって移動」するなど身体的苦行を通して「日常の外側に出ていく」ことで「日常生活の内側では得ることのできない知識を獲得する」ことにあるからだ。[19]先程の引用において〈既知の町〉である六つの町は「私の過去に於いて最も私と親しく、私の性格を創成し、私の宿命を規定した町」とされていた。「私」が自分の性格や宿命と思う性格や宿命は、日常の積み上げによって見出されるものである。六つの〈既知の町〉は「私」の日常そのものといえよう。〈未知の町〉への旅は日常の外へ出て行く旅なのである。最終地である〈未知の町〉小泊で、たけの強くて無遠慮な愛情の表し方に接して「私」に「はつきり知らされた」「育ちの本質」は、日常生活においては得ることのできない知識として旅を巡礼たらしめている。また「本編」冒頭には、正岡子規や尾崎紅葉を始めとした三十代半ば過ぎに歿した作家の名前と享年の列挙に「おれもそろそろ、そのとしだ」との発話が接続されることで、これら死んだ作家たちを「私」に引きつける会話が挿入されている。死を意識した旅の語り出しに対して、小説は「元気で行かう。絶望するな。では、失敬」という読者を励ます言葉で締め括られる。この旅は死から生への移行であり、そこには魂の活性化が見出せよう。内なる旅もまた、巡礼の要素である。[20] 章題（パラテクスト）と物語内容の相互作用によって本テクストの旅は巡礼化されているといえよう。

三・二　祖先崇拝の巡礼

巡礼として語られる『津軽』の旅において、経巡られる地は聖地を意味する。章題が指す聖地にはいくつかの聖地がパッケージされる場合もあり、その中には「序編」で示された六つの町・〈既知の町〉もいくつか含まれている。〈未知の町〉は、「私」が津軽で暮らしていた頃の友人や知人や親戚が暮らす地、すなわち「私」の個人史に結びつく地と、結びつかない地とにまずは分類できる。家族の思い出や少年時代の思い出に結びついている六つの町・〈既知の町〉も「私」の個人史に結びつく地に分類できよう。一方で「私」の個人史に結びつかない地は、津軽の歴史に結びつく地として提示されている。

章題が地名ではない「一　巡礼」は、東京から青森までの汽車移動の範囲を内容としている。旅の起点である青森は〈既知の町〉であり、ここから既知の境界を越えて巡礼が始まる。「津軽半島の東海岸は、昔から外ケ浜と呼ばれて船舶の往来の繁盛だつたところである」（一六九頁）と紹介される「外ケ浜」は三章の章題であり、この外ケ浜一帯に二章の章題である蟹田も、三章の巡拝地である三厩と龍飛も含まれる。「外ケ浜一帯は、津軽地方に於いて、最も古い歴史の存するところなのである。さうして蟹田町は、その外ケ浜に於いて最も大きい部落なのだ」（一六九頁）とあるように、中学時代の友人N君が暮らす蟹田は「私」の個人史に結びつく聖地である。一方で蟹田は「私」の個人史に結びついていない三厩と龍飛とともに、津軽の最も古い歴史に結びつく聖地外ヶ浜としてパッケージされている。「四　津軽平野」の聖地は〈既知の町〉であり生家のある金木である。「私」の個人史に結びつく聖地についてのこの章の冒頭には、全集で九頁余りかけて津軽の歴史・地史資料の引用による津軽の歴史が語られている。それが津軽の服属の歴史であり、歴史を語る「私」の語り方に表れる津軽伝統の反骨であることは既に述べた。「五　西海岸」は金木を起点に木造（父の故郷）、深浦、鰺ケ沢、五所川原（叔母と中畑さんが住む）、小泊の順に巡拝されている。このうち金木と五所川原は〈既知の町〉である。「深浦町は、現在人口五千くらゐ、旧津軽領西海岸の南端の港である。江戸時代、青森、鰺ケ沢、十三などと共に四浦の町奉行の置かれたところで、津軽藩の最も重要な港の一つであつた」（二七三〜二七四頁）、「津軽の遠祖と言はれる安東氏一族は、この辺に住んでゐて、十三港の繁栄などに就いては前にも述べたが、津軽平野の歴史の中心は、この中里から小泊までの間に在つたものらしい」（二八九頁）とあるように、〈未知の町〉深浦・鰺ヶ沢・小泊は、津軽藩の歴史や津軽平野の歴史において重要な町として提示されている。五章は〈既知の町〉と〈未知の町〉の往還であり、章題によって「私」の個人史に結びつく聖地と津軽の歴史に結びつく聖地が共にパッケージされ統一性が与えられている。このように見ると「私」の個人史にのみ結びついている聖地も、表現のレベルにおいては津軽の歴史に結びついており、全ての聖地が津軽の歴史に結びつけられていることがわかる。

「津軽人の私をつかまうとする念願」を果たす旅とは、個人というよりは津軽人として自らをつかむための旅といえよう。津軽人は、中央権力・大和民族に負けた津軽民族を意味していた。津軽の歴史を結びつけて聖地化する語りによって、「私」の歴史は津軽および津軽民族の歴史に接続されている。「複数の宗教上の聖地をつぎつぎに参詣」するのが巡礼であり、津軽の歴史に結びつけて聖地化する語りは、この旅を津軽民族の祖先崇拝の巡礼として立ち上げているのである。

四　言語空間『津軽』の反逆

これまでの章において、「私」は負けた国の国人（民族）として定位されていること、巡礼化された「私」の旅は、津軽および津軽民族の歴史に結びつけて聖地化される語りから津軽民族の祖先崇拝の巡礼となっていることを述べた。巡礼において一連の聖地はある理念によって統合される。[21]『津軽』の巡礼においても表現のレベルで「私」の個人史と津軽の歴史は統合されて聖地化されており、統合する理念として立ち上がるのが津軽民族の祖先崇拝なのである。最後の聖地は〈未知の町〉小泊である。小泊は、「私」の子守だった、たけが住む地であり、この地で巡礼は完結する。

その学校の裏に廻つてみて、私は、呆然とした。こんな気持をこそ、夢見るやうな気持といふのであらう。本州の北端の漁村で、昔と少しも変らぬ悲しいほど美しく賑やかな祭礼が、いま目の前で行はれてゐるのだ。まづ、万国旗。着飾つた娘たち。あちこちに白昼の酔つぱらひ。さうして運動場の周囲には、百に近い掛小屋がぎつしりと立ちならび、いや、運動場の周囲だけでは場所が足りなくなつたと見えて、運動場を見下せる小高い丘の上にまで筵で一つ一つきちんとかこんだ小屋を立て、さうしていまはお昼の休憩時間らしく、その百軒の小さい家のお座敷に、それぞれの家族が重箱をひろげ、大人は酒を飲み、子供と女は、ごはん食べながら、大陽気で語り笑つてゐるのである。日本は、ありがたい国だと、つくづく思つた。たしかに、日出づる国だと思つた。国運を賭しての大戦争のさいちゆうでも、本州の北端の寒村で、このやうに明るい不思議な大宴会が催されて居る。古代の神々の豪放な笑ひと闊達な舞踏をこの本州の僻陬に於いて直接に見聞する思ひであつた。海を越え山を越え、母を捜して三千里歩いて、行き着いた国の果の砂丘の上に、華麗なお神楽が催されてゐたといふやうなお伽噺の主人公に私はなつたやうな気がした。（二九一～二九二頁）

「賑やかな祭礼」、「着飾つた娘たち」、「白昼の酔つぱらひ」、「百に近い掛小屋」、「重箱」、「大陽気」などの語によって、楽土を思わせる豊かな祝祭空間として運動会は現出される。これに引き出される「日本は、ありがたい国」、「たしかに、日出づる国」という日本賛美は「古代の神々の豪放な笑ひと闊達な舞踏」や「華麗なお神楽」で表される「お伽噺」的幻視を運動会に呼び込む。一見、「日本」や「古代の神々」はファンタジックで、明るい、ありがたいものとして表現されているようだ。そして日本賛美に接続される「古代の神々」が「日本」の神であることも見やすい。

右の引用において、小泊は「本州の北端の漁村」、「本州の北端の寒村」、「本州の僻陬」との語によって「日本」・「日出づる国」と差異化されている。小泊は「津軽の遠祖と言はれる安東氏一族」に縁があり「津軽平野の歴史の中心」があった地として提示されていた。中央権力・大和民族に負けた国、津軽民族として「私」を定位した語りにおいて、「日本」は大和民族にとっての異種族を一つの国に回収する権力の表象である。したがって「古代の神々」は中央権力の神であり、津軽民族の祖先崇拝の巡礼地での日本賛美は、服属の歴史の反復に他ならない。小山書店による新風土記叢書の宣伝文「この叢書は、文壇を始め各界のすぐれた方々に、おのが故郷を風韻豊かな風土記に再現して戴き、時代の痼疾に蝕まれて故郷を失うた近代人の胸にふたたび故郷への愛著をよびさまし、なほ進んでは、神のみ手に生みなされた、うまし国たる日本を、あらためて見いださんがためにつくられた[22]」が想起される。「神」すなわち皇祖の「み手」に「生みなされた」「うまし国たる日本」に表される万世一系の天皇を仰ぐ家族国家観において「故郷」は「日本」に統一される。和銅六年の中央官命に基づくいわゆる『風土記』は「行政者的意向や好尚を通して記事が採択筆録[23]」せられており、「聖戦下」が告知される新風土記叢書『津軽』もまた万世一系の家族国家観という中央権力の意向に沿う側面があることは否めない。しかし、「序編」で津軽の換喩とされる弘前の「負けてゐながら、のほほん顔」に津軽伝統の反骨が隠沼としてあったように、津軽民族の祖先崇拝の巡礼には、わかりやすい日本賛美の下に反逆が表現されているのである。次に挙げるのはたけと再会する場面である。

おなかをおさへながら、とつとと私の先に立つて歩く。また畦道をとほり、砂丘に出て、学校の裏へまはり、運動場のまんなかを横切つて、それから少女は小走りになり、一つの掛小屋へはひり、すぐそれと入違ひに、たけが出て来た。（二九六〜二九七頁）

先程の引用では昼休みだったが、たけと再会時、運動会は再開されていたことが、この直後の「子供たちの走るのを熱心に見てゐる」たけの描写によってわかる。すると気になるのが「運動場のまんなかを横切つて」という記述である。一見事実を伝えただけの記述ではあるが、運動会の最中に「運動場のまんなか」を横切る行為は、どのような理由があろうとも異様である。しかしそれを異様とする記述は無い。少女のあとを追って「私」が「運動場のまんなか」を横切った、それのみが焦点化されているのである。しかもこの「運動場のまんなか」は先程の引用において「日本」の「古代の神々」が降臨した場であった。そのありがたさに感動した「私」がその神聖な場を横切っているのである。異種民族を「日本」に統一する大和民族・中央権力とは異なる民族として定位される「私」のこの行為は、運動会という子供たちを統後の少国民として統一する場を破るとともに、「日本」を統一する「古代の神々」が降臨した神聖な場を破る反逆に他ならない。そして巡礼は「竜神様の森」で完結するのである。

私は、たけの後について掛小屋のうしろの砂山に登つた。砂山には、スミレが咲いてゐた。背の低い藤の蔓も、這ひ拡がつてゐる。たけは黙つてのぼつて行く。私も何も言はず、ぶらぶら歩いてついて行つた。砂山を登り切つて、だらだら降りると竜神様の森があつて、その森の小路のところどころに八重桜が咲いてゐる。(二九九〜三〇〇頁)

「日本」の「古代の神々」の「お神楽」が運動会に幻視されたのに対して、「竜神様」は「森」や「八重桜」という語が表すように土地に結びつけて表現されている。「竜神様」は土地の神として表象されていよう。津軽民族の祖先崇拝の巡礼が「津軽平野の歴史の中心地」だった小泊の土地の神「竜神様の森」で終わるのは当然である。日本を統一する中央権力の神が降臨した場を横切った先に最後の聖地を用意する巡礼には、津軽人伝統の反骨がイニシエーションとして表されており、表現のレベルにおいては中央権力への反逆が実現されている。しかしそれは表層には表れない。津軽人の服属の歴史と反骨、津軽民族の祖先崇拝の巡礼をコンテクストとしなければ先程の場面に表れるのはたけとの感動の再会であり、「日本」のありがたさにファンタジーを呼び込んで感動する「私」であり、「運動場のまんなか」を横切ったのもただの事実の報告でしかない。「序編」で津軽人の魂の拠りどころとされる「隠沼」をもつ弘前城という図像は、『津軽』の構造そのものなのである。

そのように考えると、「私は、たけの子だ」と繰り返し、たけの横で実母から与えられなかった「甘い放心の憩ひ」にひたり、「竜神様の森」で「ああ、私は、たけに似てゐる」と「育ちの本質」を知る感動の場面も、家族を統制によってシステム化した権力に対する反逆と捉えられる。なぜなら「私は、たけの子だ」は、「津軽人の私をつかまうとする念願」の成就であるとともに、正統な家族の解体に他ならないからだ。妻であることの証しの家や貞操を捨て、失ってもなお「私たち」でいようとする内縁の妻によって既存の家族倫理を超えた家族像を立ち上げた『ヴィヨンの妻』（『展望』一九四七・三）や『斜陽』（『新潮』一九四七・七〜一〇）の道徳革命、家庭の幸福を「諸悪の本」とする『家庭の幸福』（『中央公論』一九四八・八）などの敗戦後の太宰文学とともに聖戦下のテクスト『津軽』も家族システムへの反逆の系譜をなしている。

注

（1）山内祥史『太宰治の年譜』（大修館書店、二〇一二）、二六七〜二七〇頁。
（2）「近刊予報　十一月下旬出来予定」（『日本読書新聞』一九四四・一一・一一）。
（3）秋本吉郎「解説」（日本古典文学大系2『風土記』岩波書店、一九五八）、七頁。

（4）宇野浩二「太宰治」（『小説の文章』創藝社、一九四八）、二二二頁。
（5）豊島與志雄「解説」（『太宰治全集10』八雲書店、一九四九）、三八七頁。
（6）ジェラール・ジュネット著、和泉涼一・尾河直哉訳『フィクションとディクション』（水声社、二〇〇四）、五二頁。
（7）吉岡真緒「「風土記」の系譜」（斎藤理生・松本和也編『新世紀　太宰治』双文社出版、二〇〇九）。
（8）橋川文三『日本浪曼派批判序説』（未来社、一九六〇）、六八頁。
（9）浦田義和「太宰治「津軽」試論」（『日本文学』一九八〇・五）、六〇頁。
（10）住吉直子「太宰治「津軽」考」（『人間文化研究科年報』二〇〇〇・三）、二八五頁。
（11）小林幹也「太宰治『津軽』と戦争」（『近畿大学日本語・日本文学』二〇〇二・三）、八九頁。
（12）東郷克美「「津軽」論」（『太宰治という物語』筑摩書房、二〇〇一／『一冊の講座太宰治』（有精堂出版、一九八三）収載論文の補訂）、一九二・一八三・一八九頁。
（13）松本常彦「テキストの毒・太宰治「津軽」の政治学」（『叙説』一九九八・八）。
（14）安藤宏「『津軽』の構造」（『太宰治3』一九八七・七）、八四〜八五頁。
（15）青木周平・神田典城・西條勉・佐佐木隆・寺田恵子・壬生幸子編『万葉ことば事典』（大和書房、二〇〇一）、一九五〜一九六頁。
（16）「元明朝の和銅六年（七一三）の中央官名に基づいて、地方各国庁で筆録編述した所命事項の報告公文書という意味での風土記」（秋本吉郎「解説」（注（3）同書、九頁）を指す。
（17）「土蜘蛛」、「国巣」については、中村啓信、谷口雅博、飯泉健司、大島敏史『風土記探訪事典』（東京堂出版、二〇〇六）を参照。
（18）福田アジオ・新谷尚紀・湯川洋司・神田より子・中込睦子・渡邊欣雄編『日本民俗大辞典上』吉川弘文館、一九九九）、八四二頁。
（19）青木保・井本英一・赤坂憲雄「情報装置としての聖地」（『巡礼の構図』ＮＴＴ出版、一九九一）、七五頁。

(20)「巡礼というのは身体的な行為なんですが、同時にそれは内面の旅でもあります」（青木保・井本英一・赤坂憲雄「情報装置としての聖地」注（19）同書）、一二一頁。

(21) 池上良正・島薗進・徳丸亞木・古家信平・宮本袈裟雄・鷲見定信編『日本民俗宗教辞典』（東京堂出版、一九九八）に「巡礼」は「一群の聖地を巡歴することによって完結するとみなされる参詣。また、それを実践する者。もっとも完成された形態は西国三十三カ所や四国八十八カ所の巡礼で、そこでは巡歴すべき聖地群（霊場）はある宗教的理念によって聖なる数のもとに統合されており」（二六七頁）と説明される。『津軽』の旅を巡礼化する語りにも聖地を統合する理念が読み取り得る。

(22) 新風土記叢書4、田畑修一郎『出雲・石見』（小山書店、一九四三）、巻末。

(23) 秋本吉郎「解説」（注（3）同書）、二〇頁。

6章 「瘤取り」論
――「前書き」・『コブトリ』・『現代』を手がかりに

斎藤理生

太宰治は戦争末期、空襲下において『お伽草紙』（筑摩書房、一九四五）を執筆した。この創作集は、「瘤取り」「浦島さん」「カチカチ山」「舌切雀」の四篇から成る。巻頭に置かれた「前書き」も含め、各篇は強く連関しつつ、独立した内容を持っている。なかでも「瘤取り」は、雑誌『現代』に発表予定だったとされ、原稿も完全な形で残っているため、相対的に単独で読みやすい作品と言える。この論では「瘤取り」を「前書き」を踏まえて読解する。分析にあたっては、絵本からの引用の典拠となった『コブトリ』（文・竹内俊子、画・河目悌二、児童図書出版社、一九四四）との比較も積極的に行う。元のお伽噺からの改変部から浮き彫りになるのは、人と人（鬼）との関係におけるさまざまなずれである。「瘤取り」には重層的な関係のずれが仕組まれている。そのずれは「前書き」とどのように照応しているのか。また同時代において――さしあたり掲載予定だった『現代』において――どのような位置にあったのか、考えたい。

一　「前書き」――防空壕のなかの家族

『お伽草紙』の「前書き」には、防空壕のなかの家族が描かれている。

「あ、鳴つた。」／と言つて、父はペンを置いて立ち上る。警報くらゐでは立ち上らぬのだが、高射砲が鳴り出すと、仕事をやめて、五歳の女の子に防空頭巾をかぶせ、これを抱きかかへて防空壕にはひる。既に、母は二歳の男の子を背負つて壕の奥にうづくまつてゐる。／「近いやうだね。」／「ええ。どうも、この壕は窮屈で。」／「さうかね。」と父は不満さうに、「しかし、これくらゐで、ちやうどいいのだよ。あまり深いと生埋めの危険がある。」／「でも、もすこし広くしてもいいでせう。」／「うむ、まあ、さうだが、いまは土が凍つて固くなつてゐるから掘るのが困難だ。そのうちに、」などあいまいな事を言つて、母をだまらせ、ラジオの防空情報に耳を澄ます。／母の苦情が一段落すると、こんどは、五歳の女の子が、もう壕から出ませう、と主張しはじめる。これをなだめる唯一の手段は絵本だ。桃太郎、カチカチ山、舌切雀、瘤取り、浦島さんなど、父は子供に読んで聞かせる。／この父は服装もまづしく、容貌も愚なるに似てゐるが、しかし、元来ただものでないのである。物語を創作するといふまことに奇異なる術を体得してゐる男なのだ。／ムカシ　ムカシノオ話ヨ／などと、間の抜けたやうな妙な声で絵本を読んでやりながらも、その胸中には、またおのづから別個の物語が醞醸せられてゐるのである。（一～二頁。「／」は改行を表す。以下同じ）

ここには家族が文字通り身を寄せ合っている場面が描かれている。壕内で子どもに絵本を読ませるというのも、現実的な設定であった。一九四四年に出版された防空用の絵本である富原義徳・文、新井五郎・絵『テキキ　サアコイ』(啓明出版社)には、「ボクノ　エホンモ／アカチャンノ／オモチャモ、イッショニ／タイヒシタ。／バウクウガウハ／アタタカイ」と、壕に絵本を持ちこむ少年が描かれている。また、武井武雄は「書窓　最小限の絵本」(『東京新聞』一九四四・四・三)で、「せめて待避壕の中で幼児には一本を繙く位の心の落着きを与へたいものである」と主張している。

防空壕で父が子どもをあやすことも、当時の親として、一つの理想的なふるまいであった。一九四五年一月二日付『朝日新聞』には、「藁座敷・父さん隠し芸　工夫一つで防空壕の正月楽し」という記事が載っている。そこには「ドイツでもイギリスでも壕内で盛んに音楽や素人芸をやつて陰気さを吹つ飛ばす（中略）家族が寄合つてみんなで好きな歌を小声で合唱するとか、文学趣味があるなら短歌や句の詠みくらべをやるとか、内々の隠し芸で日頃は聞けないお父さんの『蟇の油』を聴くとか……壕内生活は工夫一つで決戦下の「居間」にも「娯楽室」にもなるだらう」とある。つまり空襲下の防空壕では、家族の慰安のために父親も手を尽くすことが推奨されていたのである。

こうした背景を踏まえると、「前書き」には、時局にふさわしい「父」と家族の姿が描かれていると言える。この「前書き」と似た部分を持つ同時代の随想に、菊田一夫「防空壕にて　眠る赤ん坊」(『東京新聞』一九四四・一二・二三)がある。

我が家の自慢は庭の片隅の防空壕です。／断続音のサイレンが鳴ると、私と赤ん坊と、原稿用紙が、この防空壕に駈け込むことになつてゐる。／暗幕共に三重扉、一尺宛の間隔をおいた五寸角の柱や、梁が八分板二重の外壁や天井をさゝへてゐるので、約二尺の地面の下の一室で、赤ん坊はすやすやと睡り、私は、締切ぎりぎりの原稿を書く。

ここにも空襲下の執筆と、防空壕における父と子が描かれている。しかし壕内での様子は異なる。手の行き届いた「自慢」の防空壕で執筆を続ける菊田とちがい、「前書き」の「父」は「仕事をやめて」家族と小さく固まっている。「眠る赤ん坊」を横に置くと、「前書き」からは家族と身を寄せ合っている「父」の姿がより印象づけられるかもしれない。

しかし、「前書き」の家族が一心同体というわけではない。この場面には見逃しがたいずれもある。夫婦の会話は、よく読むとかみあっていない。高射砲が鳴る音を聞いて防空壕に入った夫は、敵の飛行機や爆撃が「近い」と言っている。妻は「ええ」と受けているが、「窮屈で」と答えている。すなわち、彼女は互いの身体が近いと受け取っている。そして夫は、壕の狭さを訴える妻の意見をやや強引に「だまらせ」ている。また、娘に絵本を語りながら、胸中で個人的な空想を始めている。「父」は心あらずのまま子どもの相手をしているかのようである。その姿には、家族の一体感とそぐわない面も垣間見えるのである。

つまり、生命を脅かされている極限状況において、家族と文字通り密着していながら、なおそこには意思疎通の齟齬がある。家族とは分かち合えない私的な胸の内も存在する。時局にふさわしい姿が描かれているようで、収まりの悪い部分がある。「前書き」はこうした複数のずれを描いている点で、続く「瘤取り」の優れた導入になっている。

二　「瘤取り」と絵本『コブトリ』

『お伽草紙』は、絵本のお伽噺を「私」が読み聞かせながら、胸中で別の物語を作る体裁の小説である。四篇の内、特に「瘤取り」は絵本と密接な関係がある。絵本からの引用と思しき文章が、最も多く組みこまれているからである。また、作中で、絵本を読みながら想像を広げているという設定が強調されているからでもある。

私は、いま、壕の中にしやがんでゐるのである。さうして、私の膝の上には、一冊の絵本がひろげられてゐるだけなのである。私はいまは、物語の考証はあきらめて、ただ自分ひとりの空想を繰りひろげるにとどめなければならぬだらう。いや、かへつてそのはうが、活き活きして面白いお話が出来上るかも知れぬ。などと、負け惜しみに似たやうな自問自答をして、さて、その父なる奇妙の人物は、／**ムカシ　ムカシノオ話ヨ**／と壕の片隅に於いて、絵本を読みながら、その絵本の物語と全く別個の新しい物語を胸中に描き出す。(「瘤取り」、六頁)

『お伽草紙』が、お伽噺の翻案であることは明らかである。では、そのお伽噺とは具体的な典拠を持つものなのかどうか。この点に関しては、先行研究でも長く議論されてきた。

たとえば吉田精一は、「「瘤取り」は「宇治拾遺」に出、「浦島」は万葉集、丹後風土記、お伽草紙の「浦島太郎」等があり、「カチカチ山」は、江戸時代の赤本類、「舌切雀」は同じく黒本、青本類

（たとえば冨川房信「大鳥も庭雀」など）の作例はあるが、太宰のよつたのはそうした古いものでなく、そこらにころがつている、子供用の絵本であつたことは、序文や又内容によつて明らかである」とする。[1] この吉田の指摘は、いち早く絵本の重要性を指摘するものであった。しかし戦時下の絵本がまれにしか保存されていないこともあって、その後も具体的な典拠を探る努力は実を結んでこなかった。[2]

角田旅人は「太宰が見据えていたのは、婆汁のことも骨のことも書きこんである「お伽噺」の元型というべきもの」だとした。[3] すなわち「たとえば当時広く流布していたと思われるお伽噺の本に日本児童文庫の『日本お伽噺集』（巌谷小波、アルス、昭2）がある」が「細部で太宰のものと異なる部分があり、直接の粉本と見ることはできない」ことを踏まえて、太宰は「当時一般に行われていた「瘤取り」を始めとする「お伽噺」そのものと向かい合って作品を構築しようとした」と考えたのである。また、長部日出雄は、「この作品を研究しようとする読み手にとって、まず気になるのは、父が読んで聞かせたとされる絵本は、どんな種類のものであったのか……という問題であろう」と、絵本の重要性を指摘した上で「作中に記された韻文体の原話もまた、作者の工夫によって生み出されたものではないか……という仮説」を提示していた。[4] それほど『お伽草紙』は、明白な翻案作品でありながら、何を元に書かれたのかはっきりせず、『女の決闘』（『月刊文章』一九四〇・一～六）や『新ハムレット』（文藝春秋社、一九四一）、『新釈諸国噺』（生活社、一九四五）のように、原典と比べて論じることは困難だったのである。

しかし、上林暁は「昭和十九年の十二月の初め頃」すなわち「空襲がはじまつて間もない頃」に、古書店で「かちく〵山や花咲爺などのお伽話の本を探してゐる」太宰の姿を回想している。[5] 作家は記憶や観念的な「お伽噺の「元型」」だけに満足せず、具体的な手がかりを求めていたのである。
　そして近年、絵本の典拠と言えるものが発見された。野見山陽子は、「「瘤取り」の底本として、当館の所蔵資料の中から絵本『コブトリ』（一九四四年十二月一日　児童図書出版社）が見つかった」として、「『コブトリ』の文は、「かもめの水兵さん」の童謡詩人・武内俊子による韻文である。太宰が、自作に全文をほぼそのまま引用したのは、武内の語りの調子に魅了されたからであろう」と指摘している。[6] くわしくは後で確かめるが、本文がほぼ対応していることは間違いない。語りの調子も多くそのまま使われている。発行時期からも、太宰がこの絵本を手に入れて執筆したと考えるのが自然である。
　この典拠を踏まえた先駆的な研究に、秋枝美保の論がある。[7] ただ秋枝論では、考察の対象が一人目のお爺さんに限られているうらみがある。また、秋枝論では「わが孫である瘤をとられたお爺さんは、「ツマラナサウニ　ホホヲナデ」山を降りていく。ここは、武内の絵本では「サッパリシマシタ　ウレシイナ」とあり、長谷川泉が予測したとおり、作中、絵本の引用部ではここだけを太宰は改変している」と述べられているが（三二頁）、改めて検証してみると、他にも変えられている部分、引用されなかった部分、引用されているが場所を移されている部分などがあることがわかった。[8]
　そこで本稿では、典拠である絵本との比較を改めて丁寧に行う。もちろん、秋枝論で指摘されている、お爺さんが瘤を取ってもらって「サッパリ」したのが、「ツマラナサウニ」なっている部分は重要である。

アサデス　ツユノ　ヒカルミチ／コブヲ　トラレタ　オヂイサン／サッパリ　シマシタ　ウレ

シイナ／スタコラ　サッサト　イソギアシ／オヤマヲ　オリテ　イキマシタ　（『コブトリ』、一五頁。傍線は引用者による。以下同じ）

アサデス　ツユノ　ヒカルミチ／コブヲ　トラレタ　オヂイサン／ツマラナサウニ　ホホヲ　ナデ／オヤマヲ　オリテ　ユキマシタ　（「瘤取り」、二二頁）

明らかに本文は対応しているが、傍線部が大きく変わっている。『コブトリ』にあった、瘤を取られた喜びはなくなる。太宰作の一人目のお爺さんにとって、瘤は邪魔ではなく、話し相手の「孫」であったからである。

しかし、ではこのお爺さんが悲しんでいるかというと、そうでもない。彼は「結局まあ、損も得も無く、一長一短といふやうなところか、久しぶりで思ふぞんぶん歌つたり踊つたりしただけが得、といふ事になるかな？　など、のんきな事を考へ」ている。

むしろ絵本との大きな差異は、少し前の、お爺さんが鬼の前で踊る場面にある。

ヲドリノスキナ　オヂイサン／スグニ　トビダシ　ヲドッタラ／コブガ　フラフラ　ユレルノデ／トテモ　ヲカシイ　オモシロイ／オニドモ　スッカリ　ヨロコンデ／コエハリアゲテ　ウタヒマス　（『コブトリ』、一二頁）

多くの〈瘤取り〉物語では、一人目のお爺さんは上手に踊ったから鬼を満足させたことになっている。たとえば、戦中に最も広く流通していたと思われる絵本『文福茶釜とこぶとり』（大日本雄弁会講談社、一九三八）では、鬼が「ソノジャウズナノニ　カンシンシ」たと語られている。ただ『コブトリ』と、この絵本を用いた太宰の小説では、鬼どもがお爺さんの踊り自体を楽しんだとか、上手だと思ったということは書かれていない。あくまで「コブガ　フラフラ　ユレルノデ／トテモ　ヲカシイ　オモシロイ」とある。つまりお爺さんの踊りの面白さは、瘤の揺れ具合に拠ることになっている。ところが「調子に乗つて」懸命に「一段と声をはり上げて」歌い踊っている太宰作のお爺さんは、あくまで阿波踊りや歌が受けていると思っている。彼は自分の瘤のゆれの面白さに気づいていない。

いわば、お爺さんは、笑わせているというより、笑われている。一人目のお爺さんと鬼どもとは一見、踊りを媒介に幸福なコミュニケーションをしているように見える。しかし、そこで見ている者と見られている者との心の内は、食いちがっているのである。

それは「瘤取り」で、『コブトリ』の「オニドモ　スッカリ　ヨロコンデ」の本文の場所が移動し、「コエハリアゲテ　ウタヒマス」という文がなくなったこととも関わる。

鬼ども、喜んだのなんの、キヤツキヤツケタケタと奇妙な声を発し、よだれやら涙やらを流して笑ひころげる。お爺さんは調子に乗つて、／大谷通れば石ばかり／笹山通れば笹ばかり／とさらに一段と声をはり上げて歌ひつづけ、いよいよ軽妙に踊り抜く。（「瘤取り」、二〇〜二一頁）

絵本では、鬼どもとお爺さんがたちまち相和し、仲良く楽しんでいた。しかし太宰作では、鬼どもは「奇妙な声を発し」「笑ひころげ」るばかりで、お爺さん一人が「声をはり上げて歌ひつづけ」ている。太宰作では、鬼どもが喜んでいる理由と、お爺さんが楽しんでいる理由とがずれている。鬼どもの笑い方も、同好の士を見つけたり、見事な踊り方に感心したりしたときに発せられる笑いとは見なしがたい。むしろ滑稽な者を見下している笑い、あるいは自らの滑稽さに気付いていない存在を嘲笑する態度に近いと言えよう。

なにより、一人目のお爺さんが、絵本ではわざと瘤を取ってもらう場面が、太宰作では鬼どもに奪われてしまう場面へと変わっていることが見逃せない。

ヨシコノトキト　オヂイサン／ワザト　イヒマス　オニドモニ／「ソレデハ　オホキナ　コノコブヲ／トッテクダサイ　アヅケマス」（『コブトリ』、一四頁）

鬼たち互ひにひそひそ小声で相談し合ひ、どうもあの頬ぺたの瘤はてかてか光つて、なみなみならぬ宝物のやうに見えるではないか、あれをあづかつて置いたら、きつとまたやつて来るに違ひない、と愚味なる推量をして、矢庭に瘤をむしり取る。（中略）お爺さんは驚き、／「や、それは困ります。私の孫ですよ。」と言へば、鬼たち、得意さうにわつと歓声を挙げる。（「瘤取り」、二二一～二二二頁）

太宰作からは、「ヨシコノトキ」「ワザト」という、絵本のお爺さんの知恵がなくなっている。鬼どもからしても、太宰作の場合、賢いお爺さんに裏をかかれたわけではない。鬼たちは「愚味なる推量」を働かせて独り合点し、お爺さんは思わぬ行動にさらされたことになっている。お爺さんの知恵の代わりに際立つのは、双方の思惑の齟齬である。

こうしたずれは、二人目のお爺さんの周辺にも見受けられる。『コブトリ』では、二人目のお爺さんの背景は語られない（隣に住んでいたのかどうかもわからない）。一方、「瘤取り」では多くの面で恵まれた人物にされている。だが本人は瘤に悩んでいる。他の条件が満たされることで、苦悩が瘤に凝縮している。また、瘤を無邪気にからかう娘と妻が描かれることで、家族間でのずれが浮かびあがる。彼女たちも、お爺さんが「死んだつていい」とまで思いつめているとは知らないはずである。彼は、唯一の悩みを家族に十分には理解してもらえていない。二人のお爺さんは、物静かな家庭と賑やかな家庭というちがいはあるが、家族とうまく意思疎通できていない点で、よく似ている。

ただ、より重要な変更は、二人目のお爺さんの踊り方である。

ヒトマネ　コマネノ　オヂイサン／ヲドリ　ヲドッテ　ミセタケド／ツマラナサウニ　オニドモハ／アクビヲ　シタリ　ネムッタリ／ナカニハ　プンプン　オコリマス／ヘタナ　ヲドリニ　ハラタテテ／オニハ　コナヒダ　アヅカッタ／コブヲ　ツケマス　ミギノ　ホホ（『コブトリ』、一九～二一頁）

『コブトリ』では、二人目のお爺さんは「ヒトマネ　コマネ」をして「ヘタ」だったから、鬼どもを満足させられず、瘤を付けられたことになっている。一方、「瘤取り」の二人目のお爺さんは、一人目のお爺さんの「マネ」をしないどころか、阿波踊りから能（謡曲「通盛」）へと演目を変えてしまう。しかし「愚昧」とされる鬼どもに、能は伝わらなかった。しかも踊りから舞になっている。踊りは垂直方向の運動を、舞は水平方向の運動を基盤とする。つまり、一人目のお爺さんが「軽妙に」上下に動くことで図らずも成功していた瘤のゆれによる面白さを、二人目のお爺さんは、同じような瘤を持っているのに発揮できていない。彼のふるまいは、内容も身振りも、鬼どもの期待から外れていたのである。

オニドモ　ヘイコウ／ジユンジユンニ　タツテ　ニゲマス／ヤマオクヘ（「瘤取り」、二八頁）

先の絵本の引用と比較したい。「ツマラサナウニ」から「ハラタテテ」までが「**オニドモ　ヘイコウ**」だけに改変された。太宰作では、鬼どもの反応が一様になり、恐ろしさが軽減されている。また、『コブトリ』では踊りが「ヘタ」だったと明言されているが、「瘤取り」では、このお爺さんの舞の巧拙はわからない。強調されているのは、鬼どもの失望である。

ところが、終盤で語り手は「緊張のあまり、踊がへんてこな形になつた」と言う。しかし二人目のお爺さんの失敗は「緊張」と無関係である。過剰な「意気込み」や「傑作意識」はあっても、『宇治拾遺物語』巻一ノ三「鬼に瘤を取らるゝ事」の「隣にある翁」のような、異類を前にした恐怖も感じられない。語り手の意味づけは実態からずれているのである。

結末で、語り手は「この物語を書いた」理由として「性格の悲喜劇といふものです。人間生活の底には、いつも、この問題が流れてゐます」と述べる。いかにも主題を明示しているような一節である。が、それは「短気な読者が、もし私に詰寄つて質問したなら」という仮定の上で、「かうでも答へて置くより他はなからう」と応急処置として語られた言葉でもある。そのため、この一節が額面通りには受け取れないことは、現在の研究では前提となっている。(9)原因は「性格」だけに還元できない。事態は、その場で取り結ばれる関係によって変わってしまう。お爺さんたちの話でもそうであるし、さしあたり「性格」が原因だとされた説明そのものが、「読者」の聞き方一つで大きく変わるはずである。

このように、語りのレベルでも、語られるレベルでも、浮上してくるのは意思疎通に伴うずれである。鬼が登場する場面に限らない。ずれは家庭内にもある。一人目のお爺さんは鬼どもに会った後「昨夜の不思議な出来事を知らせてやりたくて仕様が無い」と思うが、息子の「阿波聖人」にもお婆さんにも語れない。彼らが、お爺さんが語ることを制止しているわけではない。たとえば息子は、彼なりの（「聖人」としての）事情によって、問いを封じているだけである。お爺さんは内心、息子を「まじめにも、程度がありますよ」と相対化しているが、その内面の機微は理解していない。しかし読者は、「お爺さんの瘤が一夜のうちに消失してゐるのを見てとつて、さすがの聖人も、内心すこし驚いたのであるが、しかし、父母の容貌に就いてとやかくの批評がましい事を言ふのは、聖人の道にそむくと思ひ、気附かぬ振りして黙つて別れたのである」（二三頁）という、一篇において例外的にお爺さんたち以外の人物に内的焦点化される部分で、息子のやや滑稽な、あながち「木石」でもない揺らぐ心理を知ることになる。しかしお爺さんは知らない。このようなすれちがい一つを取っても、問題は個々の「性格」ではなく、関係のずれにあることがわかる。

家庭内にずれを抱えている点で、「前書き」の「父」と「瘤取り」のお爺さんたちとは似ている。一篇に幸福なコミュニケーションがないわけではない。なるほど「お婆さんの儼然たる態度に圧倒されて、言葉が喉のあたりにひつかからまつて何も言へない」状態にあった一人目のお爺さんは、家族には鬼の話ができない。しかし「夢のような世界を他者と共有したいという彼の望みが叶うことは、決してない⑽」わけではない。「暮夜ひそかに、お旦那は、酒飲み爺さんの草屋を訪れ、さうしてあの、月下の不思議な宴の話を明かしてもらつた」とある。一人目のお爺さんは、二人目のお爺さんという聴き手を得て、存分に語ったはずなのである。しかしその様子は詳述されない。

作品はあくまで人と人（鬼）との間のずれに焦点を当てている。とはいえ、それは解決されるべきものとして批判されているわけでもない。ずれは描かれるが、それを克服する方法は示されない。乗り越えるべきだというメッセージもない。むしろお爺さんの踊りが鬼たちを満足させたように、ずれによって予想外の効果が上がることさえある。

もともと、一人目のお爺さんの家で、お婆さんと息子は、おそらく大した気詰まりを感じていない。「舌切雀」のお婆さんは「ぜんたい私が、あなたのやうな人と一緒になつたばかりに、朝夕どんなに淋しい思ひをしてゐるか、あなたにはご存じ無いのです。たまには、優しい言葉の一つも掛けてくれるものです」（一五七頁）と夫に訴える。彼女と比べると、日々の作業を淡々とこなし、お爺さんに特に要求しない「瘤取り」のお婆さんは、不満を抱えていないように見える。息子は「聖人」という役割に固執している点で、真の「聖人」とは言えまい。しかしだからこそ、彼は「阿波聖人」なる周囲の評価や役割に満足しているように見える。お爺さん以外は困難を抱えていないし、お爺さんも、不満というほどではないのかもしれない。お伽噺とちがって、一人目のお爺さんは、瘤を取られて幸せにはならなかった。かといって不幸でもないことは、先に確認した通りである。

細谷博は、一人目のお爺さんがお婆さんの前で沈黙してしまう場面を、「家常茶飯の像」だと述べている。(11)「その滑稽さは、日々の家族との親和や違和のからまりのただ中から滲み出てくる孤立感の切り口をたくみにあぶり出しており、同時にまた、やや目を遠ざけてみれば、そこにただよう平穏さ、茶飯事の印象は〈日常〉の安定や無事の感触をも伝えている」。二人目のお爺さんは、お伽噺と同じく「不幸」になった。しかし瘤にこだわっているのは、最初から彼だけである。描かれていない帰宅後の世界で、家庭や社会における立場が極端に悪化したとは考えにくい。「瘤取り」の世界の人々は、空襲下で生命の危機にさらされている語り手一家に比べれば、まず悪くない生活を送っているのである。

「前書き」と「瘤取り」には、人間関係において、日常でも非日常でも、ずれは不可避であることが示されている。非日常的な状況においても、どの世界にも変わらぬ小さなすれちがいや誤解はある。その微細な陰翳に目を配るところに、太宰作の特徴はあった。

そもそも『お伽草紙』全体が、お伽噺の翻案という、原話からのずれに特徴を持つ作品である。なかでも「瘤取り」は本文が「私」の胸中の物語とお伽噺とで構成されており、後者がカタカナで表記されることで、ずれが見やすくなっている。しかもそのお伽噺は、ただの絵本の引用ではない。典拠となった『コブトリ』の本文は部分的に改変されている。また、「私」が「父」として娘に読み聞かせた「間の抜けたやうな妙な声」の響きを含んでいる。「瘤取り」には、細かなずれが幾重にも折り畳まれているのである。

三　戦争末期の『現代』のなかで

以上のような特徴を持つ「瘤取り」を、雑誌『現代』のなかに置いてみたい。『現代』は大日本雄弁会講談社から一九二〇年から一九四六年まで発行された総合雑誌である。「瘤取り」が掲載される予定であったという四五年四月号は「本土要塞化号」とされている。目次には「本土要塞化（座談会）」「生産防空の一途」「科学技術の大脳組織」「一億の兵糧」といった記事が並ぶ。この号の「編輯後記」には次のように書かれている。

国内は益々戦場化し、正に主戦場たらんとしつゝある。今度（三月中旬）の敵B29の東京、名古屋及び大阪の空爆は何れも我に相当の被害を生じ、痛憤措く能はざるものがある。（中略）然らばこれに対応して、我は何をなすべきか？　過去の如く「ぬるま湯」に入つて、出るに出られず、居るに居られず、互に「マア、マア」となだめ合ひ、而して次第に気力を失ひつゝありし情勢乃至態勢は今後断じて許されない。今や積極果敢に「断」あるのみ。故に一言にして尽せば、それは「本土の要塞化」に他ならぬ。しかも即刻強靱無類の要塞化を断行することである。（七二頁）

空爆下という接点はあるが、ここで語られている話と、「瘤取り」の世界とはかけ離れている。太宰の作品が、戦時下の『現代』にそぐわないとまでは言えない。たとえば一九四一年一二月号の蓮田善明「文藝時評　みやこぶり、養生としての文学」では、「秋」（『文藝』一九四一・一一）の一部が、「真に文学者らしい十分に生のいたはりに充ちた、その点で感動を（好ましい幼さで）蔵してゐる」（一九〇頁）表現として賞揚されている。しかし「瘤取り」の人間関係の微妙な機微に分け入ろうとする内容と、右の「「断」あるのみ」という思考の在り方は決定的に異なる。少なくとも一九四五年四月の『現代』誌面の方向性に、多様な読みを誘う太宰の小説は相容れなかったはずである。

「今月は久し振りに創作を得た」として、太宰の小説の代わりに掲載されているらしいのは、一九四二年に大陸開拓文学賞を受賞した大瀧重直による「東天」である。蒙古を舞台に、参事官の野々宮謙介が、蒙古人との関係や土地柄に悩みながらも彼らの気持ちをくみ取り、前向きに事に当たってゆこうとする筋の小説である。創作がほとんど掲載されなくなっている時期において、このような小説が、かろうじて掲載可能だったと推測される。『現代』では「東天」が戦時中最後の小説になる。前年に載ったのは、富澤有為男「大運河」(一九四四・五〜六)、檀一雄「天明」(一九四四・四、七)の二篇である。

檀の「天明」は、「父」が「太郎」に語りかける形式の小説である。一篇は「太郎。今、おまへを私の膝の上で眠らせながら、ふいとこのやうな文章を書きとどめてみたくなつた。いうてみれば、父から子への手紙といつたものである」(五月号、七八頁)という呼びかけから始まる。冒頭で「父」と子どもとの関係を描いている点は、太宰の小説と似通う。しかしその内容は、「父」の幼少時から現在までの日々が時局にふさわしい教訓的な見地からふり返られたもので、読んでゆくと、むしろ懸隔が際立ってくる。

> 太郎。父も間もなくおまへの側らから去つて戦場に行くだらう。亦会ふ日、あるかないかそんなことを考へることもない。しかし程なくおまへは立上り、歩き、精励し、日本の新しい明日を担ふだらう。さう思ふと父の身うちには無窮の皇国の生命につながる大歓喜がふきこぼれてとどまらないのである。(六月号、七八頁)

これ以外にも、「天明」には、時局にふさわしい文言があふれている。むろん、そのような語り手を相対化する構造はない。太宰の「前書き」にあったようなずれも存在しない。

小説に限らない。当時の『現代』に掲載された韻文には、高村光太郎や佐佐木信綱や木俣修による、直接的に戦争や国体を賛美した作品が多い。なかには四四年一〇月号に掲載された佐藤春夫「秋夕賦」のように、「南方の陣営なるわが友の誰彼」を思い出しながら「みな各がじし忠に死なんと勇めるものを／わが勿死にそと思ふはわりなく愚なるかな」と自嘲してみせ、「百死に一生を保ちなば／能く國を担ひ明日をはぐくみ育つべし」（三二頁）と仮定法を用いることで「友」たちの生還を願った詩もあるが、例外である。四五年三月号に掲載された折口信夫・橋浦泰雄・岩越元一郎の座談会「日本の生活」では、岩越が「桃太郎」の冒頭に言及して「現代人の生活や学校教育の中には、神様に奉仕し、お互ひを助け合ふ生活、即ちお爺さんお婆さんが、相扶け合ふといふ美しさはない」（六六頁）という批判につなげている。とてもではないが、誌面は「瘤取り」を掲載できる雰囲気ではない。

三月一〇日の大空襲で罹災し、太宰の家に転がりこんだ小山清は、「「現代」の記者が来て短篇を乞うたので、太宰さんは「瘤取り」を書くことを約束され」たこと、「「瘤取り」は甲府で書きつがれて、太宰さんは「現代」へ送られたのですが、どうしたわけか雑誌には載りませんでした。雑誌社からはどんな挨拶もなかつたやう」だったことを回想している。[12] だが時局を鑑みれば、むしろ「瘤取り」が採られかけたことが不思議である。

その理由に一つの糸口を与えてくれそうなのは、当時、筑摩書房に勤めていた中村光夫の回想である。中村は一九四四年について「この年の暮れごろから、情報局の文芸書出版にたいする方針がいくぶん変ったらしく、それまでの時局迎合の戦意昂揚をうたった作品は、第一読まれないし、実効をあげないので、苛烈な戦時の生活の慰藉になるような小説の出版を奨励するという通達が非公式に出版会を通じてであった」と証言する。[13] 戦争末期に、出版政策が改めて変化しつつあったようなのである。中村は、社主の古田晃には、大家たち以外に「若い作家では太宰治などが頭にあったよう」だと述べている（一七九頁）。これが四五年の『お伽草紙』出版に結実したのであろう。また、野見山前掲論には、『コブトリ』のような「内容体裁ともに贅沢な絵本が出版された」理由について「背景には戦争末期における出版政策の大転換があった。娯楽的な内容の出版を禁じて来た情報局が方針を転換し、「戦災者への慰撫」となる出版を奨励し始めたのだ」という指摘があった。「瘤取り」の典拠となった絵本も、やはり政策の変化によって出版されていたのである。

とはいえ、総合雑誌は単行本とちがい、多くの人に読まれる。編集側に「慰謝」「慰撫」を与えたい気持ちがあったとしても、読者に受け入れられるかどうかはわからなかった。

しかも『現代』はこの後より困難な状況に置かれる。「編輯後記」（一九四五・六）には「五月号は完成し、将に発売を開始せんとせし折、遺憾乍ら空爆に遭つて、多数焼失し、多くの読者に御迷惑を御懸けした。／更に六月号も印刷中に焼失。よつて緊急措置として、御覧の通りの『現代』を送る」（三二頁）とある。敗戦の直前、既に内容が時局にふさわしいかずれているかという点で掲載が決まる以前に、空襲で原稿は焼失しないか、雑誌は発行できるかが問題になる状況にあったのである。ただ結果として『お伽草紙』は、一九四五年一〇月に発行され、その後も版を変えて読まれていった。いつでも、どこにでも潜むずれを描いた物語は、空襲下という条件はなくなっても魅力を持ち続けたのである。

最後に、「鬼」について触れておきたい。初版本で「××××鬼、××××鬼」と伏せ字にされていた部分は、原稿には「アメリカ鬼、イギリス鬼」と記されていた。この点について長部日出雄前掲論は「大戦末期に書かれながら、時局色や戦時色がいっさい見当たらない点にも、この作品の非常な長所があると考えてきた」ゆえに「当時呼号されていた「鬼畜米英」という軍国標語に通じる「アメリカ鬼、イギリス鬼」という言葉が入っていたら、それこそ玉に瑕となっていたろう」と述べている（三六頁）。もっともな意見であろう。

ただ、小説の一人目のお爺さんは、「人とも動物ともつかぬ赤い巨大の生き物」に出くわしながら、「その鬼どもは、いま機嫌よく酔つてゐる。お爺さんも酔つてゐる」ために「親和の感の起らざるを得ない」と語られる。ゆえに「お爺さんには、ほろ酔ひの勇気がある。なほその上、鬼どもに対し、親和の情を抱いてゐるのであるから、何の恐れるところもなく、円陣のまんなかに飛び込」む。「独立親和」をテーマにした『惜別』（朝日新聞社、一九四五）を二月まで書いていた作家が、鬼どもの登場場面に「親和」の二字を二度も記していることは軽視できない。どれほど親しくても、関係の中にずれはある。しかしずれがあるからこそ、互いの思惑はちがっても、親しくなれることもある。伏せ字部分は、「鬼」とされる存在との「親和」もありえると解釈する余地を残しているのではないだろうか。

注

（1）「倒叙日本文学史（8）太宰治とフォークロア」（『解釈と鑑賞』一九五八・一二）、一三八頁。
（2）山内祥史は「解題」（『太宰治全集第七巻』筑摩書房、一九九〇、四五六〜四五九頁）で多くの絵本を参照しているが、各篇の典拠の確定には至っていない。頼雲荘「防空壕の物語――太宰治『お伽草紙』」(『方位』二〇〇四・三)は「今の時点では『お伽草紙』で書かれているそれぞれの噺の、太宰のいう「原典」になるものを特定することは困難」(一八頁)としている。

(3)「『お伽草紙』――孤独への遁走曲」(『解釈と鑑賞』一九八七・六)、一三〇〜一三一頁。

(4)「『お伽草紙』の詩と真実――その生原稿から見えて来るもの」(『資料集　第三輯　太宰治・原稿『お伽草紙』と書簡』青森近代文学館、二〇〇三・一〇)、三二頁。

(5)「太宰君」(『太宰治全集附録第四号』一九四八・一二)、四頁。

(6)「展覧会場から●特別展●太宰治展「瘤取り」の絵本」(『神奈川近代文学館』二〇一四・四)、五頁。

(7)「『お伽草紙』の「瘤取り」と童話」(『太宰治研究23』和泉書院、二〇一五)。

(8)菅原克也『小説のしくみ　近代文学の「語り」と物語分析』(東京大学出版会、二〇一七)では、絵本の本文と太宰による改変がすべて紹介されている(七九〜八二頁)。ただし『コブトリ』や「瘤取り」の考察はなされていない。

(9)木村小夜「『お伽草紙』論」(『太宰治翻案作品論』和泉書院、二〇〇一)、二〇七〜二一三頁。高田知波「『お伽草紙』のストラテジー」(『〈名作〉の壁を超えて』翰林書房、二〇〇四)、一七一〜一七二頁。

(10)佐藤厚子「「新しい物語」としての『お伽草紙』」(『国文学』二〇〇八・三)、一六頁。

(11)「「凡庸の人物たち」の悲喜劇――太宰治『お伽草紙』」(『凡常の発見　漱石・谷崎・太宰』明治書院、一九九六)、三六三〜三六四頁。

(12)「「お伽草紙」の頃」(『太宰治全集附録第五号』一九四九・一)、一頁。

(13)『文学回想　憂しと見し世』(筑摩書房、一九七四)、一七八頁。

付記

太宰作品の本文は再版の『お伽草紙』(筑摩書房、一九四六)に拠った。『コブトリ』には頁数が記載されていないが、物語が始まる上表紙の裏面から一頁として数えた。

7章 「竹青」——漢籍の世界と「私」の黄金風景

大國眞希

はじめに

「竹青」は、一九四五年四月に『文藝』に発表された。発表当時には「——新曲聊斎志異——」という副題が付されていた。また末尾に「自註。これは、創作である。支那のひとたちに読んでもらひたくて書いた。漢訳せられる筈である。」と書かれていた。

この漢訳について『太宰治必携』（學燈社、一九八一）の「竹青」の項では、「「大東亜文学」（昭20・1）に掲載」とされている。山内祥史氏は『太宰治全集第七巻』（筑摩書房、一九九〇）「解題」で、「「創作年表」の「昭和二十年」には、「正月号」の項に「小説（漢文／竹青）大東亜文学30」、「四月号」の項に「小説（和文／竹青）文藝30」とあり、」「この太宰治の記録に従って、これまで、昭和二十年一月に、漢訳「竹青」が「大東亜文学」に発表されたと推定されてきた。だが、「竹青」

は「支那語に翻訳」は、されなかったのではないか」（四四八頁）と指摘している。周海林氏は「日本文学報国会編集「大東亜文学」――戦時下における日中文化交流の一風景」（『交争する中国文学と日本文学』三元社、二〇〇〇）で「第二回大東亜大会（一九四三・八、於東京）後、日本文学報国会編集「大東亜文学」が日本電報通信社から発行された。「大東亜文学」はその名の示すとおり東亜各国の読者を対象とした文学雑誌なので、執筆者も東亜各国の作者のはずであった。しかし、一九四四年一一月と一二月に出版された二号のこの「大東亜文学」はその執筆者は全員日本人であり、しかも発行されたのも中国語一種類だけだったので、「大東亜文学」は実は日本文壇が中国人読者に送ったメッセージであるに過ぎなかった。他の国どころか、日本国内の読者にさえ「大東亜文学」を読む機会になかった。「大東亜文学」の創刊提案は第二回大東亜文学者大会で可決され、月刊で発行する予定であった。しかし、二号の発刊だけで、日本側の戦況が厳しくなったためか、第三号の出版はついに日の目を見ることがなかった。日本文学報国会は「大東亜文学」第三号の原稿を太宰治にも依頼していた」（三七五頁）と紹介している。

太宰治の「竹青」は初出時の副題からも推察されるように、典拠として蒲松齢著・田中貢太郎訳・公田連太郎註『聊斎志異』（北隆堂書店、一九二九）が先行研究により指摘されている。その他、論語、大学、中庸、屈原「漁夫」「湘夫人」、崔顥「黄鶴楼」ほか、多くの漢籍が引用され、執筆資料として『世界地理風俗大系　第三巻　支那篇　下』（新光社、一九三〇）の存在も明らかにされている。[1]

漢籍からの引用や転用など、多くの象嵌が見られる本作は、鈴木二三雄氏に「彼（作者太宰治‥引用者注）の漢籍の蘊蓄を最高度に駆使した苦心の跡が見える優れた作となったもので、それまでの中国文学を踏まえたもののうちでは唯一の傑作である。」とされるなど、高い評価を受けている。[2]

本作は、女房や親戚から疎まれ、而立の志にも失敗した魚容が、洞庭湖畔の呉王廟で寝転んでいると男に声をかけられ、呉王の黒衣隊の烏となった。烏の魚容はそこにいた烏である竹青と仲睦まじい夫婦となる。しかし、烏の身で瀕死の重傷を負い、目を覚ますと人間に戻っていた。人間界に戻った魚容は、やはり女房とうまくいかず、何かにつけて竹青を思い出し、もう一度家を出るも、再び郷試に失敗して、死さえ想ったときに、竹青がやってくる。ふたりで漢陽へと行くが、ふっと魚容がその景色を「くにの女房にも、いちど見せたいなあ。」と呟いたことにより、竹青はもっとむきになってこの俗世間を愛惜し、愁殺するよう諭して、魚容を家へと帰す。家に帰ると醜かった妻は竹青そっくりの姿になっており、心も変わっていた、という筋を持つ。最後は次のような文章で結ばれる。

一年後に、玉のやうな美しい男子が生れた。魚容はその子に「漢産」といふ名をつけた。その名の由来は最愛の女房にも明さなかつた。（中略）ただ黙々と相変らずの貧しいその日暮しを続け、親戚の者たちにはやはり一向に敬せられなかつたが、格別それを気にするふうも無く、極めて平凡な一田夫として俗塵に埋もれた。（一四六頁）

様々な角度からの論文が出始めてはいるが[3]、押野武志氏が指摘するようにこの結末については、執筆当時の「太宰治の現実への回帰・現実肯定の志向性の反映という解釈が主流」である[4]。但し、二回目に竹青の世界から妻の世界（故郷・現実）に帰るとき、「その舟は、飄然と自行して漢水を下り、長江を遡り、洞庭を横切り、魚容の故郷ちかくの漁村の岸畔に突き当り、魚容が上陸すると」と描写され、「夢」から目覚めるとか「死」を経験するなどの暗転／断続が挟まれないまま、川を伝って戻ってきている。確かに、舟が「自行する」など不思議な感覚は描かれ、民話では天の（天女のいる）世界と地上とが川で結ばれている例もあり、天の（天女のいる）世界で死んだ男が川を伝わって地上に生きて戻ってくるという話もある。(5) そして、太宰治の「竹青」が下敷きにした『聊斎志異』でも、魚容とその妻の生活している場で死んだ子が竹青のところへ行くと生きていたという部分がある。それは死が介在しており、民話に見られる話型との類似を指摘できるが、この部分は太宰治の「竹青」には反映されていない。太宰治の「竹青」でも、烏となった魚容は瀕死の重傷を受け「息も絶える思ひ」で眼も見えなくなったかとおもったら、目が醒めて人間界へと戻ってくるというふうに、一回目の回帰はやや死が介在するように見受けられる。一方で、二回目に帰郷するときには魚容は死んだ訳ではなく、ただ窓越しに見た景色を「くにの女房にも、いちど見せたいなあ。」と言っただけである（むしろ瀕死になっているのは女房の方だ）。この点には留意が必要であろう。

一　改変される引用

太宰治「竹青」にはたくさんの漢籍からの引用が見られるが、そのままの引用ではなく、一部改変されているものもある。たとえば、一度目の帰郷中に、「朝に竹青の声を聞かば夕に死するも可なり矣。」と魚容は言い、儒教における道理である「道」が「竹青の声」に変えられている。これは、のちに「もつと、むきになつて、この俗世間を愛惜し、愁殺し、一生そこに没頭してみて下さい。」と故郷へ、妻のもとへと魚容を返すのが、竹青の台詞（声）であることとの伏線と言えるかもしれない。また、冒頭で魚容は、「書を好むこと色を好むが如し」と、「論語」を利用して（「徳」の部分を「書」

に改める形で）紹介されている。これは、竹青との世界が書物的な世界であることを示唆するのであろう。

横路明夫氏は次のように指摘する。「美しくやさしい竹青は、いわば魚容に漢文脈の世界を見せてくれる漢籍の世界の使者なのであり（言うまでもないことだが、「竹青」は登場人物の名前であると同時に、太宰にとって漢文学の名前でもある）、そういった象徴レベルで見た場合、その飛翔が示す憧れこそが魚容の竹青への思いであると考えられる。[6]」

本稿にひきつけて言うならば、『聊斎志異』が仙女を描いているのに対し[7]、太宰の「竹青」では、竹青は魚容の夢（理想）をより強く反映している。このことを踏まえながら、結末の女房の変貌について考えてみよう。

二　女房の変貌

結末で女房が竹青そっくりに変貌した事情を女房は次のように説明する。

あたしはあなたの留守に大病して、ひどい熱を出して、誰もあたしを看病してくれる人がなくて、しみじみあなたが恋ひしくなつて、あたしが今まであなたを馬鹿にしてゐたのは本当に間違つた事だつたと後悔して、あなたのお帰りを、どんなにお待ちしてゐたかわかりません。熱がなかなかさがらなくて、そのうちに全身が紫色に腫れて来て、これもあなたのやうないいお方を粗末にした罰で、当然の報いだとあきらめて、もう死ぬのを静かに待つてゐたら、腫れた皮膚が破れて青い水がどつさり出て、すつとからだが軽くなり、けさ鏡を覗いてみたら、あたしの顔は、すつかり変つて（一四五～一四六頁）

このような変化がもたらされたのは、魚容が窓越しに、小さい波が躍っている景色を見たことと関わりがあるだろう。江明瑾氏はこの女房の変化と魚容の関わりについて、魚容の語る〈言葉〉の観点から、次のように解説する。

魚容が、窓越しに漢水の景色を眺め、「くにの女房にも、いちど見せたいなあ。」と言った、故郷へ帰るきっかけとなった場面。ここに至り、「失意の現実に対して〈言葉〉を自分の気持を洩らすために用いながら、自身の言葉に含まれる空虚・虚偽を全く意識していなかった魚容は、物語の後半にいたって初めて転機を迎えることになる。それは、彼が自分の言葉に潜んだ真実の気持に気付いた瞬間の場面」である。そして、「自分の言った言葉の内容に気付いた瞬間、まず「愕然とし」、続いて「乃公は未だあの醜い女房を愛してゐるのか」と自分に自身の真実の気持を問いかける。その答えは、言葉で表現されるのではなく、「急になぜだか、泣きたくなつた」という反応として示される。つまり、ここでは、言葉より「泣きたくなつた」という魚容の反応こそが、その真実の気持を代弁するものとしてあると捉えることができるだろう。魚容の「愕然」も、これまで意識していなかった、自身の言葉に潜んだ真実の気持に初めて気付いた証であろう」。結末の女房の変貌とそれを語る台詞からは「これまで他人と同じように魚容を軽蔑していた過去の自分と一線を画して、魚容の存在を心から受け入れるようになった妻の気持が読み取れるだろう。そして、こうした妻の言葉は、漢水の美景を故郷の妻に見せたいと言った魚容の「あの醜い女房を愛してゐる」という真実の気持に応えたとも見える。一年後に、魚容と妻の間に「玉のやうな美しい男子」が生まれたという事実は、かつて分かれていた二人の気持が溶け合わされたことを象徴しているといえよう。[8]」

〈言葉〉の角度から考察した卓見である。魚容が窓越に漢水の風景を見る場面は「彼が自分の言葉に潜んだ真実の気持に気付いた瞬間の場面」であり、女房に、結末に見られるような変化をもたらしたのは、魚容が窓越しに小さい波が躍っている景色を見たからだ。その景色の場面を見てみよう。

魚容は、垂幕を排して部屋の窓を押しひらいた。朝の黄金の光が颯つと射し込み、庭園の桃花は繚乱たり、鶯の百囀が耳朶をくすぐり、かなたには漢水の小波が朝日を受けて躍つてゐる。「ああ、いい景色だ。くにの女房にも、いちど見せたいなあ。」魚容は思はずさう言つてしまつて、愕然とした。乃公は未だあの醜い女房を愛してゐるのか、とわが胸に尋ねた。さうして、急になぜだか、泣きたくなつた。

「やつぱり、奥さんの事は、お忘れでないと見える。」竹青は傍で、しみじみ言ひ、幽かな溜息をもらした。(一四三～一四四頁、傍線引用者、以下同様)

この場面では、垂幕を排して、窓を押し開き、つまりは、窓枠を有した風景を見ている。これは漢籍の描きだす風景とは異なり、魚容個人が眼差す風景である。〈私〉が眼差す窓枠をもつ風景は、その構造上、消失点を内包する。そして、この消失点により、他者へ通じる穴を生成したのだ。そのため、窓越しに見た朝の光とともに魚容が呟いた言葉と、他者である女房の変貌とは通じていると言いうる。では、このような事態はいかに生じたのだろうか。

三　情と波

一度目に神烏の世界から魚容が目醒めたときに、彼は「百姓」から「人情は翻覆して洞庭湖の波瀾に似たり。」と声を掛けられる。また、竹青が魚容に帰りなさいと言い渡す場面では、「竹青は、きらきら光る漢水の流れをまつすぐに見つめたまま、更にきびしい口調で言つた。」と書かれている。つまり、情はきらきら光る波に重ねられているのだ。魚容はそれを窓越に眺める。そのことによって、個人としての風景の獲得し、それが他者へと通じる穴になったということではないか。(9) その時竹青は「幽かな溜息をもら」すが、「幽かな」という逆説的な表現は「雪の夜の話」(一九四四)や「斜陽」(一九四七)などの太宰文学において使用される重要用語だ。(10) 竹青の「幽かな溜息」によって、帰郷するための通路が拓ける。結末から遡及すれば、くにの女房に通じ、女房からは青い水が流れている(情(心＋青)には〈青〉がある)。また、青い水が流れることは竹青の〈青〉と通じ、竹青側の世界から流れ込んだものと考えられるのではないか。その意味では、書物の世界で女房と交流を果たし、書物の世界の行きついた先で、女房(他者)との意思疎通を果たしたと読めるため、現実の世界と書物の世界(理想・夢)が二項対立的に分かたれていて、書物の世界(理想、夢)を否定して現実に回帰する、あるいは現実を肯定する、というふうな単純な構造にはなっていない、と指摘できる。

四　竹青と女房

最初に押さえておきたいことは、女房が竹青に変身したのではなく、もともと女房は竹青的な美しさを有しており、それが、結末において顕現したと考えられるのではないかという点である。太宰「竹青」に描かれる、竹青との世界は、原典『聊斎志異』に比して、「仙郷」的側面は弱い。魚容の「影の形に添ふ如くいつも傍にあつて」とあるように、竹青は魚容の夢見る理想の具現化（影）のようである。

当初から女房が竹青的な美しさを有していたと考えるために色彩に注目してみよう。太宰「竹青」には、『聊斎志異』にはない色彩が描きこまれている。それは『聊斎志異』には皆無であった冒頭の女房の描写にまずは表れる。

冒頭近くの女房の登場場面に目を転じてみよう。

> ひとりの酒くらひの伯父が、酔余の興にその家の色黒く痩せこけた無学の下婢をこの魚容に押しつけ、（中略）魚容は大いに迷惑ではあつたが（中略）涙を怺へ、うつろな気持で自分より二つ年上のその痩せてひからびた醜い女をめとつたのである。（一三一頁）

『聊斎志異』では「和氏」という名がある女房だが、太宰「竹青」では名はない。そして、「黒」という属性が与えられている。この黒は、神烏の「黒」の属性に通じる色である。また「ひからびた」

という表現は、水気がなくなっている状態を表し、水を足すことによって「乾涸び」が戻る可能性も示唆する。涙は水であり、魚容がその名前に反して涙を怺えている点も留意に値する。

さらに、太宰「竹青」において『聊斎志異』から改変、もしくは付加されている色彩に黄金がある。竹青登場の場面だ。

> 水満々の洞庭の湖面の夕日に映えて黄金色に輝いてゐる様を見渡し、「秋風翻す黄金浪花千片か。」などと所謂君子蕩々然とうそぶいてゐると、（一三四頁）

本文でかぎかっこで括られている引用は、白居易「江楼挽眺」の「風翻白波花千片」に依拠する。ここでは御覧のように、白が黄金に変えられている。竹青が登場する直前に風が翻す湖の波（黄金色）を描いていることは、女房と竹青が無関係ではないことを示唆するだろう。そして、神烏となった魚容が矢に射られたときに「涙を流しながら甲斐甲斐しく介抱」し、「羽で湖面を煽つて大波を起し」など、涙を流す場面や波を翻す場面は竹青と共に描かれている。

同じ黄金の波であっても、竹青登場直前は夕日で、女房と通じあった時は朝日である点が異なる。また、前者は季節としては秋が強調される（竹青とは秋と春に二回会うが、春に出会う場面では、「失意の憂愁に堪へかね」「愁思まさに絶頂に達したとき」と秋＋心の愁を使用する。[11]）夕日と朝日は同じ太陽から差す斜陽である。太陽という意味では同じであり、昇ると沈むという面でいえば生と死のような関係性にある。夕日と朝日とを交錯させる手法は「斜陽」にもみられる（そもそも題名の「斜陽」自体がそのふたつを示すダブルミーニングだ）。

季節の流れでいえば、春は青。秋の白は「洞庭湖はただ白く茫として空と水の堺が無く、」とあるような、曖昧に見えにくくする色彩として登場する。これを組み合わせると、色彩の変化は白（秋）↓黒（冬）↓青（春）へと推移する。

女房の変貌は、竹青側の世界が女房へと通じたことを意味する。ここで強調しておきたいのは、女房が竹青に変わった訳ではない、ということだ。竹青は魚容が理想とする（書物／小説）世界に存在する。そして、現実の世界において、ディスコミュニケーションであった女房と、魚容が書物の世界で窓枠越しの（個のまなざしを有する）風景を獲得したことによって、奇跡的にコミュニケーションを果たすのだ。その結果、女房にもともと備わっていた竹青的な美しさが顕れた、と読むことができる。このような変化は、女房が改心して竹青になっただけ、あるいは、魚容が改心して女房が美しく見えただけ、ではなく、ディスコミュニケーションだった両者が通じたことを意味する点は強調しておきたい。

〈私〉の風景の獲得が他者と通じる消失点を生成するという構造は、太宰治が身辺雑記を一人称で語っているという意味ではない、〈私小説〉作家と呼ばれるに相応しい小説を描いていると指摘できる。このことは拙著『虹と水平線』（前掲）などでも繰り返し語ってきたが、「竹青」においても、作品の中心となる視点人物あるいは作者太宰が夢（理想）を否定し、現実肯定へと向かったとは単純に言い得ず、小説を通じて辛うじてその先で他者と通じることができる感触を描いていると解せるのではないか。結末に付された自註の意味はそこにあったのかもしれない。

注

（1）聊斎志異との比較や執筆資料については、大塚繁樹「太宰治の「竹青」と中国の文献関連」（『愛媛大学紀要』一九六三・一二）や村松定孝『太宰治と中国文学』（『比較文学年誌』一九六九・三）、大野正博「聊斎志異『竹青』について――太宰治『竹青』との比較」（『集刊東洋学』一九七三・六）などの先行研究が存在する。

（2）鈴木二三雄「太宰治と中国文学（二）」（『立正大学国語国文』一九七〇・三）、のち『太宰治Ⅱ』（有精堂、一九八五）所収）、二九〇頁。

（3）周琪「太宰治「竹青」試論――発話のポジションを考えながら」（『九大日文』二〇〇四・一二）、江明瑾「問われた〈言葉〉――太宰治「竹青」論」（『日本文芸論叢』二〇一〇・三）、横路明夫「太宰治「竹青」論――なぜ、悪妻が竹青になったのか」（『日本語日本文學（輔仁大学）』二〇一一・七）など。

（4）押野武志「「竹青」と田中貢太郎訳、公田連太郎註『聊斎志異』」（『太宰治研究23』和泉書院、二〇一五）、一四頁。

（5）君島久子編訳『けものたちのないしょ話――中国民話選』（岩波少年文庫、二〇〇一）所収の「天女の里がえり」などにこのような話型が見られる。君島氏は「天女の里がえり」について、「中国に広く伝承している羽衣説話のうち、代表的な難題型――これは天女と共に昇天した男が、天上で天女の親から難題を課せられる型です」（二七五頁）と解説している。

（6）横路明夫「太宰治「竹青」論――なぜ、悪妻が竹青になったのか」（『日本語日本文學（輔仁大学）』二〇一一・七）、八八～八九頁。

（7）『聊斎志異』では、竹青と魚容の間に子がうまれ、その祝いに女たちが来る際に、「皆、私の朋輩ですよ。いちばん後にいた蓮の花のように白い着物を着たのは、漢皐台の下で佩玉を解いて交甫に与えた方ですよ」と告げており、竹青が仙女である気配が、太宰治「竹青」よりも濃厚である。

（8）江明瑾「問われた〈言葉〉――太宰治「竹青」論」（『日本文芸論叢』二〇一〇・三）、三六〜三七頁。

（9）この黄金性と風景の獲得の構造は、太宰作品「黄金風景」と軌を一にする。拙稿「「黄金風景」の黄金性」（『キリスト教文学研究』二〇一六・五）も参照されたい。

（10）「雪の夜の話」については拙著『太宰治　調律された文学』（翰林書房、二〇一五）も参照されたい。「斜陽」については同著と拙著『虹と水平線――太宰文学における透視図法と色彩』（おうふう、二〇〇九）も参照されたい。

（11）そのように考えると「愁殺」という語が使用されている点に注意を払わねばならないだろう。

コラム

「私の胸底の画像」を語る『惜別』——伝記小説の流行と太宰治作品

若松伸哉

中国の文豪・魯迅の日本留学時代を描いた太宰治の長篇小説『惜別』は、日本の敗戦後まもない一九四五年九月、朝日新聞社から書き下ろしのかたちで刊行されている。戦時中に情報局と日本文学報国会による公募での採択を受けて執筆された本書は、時局に対する太宰治の態度が問われてきた作品でもある。そうした執筆の経緯も含め、いろいろと問題を含む『惜別』であるが、本稿で注目したいのは『惜別』初刊本の表紙に刻印されている「伝記小説」という文字である。魯迅を描く本作品が、実在の個人を描く「伝記小説」と銘打たれることについては無論なんの違和感もないが、戦時下の文学シーンにおいて「伝記小説」と呼ばれるジャンルがにわかに言及されていた事実を考え合わせたとき、同時代的な文脈との接点を持つ本作品の姿が浮かび上がる。

昭和一〇年代の戦時下の日本において歴史小説が活況を呈していたことはよく知られているが、太平洋戦争開戦の頃から「伝記小説」というジャンルをめぐる言及も見られるようになる。徳永直「伝記小説について」(『新潮』一九四二・二)は、「伝記物とか歴史物とかが、やはり傾向の一つとなつてゐるやうであるが、新年号の創作欄でも、文芸の「滝沢馬琴」（林芙美子氏）、中央公論の「北方の魂」（島木健作氏）、文芸日本の「梁川星巌」（中谷孝雄氏）その他が眼についた」と述べ、片岡鉄兵「伝記文学について」（『文芸』一九四二・三）が、「たとへば、浅野晃氏の「大楠公」の如く、林房雄氏の「西郷隆盛」の如く、更に遡つては保田与重郎氏の「後鳥羽院」の如く、日本にもすぐれた伝記文学が続々と現れつゝある」と、それぞれ具体的な作品を挙げて記すように、この時期の文壇において個人を描く「伝記小説」はたしかに数多く登場していた。そして徳永が同論で「伝記小説は書くものと書かれるものとの人間くらべ」と書き、片岡が伝記小説における作者の「詩情」の重要性を説くように、彼らの伝記小説論は、対象となる人物を描く作者の態度を重要視しているのが特徴ともなっている。

この点を考えたとき、太宰治『惜別』において魯迅を語る語り手が「一老医師」に設定されているのは興味深い。つまり書くもの（一老医師）と書かれるもの（魯迅）が『惜別』のなかでは互いに登場人物として可視化されているのである。そしてこれは太宰治が一九四三年九月にやはり書き下ろしで錦城出版社から刊行した『右大臣実朝』も同様である。この作品も個人を描く伝記小説の範疇に入れることができるが、『右大臣実朝』においても実朝を語るのは、彼の側に仕えていた「近習」となっており、やはり〈書くもの〉と〈書かれるもの〉が作中に登場する。

さらに高木卓「伝記小説について」（『文学界』一九四三・一一）での「歴史小説がいはゆる現代小説から漠然と時代的に区別されるのにひきかへ、伝記小説はたとへば山本五十六元帥伝を小説化したものでもやはり伝記小説として通用する」という記述を参照すれば、山本五十六戦死から一カ月後の一九四三年五月に起きたアッツ島玉砕に関連した太宰治の「散華」（『新若人』一九四四・三）も伝記小説の系譜として考えることもできる。玉砕したアッツ島守備隊も山崎隊長をはじめ、多くの伝記が作成されているが、太宰「散華」は私小説的なスタイルで、「太宰」とも呼ばれる語り手「私」が、アッツ島で玉砕した青年・三田循司とのかつての交友を語っており、やはり〈書くもの〉の姿が作中で具体的に提示されている。

魯迅・実朝・アッツ島守備隊を語る著作や言説は同時代でも他に複数確認できるが、これら実在した個人（故人）を語る太宰作品は、対象となる人物と関係の深い人物が語り手として設定されているのが一つの特徴となっており、『惜別』で言えば、魯迅をめぐる「社会的な、また政治的な意図をもつた読物」に対して「私の胸底の画像」を語るというように、他に流通する表象ではなく、自分が見た人物像を語るという一種の相対的な人物像の提出が図られている点も共通点として挙げられる。そしてそこに伝記小説が流行するなかでの太宰治の戦略性や批評性の一端をうかがうこともできるだろう。

さらに付け加えていえば、これらの太宰作品は対象となっている人物の死を語り手が描かない点も共通している。一人の人物を描く伝記小説の多くは、対象人物の死を描写しつつ、その死の大きさや意味付けを語るものが多いが、『惜別』『右大臣実朝』「散華」では語り手が対象人物の死を描写することがない。もちろんその意味については各作品によってそれぞれ具体的に検討する必要があるが、少なくとも同時代において伝記小説と呼ばれるジャンルが流行するなかで、『惜別』をはじめ実在した個人（故人）を語る太宰治作品は、それらに対して明らかな特異点も持っているのである。

III

〃戦後〃への架橋

8章　この戦争の片隅に
――「佳日」から戦争表象を考える

内海紀子

一　はじめに――〈楽しい戦争〉はどこへ行ったか

一九四四年七月、雑誌『少女の友』に、高村光太郎の詩「たのしい少女」が掲載された。

たのしいたのしい大事なものが／わたくしの心の奥の方に／世にも大切にお祀りしてあるので／それでわたしはいつでもこんなに／みんながをかしがるほど元気で／みんなが不思議がるほどお人よしで／どんな事にも決してうろたへず、／どんな事にも決してめげずくじけず、／なんにも欲しいとおもはず、／あればあるでいいし、／なければないでいいし、／心が勇んで毎日の勤労にも／勉強にもお手伝にもお食事にも／たとへやうのない張合を感じます。

（高村光太郎「たのしい少女」、『少女の友』一九四四・七）

一九四四年七月といえば、前月六月にマリアナ沖海戦で日本軍が壊滅的敗北を喫し、米軍が日本本土を空襲圏に収めた時期である。七月、米軍機が北九州に来襲し防空情報が放送される。インパール作戦が無残な失敗に終わり、八月にかけて太平洋ではサイパン島、テニヤン島、グアム島で玉砕が続いた。東京の空襲が本格化するのは一二月のことである。深刻化する戦局と戦時下にあって、『少女の友』は、苦しい状況に愚痴をこぼすどころか、かえって張り合いを得て勤労に勉強にと奮起する少女たちの姿を掲載し続けた。そういった、いきいきと輝く少女の表象に、高村光太郎の詩は呼応している。

楽しい戦時下。『辻詩集』（日本文学報国会編、一九四三）に掲載された数多くの詩にもそれは見てとれる。例えば岡より子「お台所忠義」が、「奥様、今こそ私達に取つて忠義の仕易い時はないのです」と張りに満ちた声を響かせて、「洋服の襤褸でチヨツキを作つたり」「一本の釘、一本の針を大切に」と倹約を呼びかけ、塵も積もれば山となる理屈で戦艦を造ろうと歌ったように。戦時下の暮らしにこそ生きがいと喜びがある（べきだ）とされ、文学はその記憶を留めていたのである。

戦意高揚のため、また、楽観視できない戦時下の現状を肯定し何とか乗り切るために、あまた綴られ反復された〈楽しい戦争〉の物語。文学は楽しい戦争の記憶をたくさん残した。[1] しかし敗戦後七〇余年を経た現在、それらが私たちの目に触れる機会はほとんどない（当時の記録として保存されている場合を除いて）。楽しい戦争の記憶／物語は、どこへ行ったのだろうか。

現代の私たち、さらに次の世代に向かって語られる戦争の記憶／物語は、昔日本が戦争をしたこと、戦争で大きな苦しみを受けたことから説き起こされる。私たちは昭和館の展示を見て国民生活の労苦を学び、平和祈念館や原爆資料館で戦争がもたらした惨禍について知る。映画『火垂るの墓』を観て、罪なき幼い兄弟が戦争に巻き込まれる悲劇を目撃し、生きられなかった小さな命に心を寄せる。そして日本軍が自国民に銃を向けた事実、大陸や太平洋でアジアの人々を加害した過去の事実についても知り、「戦争を二度と繰り返してはならない」と学ぶ。

橋本明子(2)は、戦後日本が敗戦というトラウマを文化的、道義的な拠りどころとしながら、「長い戦後」の文化をつくったことを指摘している。戦争と敗戦のトラウマを乗り越えるため、すなわち「負の烙印から立ちなおり、喪失感を癒し、不正を正すための自己回復のプロセス」として平和主義を選択し、戦争は絶対悪であり、癒しがたい悲しみをもたらすものと振り返るようになった。

平和主義に立脚する以上、過去の間違った戦争の扱いに注意を要するのは当然だ。戦中を楽しかったものとして回顧することは、戦争を美化してしまう恐れがある。だから楽しかった戦争の記憶／物語は語られなくなる。しかし戦時下にあふれていたそれらの記憶／物語をなかったことにすることは、かつて日本人が戦争に自ら参加し、戦時下をいきいきと生きたという事実と向き合う機会を奪い、そこから議論したり問題を考えたりする機会を失わせるのではないだろうか。

こういった事例は、日本の戦争記憶の傾向の一つをあらわしている。

二〇一六年、片渕須直監督／こうの史代原作の長編アニメーション映画『この世界の片隅に』が公開され、大ヒットとなった。この映画を取り上げたＮＨＫクローズアップ現代＋のウェブサイト(3)を見ると、綿密な時代考証に基づいて細部まで描き込まれたリアリティのある戦時下の時代状況、そして厳しい戦時下にあっても人間性を失わず、日々の生活に小さな喜びを見出して懸命に生きる主人公

「すずさん」の姿が、多くの人々の共感を呼んだとある。戦争中にも「確かにあったはずの人々の生のきらめきや悲しみ」（こうの史代）を描いた原作を、映画は丁寧に映像化した。『この世界の片隅に』は、本稿が〈楽しい戦争の記憶／物語〉と呼ぶものの一部を、現在の視点から注意深く語り直した作品と呼べるかもしれない。映画を鑑賞した人は、「主人公たちのいた時代と今の平成の時代がつながっている感じを肌で感じた」（四〇代・男性）などの感想を寄せている。

一方で、『この世界の片隅に』の評価として、「反戦的でないから良い」といった内容のものもSNS上で散見された。こういった見方は、戦争記憶の語りをめぐるある種の隘路を示している。ここでいう「反戦的」とは、恐らくかなり恣意的な先入観によるものだ。〈戦争映画といえば暗く救いのない現実に苦しみ嘆く登場人物たちが出てきて、ネガティブな要素を盛り込んで、戦争はいけないと声高に訴えるものだ〉という強固な先入観である。そういった先入観をもつ人々が、映画に描かれた〈楽しかった戦争の記憶／物語〉の部分をほめそやした。

〈「反戦」はネガティブでストレスフルである〉――このような思い込みは、戦後日本で繰り返されてきた戦争への反省や、戦争責任を問われることにはもう飽き飽きした、という拒絶反応に裏打ちされている。戦後七〇余年を経て、敗戦の文化的トラウマは、ある人々にとってスティグマと感じられるようになっている。

二　研究のねらいと依拠した枠組み

キャロル・グラックは、日本の戦後を「長い戦後」（The long defeat）と呼んだ[4]。他国では第二次世界大戦後といえば一九五〇年代後半までのことで、それ以降は「現代」という扱いになるにも関わらず、日本では、半世紀以上を経ながらまだ戦後とみなしている特異な現象をさす言葉である。長い戦後のなかで日本人は、現在の社会条件に基づいて、選択的に集団的記憶を形づくってきた。戦争に関する集団的記憶は、橋本明子[5]が分類したように、

1）「美しい国」の語り：戦争と敗戦を、勇敢に戦って戦死した英雄の話としてとらえるもの。こんにちの平和と繁栄は先人の尊い犠牲なしにはありえなかったとし、戦争や国民の払った犠牲を正当化する。

2）「悲劇の国」の語り：戦争を敗戦の犠牲になった被害者の話としてとらえ、その被害者の心情に寄り添い、自身を重ね合わせるもの。被爆都市の広島や長崎、そして空襲の被害を中心にしたものも多い。

3）「やましい国」の語り：戦争を中国や朝鮮、東南アジア各地における加害者の話としてとらえ、日本がおこなった帝国主義的支配や侵略、搾取を強調するもの。日本が暴力を行使したり人々を虐げたという過ちを反省し、後悔するという道徳的基盤に立つ。

これら三つのタイプの語りによって語られる。

1、2、3は多様な戦争の語りとして共生しつつ、戦後に浸透している。映画やドキュメンタリー、小説、漫画等のメディアには2の「悲劇の国の語り」が多く、国民が心ならずも犠牲を強いられたという捉え方がよく使われる。「悲劇の国の語り」は、犠牲を強いられた人の無力さと無念という枠組

みを使って戦争の恐ろしさを説明するが、人々が体験した戦争の恐怖を語り伝える一方で、「遠くの他者」の苦難よりも「近くの家族」の苦しみを優先させる機能も果たすと橋本は指摘する。[6]

「悲劇の国の語り」は、日本人が被った被害をクローズアップし、アジアに対する加害を見えにくくする。個人の戦争体験談や回想記などにも広く見られるこの一般的な戦争解釈は、真珠湾奇襲から始まって原爆投下で完結する太平洋戦争を意味することがほとんどである。[7] 中国との戦争は「悲劇の本編の序章」であるかのように扱われ、このこともアジアへの加害を見えにくくする一因となる。また、戦争を天災であるかのごとく描くのもこの語り[8]の特徴だ。空襲下の人々は災害に見舞われて疎開を余儀なくされる無辜の民のように描かれる。

さて「悲劇の国の語り」を含め、「美しい国の語り」「やましい国の語り」の相矛盾する三つの語りがせめぎ合っているのが日本の記憶文化の現状だと橋本は分析した。しかし、被害の記憶が太平洋戦争（対米戦争）に集中し、加害の記憶がアジアの植民地や占領地に言及する際に出てくることを踏まえると、「悲劇の国の語り」と「やましい国の語り」は相矛盾するわけではなく、宛先が違うと考えることはできないだろうか。

このことは、現在の日本の戦争をめぐる諸外国への姿勢と関連づけて考えることができそうだ。

グラック[9]は、日本が半世紀以上も「長い戦後」を続けたことについて、現在日本が有する民主主義、平和、繁栄が戦後に起源をもち、ゆえに戦後にしがみつくことは「現状への満足」を意味する、と一九八〇年代に指摘していた。しかし二〇一九年現在、日本が経済的優位性を失い、繁栄の記憶も薄れている今、なおも政府が〈戦後〉を延命させている理由は、日米安保条約に象徴される対米関係の現状維持にあろうと思われる。被害者の立場によそえて「悲劇の国の語り」を続けるメリットはここにある。日本に実質的な主権がないことを被害者性の中に隠しておけるというわけだ。

一方でアジア諸国に対しては、戦争加害を公式に認めた過去の見解を二転三転させ、長い戦後をアジアに向けてはこれ以上続けていきたくない、という姿勢をほのめかしている。

このように「長い戦後」は複数の方向に向けて使い分けられているといえる。敗戦によってもたらされた乗り越えるべき文化的トラウマは、長過ぎるほど長く延命された戦後のなかで、何度でも繰り返しよみがえるゾンビのような存在として人々に受け取られる。現在、SNS上などにうっすらと広がる戦争記憶への倦厭感（戦争の話はもう飽き飽きした、暗いし…というような感傷）は、わざと長く引きのばされた戦後に醸成されたものだろう。

敗戦の文化的トラウマを乗り越え、長い戦後を終わらせるには、過去の戦争の記憶と戦争責任と向き合うことが何よりも重要である。しかし、それをないがしろにしたまま、戦争の記憶から目をそらしたい願望が蔓延している。戦争について思考停止した人々の足元で、緊急事態条項を含む憲法改正が現政権によって推し進められ、「戦争のできる国」へと着実なプレート移動が進んでいる。

長い戦後の片隅から眺めると、太宰治が生きた、総力戦体制が日常化していく時代は決してはるか遠いものとは思えない。

三　「つつましさ」という価値

以上のような問題意識に基づき、太宰治の小説を読んでみたい。まず初めに、戦時下の日常の幸福な一駒を描いた作品として、「佳日」（『改造』一九四四・一）の頁を開いてみよう。

これは、いま、大日本帝国の自存自衛のため、内地から遠く離れて、お働きになつてゐる人たちに対して、お留守の事は全く御安心下さい、といふ朗報にもなりはせぬかと思つて、愚かな作者が、どもりながら物語るささやかな一挿話である。（第七巻、一九〇頁）

「佳日」の冒頭はこのように始まる。以下、「愚かな作者」を自称する「私」が、北京在住の旧友大隅君のために縁談のとりまとめに奔走するさまが語られる。

大隅忠太郎君は「私」の大学の同期である。知識をひけらかして「少し威張りたがる癖」を持ち、世渡りはうまくはないが、決して悪い人ではないと見抜かれている。縁談のまとめ役を任された「私」は閉口しつつも、相手方の小坂家と連絡をとり、結納の品を持参することになった。

小坂家は立派な家庭で、六九歳の父親と長女、次女、大隅君の婚約者である三女の三姉妹、姉の子供たちが暮らしている。かなりの財産と地位を有するようだがそれを表に出すことはない。長女の夫が戦死、次女の夫も従軍中という「名誉の家」でありながらことさらに吹聴することもなく、[10]「つつましく涼しく笑つて」いる。「私」は小坂家の人々に敬服する一方で、感謝の気持ちを表現するのが下手で偉そうな物言いばかりする大隅君に対しては腹を立てたりひと悶着起こしたりしつつ、媒酌人を務める恩師の協力も得て、大役を務めあげる。

結婚式当日、大隅君が礼服の用意をしていなかったことがわかる。小坂氏は次女に向かって、夫のモーニングを持って来させるよう命じるが、次女は「いやよ」と言下に拒否する。「お留守のあひだは、いやよ」。次女はくつくつ笑っている。そんな妹に理解を示して、「お帰りの日までは、どんな親しい人にだつて手をふれさせずに、なんでも、そつくりそのままにして置かなければ」と代わりにモーニングを貸してくれたのは長女だった。「うちのひとには、もう、なんにも要らないのです」。「家宝のモオニング」を貸してもらえることになったと「私」は大隅君の背中をどんと叩いて問う。「下の姉さんは、貸さなかつたが、わかるかい？　下の姉さんも、偉いね。上の姉さんより、もつと偉いかもしれない」「わかるさ」と郷然と言う大隅君はやはり感情の表現が下手だ。しかしラストシーンではこのような態度を見せる。

　けれども、やがて、上の姉さんが諏訪法性の御兜の如くうやうやしく家宝のモオニングを捧げ持つて私たちの控室にはひつて来た時には、大隅君の表現もまんざらでなかつた。かれは涙を流しながら笑つてゐた。（第七巻、二一三頁）

「佳日」は銃後の日常におけるハレの日を、ユーモアを交えた語りでほのぼのと温かく描き出した小説といえよう。語りは、名誉の家であることを誇らかに宣伝しない「つつましい」小坂家を美しく描き、対照的に、知識を開陳するくせがある大隅君を戯画化する。大隅君が「涙を流」す終幕は〈つつましさ〉に頭を垂れたとも読めるだろう。〈つつましさ〉が心寄せるべき美徳として特別な価値を付与されていることに注目したい。

三・一　一九四〇年頃までの〈つつましさ〉

「つつましい」という言葉を辞書で引くと、「遠慮深い態度である。控えめで、しとやかだ」「ぜいたくでないさま。質素なさま。つましい。」等の意味が出てくる。

控えめであること。小さくあること。振り返れば太宰は初期からこの言葉に特別な思いを寄せていたようだ。津島修治が初めて「太宰治」の筆名を用いて発表した「列車」(『サンデー東奥』一九三三・二・一九)には、恋人に裏切られて郷里へ送り帰される「テツさん」が、青森行きの列車の窓縁に「つつましく」手を添えているさまが描写される。語り手「私」が、友人の添田よりも、圧倒的に弱い立場であるテツさんへ心を沿わせている証として読めるかもしれない。

以来、作家の生涯に寄り添うように〈つつましさ〉は小説に登場し続けた。いくつかの小説からその経緯を探ってみよう。

「燈籠」(『若草』一九三七・一〇)は太宰が得意とした女性の一人称語り、いわゆる〈女性独白体〉で書かれた初の小説である。恋人のためを思って万引きをしてしまった「さき子」は、世間の無理解や恋人の冷ややかな侮りにさらされるが、かえって「このつつましい電燈をともした私たちの一家」が綺麗な走馬燈のような気がする、と誇りを感じつつ居間に明かりをともす。「つつましい」電燈は、一般世間から隔絶したところに追いやられた弱者が、それでも胸の中にひそかに保っている矜持と真実の象徴であろう。

世俗/理想の二項対立は、この頃の〈つつましさ〉の背景である。「きりぎりす」(『新潮』一九四〇・一一)でも、画家として成功し世俗的な物欲にまみれてしまった夫「あなた」と、そんな夫に別離を切り出す妻「私」が対照的に描かれる。「なんでそんなに、お金にこだはることがあるのでせう」「誰にも知られず、貧乏で、つつましく暮して行く事ほど、楽しいものはありません」。金や名声に執着する夫と、精神的な価値を重んじて堅実な暮らしを望む妻は、対照的な存在だ。

一九四〇年頃までの〈つつましさ〉の内実をまとめてみよう。〈つつましさ〉は、マジョリティとの比較対照において前景化してくる価値観のようだ。大きく強いもの、権力をもつ中心的存在に対して、〈つつましさ〉は周縁からアンチテーゼをつきつける。節度や慎み深さ、小さくあること、孤独であることを通して。同時にそれまで光が当たってこなかった、誰かの影に隠れて見えなかったものを可視化する。〈つつましさ〉が女性独白体の小説に多く現われ、女性ジェンダーにしばしば紐づけられるのもこのことに関係するだろう。(11) 太宰が理想とした芸術上の立場表明――〈個〉であること、自分自身の小さな足場を守ること――にも、〈つつましさ〉という言葉はふさわしい。

三・二　総力戦体制下の〈つつましさ〉

太宰の芸術のよりどころとなる精神を象徴していた〈つつましさ〉は、一九四一年一二月の太平洋戦争開戦を経て、総力戦体制下で徐々に変容してゆく。

「作家の手帖」(『文庫』一九四三・一〇)を見てみよう。この短編は、七夕飾りの話、産業戦士に煙草の火を貸した話、洗濯する主婦の話の三つのエピソードからなり、非常時ではあるものの、穏やかに脈々と営まれる銃後の日常を描き出す。庶民の生活をたのもしく思いつつ見守る語り手のまなざしは、三ヵ月後に発表される「佳日」の筆致にも共通している。

「私」は七、八年前に谷川温泉を訪ね、山麓の町で七夕飾りを見て「ああ、みんなつつましく生きてゐる」と心洗われた過去を持っている。時を経て「ことし」、三鷹の街の七夕のお飾りを目にして、色紙に綴られた「たどたどしい幼女の筆蹟」を読む。

オ星サマ。日本ノ国ヲオ守リ下サイ。

大君ニ、マコトササゲテ、ツカヘマス。

はつとした。いまの女の子たちは、この七夕祭に、決して自分勝手のわがままな祈願をしてゐるのではない。清純な祈りであると思つた。私は、なんどもなんども色紙の文字を読みかへした。すぐに立ち去る事は出来なかつた。この祈願、かならず織女星にとどくと思つた。祈りは、つつましいほどよい。（第七巻、一八四頁）

さぞや自分勝手な願い事が綴られているのだろうと考えていた「私」の期待は、見事に裏切られる。短冊に込められていたのは「つつましい」祈り、国の安泰を願い、我欲を捨てて天皇に仕えるという誓いだった。二つの七夕を隔てているのは、「昭和十二年七月七日、盧溝橋に於いて」とどろいた「忘るべからざる銃声一発」だ。日中戦争勃発以来続く非常時が幼い少女の願い事にも反映している。

ここで称揚される〈つつましさ〉は無私を意味する。「東京だより」（『文学報国』一九四四・八）に出てくる、服装のみならず表情まで画一化した勤労少女が、「全部をおかみに捧げ切ると、人間は、顔の特徴も年恰好も綺麗に失つてしまふ」と描写されることと似ている。「自分勝手のわがまま」（「作家の手帖」）や「個人事情」を捨てて、「お国のために精出」す国民になりきることの無私の美徳。ここにおいて〈つつましさ〉は、個性を捨てて全体の目的に奉仕すべきである、という総力戦体制下の価値観とフィットしたと言える。

三・三　水難者のエピソード問題

一九四一年頃から一九四四年にかけて、〈つつましさ〉という言葉は、「佳日」「作家の手帖」そして本節で分析する「雪の夜の話」等、戦時下の生活にもある喜びや輝きを描いた小説群に出てくる。つまり〈つつましさ〉は、本稿が〈楽しい戦争の記憶／物語〉と呼ぶものを書き留めた小説に集中的に登場し、無私であることを美化するのである。

このことを本稿ではこのように考えたい。太宰文学において特徴的な価値をもつ〈つつましさ〉が〈楽しい戦争の記憶／物語〉と交差する時、従来とは違った意味を帯びるようになった。つまり、〈つつましさ〉の意味の変容そのものが、文学が総力戦体制に巻き込まれていくさまを如実に跡づけ、記録しているのだと。

〈つつましさ〉の変容をさらに見てみよう。

「佳日」とほぼ同時期に執筆、発表された「雪の夜の話」（『少女の友』一九四四・五）にこのようなエピソードが出てくる。「デンマークの或るお医者」が水夫の遺体を解剖したところ、遺体の眼球の網膜に「美しい一家団欒の光景」が写っていた。お医者が不思議に思って「友人の小説家」に報告すると、小説家はすぐさま次のような解説を与える。

その若い水夫は難破して怒濤に巻き込まれ、岸にたたきつけられ、無我夢中でしがみついたところは、燈台の窓縁であつた、やれうれしや、たすけを求めて叫ばうとして、ふと窓の中をのぞくと、いましも燈台守の一家がつつましくも楽しい夕食をはじめようとしてゐる、ああ、いけない、おれがいま「たすけてえ！」と凄い声を出して叫ぶとこの一家の団欒が滅茶苦茶になると思つたら、窓縁にしがみついた指先の力が抜けたとたんに、ざあつとまた大浪が来て、水夫のからだを沖に連れて行つてしまつたのだ、（中略）（第七巻、二三四頁）

お医者と小説家は、「世の中で一ばん優しくてさうして気高い」水夫の遺体を懇ろに葬る。水難者のエピソードと呼ぶべきこの逸話を、「つつましくも楽しい」一家団欒を命を賭して守り、人知れず死んでゆく者の表象として本稿の問題圏に入れたい。

するとー九四四年末頃に書かれた『惜別』(朝日新聞社、一九四五)に水難者のエピソードが再登場することにも気づく。「周さん」は文芸の意義を「私」に説く過程でこのエピソードを引用する――難破して怒濤に巻き込まれ、「燈台の窓縁」にしがみつく男。助けを求めて叫ぼうとするが、「今しも燈台守の夫婦とその幼い女児とが、つつましくも仕合せな夕食の最中」なのを知って一瞬とまどい、再び波に沖遠く拉し去られてしまう。

周さんが語る水難者のエピソードは、「雪の夜の話」とまったく同じである。水難者の死が「誰も知らない事実」であることも。そこへ周さんは付け加える。このような、「誰にも目撃せられてゐない人生の片隅に於いて行はれてゐる事実」を「天賦の不思議な触角で捜し出す」ことが文芸の役割[12]である、と。

一九四四年頃、太宰は水難者のエピソードと文学を関連づけて繰り返し語ったようだ。同じ頃に脱稿したと推測される「一つの約束」(発表誌不明)でも、水難者のエピソードに言及した上で文学の役割に触れ、さらに「第一線に於いて、戦って居られる諸君」に向けてこう呼びかけている。

第一線に於いて、戦つて居られる諸君。意を安んじ給へ。誰にも知られぬ或る日、或る一隅に於ける諸君の美しい行為は、かならず一群の作者たちに依つて、あやまたず、のこりくまなく、子々孫々に語り伝へられるであらう。日本の文学の歴史は、三千年来それを行ひ、今後もまた、

変る事なく、その伝統を継承する。（一一巻、二九八頁）

小野正文[13]は、「一つの約束」を、戦争という時代状況のなかで太宰が「太平洋戦争中の、文学者の持つ銃後の役割と覚悟を表明した」ものと読んでいる。「幾十万の人たちが、遠く戦地で無惨な死をとげている有様」を思い浮かべ、「その人たちの死を犬死と呼ばせたくない気持」で、文学者が彼らの行為をのこりくまなく次世代に語り伝えると誓った、と。太宰は従軍せず、想像や願望でもってつくりあげたフィクショナルな戦場を語ることもしなかったが[14]、小野のいう「ひたむきな太宰の文学奉公の気持」が水難者のエピソードを通じて現われているのだろう。

つつましい家族団欒を守って人知れず死んでゆく水難者。彼が象徴するものは、日本の銃後を守るため命を賭して戦う前線の兵士である。銃後の国民は兵士一人ひとりの死を知ることはないが、彼らの犠牲すなわち「美しい行為」は、文学によって「あやまたず、のこりくまなく」可視化され語り伝えられる。

「一つの約束」をマニフェストととらえると、振り返って「佳日」の冒頭、「これは、いま、大日本帝国の自存自衛のため、内地から遠く離れて、お働きになつてゐる人たちに対して、お留守の事は全く御安心下さい、といふ朗報にもなりはせぬかと思つて、愚かな作者が、どもりながら物語るささやかな一挿話である」という書き出しも、同様のメッセージ性をもつことに気付かされる。戦時下にもある、銃後のハレの日の輝きを物語ることは、前線へ向けた慰めになる。つつましくも脈々と続いている銃後の日常は、前線の兵士のおかげで守られていると語りかけることだからである。「佳日」は語りかける――あなたがたが出征中、あなた方の働きのおかげで日本の銃後は守られているし、小坂家の次女が言ったように、「お留守のあいだは、なんにも触れさせずに」（夫のありとあらゆる所有物に、そして暗喩として彼女自身にも）つつましく身を守って待っているのだから、「お留守の事は全く御安心下さい」。「佳日」はそのようなメッセージを送って兵士の背中を戦争へ向かって押したのである。

総力戦体制下において、個を捨てて全体に奉仕する国民のメンタリティを〈つつましさ〉は美化した。こうして〈つつましい〉ものたちは銃後という名の周縁になり、中心＝国家が遂行する戦争に加担するシステムに組み込まれていったといえる。

三・四　戦後の〈つつましさ〉と無力化――「作家の手帖」の書き換え問題

戦時下における〈つつましさ〉が、窮迫する食糧事情や華美を慎む同調圧力を美化していたことを思えば、一九四五年九月二日の降伏文書調印による敗戦後、つつましくあることの価値が見る影もなく暴落してゆくのは当然のなりゆきのように思える。

太宰の戦後の小説から〈つつましさ〉は姿を消した。わずか一、二年前であれば〈つつましい〉と美化されていたであろう戦後社会の貧しさは、「おちぶれ。わびしさ」（「おさん」、『改造』一九四七・一〇）と剥き出しの現実をさらす。おもちゃを持たない「マサ子」が、無心にお豆の成長を楽しみにしている姿は、戦時下であれば、倹しくも満たされてある〈つつましさ〉の理想形として称賛されたであろうに、今や「いぢらしさ」と憐憫の対象になる。

太宰文学における〈つつましさ〉は、時局や社会と交錯しつつ、意味のねじれの軌跡を描いてきた。敗戦によってもたらされた価値観の揺らぎと引き裂かれを露呈する現場にもなったようだ。

安藤宏[15]は、戦後の太宰が戦中に書いた自分の作品を著作集に再録する際、本文をかなり書き換えている事実について指摘している。この書き換えはＧＨＱの検閲に備えて発禁処分を回避するための自主検閲であり、「作家の手帖」も、作家の胸を打った戦時下の無私なる願い事「オ星サマ。日本ノ国ヲオ守リ下サイ。／大君ニ、マコトササゲテ、ツカヘマス。」が、戦後に刊行された再録本では「戦争ハ、コワイデス」と書き改められているという。

この書き換えの結果、異なる二つの願い事が、「祈りは、つつましいほどよい」という同一の感慨で包括されたことに注目したい。

書き換え前：少女の／無私な／祈り（個人事情を捨てて国に奉仕する）

書き換え後：無辜の／少女の／祈り（戦争をひたすら恐れる）

かつて戦争遂行のために個を捨てた少女の〈つつましさ〉は、戦後になって、ひたすら戦争に恐れおののく無力な少女が、こんな戦争は早く終わって欲しいと平和を願う祈りに置き換えられた。二つの〈つつましさ〉は同義ではない。後者の〈つつましさ〉は無力を装うこと、自分を無力化することを意味する。

敗戦後の太宰も、ＧＨＱの検閲を恐れて自作から戦中の愛国主義的言説を消し、代わりに平和主義的な文言を取り入れる必要を感じた文学者のひとりだった。太宰は少女の口を借りて「戦争ハ、コワイデス」と言わせた。幼い子供のあどけなさや無力さ、可傷性をクローズアップして、戦争に対して受け身である他に選択肢をもたない「つつましい」存在であることをアピールしたとも言える。

ここまで〈つつましさ〉の変容を時代にそって見てきた。一九四〇年頃の〈つつましさ〉は、小さな個であることを意味し、周縁から中心へのアンチテーゼだったが、総力戦体制下では中心の戦争を支持する周縁へと取り込まれた。〈つつましさ〉の変節[16]はいつどこで起きたのか、厳密に跡づけることは難しいが、周縁に置かれていた〈個〉が、それまで保持していた主体性を放棄し、無私であることを肯定した時ではないかと考えられる。

主体性を放棄すること。本稿の冒頭に引用した高村光太郎の「たのしい少女」が、苦しい現状を一度たりとも批判したり苦しさの源である戦争を疑ったりしない、ということを想起したい。戦時下の生活は厳しい。でも「たのしいたのしい大事なもの」（正体は不明である）が心の中にあるから楽しい。この因果律は自動化しているのだ。彼女は主体的に考えることを止め、「たのしい」とけなげに繰り返す装置になっている。天子様からいただいたという「大事なもの」が本当は何なのか（聖戦の大義といったものか?）、それが遠い他者にどのような被害を及ぼすかは、彼女の関心の内にはない。〈つつましさ〉が国家や権力に美徳化され搾取される時、個々人が生き難い現状を問題視したり批判することは忌避され、ユーモアや明るさでもってポジティブに生きていくことが奨励される。同様に、太宰の〈つつましさ〉も主体的であることを放棄した。やがて敗戦後、「自分は無辜で無力な一市民である」という自己認識のもと、時代の流れに逆らえず大きな意志に従って戦争に巻き込まれる他なかった、という語りを作り出していくのである。この語りは、橋本明子が「敗戦国社会に見受けられる、『無力さの言説』[17]」と指摘するものに似ている。

四　敗戦後の回顧と語り――「雀」[18]をめぐって

一九四五年八月、太宰は家族とともに津軽へ疎開し、敗戦を郷里で迎えた。疎開中に「雀」を執筆、雑誌『思潮』(一九四六・一〇)に発表している。

「雀」の語りの現在は一九四五年年九月頃で、太宰とおぼしき作家「私」が八月に津軽へ疎開して一月ほど経った頃、小学生の同級生だった慶四郎君と再会するというストーリーである。慶四郎君は「白衣」で「胸に傷痍軍人の徽章をつけ」、復員してきたばかりだった。彼が「私」に兵役中に体験したことを語る。

太宰が「雀」を執筆していた一九四六年一月頃[19]から発表時(一九四六・一〇)の時空といえば、復員兵の存在が日本で目立ち始めた時代である。一九四五年一一月頃から軍人の復員、民間人の引揚が軌道に乗り始め、四六年五月までに中国から帰国した軍人と民間人は累計で一六六万三八六〇人にのぼった[20]。また極東国際軍事裁判(一九四六・五・三〜一九四八・一一・一二)が開かれ、新聞報道を通じて外地における日本の戦争加害についても報道され始めた頃であった。

この一九四六年という早い段階で、「雀」が内地の戦争被害ではなく、外地における戦争加害について語ろうとしていたことは注目に値するだろう。

慶四郎君は「中支に二年、南方に一年」いて、病気にかかって帰国し、伊東温泉で六カ月ほど療養していた間に終戦を迎えて退役した。この一足先に帰国した復員兵と呼べそうな慶四郎君が、戦争を回顧する語りは特徴的だ。彼は「外地」に居た三年間を「遠い夢のやう」「兵隊として走り廻つてゐるのが、この自分では無いやうな気」がすると自己乖離的にふりかえる。「あの当時の事は、まつたく語りたくない」。慶四郎君の感慨は、後に「斜陽」(『新潮』一九四七・七〜一〇)の南方から復員してきた直治が、「何も無い。何も無い。忘れてしまつた」と忘却を装うことで回顧の語りを封印するのと似ている。

そんな慶四郎君にとって伊東温泉の六ヵ月のほうがリアルに感じられた。「自分といふこの重苦しい人間の存在が、まがふかたなく生きて動いてゐる感じ」がしたと振り返る慶四郎君は、伊東ではアイデンティティを保っている。

戦後から戦中を振り返る時、「外地」＝国土のスケールの差が生活感覚のずれを生み、リアルに感じられない場所／「内地」＝生活の密度が濃く、ぴったり体感が合うためリアルに感じられる場所、と慶四郎君は区別するのである。

外地でリアルが感じられないことについて、「やつぱり日本人は、内地から一歩外へ出ると、自己喪失とでもいふのか、ふはりと足が浮いて生活を忘れ、まるで駄目になつてしまふ宿命を負つてゐるのではないかしら」と彼は解釈する。「自己喪失」という言葉が用いられていることに注意したい。慶四郎君はアイデンティティの保持を内地からの距離感ではかり、内地／外地がアイデンティティ保持の境界だと解釈する。

さて伊東で療養中のある日、慶四郎君は、射的場に赴いてブリキの雀を空気銃で打つゲームをする。普段から親しんでいる娯楽だが、その日はツネちゃんを意識するあまり、「この野郎。もう処女ではないんだ」と思うや、つまり故意に彼女のモンペの膝を狙って撃ってしまう。そして自分がやってしまったことに思い当り、「僕はその日から、なんとしても、もう戦争はいやになつた。人の皮膚に少しでも傷をつけるのがいやになつた。人間は雀ぢやないんだ」と考えるに至る。「戦争は、君、たしかに悪いものだ」。慶四郎君はこの出来事を手がかりに戦時中の行為を回顧する。

僕は戦地に於いて、敵兵を傷つけた。しかし、僕は、やはり自己喪失をしてゐたのであらうか、それに就いての反省は無かつた。戦争を否定する気は起らなかつた。けれども、殺戮の宿酔を内地まで持つて来て、わづかにその片鱗をあらはしかけた時、それがどんなに悪質のものであつたか、イヤになるほどはつきり知らされた。（第八巻、二七九頁）

慶四郎君は、「戦争は悪いものだ」という敗戦後的認識に基づいて、戦時中に外地で自分がやったことを加害行為として反省する。戦時中は「戦地」で「自己喪失」をしていて、敵兵を殺戮し、それを悪いことと認識するフレームも持たなかった。だが「内地」で同じようなことをやりかけてしまい[21]、自分の行為が暴力＝悪であったことを認識する。ツネちゃんの父親に憎悪の目つきで睨まれたこともきっかけとなっただろう。戦争は具体的な他者を傷つける、具体的な暴力に他ならなかった。

しかし、慶四郎君が繰り返して語る、内地／外地の境界区分と戦争暴力の関連づけは、ほとんど意味をもたない。沖縄や硫黄島でも日本兵は戦場で敵兵を殺し、自国民を殺したからだ。慶四郎君は自分が関わった暴力の記憶を振り返る際に、「自己喪失」を演じることにより、自分を主体性と責任能力を欠いた無力な存在にしてしまった。慶四郎君が踏み越えてしまったのは内地／外地の境界ではなく、自己に主体性を認めるか／放棄するかの境界である。

五　まとめ――片隅から現在を考える

本稿では、太宰文学における〈つつましさ〉の表象分析を通して、戦争と文学が交錯するさまを分析した。

一九四〇年代、小さくあることによって周縁に立ち、中心に対する異議申し立てをしていた〈つつましい〉ものたちは、総力戦体制下で主体性を放棄し、周縁に留め置かれたまま中心の権力装置にからめとられて戦争に参加した。太宰の〈楽しい戦争の記憶／物語〉の片鱗を留める小説群——「佳日」「作家の手帖」「雪の夜の話」「雀」等——をつなげて読んでみて、主体性（の放棄）というキイワードを取り出すことができたと思う。

　ところで敗戦後日本で戦争を回顧しようとする語りは、戦争被害の恐ろしさを強調する際にしばしば子供の表象を用いている。『火垂るの墓』しかり、昭和館の来館者を平和の祈りへ誘う少女像しかり、「悲劇の国の語り」にその傾向は顕著だ。無垢で、責任能力をもたず、あどけない無力な子供は、被害者のイメージに最もうまく当てはまるからだろう[22]。

　同様に太宰も、少女の口を借りて戦争は怖いと言わせ（「作家の手帖」戦後の書き換え）、「十五年間」（『文化展望』一九四六・四）では国家を親／自分を子供に擬して戦中の記憶を振り返った。

　そしてその後は子供の表象を用いていない。最晩年に書かれた小説は、「斜陽」（『新潮』一九四七・七）にしても、かず子は生まれてくる赤ん坊の親として「私生児」の母を引き受け、「桜桃」（『世界』一九四八・五）にしても、模範的ではない父親が駄目さをあくまで貫きつつ破れてゆく。大人たちは自分の責任を他の誰かに任せず、自らの生を選択して生きていく。これらを主体性の回復を試みる物語と読めないだろうか。占領下の太宰は、自分を無力な被害者の立場に置きたい願望を退け、責任をとる主体の言葉を書き残そうとしたのかもしれない。

　主体性の放棄と回復のテーマを、戦中—戦後の太宰文学から読み取ってきた。最後にこの分析を、私たちが今生きている「長い戦後」の現状に重ね合わせたい。

〈つつましい〉ものたちが総力戦体制下で主体性を放棄した結果、周縁に留め置かれたまま、国家や権力に搾取されたことは先述した。生き難い戦時下を問題視したり批判することは忌避され、ユーモアや明るさでもってポジティブに生きていくことが奨励されたことも先述の通りである。

こういったメンタリティは、現在広い世代間に蔓延する、ネガティブなもの（戦争記憶を含む）への忌避感情に酷似している。明るくポジティブなことが善とされ、暗くネガティブなことは良くないこととされる。社会の問題点を批判したり、マイノリティが声をあげることは歓迎されない。「愚痴を言うよりも」とマジョリティは言う。「工夫を働かせてやりすごすのが賢い方法。気持ちの持ちようで世界は変わる」と。[23]

しかしこういったメンタリティこそ、思考停止して主体性を放棄したあげくに生まれたものではないだろうか。国家や権力はこうして人々から政治性を奪い、時代の趨勢と見える方向へ（それは再びの戦争かもしれない）追い立ててゆく。

橋本明子は、第二次世界大戦を次世代にどう教えるかという問題について、次のように指摘している。

> 大事なのは、日本人のこうむった苦難がどんなに大きなものだったとしても、それは日本人自身が始めた戦争の結果であり、自然災害のように降りかかったものではないということを子供に深く認識させることである。[24]

「悲劇の国の語り」の受動性に閉じこもらず、日本が自ら戦争を始め、遂行したのだという事実と向き合い、受け止める主体であること。過去の反省に基づいて、「戦争を選択しない国」を何度でも選び取ること。

ナショナリズムが次第にメインストリームに出てきている現在、私たちの足元は日々揺らぎ、「戦争のできる国」へとプレート移動を起こしている。私は主体性を放棄せず、この片隅から言葉を発することで、現在の足元の揺らぎを「戦争を選択しない国」へと押し戻したい。

注

（1）楽しい戦争を求めるまなざしは前線にも向けられた。大野賢次「雛物語」（『少女の友』一九四四・二）はジャワ島を舞台にした戦争小説であるが、この小説に出てくる兵士たちは、部下思いで有能な上官に恵まれ、適切な作戦のもと、戦闘行為に疑いを抱くことなくいちずに働く。兵士たちの苦労は日本の少女からの慰問文によって慰められ、自分たちを信じ励ましてくれる祖国の民を守るという崇高な目的を抱いて部隊は戦闘に向かう。兵士の死は無駄ではなく、部隊の勝利によって報われ高められる…。現実の戦場は悲惨で酸鼻を極めるものであろうが、「雛物語」に語られる戦争は、やりがいを感じられる充実した戦争だった。

（2）橋本明子／山岡由美訳『日本の長い戦後―敗戦の記憶・トラウマはどう語り継がれているか』（みすず書房、二〇一七）、ix頁、一七一頁。

（3）ＮＨＫクローズアップ現代＋「〝この世界の片隅に〟時代を超える平和への祈り」二〇一七年一月一二日（木）放送（http://www.nhk.or.jp/gendai/articles/3916/index.html）

（4）キャロル・グラック「過去の中の現在」（アンドルー・ゴードン編／中村政則監訳『歴史としての戦後日本』上、みすず書房、二〇〇一）、一五三頁。
（5）前掲書（2）、一一頁。
（6）前掲書（2）、八一頁。
（7）前掲書（4）、一七八頁。
（8）グラックが「犠牲者の歴史」、橋本が「悲劇の国の語り」と呼んだ語りをさす。
（9）前掲書（4）、一九五頁。
（10）文中には書かれていないが、当時行われていた「名誉の家」の表札も出していなかったのではないかと推測される。
（11）「皮膚と心」（『文学界』一九三九・一一）でも、「つつましく、日陰を選んで」生きる女性の語りが綴られる。
（12）この文芸の役割は、「雪の夜の話」で、お医者が不思議に思った網膜の像について「小説家」がすぐさま明快な解釈を与えたことと重なるだろう。
（13）小野正文『入門太宰治』（津軽書房、一九六六）、六一〜六二頁。
（14）太宰は「鷗」（『知性』一九四〇・一）で「戦争を知らぬ人は、戦争を書くな。要らないおせつかいは、やめろ。かへつて邪魔になるだけではないのか」と語り、「戦争を望遠鏡で見ただけで戦争を書」く愚について厳しく警戒した。太宰は自分が見ていない戦争を書いていない。戦争を見る／書くことにおける太宰の倫理については、内海「ミメーシスの転進――太宰治「女の決闘」と「鷗」における「ものを見る眼」」（『太宰治スタディーズ』二〇一二・六）で論じた。
（15）安藤宏「太宰治・戦中から戦後へ」（『国語と国文学』一九八九・五）の注12の指摘による。「作家の手帖」は戦後、『黄村先生言行録』（日本出版株式会社、一九四七）に再録される際に書き換えられた。
（16）最晩年の太宰は「家庭のエゴイズム」を批判し、悪しき官僚主義などの「諸悪の根源の本」は「つつましきながらも」「常に春の如く」な家庭である、と皮肉をこめて描き出していた（「家庭の幸福」、『中央公論』一九四八・八）。かつて戦時下で賞賛された〈つつましくも仲睦まじい幸福な家庭〉が、敗戦後に「諸悪の根源」と見なされていく反転。かつての〈つつましさ〉の欺瞞的性格がここで暴露され、批判されているのかもしれない。

（17）前掲書（2）、四九頁。

（18）「雀」の先行研究には、岸睦子「太宰治「雀」論」（『太宰治研究14』和泉書院、二〇〇六）等がある。岸論文は、短編「雀」がもともと掲載予定だった窪川鶴次郎編集『思潮』創刊号（三月一日発行）に載らなかったことに注目し、「創刊号に掲載した坪井栄「表札」も室生犀星「雁宿」にしても戦争に翻弄され荒廃した現実生活を描いた。だが太宰は「雀」に荒廃した心の傷は描いたが、目に見える荒廃した現実生活を描いていない」とし、結果三月号に掲載されたのだろうと指摘している。

（19）山内祥史『太宰治の年譜』（大修館書店、二〇一二）に拠る。「雀」は昭和二一年一月二五日脱稿（三〇一頁）。

（20）加藤陽子『戦争の論理』（勁草書房、二〇〇五）、二三〇頁を参照。

（21）無抵抗の一般市民を雀を撃つように撃つのはまぎれもなく暴力による加害であり、慶四郎君は恐らく、それと類する行為を外地でやったのだろう。

（22）言うまでもなく現実の戦争は、弱者である子供に最も深刻な暴力を強いた。学童疎開や鉄血隊、大陸残留孤児、戦後の浮浪児等の問題は、戦争が力をもたない者を傷つけた歴史を語っている。

（23）社会で共有、解決すべき問題を、個人の選択に帰してすませようとする〈自己責任論〉も同断である。

（24）前掲書（2）、一六〇頁。

9章　『パンドラの匣』論——戦争とキリスト教

長原しのぶ

一　時代（開戦・戦中・終戦）との連結

『パンドラの匣』（『河北新報』一九四五・一〇・二三〜一九四六・一・七連載、河北新報社より一九四六刊行）は、太宰治の戦後第一作として新聞連載された。冒頭の「幕ひらく」の最後には「昭和二十年八月二十五日」と記され、「朦朧とした気持で、防空壕から這ひ出たら、あの八月十五日の朝が白々と明けてゐた」「お父さんの居間のラヂオの前に坐らされて、さうして、正午、僕は天来の御声に泣いて、涙が頬を洗ひ流れ、不思議な光がからだに射し込み、まるで違ふ世界に足を踏みいれたやうな、（中略）昔の僕ではなかつた」と生々しい敗戦直後のあり様が描かれている。そのため終戦という一つの特殊な場の成立を作品内に見出すことが可能である。

その一方で、作品の成立過程は複雑な事情をはらんでいる。

この作品は太宰治の愛読者であった木村庄助の病床日記を素材に書き下ろされ、『雲雀の聲』（二百枚）という表題で小山書店から刊行されるはずであったが、発行間際の昭和十九年十二月に印刷所が戦災で全焼したために、印刷中の『雲雀の聲』の原稿は消失し、太宰治の手元にあった校正刷だけが残った。その校正刷をもとに内容を敗戦後の出来事に書き改めて執筆したのが「パンドラの匣」であったという。(1)

木村庄助の「病床日記」についてはその実弟木村重信が庄助の死後、兄の遺言に従って「A5判大学ノートの数冊分をまとめて、京都の丸善で製本したもので、縦二十センチ、横十六センチ、厚さ約三センチの、クロス張りの厚手表紙をつけ、背には短い語句と番号が印字されている」ものを太宰に「十二冊の日誌を荷造りして、発送(2)」している。そして、太宰はこの庄助の「昭和十六年八月十五日から十二月二十六日までの、大阪府の孔舎衙健康道場における、結核の療養日誌を底本(3)」として『雲雀の聲』を執筆した。従って、『パンドラの匣』には作品内時間（終戦）とは別にその執筆史料である木村庄助の日誌を基にした『雲雀の聲』が内包する時間（一九四一年〜刊行予定の一九四四年）も存在しているのである。この一連の時間の枠に断絶を捉え、開戦、戦中、終戦のいずれかの時間軸を重視するとの考察も成立するであろうが、むしろ作品が終戦という一点に収斂されない重層的な時間枠を有していることにこそ作品の意味を見出すべきではないか。

例えば、浅田高明は直接的な執筆史料とされていなかった木村庄助の一九四〇年の日誌（巻四）の分析を行い、庄助の「民意を無視した国を挙げてのファッショ的な戦時体制化に辛辣な皮肉」、「新聞ジャーナリズムに著しい嫌悪感」を挙げ、『パンドラの匣』の「固パン」の章について、「戦後書き直された？　あるいは書き加えられた『パンドラの匣』中「固パン」の章に盛られているモチーフの原型もまた、案外、『雲雀の声』ひいてはその素材たる木村日誌そのものに由来していたと考えてもよいのではなかろうか」[4]と指摘する。それは木村庄助日誌の世界と『パンドラの匣』が地続きであることを示しており、その結びつきは時間軸の連結も意味している。また、滝口明祥は「幕ひらく」の「天来の御声」の終戦の場面が『雲雀の聲』では開戦の報であった可能性について、「「ひばり」が「新しい男」を主張し出す契機としては、終戦でも開戦でも違いはないように思われる。つまり開戦も終戦も、そして健康道場の講話も、「ひばり」にとっては——或いは〈男〉たちにとっては——ホモソーシャルな絆を確認する契機として機能していたのであり、その意味では同じようなもの」[5]と述べる。つまり、戦争の始まりか終わりかという時間の規定は『パンドラの匣』の作品の本質的な部分に大きく作用するものではないとの見解である。この視点は作品に内在する時間が特定されるべきものでないことを逆照射する。

『パンドラの匣』は木村庄助日誌の時間枠を背景に終戦を描くという特異性を持っている。従って、開戦、戦中、終戦という時間の連結の中で作品を考察する。

二　キリスト教的観点からの捉え直し

重層的な時間の枠組みで『パンドラの匣』を捉える時、それは戦争という時間軸を色濃く表出することとなる。戦争という大きな時代のうねりを通過する中で展開する作品は「新しい時代」の到来への主張やひばりの到達する「かるみ」の境地へと向かっていく。その中で重要となるのが「自由思想」「天皇陛下万歳」など新しい思想の議論が繰り広げられる「固パン」「花宵先生」の章であり、そこにこそ「自由思想家の本家本元は、キリスト」だとするキリスト教や聖句が多く利用されている。従って、『パンドラの匣』の本質的な部分にはキリスト教的な要素が関わっていると考え、作品をキリスト教的観点から捉え直す。

斎藤末弘の調査によれば、『パンドラの匣』は太宰作品の中で五番目に聖句引用の多い作品である。[6]使われている聖句はマタイ伝六章「空飛ぶ鳥を見よ、～」とマタイ伝八章「狐には穴あり、～」である。田中良彦はマタイ伝六章の利用について、「「パンドラの匣」での引用が多いことは、戦後間もない頃の太宰に二六節が意味を持っていたことを物語っていよう。そこでは「わしなんかは、自由思想の本家本元はキリストだとさへ考えてゐる。思ひ煩ふな、空飛ぶ鳥を見よ、播かず、刈らず、蔵に収めず、なんてのは素晴らしい自由思想ぢやないか」とある。「空飛ぶ鳥」を「思ひ煩ふ」ことのない、言い換えるならば、囚われることのない自由な存在として見ていたと思われる」とし、敗戦によって「今までの習俗的倫理は崩壊し、人間性の解放が訪れると期待した」太宰の心情をその背景に捉えている。[7]終戦という一つの時間で作品を区切る時、漠然たる中にあるものの自由への昂揚した精神の表出とみなすことも可能だが、作品内に重なる複数の時間軸を考慮すれば別の見方が立ち上がるのではないか。改めて『パンドラの匣』に描かれたキリスト教的表現を捉えて考察を行う。作内におけるキリスト教、聖句に関わる箇所は以下の通りだ。（傍線部は引用者による。以下同様）

①「自由思想の内容は、その時、その時で全く違ふものだと言つていいだらう。真理を追及して闘つた天才たちは、ことごとく自由思想家だと言へる。わしなんかは、自由思想家の本家本元は、

キリストだとさへ考へてゐる。思ひ煩ふな、空飛ぶ鳥を見よ、播かず、刈らず、蔵に収めず、なんてのは素晴らしい自由思想ぢやないか。わしは西洋の思想は、すべてキリストの精神を基底にして、或ひはそれを敷衍し、或ひはそれを卑近にし、或ひはそれを懐疑し、人さまざまの諸説があつても結局、聖書一巻にむすびついてゐると思ふ。科学でさへ、それと無関係ではないのだ。科学の基礎をなすものは、物理界に於いても、科学界に於いても、すべて仮説だ。肉眼で見とどける事の出来ない仮説から出発してゐる。この仮説を信仰するところから、すべての科学が発生するのだ。日本人は、西洋の哲学、科学を研究するよりさきに、まづ聖書一巻を研究しなければならぬ筈だつた。わしは別に、クリスチヤンではないが、しかし日本が聖書の研究もせずに、ただやたらに西洋文明の表面だけを勉強したところに、日本の大敗北の原因があつたと思ふ。自由思想でも何でも、キリストの精神を知らなくては、半分も理解できない。」（「固パン　4」、九九頁）

②日本の明治以来の自由思想も、はじめは幕府に反抗し、それから藩閥を糾弾し、次に官僚を攻撃してゐる。君子は豹変するといふ孔子の言葉も、こんなところを言つてゐるのではないかと思ふ。（中略）キリストも、いつさい誓ふな、と言つてゐる。明日の事を思ふな、とも言つてゐる。実に、自由思想家の大先輩ではないか。狐には穴あり、鳥には巣あり、されど人の子には枕するところ無し、とはまた、自由思想家の嘆きといつていいだらう。（「固パン　5」、一〇〇～一〇一頁）

③「書いて下さい。本当に、どうか、僕たちのためにも書いて下さい。（中略）僕たちの気持にぴつたり逢ふやうな、素早く走る清流のタッチを持つた芸術だけが、いま、ほんもののやうな気が

するのです。いのちも要らず、名も要らずといふやつです。さうでなければ、この難局を乗り切る事が絶対に出来ないと思ひます。空飛ぶ鳥を見よ、です。主義なんて問題ぢやないんです。そんなものでごまかさうたつて、駄目です。タッチだけで、そのひとの純粋度がわかります。問題は、タッチです。音律です。それが気高く澄んでゐないのは、みんな、にせものなんです。」（「花宵先生　6」、一二五頁）

④「（中略）自由と束縛、君子豹変といふことにもなるんだ。あいつらには、キリストの精神がまるでわかつてやしねえ。場合に依つては、おれの腕の立つところを見せてやらなくちやいけねえのだ。ひばりには、無理ですぜ。」（「口紅　2」、一〇四～一〇五頁）

⑤「だめだなあ、ひばりは。おれは廊下へ出て聞いてゐたんだ。あんな事ぢや、なんにもならんぢやねえか。キリスト精神と君子豹変のわけでも、どんと一発言つてやればよかつたんだ。自由と束縛！　と言つてやつてもいいんだ。やつら、道理を知らねえのだから、すぢみちの立つ事を言つてやるのが一ばんなのだ。自由思想は空気と鳩だ、となぜ言つてやらねえのかな。」（「口紅　3」、一〇六頁）

①～③は作品の核となる「固パン」「花宵先生」の章であり、マタイ伝の二つの聖句が具体的に引用されている。その一つ「思ひ煩ふな、空飛ぶ鳥を見よ、捲かず、刈らず、蔵に収めず」は「自由思想」という語と結びつけられているが、そこに示されているのは戦争終結に伴う無邪気で単純な自由や解放への志向ではない。何故なら、この聖句は④⑤で繰り返し語られる「キリストの精神」に繋がるとともに、③でひばりが主張する「軽快で、さうして気高く澄んでゐる芸術を僕たちは、いま、求

めてゐるんです」を裏付ける言葉として「空飛ぶ鳥を見よ、です」と続くからである。このひばりの「軽快で」「気高く澄んでゐる芸術」への希求は「かるみ」「献身」へと転じるものであり、「何の身支度も要らない。今日ただいま、このままの姿で、いつさいを捧げたてまつるべきである」という心境に至る。誰に「いつさい」を捧げるのか。そもそも、この聖句は「神の前にいわば手ぶらで生きることを教える」ものであり、以下のように解釈される。

人は無為徒食に過ごすことはできないので、当然様々なことについて《思い悩む》が、その根底には、人は自ら努力によって明日の生を確保し得るはずだという思いがある。（中略）人に衣食が必要であれば、神はそれを与えて下さるはずである。逆に言えば、もし神が命も衣食も与えて下さらなければ、もうそれは必要がないということになる。これは神への恐ろしいほどの徹底的な信頼に基づく教えである。(8)

つまり、①～③のマタイ伝六章の引用の背景には神という人の力を越えた大きな働きを見据えた中でのあり方、〈生〉を問おうとしているのである。

もう一つの②に引用されたマタイ伝八章の「狐には穴あり、鳥には巣あり、されど人の子には枕するところ無し」は「自由思想家の嘆き」として解説されている。「人の子」とは「イエスの自称」であり、「イエスの生の一面を自ら率直に語る言葉」(9)である。つまり、「イエス」が自身の〈生〉に対する「嘆き」を表すこの引用においてもそこには「キリストの精神」が大いに関わるのであり、繰り返し叫ばれる「自由思想でも何でも、キリストの精神を知らなくては、半分も理解できない」という言葉が示す通り、「キリスト」の〈生〉を通して見えてくるその精神こそが重要だといえる。ではその「キリスト」の〈生〉と「キリストの精神」とは何か。

三　「キリストの精神」に問われるもの

郡継男は、マタイ伝六章の「神への信頼の勧め」という元々の聖句の意味を太宰は読みかえているとして次のように指摘する。

太宰にあっては、聖句は、今日という一日、あるいは現在を屹立させることばとして引用されている。（中略）現在尊重の姿勢である。そうした姿勢を補強するものとしてさきの聖句が引用されている。ひょっとすると太宰は、この聖句を、そもそもそのようなものとしてうけとり、そこから現在尊重の思想をまなびとったのかもしれない。[10]

「今日一日」という「現在尊重」の時間の捉え方は『パンドラの匣』を終戦の物語とする一面的な時間枠の中では有効である。しかし、木村庄助の日誌も含んだ時間の重なり合いの中で聖句の利用とその在り方を再構成するならばそこには一時の感情に流されることなく神に対峙する「キリスト」の信仰に生きる〈生〉と「キリストの精神」と表現される何ものかが窺える。

『パンドラの匣』の次の箇所に注目したい。

（固パン）「（中略）よく挙げられる例ですけれども、鳩が或る日、神様にお願ひした、『私が飛ぶ時、どうも空気といふものが邪魔になつて早く前方に進行できない、どうか空気といふものを無くして欲しい』神様はその願ひを聞き容れてやつた。然るに鳩は、いくらはばたいても跳上がる事が出来なかつた。つまりこの鳩が自由思想です。空気の抵抗があつてはじめて鳩が飛び上る事が出来るのです。闘争の対象の無い自由思想は、まるでそれこそ真空管の中ではばたいてゐる鳩のやうなもので、全く飛翔が出来ません。」（「固パン　4」、九八頁）

「鳩」は「自由思想」として説明されている。これは同様にかっぽれが「自由思想は空気と鳩だ、となぜ言つてやらねえのかな」（「口紅　3」）と述べている点からも確認できる。何故唐突に「鳩」が登場するのか。「鳩」と「自由思想」の設定については、斎藤理生が作品の新聞連載の期間と絡めて考察した、「その自由主義者・鳩山一郎の記事も、連載前に乗っている『自由』に基礎／まづ人間の完成必要／真の民主政治／鳩山一郎氏談」（九・二七）などである」との興味深い指摘がある。[11] 確かに「鳩山一郎」と「自由主義」から発想される、「鳩」と「自由思想」との考察は終戦から戦後という連載当時の時間枠内での視点としては成立するだろう。しかし、「自由思想」は「キリストが本家本元」だとする越後獅子の説明からは、「自由思想」が「キリスト」や「キリストの精神」と置換可能であり、そこには「キリスト」の〈生〉を見据える観点が付加されている。従って、「鳩」と「自由思想」（「キリスト」）の関わりに直接的な当時の時代状況のみを捉えることは難しい。それでは、「鳩」と「自由思想」（「キリスト」）の接続点はどこなのか。

ここで、太宰のキリスト教理解に多大な影響を与えた山岸外史の『人間キリスト記』（初出『コギト』一九三七・一二～一九三八・六）を確認する。

時として、耶蘇は、all or nothing の勢に駆られて語つてゐることがある。そんな時の耶蘇の言葉は、寧ろ、痛烈に過ぎ、純粋に過ぎ、徒らに、不可能を要求してゐるかに見える。耶蘇は、『真空を飛ぼうとした鳩』にさへ似てゐる。そこには、烈しい白熱してゐる情熱の燃焼を見る。耶蘇は、純粋な理想主義者として生れたやうなところさへあつた。（「耶蘇の布教　一」[12]）

『人間キリスト記』では「耶蘇」の〈生〉は「真空を飛ぼうとした鳩」に喩えられている。「キリスト」が「空気といふものを無くして欲しい」と神に懇願した「鳩」と同義であるなら、「つまりこの鳩が自由思想です」という固パンの「鳩」＝「自由思想」との解説はそのまま「キリスト」＝「自由思想」に変換できるのだ。この一致を踏まえることで、『パンドラの匣』内の「キリスト」の〈生〉のあり方、「キリストの精神」には『人間キリスト記』からの影響を捉えることができるといえる。

改めて『パンドラの匣』に引用された二つの聖句が『人間キリスト記』ではどのように解釈されているかを考察する。『人間キリスト記』におけるマタイ伝六章「空飛ぶ鳥を見よ、～」は以下の記述が確認できる。

『この故に、我、汝等に告ぐ。何を喰はんかと生命のことを思ひ煩ひ、何を着んとて肉體のことを思ひ煩ふか。この生命こそ糧にまさり、體は衣に勝るものなるに非ずや。汝等、野の鳥を思ひ見よ。播かず、刈らず、倉に納めず。然るに、神、これを養ひ給ふ。（中略）野の百合を思ひみよ。百合は、紡がず、織らず、また、飾らざりき。然れど、我、汝等に告ぐ。かのソロモンの栄華だに、この一本の百合の花にだに如かざりき。ああ、信仰うすき者よ。汝等、何を喰ひ、何を飲まんと求むるか。』

自分は、耶蘇の精神は、燃えあがる火のやうに、熾烈なものだつたと思ふ。世界最初の浪曼主義者として、耶蘇はそのありと凡ゆるものを投げ捨てて、唯一つである此の生命に生きてゆかうと考へてゐたからである。(「耶蘇の信仰　三」)[13]

ここでは「耶蘇の精神」という「キリストの精神」に通ずる語が使用されている。『人間キリスト記』での「耶蘇の精神」はマタイ伝六章と関連させて述べられており、そこには「世界最初の浪曼主義者」として「唯、『信仰』の上に、進」(「耶蘇の信仰　三」)むために、「唯一つである此の生命に生きてゆかう」とする「燃えあがる火」のように激しい「耶蘇」の〈生〉そのものが示されていく。その〈生〉が放つ強烈な輝きは簡単に信念や覚悟と言い換えられないようなあり様であり、その姿そのものこそが『パンドラの匣』に今こそ必要と声高に語られる「キリストの精神」に繋がっている。その点を更に補完するのがマタイ伝八章の引用箇所との関わりだ。以下に『人間キリスト記』に記された「狐には穴あり、〜」の箇所を挙げる。該当する聖句引用は次の二箇所確認できる。

・『鳥に、塒あれども、人の子は棲むに家なし』と、その苦悩の心境を語つた耶蘇と雖も、発狂者でない限り、かうした塒をもつてゐたのである。寧ろ、大きな塒を持つてゐた。愛の手を持つてゐた。(「耶蘇とヨハネの会見　八」)[14]

・前章（引用者注：「耶蘇とヨハネの会見」）でも一言したが、『鳥に、塒あれども、人の子は棲むに家なかつた。』それほど、耶蘇の不安と苦悩は大きかつた。かへつて、安心と信仰の上に生きてゆくことが出来難かつたのである。むしろ、その故に、耶蘇は、神に祈り、詩を叫んだ。すべて、不安と苦悩、瞋恚と憎悪、愛情から生れた言葉である。ただ、耶蘇は、弱い心に鞭をうちながら、虚無と戦ひ、一歩一歩、動かない心の世界へはいつていつた。純粋な信仰を得るために悩みつづけた。（「最後の試み　一」）[15]

『パンドラの匣』で「自由思想家」（キリスト）の「嘆き」だと評された聖句の引用は『人間キリスト記』においても「耶蘇」の大いなる「苦悩」と「不安」として解釈されている。そして、その「耶蘇の心の中の暴風雨」（「最後の試み　一」）は全て「純粋な信仰を得る」ためのものであり、先に指摘したマタイ伝六章と同様にただひたすらにその信ずる道、「信仰」に向かって〈生〉を燃やし続けるあり方が窺える。

以上のように『人間キリスト記』との接点を手掛かりに『パンドラの匣』における「キリストの精神」を捉えるならば、そこには苦悩と虚無を抱えながらそれでも「信仰」に向かって自身の「生命」を捧げ続ける「耶蘇」の〈生〉のあり方そのものが重ねられている。越後獅子は「日本に於いて今さら昨日の軍閥官僚を攻撃したつて、それはもう自由思想ではない。便乗思想である。真の自由思想家なら、いまこそ何を置いても叫ばなければならぬ事がある」と述べ、「天皇陛下万歳！　この叫びだ」（「固パン　5」）とし、「天皇陛下万歳」という言葉を「神秘主義」ではなく「人間の本然の愛」だと説く。ここでは「天皇陛下」という語句そのものが重要なのではなく、一つの概念を何々主義という型に入れ込んで解釈することを拒否し、人間の持つより感覚的なものに捉え直していく姿勢を捉えていくべきだろう。それは、ひばりが「主義なんて問題ぢやないんです。そんなものでごまかさうたつて、駄目です。タッチだけで、そのひとの純粋度がわかります。問題は、タッチです。音律です」(「花宵先生　6」)に繋がっている。既成の枠組みから解き放たれた人間本来の心のあり方、何かを信じて唯ひたすらに進む〈生〉そのものにこそ注目しようとする方向性が『パンドラの匣』には描かれているのだ。その〈生〉を支えるものとしてキリスト教、神という人間の力を越えた大きな働きが見据えられているのである。

四　戦争の中のキリスト教

『パンドラの匣』が戦争という時間軸を背景に置く限り、そこに示されるキリスト教もまた戦争との関わりが問われることになる。開戦、戦中、終戦という作品が有する時間の重なりを意識した上で戦争期に敢えて利用されたキリスト教の意味を考察する。

一九四〇年四月一日に施行された宗教団体法により、宗教界は戦争協力の下、国策宗教という役割を担うため統制されていく。キリスト教については、「カトリックは、一九四一(昭和一六)年五月、日本天主公教(統理者・土井辰雄)を設立した。プロテスタントは、主要な二八教派が合同して、同年一一月、日本基督教団(統理者・富田満)を設立」し、「宗教団体法による宗教統制は、教派、宗派の合同による「宗教の新体制」として、太平洋戦争の開戦前夜に、いちおうの達成をみた[16]」のである。この「いちおうの達成」という語の背景にはキリスト教に対する国家と社会の厳しい眼があったことを窺わせる。例えば、宗教団体法が施行された一九四〇年には「教会の監督を強化　外人教師も成べく減らす」（『読売新聞』七・三一）、「兵の便り漁る宣教師　みんなスパイ」（『読売新聞』八・三）との見出しが並ぶ。開戦を控えた不穏な雰囲気の中でキリスト教が置かれた現状を垣間見ることができる。そのような状況下で更にキリスト教への国家的締め付けは強化される。次の『読売新聞』の記事を確認する。

宗教関係では現在キリスト教の教会教派は三十以上に上つてゐるが、表面上の教義はともかく外国依存の思想が裏面に相当含まれてゐると認められ教会の説教にかくれて巧妙な外国宣伝を行つてゐるものも相当あるらしいので宗教局では教義について徹底的な再検討を加へる方針で来年三月三十一日までに認可を申請することとなつてゐる宗教団体法によつて表面の教義だけでなくその裏面をよく調査していかがはしいものは断固宗教団体として認可しない強硬方針で臨むこととなつた[17]

つまり、キリスト教界は日本という場において活動を継続させるために「教派、宗派の合同」という選択を迫られ、皇国宗教としての道を進まざるを得なかったのである。その結果、キリスト教は否応なく日本化することとなる。次に示す日本天主公教教団「結言」がそれを物語っている。

我が国が皇室を宗家とし、天皇を中心と仰ぎ奉る君臣一体の一大家族国家であり、忠孝一本の道理を以て国民道徳の要諦とすることはここに改めていふまでもない。我等日本天主公教を奉ずる者は万古不易の我が国に随順して、篤実なる信仰心を培ひ、克く忠に克く孝なる生活の実践を励み、以て天壌無窮の皇運を扶翼し奉らなければならない。これこそ我等の光栄ある任務であつて、此の任務を完了し得て初めて善誠なる日本天主公教の信徒と称すべきである。[18]

天皇という存在とキリスト教の神は同居する形で皇国宗教としてのキリスト教はあったのである。[19] 以上の背景を持ったキリスト教を具体的に作品から探る。

執筆史料である木村庄助の日誌には以下の箇所に「神」に関わる表記を確認することができる。[20]

昭和十六年九月十三日　土　雨曇晴

こんなよい記事で、この第九冊の日記が書き始められることは、実に嬉しい。心から地にひれ伏して、神さまありがたうございました。（一四頁）

昭和十六年九月十七日　水　雨晴曇

あさの御製拝誦の時には、「どうぞ、けふもよい日を送らして下さいますやうに」と祈り、晩の読経にも「けふも一日、よい日を送らして頂いてありがたうございました。」と心から祈願をこめて、私は、そんな自分を限りなく悲しく思ふのだが、そんなにも、それほどにも、この頃の私は、心弱く、神を仰ぎながら暮らしてゐるのである。しかし、まだまだ、そんな感謝の仕方、心の持ち方では、いけないものと見える。もつと敬虔に、もつとへり下つて、私は暮らさなければいけないのかもしれない。（三二頁）

昭和十六年十月十六日　木　晴

あさ、眼がさめた時の気持は、いやだ。ああまた、けふも一日、苦しい、辛い、悲しい日を送らねばならないのかと、それを思ふだけで、もう真暗になつてしまつて、蒲団の中で、もそもそ、身もだえする。それだけに一日が暮れて電灯がつく頃になると、やれやれと思ふ。そして、すべての仕事が終つて、御製拝誦の時には、心から、けふはよい日を送らせてもらつて、ありがたうございました、と、名も知らない神様に向つて、お礼を云ふのである。私が、晩になると、途端に元気が出て、活躍するといふことにも、むろん、それは、半分は生理的な理由によるのであるが、あとの半分は、たしかに、この一種の安堵の気持による。（一〇四頁）

昭和十六年十月十八日　土　雨曇

よる、御製拝誦の前の僅かの時間—ほんの、二分か三分ほどの前—靖国神社臨時大祭の実況放送の一部が、マイクで送られてきた。多分、お経に行つた、静養期のものの、悪癖か、乃至は、軽い心遣ひなのであらうが、その実況アナウンスに混つて伝わつてきた、軍〝暁に祈る〟などをきいてゐると、目頭があつくなつてきて困つた。（中略）早く、健康にならなければならぬ。早く、娑婆へ出なければならぬ。身も心も健康になつて、国の為に盡さねばならぬ。親のために、働かねばならぬ。私は、よい一日を送れたと思つて、しみじみ、神様に、ありがたうございます、を云つて、祈つた。ありがたう。（一一〇頁）

昭和十六年十一月十八日　火　晴

しかし、よい一日が送れた。私は、これから十日間を、こんな明るい気持の日を続けて、そして、静養期に降りたい。神さま、ありがたう。（一七六頁）

ここで繰り返される「神さま」とは何か。「御製拝誦」との関わりから考察すれば、天皇という解釈もできようが、「名も知らぬ神様」との表現からは単純に天皇と結びつけることはできない。何故ならば、日本基督教団は天皇を崇める国民儀礼の一つである「宮城遥拝」を「皇国民トシテ第御稜威ノ下ニ生キルコトハ我等ニ感謝感激ニテ有之」として、「国民儀礼作法」を各教会に通知し実行していた。[21] 先に述べた通り、天皇と神を共に同居させた形でキリスト教はその活動を成立させていたのである。この木村庄助の日誌に見られる構造は「御製拝誦」（天皇）への祈り（感謝）とともに「神さま」への祈り（単純な感謝では足りない敬虔なもの）が描かれている。特に木村庄助がその日誌の中で「太宰さんは、単なる小説家ではない。キリストである」[22]と述べている点を鑑みれば、ここにキリスト教的な神の存在を見ることも難しくないであろう。

そして、この構造は『パンドラの匣』に引き継がれている。

・僕には、あたらしい男としての爽やかな自負があるのだ。さうして僕は、この道場に於いて六箇月間、何事も思はず、素朴に生きて遊ぶ資格を尊いお方からいただいてゐるのだ。囀る雲雀。流れる清水。透明に、ただ軽快に生きて在れ！（「死生　1」、三一頁）

・いまの青年は誰でも死と隣り合せの生活をして来ました。敢へて、結核患者に限りません。もう僕たちの命は、或るお方にささげてしまつてゐたのです。僕たちのものではありませぬ。それゆゑ、僕たちは、その所謂天意の船に、何の躊躇も無く気軽に身をゆだねる事が出来るのです。（「マア坊　1」、三九頁）

・笑ひながら部屋を出て、階段を上つて、そのころから僕たちは、急に固くなつて、やたらに天下国家を論じ合つたのは、あれは、どういふわけなんだらう。尊いお方に僕たちの命はすでにおあずけしてあるのだし、僕たちは御言ひつけのままに軽くどこへでも跳んで行く覚悟はちやんと出来てゐて、（中略）男の子つて、どんな親しい間柄でも、久し振りで逢つた時には、あんな具合ひに互ひに高邁の事を述べ合つて、自分の進歩を相手にみとめさせたい焦燥にかられるものなのかも知れないね。（「華宵先生　2」、一一五～一一六頁）

「尊いお方」は終戦という表面的な時間軸においては天皇との解釈もできるが、木村庄助の日誌との関連性から開戦、戦中、終戦という連結された時間軸の中に考慮すればそこにはキリスト教的な神の存在が立ち上がる。つまり、「あたらしい男」として「天意の船」に命を委ねて進んでいく最後の場面ではキリスト教、神を背景に、ひばりの〈生〉のあり方そのものが示されていくのである。この「天意の船」が「植物の蔓」に喩えられていることに着目したい。

・楽観論やら悲観論やら、肩をそびやかして何やら演説して、ことさらに気勢を示してゐる人たちを岸に残して、僕たちの新時代の船は、一足おさきにするすると進んで行く。何の渋滞も無いのだ。それはまるで植物の蔓が延びるみたいに、意識を超越した天然の向日性に似てゐる。（「幕ひらく　2」七頁）

・僕の周囲は、もう、僕と同じくらゐに明るくなつてゐる。（中略）あとはもう何も言はず、早くもなく、おそくもなく、極めてあたりまへの歩調でまつすぐに歩いて行かう。この道は、どこへつづいてゐるのか。それは、伸びて行く植物の蔓に聞いたはうがよい。蔓は答へるだらう。「私は

なんにも知りません。しかし、伸びて行く方向に陽が当るやうです。」（「竹さん　6」、一四一頁）

「新時代の船」の進行は「まるで植物の蔓」であり、「極めてあたりまへの歩調でまつすぐに歩」くのだと言うひばりのその姿もまた「蔓」に重ねられていく。つまり、ここではひばりの〈生〉を説明するものとして「植物の蔓」が使われているのである。『パンドラの匣』を読み解く手掛かりとした『人間キリスト記』の次の記述を確認する。

恰かも、厳冬の地下に、永い間、眠つてゐた巨大な植物が、次第に、その根を延ばして、地上に顔を現はし始めるのと同じ形をしてゐた。けだし、人間思考の成長は、植物的である。冬を経、春を経、夏を経る。芽を出し、花を開く。屡々、人は、自らを、一個の動物に擬え易く、或る時は、その成育を『脱皮』に擬すけれども、事実上、その発展は、植物的に過ぎない。それは、一刻、一刻の成長であり、刹那の連続に過ぎない。心は、果しなく連続し、果しなく闘争し、果しなく時刻を経る。唯、或る一日、眼覚むるのに過ぎない。気が付いた時は、春なのだ。その春に、人は、涙を流す。その春に、人は、始めて確信を以て絶叫する。『我こそ、神の子。』（「悪魔」）[23]

『人間キリスト記』では「耶蘇」の信仰に向かう〈生〉のあり様を「植物」と見なしている。この視点を用いるなら『パンドラの匣』でひばりの到達する〈生〉のあり方にはやはり「キリスト」の〈生〉が見据えられているといえるだろう。ひばりの到達地点の心境や〈生〉のあり方そのものを言語化することは困難であり、『パンドラの匣』内においても「献身」「かるみ」「純粋」「清潔」「植物の蔓」など様々な言葉が用いられる。この事実は、明確に一言で表すことを拒絶する力を作品が内包していることを示す。それは『人間キリスト記』が苦しみながらも信仰と神に向かう真摯な「耶蘇」の姿を一語でもって語りえなかったことと同じであろう。

『パンドラの匣』に表そうとしたひばりの〈生〉のあり様が人間の持つ何かに突き進む純粋なものを結晶化したものだとすれば、戦争という国家に対する虚偽に満ちた幻想的信仰の時間を通過したからこそそのように改めて確かなものを信じて〈生〉きることを求め願っていたといえる。そのような〈生〉を形にするためには戦争という時間軸の中にあってもそれを形作る要素として神への信仰を追及する〈生〉を示したイエスの存在とキリスト教という観点は必要不可欠であったのだ。いやむしろ、戦争という時間に対峙させることでなお一層その〈生〉は強く打ち出されたといえる。以上のように『パンドラの匣』におけるキリスト教との接点は積極的な面から太宰作品に捉えていくことができるのである。

注

（1）「解題」（『太宰治全集9』筑摩書房、一九九八）、四九八頁。
（2）木村重信『木村庄助日誌――太宰治『パンドラの匣』の底本』（編集工房ノア、二〇〇五）、三頁。
（3）木村重信は津島家から返却された日誌（三冊（巻四〈一部欠落〉、巻五、巻九）のうち、「太宰治を思ふ　巻九」が『パンドラの匣』に関わる健康道場時代の後半部分だとし、前半の巻八は焼失して現存していないとする。注（2）と同じ、三〜四頁。

（4）浅田高明「『パンドラの匣』論」（『太宰治研究13』和泉書院、二〇〇五）、一四頁。

（5）滝口明祥「滑稽な〈男〉たちの物語――太宰治『パンドラの匣』」（『太宰治スタディーズ』二〇一四・六）、一四九頁。

（6）斎藤末弘は「作品別聖句引用表」を作成し、引用された福音書の分析と数を記している。表によれば、引用数の多い順に「駈込み訴へ」「正義と微笑」「斜陽」「如是我聞」「パンドラの匣」である。（「太宰治と聖書――研究史と「表」作成過程に触れて」（『太宰治と聖書』教文館、一九八三））、二〇四〜二〇七頁。

（7）田中良彦『対照・太宰治と聖書』（聖公会出版、二〇一四）、九頁。

（8）『新共同訳　新約聖書略解』（日本基督教団出版局、二〇〇〇）、四二頁。

（9）注（8）と同じ、四七頁。

（10）郡継男『太宰治――戦中と戦後』（笠間書院、二〇〇五）、九六頁。

（11）斎藤理生「「河北新報」のなかの『パンドラの匣』」（『太宰治スタディーズ』二〇一四・六）、一五五頁。

（12）山岸外史『人間キリスト記』（第一書房、一九三八）、一九一頁。

（13）注（12）と同じ、八四〜八五頁。

（14）注（12）と同じ、一四〇頁。

（15）注（12）と同じ、一五六頁。

（16）村上重良『天皇制国家と宗教』（日本評論社、一九八六）、二三三頁。

（17）『読売新聞』（一九四〇・七・三一）

（18）鈴木範久『日本キリスト教史』（教文館、二〇一七）、三二一〜三二二頁。

（19）飯坂良明は「教会闘争と名づけられるような強烈な信仰共同体的意識」に裏づけられた「戦時中といえども本当に天皇制との対決や抵抗はあったのであろうか。厳密に言うならば、受難はあったが、主体的積極的な対決や抵抗は見られなかった」と指摘する。(「天皇制とキリスト教」『天皇制と日本宗教』亜紀書房、一九八五)、二二四頁。

(20) 注(2)と同じ。

(21) 『日本基督教団史資料集　第2巻』(日本基督教団出版局、一九九八)、二四一〜二四四頁。

(22) 浅田高明が「昭和十五年の暮も押し詰まった一九日の日誌」として紹介している。注(4)と同じ、六〜七頁。

(23) 注(12)と同じ、一七五〜一七六頁。

10章　「日本一」を書くこと、書かないこと
――「散華」・『お伽草紙』・「未帰還の友に」のテクスト連関

小澤　純

一　「日本一」を書く〝責任〟

一九四五（昭和二〇）年一〇月に刊行された太宰治『お伽草紙』（筑摩書房）は、「桃太郎」を書こうと計画しながら、しかし書くことを取りやめる過程を伝えていくテクストである。むしろ、なぜ「私」が「桃太郎」を書きたくないのかをしっかりと読者に伝えるために、最終話である「舌切雀」の冒頭は、「桃太郎」をめぐる話題で埋め尽くされている。「私」が書きたくない理由は主に二つあるようだ。

瘤取り、浦島さん、カチカチ山、その次に、桃太郎と、舌切雀を書いて、一応この「お伽草紙」を完結させようと私は思つてゐたのであるが、桃太郎のお話は、あれはもう、ぎりぎりに単純化

せられて、日本男児の象徴のやうになつてゐて、物語といふよりは詩や歌の趣きさへ呈してゐる。（一四三頁）

まず注意を要したいのは、「前書き」で「私」は「物語を創作するといふまことに奇異なる術を体得してゐる男」を自負していたが、ここでは、「桃太郎」を「日本男児の象徴」と捉えた上で、「物語」よりも「詩や歌」のカテゴリーに入れている点であろう。「私」は、防空壕で「五歳の女の子」に「桃太郎、カチカチ山、舌切雀、瘤取り、浦島さんなど」を読み聞かせながら「その胸中」に「別個の物語」を創るのであり、「日本の国難打開のために敢闘してゐる人々の寸暇に於ける慰労のささやかな玩具」となるように、「この「お伽草紙」といふ本」を書きつつあった。しかし、「多少でも自分で実際に経験した事で無ければ、一行も一字も書けない甚だ空想が貧弱の物語作家」である「私」は、「完璧の絶対の強者は、どうも物語には向かない」し、「読者はかへつて鬼のはうを気の毒に思うと判断する。そして、「桃太郎の物語一つだけは、このままの単純な形で残し」たいと洩らし、「昔から日本人全部に歌ひ継がれて来た日本の詩である」と断言するに至る。書かないための「私」の論理を穿って読めば、「桃太郎」は「慰労」とは無縁であり、「強者」の世界に自己完結した「日本の詩」であるから敬遠したことになろうか。これを一つ目の理由としたい。

そして、「私」は「日本一」を鍵語にして、今度は「桃太郎」以外を書く理由を掘り下げていく。まずは、「日本一はおろか日本二も三も経験せぬ作者が、そんな日本一の快男子を描写できる筈が無い」と、「私」の「経験」を基準にして、書く対象を選別する点を強調する。

この舌切雀にせよ《ママ》。また前の瘤取り、浦島さん、カチカチ山、いづれも「日本一」の登場は無いので、私の責任も軽く、自由に書く事を得たのであるが、どうも、日本一と言ふ事になると、かりそめにもこの貴い国で第一と言ふ事になると、いくらお伽噺だからと言つても、出鱈目な書き方は許されまい。（中略）だから、私はここにくどいくらゐに念を押して置きたいのだ。瘤取りの二老人も浦島さんも、またカチカチ山の狸さんも、決して日本一ではないんだぞ、桃太郎だけが日本一なんだぞ、さうしておれはその桃太郎を書かなかつたんだぞ、（中略）これはただ、太宰といふ作家がその愚かな経験と貧弱な空想を以て創造した極めて凡庸の人物たちばかりである。
（一四七～一四八頁）

ここでは、「日本一」を書くことと「私の責任」の問題が接続する。具体的には、「日本一」を表現する「責任」の忌避である。そして、「凡庸の人物」を書くには、「愚かな経験と貧弱な空想」こそが必要なのだと宣言する。[1]「日本一」に纏わる「責任」の重さからは距離を置き、「凡庸」の軽さを生きること。これが、「私」が「桃太郎」を書かない二つ目の理由であろう。

ただ、遡って考えてみれば、「太宰といふ作家」は、かつて、戦争下において「日本一」を書いた「経験」があったのではないか。「散華」（『新若人』一九四四・三）には、「これこそは、日本一の男児でなければ言へない言葉だと思つた。」と記す「私」＝「太宰さん」が登場していた。また戦後、「責任」の在り様をめぐっても書き継いでいくのではないか。「未帰還の友に」（『潮流』一九四六・五）では、「すべて、僕の責任である。」と「僕」＝「先生」は断言する。そしてこの二作は、東京帝大文学部国文科の学生だった三田循司［一九一七―一九四三］[2]と戸石泰一［一九一九―一九七八］[3]をモデルにしたことで知られている。一九四〇（昭和一五）年一二月一三日、東北出身の二人は初めて三鷹に太宰を訪ねた。戸石「「散華」の頃」によれば、「一月に一度は必ず行」き、「行けば必らず、お酒をご馳走になった」という。[4] しかし、まず三田が一九四一（昭和一六）年一二月に繰り上げ卒業し翌年二月に入営、戸石も一九四二（昭和一七）年九月に繰り上がった直後に入営した。本稿では、二人の描かれ方の変遷、そして戸石の戦後の在り様を視野に入れながら、「散華」・『お伽草紙』・「未帰還の友に」と戦中戦後を貫き連関する問題領域について考察したい。

二　「美しさ」という〝無責任〟

「散華」には、「私」の家に出入りしていた三名の学生が登場する。モデルの実名そのままの「三田君」と「戸石君」、それに架空の人物であろう「三井君」である。権錫永は、死病を得て「美しい臨終」を迎える「三井君」とアッツ島で「ずば抜けて美しく玉砕」する「三田君」という二人の死の関係性を検討してきた先行研究を視野に収めつつ、「仮に、〈玉砕〉・戦争・軍部などへの批判として読めたとしても、この作品は同時代においてそれとは裏腹な意味、つまり〈玉砕〉讃美・戦争協力として読まれやすい作品だということを忘れてはならない」と問題提起している。注目したいのは、「三井と三田、さらに戸石も、明らかに比較できる」設定であるという指摘だ。[5] 権は、「三田と戸石については、その性格の違いが克明に描かれ」、「「玉砕」は三田にこそふさわしく、逆に〈戸石らしさ〉には反」しており、「散華」において「「玉砕」は性格の問題に還元され」ると論を進め、病を治す気がない「三井君」の「「非国民」的な死」と等置される「「玉砕」の相対化／批評」を跡付けた。[6] 北川透による、「〈私〉が親和感を抱くのは、真面目で純粋な三田君ではなく、トンチンカンな道化役を演じる戸石君」であり、「〈私〉が生きられるのは、あくまで文学の中の一兵卒なのである」という評言も見落とせない。(7)

一方、李顯周は、掲載誌『新若人』が「戦時下のもっとも日本ファシズム性向の強い雑誌メディア」である点に着目し、「散華」における「日本の象徴的な存在に平凡さを対立させ」る構図を捉えつつも、結局は「純粋の献身」という戦死を包摂する美的な死生観に浸される、戦時下の文学場に迫った。(8)ただ、若松伸哉は、「ロマンチシズム、新体制」について「無邪気に質問」する「戸石君」を取り上げて戦時下の〈青年〉表象へと接続しつつ、「物故した〈個人〉をあくまで語り手個人の視点から語」る表現に注目することで、むしろ「生きた人間」の側のテクストとして捉え直したと言えよう。「三田君」の遺稿集を準備しようとする「山岸さん」（山岸外史がモデル）に、「こりやどうも、太宰の先には死なれないね。」と「私」が返される場面を意味付け示唆に富む。(9)

以上の論点を踏まえ、「戸石君」が「散華」においてどのような意味作用を担っていたのかを考察していきたい。まず、モデルである戸石泰一と比較して「散華」の「戸石君」が興味深いは、他の二人や「私」や「山岸さん」と違って、「小説」や「詩」を書かない（書く場面がない）ことである。戸石「青春」(10)によれば、太宰は、三田達との同人雑誌『芥』に掲載された戸石の作品に目を通したり、読んだ上で「恋愛している人を書いちやいけない」等と注意したりしている。

戸石は二高時代に太宰の「八十八夜」（『新潮』一九三九・八）を雑誌で読み「身ぶるいするやうな感動をおぼ」え、太宰文学を悉く読むようになっていた。当時の読書傾向について、戸石は「日本浪曼派」への「好感」を回顧しつつ、しかし太宰との繋がりは後々まで知らず、そして、「かれを「日本浪曼派」的だと思ったことはほとんどなかった」と述べている。

私にとって「日本浪曼派」とは、グロリア・ソサエテという出版社からの棟方志功の版画の表紙がついた叢書、とくに蔵原伸二郎や小高根二郎の詩だったし、「コギト」の現代的頽唐ともいうべき恋の世界をうたった三浦常夫の短歌であった。／そしてまた何よりも、保田與重郎の「日本の橋」とか「戴冠詩人の御一人者」とかの評論にひきつけられた。正確にいえば、ひきつけられたと思っていた。あの難解な美文が理解できるはずはない。ただ何となく雰囲気がよかったのだ。それが、「時代」の流行というものだろう。そして、この「雰囲気」はたしかに、われわれを戦場に送りこむためのバネになった。(11)

興味深いのは、戸石が特に「好感」を持っていた蔵原伸二郎と保田與重郎とが、『新若人』で読者投稿欄「新若人文藝」の詩と俳句の選者をしていた事実である。(12) 蔵原は一九四一年一一月から、保田は一九四四年二月から務めている。太平洋戦争開戦と蔵原の選者時代とは重なるが、「詩壇」欄の課題は、「地図」（一九四二・一）以降、「兵隊」（同・二）、「み軍」（同・三）、「大東亜戦争」（同・四）、「吾等の誓」（同・五）、「み民われ」（同・六）と続き、まさに戸石が「好感」を抱く詩人によって、『新若人』における「詩」の領域は、「戦場に送りこむためのバネ」の一部になっていったのかもしれない。そして、保田が初めて選者になった二月号には、蔵原の詩「国亡ぶれば山河なし」が、「雲南国境怒江の線を前進する皇軍」の写真を背景にして白抜きで掲載されている。

峻嶮なる東洋の山道に／日が照つてゐる／重畳たる岩石に風が翻つて／苔が光つてゐる／この道を進軍する旗がある／続々と断ゆることなく／休むことなき／アジア諸民族の大進軍である。／営々たる建設の喜悦である／発光する創造の精神のみが／一切の戦ひを決定する／忠孝は自然を美しくし／勇気は自らの山河を照らす／民族その独創の力を失はば／即ち戦ひは敗れ山河また死す／あゝ　国亡びて／山河何処にかある（三頁）

この詩では、「自然」の美しさが「忠孝」と結び合わされた上で、「アジア諸民族」が敗れれば、その「自然」も死を迎えることを平明に訴えている。そして、「散華」が次号に発表されるのである。「散華」掲載号の詩歌欄に注目してみれば、佐々木信綱が表題「撃ちてしやまむ」で「学徒出陣」の詞書を附して「敵てふ敵撃ちてしやまむ思ひに燃え若人等往く勇み微笑み」（二三頁）と詠み、蔵原に代わり選者となった大木惇夫による第一席（課題「冬」）の投稿詩の詞書は、「徴兵適齢切下により今は病癒えて愈々此の年の暮、征く身となりぬ。」（一〇二頁）と始まる。歌の選者は「日本浪曼派」同人だった浅野晃であり、第一席（課題「述懐」）は、「大君のしこの御楯と散らむ身は賤が身ながら尊く思ほゆ」（一〇四頁）であった。まさに文学作品を書くことにおいても、『新若人』誌上では、プロ・アマを問わず「日本一」に加担する総動員体制となっていたのである。そして誌面の傾向は、「卒業論文に宮沢賢治をテーマにしようとしたら「まだ評価が定まっていない人を選ぶのはどうか」と言われて、石川啄木にかえた[13]」三田には馴染みにくく、どちらかと言えば、過度にファナティックな傾向を強めていたにせよ、戸石の好みに近かったはずだ。

しかし、「戸石君」が書いたものは二通の書簡の引用のみで、創作については一切触れられない。

一方、保田の「美文」には及ばないまでも、「散華」を過剰な美辞で埋め尽していくのは「私」である。「三井君」の死を飾る直前の箇所を引用したい。

三井君は、死ぬる二、三日前まで、そのやうに気軽な散歩を試みてゐたらしい。／三井君の臨終の美しさは比類が無い。美しさ、などといふ無責任なお座なりめいた巧言は、あまり使ひたくないのだが、でも、それは、実際、美しいのだから仕様が無い。（八一頁）

ここでの「私」の心理は見逃せない。「私」は、「お座なり」に「美しさ」を用いることが「無責任」であると自己批判しながら、しかし「実際、美しい」という力に負けて、「三井君」の死を「桜の花」や「薔薇の大輪」に喩え、滔々と叙述していく。そしてその延長線上に、「三田君」の死の「美しさ」を配置する。ただ、誘惑に負ける前の微かな逡巡が、「私」にはあった。「私」は、死を「美しさ」の一語で纏めれば、やがて「無責任」に繋がっていくことに自覚的であるようだ。しかし、「私」は警戒しているものの、なし崩し的に「巧言」を受け容れていくのではないか。その極致として、「人間の最高の栄冠は、美しい臨終以外のものではない」という、ずば抜けて観念的で汎用性の高い「巧言」が現れる。

この最高級の美辞が「三井君」を介して登場した後では、「これこそは、日本一の男児でなければ言へない言葉だと思つた」等で、「三田君」に「日本一」を用いることへの躊躇いは、麻痺してしまうだろう。注意したいのは、「私」が「日本一の男児」という、『お伽草紙』の「日本一の快男子」・「日本男児の象徴」と相似形の称号を「三田君」に与えた時点では、まだ「私」は「三田君」の「玉砕」の事実を知らなかったということである。先取りすれば、「私」は、「私」のイメージの中では生きていたままの「三田君」を、「桃太郎」という「日本の詩」へと象徴化してしまったのである。

三 「戸石君」の〝無責任〟と「私」の〝無責任〟

では一方で、「私」は「戸石君」をどう語っているのか。「戸石君」の存在が最初に語られるのは、「三田君」との初訪問を「私」が思い出そうとした直後、「戸石君に聞き合せると、更にはつきりするのであるが、戸石君も既に立派な兵隊さんになつてゐて」の箇所である。「戸石君」も「立派な兵隊さん」として、つまり「散華」において三人目の死を迎える潜在的な可能性から逃れられない存在として、まず語られているのだ。しかし、注目したいのは、「三田君」の便りと同様に、「戸石君」からの二通の便りが、「私」によって引用されていることである。

「三田さんの事は野営地で知り、何とも言へない気持でした、桔梗と女郎花の一面に咲いてゐる原で、一しほ淋しく思ひました。あまり三田さんらしい死に方なので。自分も、いま暫くで、三田さんの親友として恥かしからぬ働きをしてお目にかける事が出来るつもりでありますが」（八一頁）

「隊には小生よりも背の大きな兵隊が二三人居ります。しかしながら、スマートといふものは八寸五分迄に限るといふ事を発見いたしました」（八二頁）

「私」が二人の死を、特に「三井君」の死を美しい花に喩えた直後に、「戸石君」は登場する。「三田君」の訃報に接した際の便りは、いかにも「戸石君」らしい。「桔梗と女郎花」を自身の姿の背景に用いるのである。自らの死がいつか美しく描かれることを無意識に先取りするかのような書き振りで、不謹慎だが、巧まぬ諧謔がある。死の「美しさ」に巻き込まれていく手前に「戸石君」のリアクションを配置したことによって、「私」が「三田君」の死に同化し難くなる効果を発揮するのではないか。それは、あたかも「三田君」の死を慎重に受け容れていくことのリハーサルであるかのように、「私」は「戸石君」の便りの前で、初対面の頃の「戸石君」の滑稽さを「尊い犠牲心の発露」と解釈したり、「大きすぎる図体」に「同情」を試みたりするが、悉く「戸石君」のペースに調子を狂わされていく。「巧言」の「美しさ」よりも、「美男子」の「トンチンカン」が勝っていくのである。

　便りに触発されて回想と解釈の連鎖を続ける「私」――「三田君」の便りから大切な意味を汲み出す練習を、「私」は「戸石君」の便りを用いて行っているのだ。この間の抜けた二通の便りをめぐる試みは、同時に、「戸石君」の遠方への出征を予期しながらの、「私」による生還への祈願なのかもしれない。ここでは、「一座を華やか」にするための「犠牲者」と、戦争による「犠牲者」がちぐはぐなまま二重化している。いずれに対しても、死の「美しさ」という「無責任」によって戦時下に「巧言」が生まれてくる危うさを、「戸石君」の存在によって相対化するのだ。「私」は、「戸石君」の「顔が綺麗だつて事は、一つの不幸ですね」という名台詞に「噴き出し」続けることができる。

　そして「戸石君」は、「大いに感激して、／「こんどの三田さんの詩は、傑作ですよ。どうか、一つ、ゆつくり読んでみて下さい」／と、まるで自分が傑作を書いたみたいに騒」ぐエピソードを最後に、テクストから姿を消す。三人の学生は不在となり、「私」と「詩」の対話となる。

しかしそもそも、「私」は、一時的に病となった「三田君」から「立派な言葉」を頼まれたことで、関係性のバランスを崩し始めたのではなかったか。「戸石君」に「真面目」を強要しようとした「三田君」には、「立派な詩集」への憧れもあったはずだ。「三田君」は、四通の便りの内、一通目では「詩」に拘っている。「私」の「立派な言葉」＝「巧言」への逡巡こそが、「三田君」を「立派な詩集」へと、そして「玉砕」を知った後には「立派な兵隊さん」へと向かわせたと思い、「三田君の作品は、まったく別の形で、立派に完成せられた」と、「私」は無際限に「責任」を感じていくことだろう。いわば、「死んで下さい、といふ三田君の一言」は、「私」宛の「立派な言葉」だ。

だからこそ、この無際限に続く過去への「責任」に対して、「戸石君」の「陽気な美男子」振りとは異なる方向性で「無責任」へと転じさせる解釈を、「私」は「三田君」からの「美しい便り」に施さなければならないのである。それは端的に纏めれば、まずは、「日本一の男児」(「桃太郎だけが日本一」)という戦争状態と骨絡みとなった中での序列を回避することである。そして、「私」が「戸石君」に見出していた「尊い犠牲心の発露」というユーモアを、「崇高な献身の覚悟」として、死の可能性を等しく付帯させた状況下でのメッセージに読み替え、「私」宛の便りを遍く隣人に向けた「人の世の最も美しい」言葉へと転換させることであろう。

　繰り返し繰り返し読んでゐるうちに、私にはこの三田君の短いお便りが《ママ》実に最高の詩のやうな気さへして来たのである。アッツ玉砕の報を聞かずとも、私はこのお便りだけで、この年少の友人を心から尊敬する事が出来たのである。純粋の献身を、人の世の最も美しいものとしてあこがれ努力してゐる事に於いては、兵士も、また詩人も、あるひは私のやうな巷の作家も、違つたとこ

ろは無いのである。（八六頁）

ここには、生／死の境界を跨いで、統制されたプロパガンダのような言葉ではなく、個々の「純粋な衝動」・「純粋の献身」によってメッセージを多義的に解釈する余地が残されている。そもそも、「三田君」からの便りには既に不明なものが「もう、二、三通」あり、最初から断片化している。三度目の引用の後には、「ブランク」がある。戦争状態において、「美しさ」という「巧言」を「人の世の最も美しいもの」へと読み替えたとして、どれほどの効果があるかはわからない。しかし、「私に「死んで下さい」とためらはず自然に言つてくれたのは、三田君ひとりであ」りつつ、その「三田君」を、「山岸さんの言ふように「いちばんいい」詩人のひとりである」と信じることで、生／死を等しく分かち合う「無責任」な繋がりは、「巷の作家」の「経験」を通して形成されるのだろう。

例えば、「三井君」・「三田君」は、生／死を既に分かたれながらも、個々の言葉は散種され続ける。その言葉に宿る多義性を、「日本一」を書く「責任」という一義性から解き放つためにも、「散華」における二人の死の表象は、無数の宛先の一つとして、『お伽草紙』へと接続される必要がある。一方、「戸石君」は、テクストの中途で姿を消しながら、「散華」に引用され、「詩」を相対化する二通の便りへと、生きたまま「トンチンカン」に回帰してくる可能性を残し続けている。

四　「君」と「君たち」と「君たち全部」

では、「無責任」な「戸石君」（およびモデルの戸石泰一）はどこへ向かうのか。「未帰還」のままの「友」である「鶴田君」によって、書くことをめぐる「責任」の問題系は持続するのである。「未帰還の友に」は、一九四四（昭和一九）年一月九日、仙台の陸軍予備士官学校を卒業して出征していく戸石と上野駅で待ち合わせて歓談した時のエピソードに基いているが、敗戦直後、戸石は英印軍の捕虜となり、未だ復員していなかった。戸石による実名小説「別離——私の太宰治」[14]から引用する。

私が復員して南の島から帰ってきたのは、昭和二十一年七月である。仙台も空襲をうけたが、郊外にある私の家はさいわいに無事だった。私は、南方にたつとき、留守中に発行される太宰の単行本、小説の掲載誌などを全部買っておいてくれるように頼んであったのだが、それをみたとき、遠くにあった「日常」がようやく私のところまでかえってきたような気がした。しかし完全にかえってきたわけではない、中途半端な、うすぼんやりした膜みたいなものが、まだ頭の中にかかっている、そんな気持の中で『未帰還の友に』という小説があるのを発見した。ザラザラした粗悪な紙に印刷した、うすっぺらな雑誌である。（中略）

この「君」とは、もちろん、私のことだ、と思った。こんな思いで、私を待っていてくれたのだ。（二二五〜二二七頁）

本作は『潮流』に発表されたのが一九四六（昭和二一）年五月なので、太宰は実際に未帰還の戸石を待ちながら、本作を構想・執筆していったのである。小野才八郎宛書簡（一九四五・一二・三一付）には、「私はきのふから、「未帰還の友に」といふ題の小説だか手紙だかわからないものを書いてゐます」と記すが、井伏鱒二宛書簡（一九四六・一・一五付）に、「「新潮」十一月号に亀井が島木をいたむ文章を発表してゐましたが、いいものでした。」とあることに注目したい。亀井勝一郎「〈島木健作追悼〉亡き友へ」（『新潮』一九四五・一二）を指し、冒頭は「時々ふつとよみがへつてきては心の疼となるやうな言葉がある。昨年の暮だつたと思ふが、君が「礎」を完成したとき僕にくれた長い手紙の一節を、僕はいま思ひ出してゐる。」（五四頁）と始まる。不在の友（死者／未帰還者）に二人称で呼びかける形式のヒントになったのではないかと思われる。

まさに本作は、声の宛先が様々に不在であることを方法として用いたテクストである。冒頭は、「君が大学を出てそれから故郷の仙台の部隊に入営したのは、あれは太平洋戦争のはじまつた翌年、昭和十七年の春ではなかつたかしら。」と始まり、戸石をモデルとする「鶴田君」に「僕」が話しかけるスタイルから始まる。しかし、待ち合わせの場面になると、「君たちの汽車が着いた。君は、ひとりで無かつた」と、「君たち幹部候補生二百名くらゐ」に向けて語り始めるのである。さらに、「その頃から既に、日本では酒が足りなくなつてゐて、僕が君たちと飲んで文学を談ずるのに甚だ不自由を感じはじめてゐた。あの頃、僕の三鷹の小さい家に、実にたくさんの大学生が遊びに来てゐた」と、例えば三田循司のような存在も包摂する「大学生」への、まさに不在の「友」である「君たち」に向かっての言葉へと変化していく。

なぜ、このような形式を採るのかを、物語内容に沿って考えていきたい。本作は回想の中で回想する三重構造になっており、①未帰還兵である「鶴田君」へと語りかけている現在、②出征する「鶴田君」と上野で会った「昭和十八年の早春」、③酒を飲むために「菊屋」で芝居を打つ「昭和十六年の暮」から「昭和十七年の正月」という三つの時空を、「僕」の語りは行き来する。

奥平健は、語り手の禁酒への意志を「拘束された戦時下への、にがみを含んだ決別の言葉」として読み取り、[15] 石井和夫は『徒然草』一一七段と関連付けながら、「「若き人」の友である「僕」を「悪き者」として暴く構造を持」つ「「ものを見る眼」に優れた逆説の典型」と指摘している。[16] 確かに「僕」の酒への執着は異様であり、最後に自ら犯した悪について自問自答していく仕掛けがある。小説末尾を引用する。

そのうちに、れいの空襲がはじまり、内地も戦場になつて来た。僕は二度も罹災して、たうとう、故郷の津軽の家の居候といふ事になり、毎日、浮かぬ気持で暮してゐる。君は未だに帰還した様子も無い。帰還したら、きつと僕のところに、その知らせの手紙が君から来るだらうと思つて待つてゐるのだが、なんの音沙汰も無い。君たち全部が元気で帰還しないうちは、僕は酒を飲んでも、まるで酔へない気持である。自分だけ生き残つて、酒を飲んでゐたつて、ばからしい。ひよつとしたら、僕はもう、酒をよす事になるかも知れぬ。（一三二頁）

ここでは、「自分だけが生き残つ」た孤独感、そして「君たち全部が元気で帰還しないうちは」という無理を唱えて、身動きできない「僕」を印象付ける。しかも、そうした原因を作った「鶴田君」さえも、未だ復員しないのである。揺れる呼称は、その度に多くの生者／死者を明滅させ続ける。こうした結末を迎える理由を追っていきたい。

まず、時間軸②では、出征前の年少の友「鶴田君」から、「ノオ」ときっぱり言える力の大切さについて「僕」は諭される。「鶴田君」は「ノオ」を言わなければならず最も苦しかったことを話し、「僕」の責任を追及し始める。時間軸③では、戦時下の物資不足のなか酒を飲むために、「僕」は、菊屋というおでん屋の夫婦に、娘の「マサちゃん」と「鶴田君」との縁談を斡旋しようと持ち掛け、見事に酒を飲むことに成功する。「僕」は真剣に考えていなかったが、二人は真剣に交際を始めていく。しかし「鶴田君」の出征が決まり、「鶴田君」は、娘と別れるために経緯をすべて手紙に認める。その結果、数日後に菊屋は店を畳んでしまい、「僕」は行方を追えなくなってしまう。そして、結末部で時間軸①に戻ってくる。

菊屋でお酒を強請る場面で、「僕」は、お上さんに聞えるように、「何せ僕は、全権を委託されてゐるのだからなあ。僕の責任たるや、軽くないわけだよ。」と、「鶴田君」の母親から任されたという嘘によって「思わせぶりの感慨をもらし」たりするが、「僕たちの目的」は酒以外に無く、「従つてその縁談に於いては甚だ不熱心であり、時たま失念してゐたりする仕末であつた」という。ここで、「僕」が「責任」は「軽くない」と声に出している点は見逃せない。軍隊生活の中で「ノオ」をはっきり言うべきと学んだ「鶴田君」と娘の二人こそが、個々の立場から、しっかりと「責任」を果そうとして苦しんでいる。時間軸②における「鶴田君」と「僕」の会話を引用する。


「まさか、そんな、先生を恨め、とは書きませんが、この恋愛は、はじめから終りまで、でたらめだつたのだと書いてやりました。」

「しかし、そんな極端ないぢめ方をしちや、可哀想だ。」

「いいえ、でも、それほどまでに強く書かなくちや駄目なんです。彼女は、彼女は、僕の帰還を何年でも待つ、と言つて寄こしてゐるのですから。」

「悪かつた、悪かつた。」ほかに言いやうの無い気持だつた。（一三〇頁）

ここでは、まだ時間軸①において「鶴田君」が未帰還兵となることは、「鶴田君」自身も知らないし、「鶴田君」が戦死している可能性も含まれる。「僕」は結果的に、娘が「鶴田君」を待ち続ける機会を奪ったとも考えられるし、「鶴田君」が存命なら、娘に待たれる機会を奪ったとも言える。

ささやかな事件かも知れない。しかし、この事件が、当時も、またいまも、僕をどんなに苦しめてゐるかわからない。すべて、僕の責任である。僕は、あの日、君と別れて、その帰りみち、高円寺の菊屋に立寄つた。実にもう、一年振りくらゐの訪問であつた。表の戸は、しまつてゐる。裏へ廻つたが、台所の戸も、しまつてゐる。
「菊屋さん、菊屋さん。」と呼んだが、何の返事も無い。（一三一頁）

そして「僕」は、「鶴田君」が娘に書き送った手紙によって、菊屋が閉店する原因まで自分が作ってしまった「責任」を強く感じざるを得なくなっていく。時間軸①において、「僕」は疎開先で「鶴田君」を含む「君たち全部」の帰還を待ち続けているが、この「全部」には、菊屋の三人も入っているだろう。「僕」は「責任」を軽々しく口にしながら、「四十七士中の第一の美男」に見立てられた「鶴田君」にこそ書く「責任」を負わせて、「ノオ」を身に付けさせるに至った。そして時間軸②において、「帝国主義の侵略とか何とかいふ理由からでなくとも、僕は本能的に、或ひは肉体的に兵隊がきらひであつた」と述べながら、「鶴田君」を含む「君たち幹部候補生二百名」という不特定多数にも、時間軸①から呼びかけているのである。戦時下において、「幹部候補生」は「日本一」の「桃太郎」達ではなかったか。しかし「僕」は敗戦後の価値転倒を経ても、「君たち」を忘れない。

戸石泰一は、「未帰還の友に」を未帰還兵だった自分へのメッセージとして受け取り、強い感動を覚えたようだ。ただ同時に、「散華」における「三田君」の「詩」と同じく、「未帰還の友に」は、無数の「未帰還」の何ものかに対する、終わることのない応答責任の器として読解できるのではないか。特定の「君」を軸にしながらも、そこには友人・知己、無数の学生達や兵隊達、そして菊屋のように「僕」が悪を働いてしまった人達まで、生／死や善／悪を跨ぎながら、多くの声が沈黙したまま渦巻いているのだろう。本稿では、「日本一」と「責任」という鍵語によって、戦中戦後を貫くテクスト連関を探ってきた。纏めるならば、「無責任」な美を媒介とした連帯の模索と、沈黙する存在へと呼びかけ続ける戦後の「責任」のあり方に迫ることができたのではないか。

＊

最後に、太宰から戸石へと接続するテクストを紹介したい。戸石は八雲版太宰治全集の編集に携ったりしながら、戦後、決して多くはないが小説を執筆している。戸石の視点から三田を描く「玉砕」（『小説朝日』一九五二・九）には軍隊の階級制度や家族からの視点もあり興味深いが、「待ちつづける「兵補」」（『民主文学』一九七二・一）は、「東京新聞」（一九七一・九・一九、八面）に載った記事「パパイヤの木陰に25年／すわり続けるその男は――〝ミスター・ノー〟」に触発された小説である。[17] タイの小さな村の駅で、四半世紀も何かを待ち続けている「狂った男」。記事によれば、「戦中、泰緬鉄道建設のために日本軍の手でインドネシアから連れてこられたらしいと推測される」（小説では記者名等を変更）が、語り手「私」は、スマトラでの軍務中に出会った、日本に憧れていた少年兵補アブドルの成れの果てではないかと思い始める。日本語を流暢に話し、「戦陣訓」を暗誦し、日本軍の兵補であることを誇りに思っていた。「私」はずっと印象に残っており、当時を回顧し始める。

冒頭は、「「その男」は、いまも、タイの田舎の村の、小さな鉄道駅の前にしゃがみこんで、何かを待っている。」である。太宰の「待つ」（『女性』博文館、一九四二・六）が想起されるが、本作の末尾を引用したい。

アブドルは、ビルマのどこで、どんな状態で捕虜になったことだろう。そのとき「戦陣訓」は、彼にどんな作用をしたか――。／もちろん、戦死してしまったということも考えられる。爆撃の中で、あるいは、道ばたに、飢えに倒れて……。／しかし、私には、やはり「その男」が、アブドルであるように思われる。そうあってほしいようにも思う。／たとえ、そうではないにしても、彼は「日本軍」がつくった無数のアブドルたちの一人なのだ。／いずれにせよ、彼は、今日も、なにかを待ち続けているにちがいない。（九九頁）

この「無数のアブドル」という表現は、戸石自身がモデルだった「未帰還の友に」が扱った問題領域について、戦中戦後の「日本」という枠組みを超えて、より根元的に問いかけていないだろうか。テクストはどこまでも連関していく。(18)

注

（1）野末循子「「舌切雀」論――凡庸な疎外者を軸に」（『太宰治研究12』和泉書院、二〇〇四）、一三四頁。

また、細谷博『凡常の発見　漱石・谷崎・太宰』（明治書院、一九九六）が、「凡常」という一つの系譜を構築している。

（2）堤重久『太宰治との七年間』（筑摩書房、一九六九）参照。三田循司を顕彰するため太宰治生誕百年（二〇〇九）に開設された「温故知新」ＨＰ（http://www.sekiou-ob.com/newmitajunji/top.html）は、三田宛太宰治書簡の画像データをはじめ、戸石泰一、山岸外史等の関係者による文章等、貴重なアーカイヴとなっている。トップ画面には、「太宰治と親交のあった、旧制岩手中学卒業の三田循司先輩を知っていますか」、「アッツ島玉砕を知っていますか」とある。

（3）「戸石泰一年譜」（『群狼』一九七九・二）等参照。

（4）戸石泰一「「散華」の頃」（『太宰治全集月報6』筑摩書房、一九五六）、五頁。

（5）権錫永「『散華』」（神谷忠孝・安藤宏編『太宰治全作品研究事典』勉誠社、一九九五）、一一三頁。

（6）権錫永「アジア太平洋戦争期における意味をめぐる闘争(3)――太宰治「散華」・「東京だより」――」（『北海道大学文学研究科紀要』二〇〇二・二）、七〇～七一頁。

（7）北川透「文学の一兵卒――太宰治の「散華」について」（『日本文学研究』一九九九・一）、九八頁。

（8）李顯周「太宰治の「散華」論――三つの「死」の意味――」（『文学研究論集』二〇〇二・三）、一四九～一五〇頁。

（9）若松伸哉「戦時下における〈個〉の領域――太宰治「散華」論」（斎藤理生・松本和也編『新世紀太宰治』双文社出版、二〇〇九）、二〇三、二一四頁。

（10）戸石泰一「青春」（小山清編『太宰治研究』筑摩書房、一九五六）、三二六～三二七頁。

（11）戸石泰一「軍隊学校の日々――作戦要務令と日本浪曼派について」（『消燈ラッパと兵隊』ＫＫベストセラーズ、一九七六）、一三七～一三八頁。

（12）中野綾子「雑誌『新若人』について――付・「学徒は如何なるものを読む可きか」アンケート結果一覧」、加藤晴奈・神田茜・鈴木里奈・平沼一翔・和田敦彦「早稲田大学図書館蔵『新若人』総目次」

（『リテラシー史研究』二〇一五・一）参照。なお、一九四〇年九月の創刊号から一九四五年五月まで全五七冊の目次データは、「リテラシー史研究会」ＨＰ（http://www.f.waseda.jp/a-wada/literacy/）で確認することができる。

(13)　戸石泰一「戦車と毒ガス――昭和十八年の暑い夏」（『消燈ラッパと兵隊』ＫＫベストセラーズ、一九七六）、一七〇頁。

(14)　戸石泰一「別離――わたしの太宰治」（『青い波がくずれる』東邦出版社、一九七二）。

(15)　奥出健「『未帰還の友に』」（神谷忠孝・安藤宏編『太宰治全作品研究事典』勉誠社、一九九五）、二七七頁。

(16)　石井和夫「「未帰還の友に」と「徒然草」――二葉亭と梶井基次郎が太宰の作品に落とした影と併せて――」（『太宰治研究13』和泉書院、二〇〇五）、一〇四頁。

(17)　多少の改稿を施し、アンソロジー『現代の小説』（新日本出版社、一九七六）に収録。帯に「自伝的小説集」と記された遺著『五日市街道』（新日本出版社、一九八〇）に収められ、『〈コレクション戦争と文学18〉帝国日本と台湾・南方』（集英社、二〇一二）に採られた。

(18)　「〈ドキュメンタリー特集〉三人の未帰還兵」（ＮＨＫ、一九七二・一一・六）で、「ミスター・ノー」が取材された。「東京新聞」記事から話題となり、ＮＨＫで独自取材。「アオング」という言葉から、日本兵であった可能性も浮上したためＮＨＫラジオ局で情報を流した結果、神戸在住の庵奥《あんおく》氏が兄か従兄であるかもしれないと名乗り出た。しかし耳の形から兄ではなく従兄であると推定。娘の可能性がある女性はミスター・ノーの映像を観たものの、ありがたいが迷惑であると述べ、会いに行かなかった。ナレーションによれば、その後、ミスター・ノーは、バンコク日本人会によって精神病院に入院、余生を送ることになった。（二〇一八・一二・二八、ＮＨＫアーカイブスにて閲覧）

※「散華」・『お伽草紙』・「未帰還の友に」の引用は、初出・初刊本に拠った。

11章　「戦後」の日付——志賀直哉「灰色の月」と『世界』、あるいは太宰治

平　浩一

一九四五（昭和二〇）年一二月に発表された志賀直哉「灰色の月」は、[1] 安岡章太郎が「敗戦の記念碑」と称したように、[2] 敗戦直後の情況をリアルに描き出した短篇として名高い。その名篇に強く噛みついたのが太宰治「如是我聞」（『新潮』一九四八・三、五〜七）であった。連載途中の太宰治の死も相俟って、特に「如是我聞」については、同時代、膨大な言及が為され、スキャンダラスな形で太宰治もしくは志賀直哉を非難する文章なども続いた。[3] しかし、いかような形であれ強い注目を浴びたからこそ、「灰色の月」ならびに「如是我聞」は、作家個人、あるいはその当否を超えたところで、時代を照らし返す鏡となる。

本稿は、「灰色の月」を中心に据えながら、掲載誌『世界』との関係、および作品受容のあり方に焦点を絞り、「戦後」と呼ばれる時代をもう一度見返すものである。特に、小説末尾の日付に対する太宰治の捉え方に目を向け、「灰色の月」と「如是我聞」とのかかわりを、一つの現象として注目してみたい。

一　「灰色の月」と岩波書店『世界』

志賀直哉「灰色の月」(『世界』一九四六・一)は、四ページほどの掌編であるが、「発表当時から概ね好評で、今日でも志賀の代表的名作短篇の一つとなっている」[4]と指摘されるように、長く高い評価を得てきた。実際に、発表直後から「僕は最も高く推す」、「志賀氏が現実を見る眼に一点の狂いもない」(上林暁)、「スッキリした珠玉の篇」(河上徹太郎)、「生活者としての確かな足どりに頭のさがる想ひをした」、「この数十行の短篇が意外な重さを加へてくるのを感じた」(福田恆存)といった言葉が並ぶ。[5]話題になった分、後述するように、後に批判的な見方も出てくるが、その筆頭ともいえる太宰治の「如是我聞」でも「このひとの最近の佳作だかなんだか言はれてゐる文章」(第四回・四頁)と述べられており、一般的な見方が「佳作」であったことを間接的に伝えている。

もちろん、高い評価を受けた主たる理由は小説の内容にあるのだが、それ以外にもこの作品は、非常に多くの要素を含有していた。無署名「新年の創作」(『人間』一九四六・三)では、以下のような指摘が見られる。

　志賀直哉「灰色の月」。この作品が読みたいばつかりにこの雑誌を買つたといふ人が大分ある。それほど待たれたこの作者の作品だ。開けてみると僅かに四頁。精々六七枚の小品を以て、創作として通す人も、又それで通る人も現今この人の他にない。(一〇二頁)

本作は志賀直哉のおおよそ四年ぶり、戦後第一作目の小説であり、右の指摘からも、彼の復活がいかに待ち望まれていたかが分かる。同時に「この雑誌」と示されている発表媒体は『世界』創刊号であり、発刊とそこに至る経緯には、岩波書店の新たな出発点として重要な意味があった。掲載前から「灰色の月」には様々な要素が絡み合っており、その情況を解きほぐすため、まずは『世界』という発表媒体を軸に、作品の背景を少し整理、確認しておきたい。

岩波書店『世界』創刊は、戦時下の「三年会」の存在にさかのぼることができる。[6] 後にミズーリ号にて、いわゆる「ポツダム宣言」受諾の降伏文書調印を行う重光葵が、一九四四年暮れの段階で、敗戦後の日本を議論する会合を発案。翌四五年一月六日、箱根富士屋ホテルで重光の側近加瀬俊一が、近衛文麿のブレーンともされた山本有三と会談し、ことがはじまっていく。[7] 山本有三は極秘に志賀直哉に相談を持ちかけ、谷川徹三を介してメンバーを決定。山本、志賀、谷川のほか、安倍能成、武者小路実篤、和辻哲郎、富塚清、田中耕太郎で、秘密グループを組織した。第一回会合は四五年一月一二日、敗戦後の「憲法制定」「天皇制維持」「反共産化」などを議題の中心に会合が重ねられる。主に外務省官邸で会は開かれ、志賀直哉がその地名から「三年会」と名付けた。同年四月の小磯内閣の総辞職などもあり、表立った行動は起こせなかったものの、各人が秘密裡にされていた情報を得ていく。志賀は特に熱心で、憲兵の監視の中、ほぼすべての会合に出席し、時には自宅を提供し、日記には日付もしっかりと残されている。

一九四五年九月、同会は新たなメンバーを加え「同心会」として再発足、安倍能成を通じて岩波茂雄に機関誌の話が行き、そこで創刊されたのが『世界』であった。岩波茂雄には「文化と大衆とを結びつけることを、なんとかしてやらねばならない」、「大衆の文化を講談社ばかりにまかせておかないで、われわれのところでも、総合雑誌にしろ、大衆雑誌にしろ、どんどん出版していこうではないか」という展望があった。[8] しかし、「同心会」の意向とのズレや、翌年四月二五日の岩波茂雄の逝去もあり、講談社風の「総合雑誌」「大衆雑誌」とは異なる「インテリ層」向けの雑誌となっていく。その創刊号の創作欄トップに掲載されたのが、志賀直哉「灰色の月」であった。なお、後述するように、その後、「オールドリベラリスト」と「悔恨共同体」[9] との間に大きな溝が生じ、『世界』は新たな展開を見せていく。

『世界』創刊はまだしも、「三年会」の動向については、歴史学の領域においても「管見の限りまとまった考察は見られない」と指摘されるように、[10] まだまだ不確定な要素も多い。さらなる深い調査が必要とされるが、割合広く共有されている経緯を概観すると、右のように整理できるだろう。

このような経緯で創刊された『世界』は、刊行前から大きな話題を呼ぶ。さらに、「この作品が読みたいばつかりにこの雑誌を買つたといふ人が大分ある」とされたように、志賀の名声も加わることで、八万部の創刊号はすぐに売り切れになった。[11] こうした背景をもつ志賀の復活作「灰色の月」は、いざ蓋を開けると「僅かに四頁」であったが、それでも、作品の内容もおおむね高い評価を獲得していく。

二　「リアリズム」と「ヒューマニズム」

ここで今一度、「灰色の月」という作品全体を振り返ってみたい。夜の八時半頃、東京駅から山手線に乗った「私」は、少年工と思われる一七八歳の子供と乗り合わせる。その様子から、乗客は「一歩手前ですよ」と小声で言う。重心を失い寄り掛かってきた少年工を、「私」は反射的に肩で突き返してしまう。渋谷から乗車し上野に向かう少年工に、乗客は一回りしていることを伝えるが、少年工は「どうでも、かまはねえや」と言う。「私」は暗澹たる気持ちのまま降車し、「昭和二十年十月十六日の事である。」という一節で小説は終結していく。

この作品は手帳に草稿が二種類残されており、近年では、完成稿との比較が多く為されている。両者の綿密な比較を通して「志賀のリアリズム、その描写力が、果たして何処からもたらされているか」を検証した下岡友加の考察や、「志賀直哉の小説家としての技量を改めて称揚しえる絶品であった」と結論づける宮越勉の論考などがそれにあたる。[12]本稿では枚挙の関係上、改稿に深く触れることは避けるが、いずれの論も、志賀直哉における、あるいは「灰色の月」における「リアリズム」「表現技法」の生成過程とその到達点を導き出している。

同時に、当時の社会的背景を精査しながら、本作やこの時期の志賀直哉の位置を探る試みも、近年、多く見られる。小説内で「「私」のヒューマニズムの観念性を露呈させ」ながら「敗戦後の日本の現実」を描き出した点に注目し、この時期の「志賀の表現活動は極めて政治的であった」と指摘する高口智史の論考や、「脆いながらも、「少年工」に同情を示したようにヒューマニズムを描いた」ことで「「シンガポール陥落」の内容」が「「灰色の月」のヒューマニズムで相殺されることにな」ったとする加藤三重子の考察など、「ヒューマニズム」に注目した論がそれにあたる。[13]

吉田正信は「「灰色の月」序説――リアリズムとヒューマニズムをめぐって」で、伊沢元美、三好行雄、紅野敏郎ら一九六〇年代から八〇年代の考察を軸に、「この作品に対する評価の大勢は、肯定的な見方で安定している」と概観しつつ、それらの論考の根幹は「リアリズムの達成点の検証と、ヒューマニズムの限界点の検証」の「おおまかに見て、二つ」によって形成されていることを指摘した。[14] 右で確認したように、近年の論考でも同様の傾向が見られるが、注目したいのは、時代をさかのぼり、「灰色の月」発表直後の数々の評を見渡してみても、この二つの視座が大勢を占めていることである。

「リアリズム」の側では、例えば上林暁は、「灰色の月」発表後すぐに「若者の悲しさを、数百言を費したよりも強く滲み出させてゐる」、「志賀氏が現実を見る眼に一点の狂いもない」と絶賛し、河上徹太郎は「額縁から一分一厘の狂ひもなく明確に布かれたデッサンと、淡いが峻厳な氏一流の正義派気質の淡彩、——たゞそれだけが、その限りに於て歳と共に一層峻厳になつてゐる」と賞揚している。[15]「描写」「表現技法」について触れる作品の評価のあり方は、他の小説や作家でもよく見られるが、「灰色の月」は特にその傾向が強かった。それを興味深い形で示すのが、織田作之助による指摘である。「現代小説を語る座談会」(『文学季刊』一九四七・四)の存在や「無頼派」という括りによって、志賀に反発したと見られがちな織田作之助であるが、彼は「可能性の文学」(『改造』一九四六・一二)で、「「灰色の月」はさすがに老大家の眼と腕が、日本の伝統的小説の限界の中では光つてをり、作者の体験談が「灰色の月」になるまでには、相当話術的工夫が試みられて、仕上げの努力があつたものと想像される」と述べている(九一頁)。織田は「灰色の月」の草稿の存在など知る由もなかつたが、ほぼそれを見透かしたような指摘をしながら、表現技法を高く評価したのである。こうして見ていくと、同時代から今日に至るまで、「灰色の月」の評価軸の一つは、確実にその「リアリズム」で構成されてきたことが分かる。

もう一つの「ヒューマニズム」の評価軸についても、発表直後から多くの言及が見られる。平野謙は四六年三月の段階で、敗戦後の惨状に眼を向けながら、「今日の問題」は「ヒューマニズムとエゴイズムとの怖るべき対立、そのなまなましい二律背反の裡にこそある」とした上で、「たゞ志賀直哉の「灰色の月」だけが、わづかに終戦後の文学作品として心に残つた。ヒューマニズムとエゴイズムとの対立は、一個の文学作品としてここに簡潔に提起されてゐる」と指摘している。また、福田恆存は「敗戦」後の状況に対して「僕はあくまでヒューマニズムを信ずる」と述べたうえで、「「灰色の月」(「世界」一月号)を読んでやはり生活者としての確かな足どりに頭のさがる想ひをした。敗戦日本の現実において何よりも見逃してはならぬものをはつきりと見てゐる」と評している。(16) このように、敗戦後の混乱期を背景とした「私」の姿の描出は、「ヒューマニズム」、あるいは「エゴイズム」という点から、発表直後より高い評価が下された。

この「ヒューマニズム」の観点は、逆に、小説を批判的に捉える際にも用いられていく。青山光二は「私」の「少年工」に対する態度に「自分と同じ意味での人間だとは相手を見てゐない眼」を見出し、「直哉は、初めから現実の外に立つてゐた」とした上で、それを「虚妄のヒューマニズムの亡霊」と厳しく糾弾している。また、小田切秀雄は「ヒューマニスティックな要求」という点から「作者がおしまひのところでどうにもならぬといふところで安易に引返してしまふ」結末を「あれでは仕方がない」と非難している。(17)

以上のように概観すると、近年でも見られる「灰色の月」の「リアリズム」と「ヒューマニズム」に対する指摘は、同時代から様々な形で注目されていた観点であり、形を変えながら、長く受け継がれてきたことがあらためて確認できる。しかし、この二つの評価軸は、発表からしばらくした後、本作の読みにある硬直化をもたらしていくことになる。

三　第三の評価軸と読みの行方

「灰色の月」は戦後第一作目、おおよそ四年ぶりの小説であったが、その前後、志賀直哉は実に多くの随筆を発表している。主だったところでは、「特攻隊再教育」(『朝日新聞』一九四五・一二・一六)、「銅像」(『改造』一九四六・一)、「新町随筆」(『展望』一九四六・三、のち「鈴木貫太郎」に改題)、「随想」(『新日本文学』一九四六・四)、「天皇制」(『婦人公論』一九四六・四)、「国語問題」(『改造』一九四六・四)などが挙げられる。見逃せないのは、この時期、これらの随筆とまったく同じ地平で、「灰色の月」が評されていることだ。

例えば河上徹太郎は、一九四六年二月の段階で、「灰色の月」について「志賀氏が『改造』に書いてゐる随筆(「銅像」——引用者注)も此の種の義憤から書かれたもの」と評し、浅見淵は「鈴木貫太郎の人となりを描いた志賀直哉の「新町随筆」(「展望」三月号)などのはうが、遙かに強く印象に残つてゐる」と述べ、ほかにも岩上順一が「灰色の月」と「銅像」の内容とを同列に論じている[18]。

こうした傾向は、志賀直哉による矢継ぎ早の随筆の発表により、月を追うごとに強まっていく。日比野士朗は「哀れな少年工を反射的に肩で突つかへし、東條の如き戦争犯罪人の銅像に鞭打たんとする作者の心境に、或る性格的なものを感じずにはゐられない」とし、河上徹太郎は先と別の記事で「鈴木貫太郎大将の終戦に至るまでの心境」、「敗戦の紀念に東條大将の銅像を建てよ、とか、国語をフランス語にせよ、とかいつた提案」など随筆の内容を次々と列挙しながら、「灰色の月」とともにそこに「ヒユーマニズムの限界」を見出している[19]。

先に触れたように、「灰色の月」自体が四ページの掌編で、内容的にも随筆として読めるように構成されており、福田恆存も「小説とはいへぬ、随筆にすぎぬではないかといへばそれまで」との感想を漏らしている。[20] このような随筆と同一の位相で見る評価軸と、前節で確認した「リアリズム」「ヒューマニズム」の評価軸とが折り重なることによって、その後、作品はある一定の読みへと収束していく。

前節末尾で見たように、「灰色の月」を批判的に捉えた評では、「直哉は、初めから現実の外に立つてゐた」（青山光二）、「作者がおしまひのところでどうにもならぬといふところで安易に引返してしまふ」（小田切秀雄）と言及されていた。ここでは、言わずもがな、「私」が無前提に「作者・志賀直哉」に重ね合わされており、同時に、「私＝志賀直哉」の「少年工」への対応は果たして正しかったのか、という道徳的な問題へと接続されている。そうした読みが批判的に形成、展開されていく中、作者・志賀直哉自身が、以下のように述べる。

『灰色の月』はあの通りの経験をした。（中略）この短篇を『世界』の創刊号に出した時、批評で、私がこの子供の為めに何もしなかつた事を非難した人が何人かあつたが、私はその非難をした人達に同じ事を経験させて見たいと思つた。作品の批評ではそんな事をいふが、実際に其場合、その人達はどういふ事をするだらう。私は何事もしてやれないと感じて、しなかつたのだが、私を非難した人達は出来ても恐らく何もしない人達だらうと思つた。（志賀直哉「続々創作余談」『世界』一九五五・六、一九五頁）

今ではよく知られる「続々創作余談」であるが、同じ『世界』という媒体を用いて、作者自身が「あの通りの経験をした」と断言し、「私がこの子供の為めに……」、「私はその非難をした人達に……」と「灰色の月」と同じ「私」という一人称を用い、「私を非難した人達は出来ても恐らく何もしない人達だらうと思つた」と投げかける。その時、「灰色の月」における「私＝志賀直哉」という図式は強化され、さらに、この小説に対して、「ヒューマニズム」の観点から、正面から批判することはほぼ不可能になっていく。こうして「灰色の月」は、徐々に「これは事実そのままの作品とみてよい」、「感受性の網の目がすくったものを正確に対象化する無類の表現力」、「文学には解決がなければならないと考えるのは行き過ぎ」という読みが醸成されていく。[21]

その背景には、評価の軸となった「リアリズム」「ヒューマニズム」という二つの概念のあり方も深く関わっていた。「リアリズム」とは、「本当らしさ」を小説で形成していく技法なのか、「本当のこと」を小説に再現する技法なのか、その捉え方によって、まったく意味合いが異なる。「私小説」という読みの枠組み、随筆と併せ見る評価軸、あるいは「あの通りの経験をした」という志賀本人の証言が絡み合いながら、「灰色の月」をめぐる「リアリズム」は、概して後者、「本当のこと」を再現する意味合いとして曖昧なまま用いられていった。「現実を見る眼に一点の狂いもない」（上林暁）という見方である。[22] 同時に、「ヒューマニズム」という言葉も、文脈によって意味合いが大きく変化する概念であり、その恣意性については、近年、「ほとんど「何でもあり」」とまで指摘されている。[23] 例えば、「ヒューマニズム」という評価を受けて、同時代に浅見淵は「灰色の月」を「新人道主義文学」と分類したが、「ヒューマニズム」と「人道主義」とを同義に結んで良いかというそもそもの問題などが見過ごされたまま、この小説の評価が次々と下されていったのである。[24]

こうして評価軸の定義自体は曖昧なまま、同時代から「灰色の月」は〈事実〉として、「私＝志賀直哉」として読む作法が形成され、その姿の〈正しさ〉を問う慣習が流通し、反復されていった。そして、ここに「灰色の月」末尾の日付の問題がかかわってくる。

四　日付の問題と第四の評価軸

この小説は、末尾に日付を付す形で終結している。第一次草稿では何も付されていなかったが、第二次草稿になると「十月十六日夜の事であつた。」という一文が加えられ、最終的には「昭和二十年十月十六日の事である。」として、元号も加えられた。こうした改稿の過程からも、志賀自身、強いこだわりがあった一節であったことが窺える。

近年の研究でも、「日付が書き込まれた事には、一体ここに展開した悲劇の根幹は何だったかという問題が、草稿以上に意識的に示されている」、「「敗戦の記念碑」（安岡章太郎）として位置付けられもする」という形で（下岡前掲論、八頁）、末尾の日付は重要な意味を担う一節として注目されている。さらに、「最後に年号が記されたことによって、この作品は「私」の個人的な物語に閉じていかずに、「私」の体験を未来の読者に告発する構造を持つ」、「虚構の時間から一挙に現実の歴史的時間のなかに位置づけられ」るという形で（高口前掲論、八頁）、本作の眼目として特に高く評価されている。

ところが、太宰治は「如是我聞」において、「最後の一行、昭和二十年十月十六日の事である、に到つては噴飯のほかはない。もう、ごまかしが、きかなくなつた」（第四回・四頁）と、これらの指摘とは対照的に、非常に強い批判と揶揄を寄せている。この太宰治の見方は、一体何を意味するのか。[25]

それに関連するのが、「灰色の月」に関する、もう一つの同時代の評価のあり方だ。いわば四つ目の評価軸となるが、それは、志賀の過去の作品、特に「小僧の神様」「十一月三日午後の事」と併せ読む方法である。

例えば平野謙は「「小僧の神様」を書き「十一月三日午後の事」を書いた作者の面貌はこの小篇にもしかと保持されてゐる」とし、臼井吉見も「直ちに「十一月三日午後の事」を想起せしめる」、「それは「小僧の神様」が存在し得る平穏な時代でもあつた」と述べる。さらに小田切秀雄は「かつて早いころに「十一月三日午後のこと《ママ》」や「小僧の神様」で社会的な問題に触れ」た作家が「戦後の最初に示した作品」と位置づけ、岩上順一も「かつてこの作家は「小僧の神様」で、同じく飢ゑた民衆のひとりに目をそゝいだ」、「「灰色の月」でも同じく同情する紳士である」という形で、その共通性に注目している。[26]

こうした傾向を包括するのが、青山光二の評である。青山は、かなり長く「灰色の月」と「小僧の神様」とを比較しながら、両者に強い批判を寄せている。その評価の当否はともかく、ここで目を向けたいのは、記事の冒頭で「すでに誰かが先鞭をつけた通り、『灰色の月』を『小僧の神様』の戦後版として見ることは甚だ妥当で、異論のないところであらう」と青山が述べていることだ。[27]

作者の過去の作品と照らし合わせ、小説を評価する方法は、どこでも見られるものであろう。しかし、「小僧の神様」と重ね合わせる読み、あるいは「十一月三日午後の事」も含めた二作を介して「作者・志賀直哉」の系譜に位置づける読みが、発表後五年も経過しないうちに「甚だ妥当で、異論のないところ」とまで認識され、「戦後版」という形で読解の前提に至っていたことは注目に値する。[28]

太宰治も「如是我聞」において、強い「灰色の月」批判を行っているが、やはりその手つきは、「小僧の神様」を「何が神様だ」としながら、「暗夜行路」「雨蛙」「兎」、あるいは「シンガポール陥落」など志賀の作品を次々と列挙し、その系列の中に本作を位置づけるものであった。

数々の随筆と併せ見る共時的な読みとともに、過去の作品の延長線上に位置づける通時的な読みが繰り返され、「この小説は志賀直哉の私小説、志賀直哉の「灰色の月」であることでのみ意味をもつ」（傍点＝原文）という受容が定着していく。(29) こうした読みの反復の中で、後に「私＝志賀直哉」という前提がより強化されていった道筋も踏まえるならば、末尾の日付の意味合いは再度別の形で浮かび上がってくる。それは、「歴史」や「読者」を経由しながらも、あくまで「作者・志賀直哉」個人の日付、という刻印への回帰である。太宰治の言葉を用いれば「老大家」の「日記」、『世界』との深い関係にもう一度注目するならば、「三年会」で秘密裡に会合し『世界』創刊へと導いた「オールドリベラリスト」の日付、と言うこともできよう。つまり、末尾の日付は「歴史的時間」や「敗戦の記念碑」という意味を確かに持つものの、当然のことながら、もう一度円環を描く形で、志賀直哉の「体験」へと回収されもするのである。

「灰色の月」の日付に対して、「「私」の個人的な物語に閉じていかず」に「歴史的時間」「敗戦の記念碑」として開かれていると受け取るのか、あるいは「作者・志賀直哉」や「老大家」「オールドリベラリスト」一個人の日付として捉えるのか――。もちろん、「一個人の痛みとしてそれを提示する事で、単純な世相批判に終わらぬリアリティーを獲得している」と指摘されるように、(30) 両者の読みは、完全に切り離すことはできない。また、両者は円環を成しており、どちらの読みが〈正しい〉かという問いも意味を成さなさい。しかし、どちらにウェイトを置くかによって、その解釈、すなわち意味合いは大きく変わる。

「敗戦の記念碑」（安岡章太郎）という感想や近年の研究と、太宰治「如是我聞」における指摘と、両者における「灰色の月」末尾の評価の対照性は、このような形で眺めることができよう。さらにこの対照性は、一作品の解釈のあり方だけに還元できない問題へと開かれていく。

五　二種類の「時間」

『世界』と「灰色の月」は、先に見たように、切っても切り離せない関係にあった。そもそも、小説末尾の日付「昭和二十年十月十六日」とは、『世界』の母体「同心会」の会合があった日で、志賀直哉が帰途に就く際の体験を小説化したものであった。[31]
ところが、その後の『世界』は、志賀直哉も含めた「三年会」以来の「オールドリベラリスト」と「悔恨共同体」と称された世代[32]との間に大きな溝が生じ、一九四六年四月号「津田論文」騒動以降、前者の面々は「排除」の方向に進んでいく。[33]その象徴とされたのが、五月号巻頭の丸山眞男「超国家主義の論理と心理」掲載であったことは広く知られよう。そのため、「オールドリベラリスト」とされた「同心会」のメンバーは、新たな組織「生成会」を結成する。一九四八年七月に同人誌を創刊、大正教養主義を想起させるように、武者小路実篤が夏目漱石の小説から『心』と命名、もちろん、志賀直哉もそのメンバーの一員になる。[34]
この「〝決別〟」は「戦後論壇史の座標軸」を決定していったとも指摘されるが、[35]そこには、「三年会」が戦後の「反共産化」を話し合っていたように、マルクス主義に対する認識の相違が深く関係していた。しかし、それ以上に、何よりも戦争体験の違いが大きかった。戦争による暴力・被害の性質は、当然、それぞれの立場で大きく異なっていた。例えば小熊英二は、それを「「世代」というキーワード」で説明している。「戦中に政策や作戦の決定権を握っていた者、あるいは論壇で戦意高揚の文章を量産した者は、四〇代から五〇代以上であ」ったのに対し、「軍隊や工場に動員され、最前線に立たされたのは、若い世代」であった。最前線に立たされなかった者も、若い世代は様々な形で直接的な暴力や被害にかかわることになり、多くの「若手知識人」は「年長世代が開始した戦争によって人生設計を破壊されたという意識」、「強い反感」を抱いていたという。[36] 実際に丸山眞男自身、こうした「戦後世代論」について、「兵隊にはぜったい行かない」し「もちろん特高経験」もなく、その意味で「安全」であった「オールドリベラリスト」に対して「ぼくら世代のこと」は「全くわからない」という反感があったと、「被害者意識」という言葉を交えて振り返っている。[37]

「如是我聞」における太宰治の実に一〇度も繰り返された「老大家」批判や「シンガポール陥落」(『文藝』一九四二・三)への頑なな言及、そして「灰色の月」の捉え方も、こうした文脈で受け取ることもできるだろう。すなわち、「灰色の月」末尾の日付は、太宰治にとって、決して「歴史的時間」として、自らもそこに回収されるような普遍化は、決して受け容れられなかったということだ。あくまで、自らとは異なる作家・志賀直哉、あるいは「一群の「老大家」」にとっての別個の「時間」軸として受け止めなければならなかった。だからこそ、「噴飯のほかはない」」、「もう、ごまかしが、きかなくなつた」などと、やや強引で過度なまでに揶揄する表現を用いる必要があった。――なお、『世界』に太宰治の代表作「桜桃」が掲載されたのは、「オールドリベラリスト」排除がすでに深まり、『心』が創刊される二ヶ月前、四八年五月のことである。

ただし、「オールドリベラリスト」という概念自体が「定義と範囲が不明確」だという指摘もあり[38]、「老大家」という言葉をもって、すべてを〈世代論〉に回収することにも問題はあろう。また、どのような視点で見ようとも、「灰色の月」が「戦後」を描き出した名篇として、あるいは結末の日付がその眼目として、現在まで受け継がれてきたことも事実である。重要なのは、その「時間」に少なくとも二つの意味合いが見出されてきたことそのものだ。「灰色の月」末尾の日付は、すべての者に当てはめられ、全体がそこに回収されるような絶対化された「時間」ではなく、ひとりひとりに重層的に流れる時を刻み込んだものであることを、同時代評、近年の研究、太宰治の指摘など、多彩な受容自体が示し続けるのである。同時に、知らず知らずのうちに円環を描きながら、後者が前者に包摂され得ることも、決して忘却することはできないだろう。

おわりに

一九五六（昭和三一）年七月の『経済白書』に記された「もはや「戦後」ではない」というフレーズは、広く流通し、ある種の流行語になっていく。「神武景気」、「高度経済成長期」の幕開けを示すともされる言葉であるが、その意味合いは、現在でも、様々な形で受け止められている[39]。

それでは、一体「戦後」とは何であったのか。そもそも、いつからが「戦後」であったのか。一九四五（昭和二〇）年八月一五日なのか、一四日なのか、九月二日なのか。あるいは一九五一（昭和二六）年九月八日なのか、それとも、いまだ「戦後」は訪れていないのか。こうした問いは、言わずもがな、単なる日付の問題に留まらず、「戦争」とは何であるかという根源的な問い、さらには、今日の社会を照らし返す問いを多く含有している。

「灰色の月」や「如是我聞」、あるいは両者のかかわりは、「もはや「戦後」ではない」というフレーズを『経済白書』に先駆けて用いた中野好夫を一例に、非常に多様な人物、位相、領域が関係している。[40]「戦後」とは今日、「終戦記念日」の名のもとに、八月一五日からと認識されることが多い。この日付を広めたのも、ほかならぬ『世界』という媒体であった。[41]──そうした膨大な要素や問題を、本稿だけで語り尽くすことは出来ない。本稿では、その一部を取り上げ、「灰色の月」末尾の日付を軸に、考察の端緒を探った。「灰色の月」も「如是我聞」も、作家個々人の神話化を加速させるのではなく、一つの現象として開くことで見えてくる地平は、思った以上に広いものではないだろうか。

注

（1）『世界』一九四六年一月創刊号に掲載。同誌は一九四五年一二月中旬にすでに流通していた。吉野源三郎『職業としての編集者』（岩波新書、一九八九、八三頁）等参照。

（2）安岡章太郎「志賀直哉訪問記」（『志賀直哉私論』文藝春秋、一九六八、三四二頁）。

（3）山内祥史編『太宰治著述総覧』（東京堂出版、一九九七、九三二〜一〇二三頁）等参照。

（4）宮越勉「「灰色の月」を精読する──作品生成過程と主題描出方法を中心に」（『文芸研究』二〇一五・九、一頁）。

（5）引用はそれぞれ、上林暁「文藝時評」（『新文藝』一九四六・二、二二頁）、同「文藝時評（中）死をめぐる観念」（『東京新聞』一九四八・二・三、第二面）、河上徹太郎「老大家の世界──文藝時評」

(『文藝春秋』一九四六・二、二二頁)、福田恆存「終戦後の小説」(『文明』一九四六・五、五六頁)。

(6)「三年会」については、特に以下の文献を参照した。富塚清『ある科学者の戦中日記』(中公新書、一九七六)、加瀬俊一『日本外交の憂鬱』(山手書房、一九八一)、同『日本がはじめて敗れた日』(山手書房、一九八三)、谷川徹三『自伝抄』(中央公論社、一九八九)、武田知己「外務省と知識人 一九四四―一九四五(一)――「ジャポニカス」工作と「三年会」」(『東洋研究』二〇一一・一二)、「同(二・完)」(『東洋研究』二〇一三・一)、宮越前掲論、拙論「横断する作家像――山本有三像の流通とその行方」(『昭和文学研究』二〇一七・三)。

(7)ただし、留保付きながら、加瀬俊一が単独で進めたという説もある。武田前掲論「(二・完)」(三六頁)。

(8)吉野前掲書(六三頁)。十重田裕一『岩波茂雄　低く暮らし、高く想ふ』(ミネルヴァ書房、二〇一三)参照。

(9)「悔恨共同体」とは、その名が示すとおり、枠組みと境界がそもそも不明瞭なものであるが、ここでは、松沢弘陽・植手通有編『丸山眞男回顧談(下)』(岩波書店、二〇〇六)における「青年文化会議」などと並置させた文脈に沿う形で(二五～二九頁)、「悔恨共同体」という言葉を「オールドリベラリスト」と対峙する概念として用いる。ほかにも、例えば竹内洋は「丸山眞男の「超国家主義の論理と心理」にはじまる論考」を「悔恨共同体のバイブル」として位置づけている(『革新幻想の戦後史』中央公論新社、二〇一一、四三頁)。

(10)武田前掲論「(一)」(一～二頁)。

(11)奥武則『論壇の戦後史 1945-1970』(平凡社新書、二〇〇七、五八頁)。

(12)それぞれ、下岡友加「志賀直哉のリアリズム、その実相――「灰色の月」を中心に」(『国文学攷』二〇〇一・一二、二頁)、宮越前掲論(一頁)。

(13)それぞれ、高口智史「「灰色の月」論――志賀直哉と〈戦後〉」(『近代文学研究』一九九三・四、八頁・一一三頁）、加藤三重子「志賀直哉『灰色の月』のポリティクス」（『成城国文学』二〇〇二・三、一一四頁）。なお、考察の地盤とその方向性から二つの傾向に分類できるのであり、当然、この両論も改稿について触れており、下岡前掲論・宮越前掲論でも時代情勢や社会背景が見据えられている。

（14）『愛知教育大学大学院国語研究』（一九九六・三、四二頁）。同論で特に注目されている論考は以下の通りである。伊沢元美「志賀直哉「灰色の月」」（『解釈』一九六一・一〇）、同「『灰色の月』」（『解釈と鑑賞』一九八七・一）、三好行雄「志賀直哉「志賀直哉主要作品鑑賞小辞典」（『現代日本文学アルバム6　志賀直哉』学習研究社、一九七四）、紅野敏郎「「灰色の月」」（『鑑賞日本現代文学7　志賀直哉』角川書店、一九八一）。加えて同時代評への言及も多少見られる。

（15）それぞれ、上林暁「文藝時評」（前掲注5、二二頁）、同「文藝時評（中）」（前掲注5、第二面）、河上徹太郎「老大家の世界」（前掲注5、二一頁）。

（16）それぞれ、平野謙「文藝時評（下）怖るべき対立」（『文化新聞』一九四六・三・一一、第六面）、福田恆存「終戦後の小説」（前掲注5、五五〜五六頁）。

（17）それぞれ、青山光二「敗戦と志賀直哉」（『文学会議』一九四九・四、一九〜二〇頁）、小田切秀雄「新文学創造の主体――新しい段階のために」（『新日本文学』一九四六・六、一一〜一三頁）。

（18）それぞれ、河上徹太郎「老大家の世界」（前掲注5、二一頁）、浅見淵「文藝時評」（『早稲田文学』一九四六・六、一〇頁）、岩上順一「戦後の文学界」（『前衛』一九四七・六、一八頁）。

（19）それぞれ、日比野士朗「敗戦と作家――文藝時評」（『東北文学』一九四六・四、五六頁）、河上徹太郎「作家魂の昂揚（文藝時評）」（『文藝春秋』一九四六・一〇、九四頁）。

（20）福田恆存「終戦後の小説」（前掲注5、五六頁）。

（21）それぞれ、紅野敏郎「「灰色の月」」（前掲注14、二七八頁）、三好行雄「仮構の〈私〉「暗夜行路」志賀直哉」（『作品論の試み』至文堂、一九六七、一三〇〜一三一頁、初出＝「暗夜行路（六）」『解釈と鑑賞』一九六五・八、一四〇頁）、伊沢元美「志賀直哉「灰色の月」」（前掲注14、三二頁）。

(22)「文藝時評（中）」（前掲注5、第二面）。なお、近年の研究、特に下岡前掲論・宮越前掲論では、こうした読みに対して、あくまで「私」は「志賀直哉」と別個の存在であることを、改稿の過程から詳細に検証している。逆に言えば、今日、あえてそうした検証を為さねばならないという点で、「私＝志賀直哉」の図式が、いかに強固なものであったかが浮かび上がる。

(23)栗田廣美「「ヒューマニズム」は自明な価値か」（『愛と革命・有島武郎の可能性〈叛逆者〉とヒューマニズム』右文書院、二〇一一、一九〇頁）。

(24)浅見淵「戦後文学の動向（上）」（『夕刊新大阪』一九四六・四・一九、紙面番号不掲載）。

(25)「如是我聞」、特にその連載第四回目は、「太宰の場合、感情的反発の域を出ないので、評価に具体性が乏しい」（吉田前掲論）という形で片付けられがちである。しかし、長く口述筆記とされてきた「如是我聞」は、九〇年代に新資料として草稿断片が公開され、実は入念な準備が為されていたことが明らかになった。安藤宏が「文献学の中の太宰治――新公開資料（草稿）の意味するもの」（『國文學』一九九九・六）で指摘するように、「志賀直哉への批判が、決して即興的に、唐突に生まれたものではなく、かなり考えられ、意図的に創られた」、「ともすればヒステリックな論調に目を奪われがちだが、それがある種確信犯的な意図に裏打ちされていた」（一七頁）という点も踏まえると、ことは「感情的反発の域を出ない」という形で片付けることはできない。

(26)それぞれ、平野謙「文藝時評（下）」（前掲注16、第六面）、臼井吉見「終戦後の文学」（『文学季刊』一九四六・八、八五頁）、小田切秀雄「老大家の行方――反省と建設（上）」（『夕刊新大阪』一九四八・一・一二、紙面番号不掲載）、岩上順一「生活の革命へ　文藝時評（下）」（『民報』一九四六・三・五、第二面）。

(27)青山光二「敗戦と志賀直哉」（前掲注17、一五頁）。

(28)なお、ここでは紙幅の関係もあり掘り下げることはしないが、なぜ数ある志賀の小説の中で「小僧の神様」「十一月三日午後の事」なのか、また、それらの「戦後版」として読まれることで、何が生成していったかは、より深く探らねばならないだろう。
(29)三好行雄「仮構の〈私〉「暗夜行路」志賀直哉」(前掲注21、一三〇頁)。
(30)下岡前掲論(一〇頁)。
(31)宮越前掲論(六頁)。なお、『世界』という媒体と文学作品との強い結び付きは、例えば野上彌生子「迷路」などほかでも見られる事象であり、より深い考察が求められよう。小平麻衣子「野上彌生子『迷路』論の前提」(『藝文研究』二〇一七・一二、二〇三〜二〇四頁)等参照。
(32)注9参照。
(33)例えば、『世界』編集者のひとりであった塙作楽は、当時を振り返って「同心会の主流は排除すべきであるという理由で、ことあるごとに、吉野さんに「進言」しました」、「吉野さんも次第に「基本的には賛成する」と言ってくれるようになりました」と証言している(『岩波物語――私の戦後史』審美社、一九九〇、二七頁)。
(34)ただし、広い世代への販売という編集事情もあり、その後、志賀直哉も含め、「生成会」のメンバーが『世界』に執筆することもしばしば見られた。
(35)奥前掲書(二三五頁)。
(36)小熊英二「左翼の「民族」、保守の「個人」」(『〈民主〉と〈愛国〉戦後日本のナショナリズムと公共性』新曜社、二〇〇二、二〇三〜二〇四頁)。久野収・鶴見俊輔・藤田省三「日本の保守主義『心』グループ」(『戦後日本の思想』中央公論社、一九五九)等参照。
(37)『丸山眞男回顧談(下)』(前掲注9、二六頁)。
(38)五十嵐仁「書評と紹介・小熊英二著『〈民主〉と〈愛国〉戦後日本のナショナリズムと公共性』」(『大原社会問題研究所雑誌』二〇〇四・三、八一頁)。
(39)清水一彦「〝もはや「戦後」ではない〟という社会的記憶の構成過程」(『江戸川大学紀要』二〇一五・三)等参照。

（40）中野好夫、志賀直哉、太宰治の三者の関係については、東郷克美「太宰治の「如是我聞」論争」（『解釈と鑑賞』一九七二・七）をはじめ、多くの文献で詳しく触れられている。なお、中野好夫は一時期、清水幾太郎、河盛好蔵とともに編集部の相談役に就くなど、『世界』とも深いかかわりがあった。

（41）佐藤卓己「『世界』——戦後平和主義のメートル原器」（『日本の論壇雑誌——教養メディアの盛衰』創元社、二〇一四、九七〜一〇〇頁）、『『世界』の40年　戦後を見直す、そして、いま』（岩波書店、一九八四）等参照。

※引用部の傍点は、注記の無い限り引用者による。

編集後記——あとがきにかえて

本書は、「太宰治スタディーズ」の会として刊行する、はじめての書籍となります。この場を借りて、会の活動、本書の企画などを整理しておきます。

二〇〇四年、「太宰治スタディーズ」の会は、研究対象を太宰治とする研究者が集った読書会としてスタートしました。定期的な読書会をつづけていくうちに、メンバーによる同人雑誌刊行の話がもちあがり、二〇〇六年六月に『太宰治スタディーズ』（隔年刊行）を創刊しました。二年に一度、研究会で一つのテーマを立てて、原則としてメンバー全員が寄稿するかたちで研究活動をつづけてきており、現在、六号まで刊行しました（くわえて、別冊も三号まで刊行）。なお、同誌第四号、第六号では、論文のほかに、本書の「クロニクル・太宰治と戦争 1937-1945」の原型となる共同研究も進めてきました。

そうした蓄積を一つの研究基盤として、すでに一〇年をこえた研究会活動の中仕切りという意味あいや、太宰治の没後七〇年・生誕一一〇年という時機も見据える中で、二〇一七年年頭に企画を具体化し、意見交換を重ねながら、本書の刊行に向けて準備を進めてきました。したがって本書は、かたちの上では最終段階における実質的な編集業務を担ったメンバーを編者として掲げていますが、研究会のメンバーが等しく責任を負う書物であることを銘記しておきます。

最後に、書籍の成立にお力添え頂いた方々への謝辞を書かせて頂きます。

まずは、研究会でたてた〝太宰治と戦争〟というテーマにあわせて、お忙しい中、インパクトのあるコラムをご執筆いただいた五味渕典嗣氏、若松伸哉氏に、研究会メンバー一同、心よりの御礼を申し上げます。限られた分量の中で、太宰テクストを入口としながらも、広い射程をもった示唆的な議論・指摘によって、本書の厚みが増したことは間違いありません。

また、本書の企画段階から相談に乗って頂き、ていねいな編集をして下さったひつじ書房、ならびに、編集実務をご担当頂いた森脇尊志さまにも、研究会メンバー一同、厚く御礼申し上げます。

松本和也

二〇一九年三月四日

平　浩一（ひら こういち）*
国士舘大学文学部教授
『「文芸復興」の系譜学――志賀直哉から太宰治へ』（笠間書院、2015）、「横断する作家像――山本有三像の流通とその行方」（『昭和文学研究』74、2017）

松本和也（まつもと かつや）
神奈川大学外国語学部教授
『昭和十年前後の太宰治――〈青年〉・メディア・テクスト』（ひつじ書房、2009）、『日中戦争開戦後の文学場――報告／芸術／戦場』（神奈川大学出版会、2018）

吉岡真緒（よしおか まお）
國學院大學ほか非常勤講師
「太宰治「女の決闘」論――戦争文学としてあるいは「現地報告」のパロディとして」（『國學院雜誌』118(1)、2017）、「太宰治「女神」論――パロディ文学の普遍性」（『國學院雜誌』119(10)、2018）

***
五味渕典嗣（ごみぶち のりつぐ）
早稲田大学教育・総合科学学術院教授
『言葉を食べる――谷崎潤一郎、一九二〇～一九三一』（世織書房、2009）、『プロパガンダの文学――日中戦争下の表現者たち』（共和国、2018）

若松伸哉（わかまつ しんや）
愛知県立大学日本文化学部准教授
「再生の季節――太宰治「富嶽百景」と表現主体の再生」（『日本近代文学』84、2011）、「芥川龍之介の影――石川淳「普賢」と安吾・太宰」（『説林』64、2016）

⊙執筆者紹介（＊は編者）

井原あや（いはら あや）
大妻女子大学ほか非常勤講師
『〈スキャンダラスな女〉を欲望する――文学・女性週刊誌・ジェンダー』（青弓社、2015）、「復刊後の『若草』――新人小説と早船ちよ」（『文芸雑誌『若草』 私たちは文芸を愛好している』翰林書房、2018）

内海紀子（うつみ のりこ）＊
お茶の水女子大学大学院博士後期課程単位取得退学
「「桜桃」論――占領下の〈革命〉」（『太宰治研究19』和泉書院、2011）、「イメージの分有とジェンダー――太宰治「雪の夜の話」を読む」（『新世紀太宰治』双文社出版、2009）

大國眞希（おおくに まき）
福岡女学院大学人文学部教授
「火野葦平河童作品考――『河童曼陀羅』を中心に」（『脈』95、2017）、「〈文学のふるさと〉に鳴る笛は――「紫大納言」――」（『坂口安吾研究』4、2018）

小澤　純（おざわ じゅん）＊
慶應義塾志木高等学校教諭・恵泉女学園大学非常勤講師
「戦時下の芥川論から太宰治『お伽草紙』に響く〈肯定〉――山岸外史・福田恆存・坂口安吾の「批評」を触媒にして」（『近代文学合同研究会論集』13、2017）、「芥川龍之介「歯車」に宿るアーカイヴの病――日本近代文学館・山梨県立文学館・藤沢市文書館の所蔵資料を関連させて」（『日本近代文学館年誌　資料探索』14、2019）

斎藤理生（さいとう まさお）
大阪大学大学院文学研究科准教授
『太宰治の小説の〈笑い〉』（双文社出版、2013）、「一九四七年前後の〈小説の面白さ〉――織田作之助と「虚構派」あるいは「新戯作派」」（『國語と國文學』95(4)、2018）

滝口明祥（たきぐち あきひろ）
大東文化大学文学部准教授
『井伏鱒二と「ちぐはぐ」な近代――漂流するアクチュアリティ』（新曜社、2012）、『太宰治ブームの系譜』（ひつじ書房、2016）

長原しのぶ（ながはら しのぶ）
香川高等専門学校一般教育科教授・ノートルダム清心女子大学非常勤講師
「遠藤周作『決戦の時』論――『武功夜話』の役割からみるキリスト教的視点」（『遠藤周作研究』11、2018）、「太宰治「花火」論――〈日大生殺し事件〉作品化の意図」（『日本文藝研究』68特別号、2017）

野口尚志（のぐち なおし）
慶應義塾志木高等学校教諭（有期）・國學院大學非常勤講師
「太宰治「列車」論――プロレタリア文学的志向と逸脱」（『稿本近代文学』41、2018）、「太宰治の〈コント〉、あるいはジャンルの撹乱――「盗賊」と東京帝大仏文研究室」（『太宰治スタディーズ』別冊1、2013）

ひつじ研究叢書（文学編）11

太宰治と戦争

Dazai Osamu and the War
Edited by Utsumi Noriko, Ozawa Jun and Hira Kouichi

発行　2019年5月31日　初版1刷

定価　5800円＋税
編者　©内海紀子・小澤 純・平 浩一
発行者　松本功
ブックデザイン　坂野公一（welle design）
印刷・製本所　亜細亜印刷株式会社

発行所　株式会社 ひつじ書房
〒112-0011 東京都文京区千石2-1-2 大和ビル2階
Tel. 03-5319-4916
Fax. 03-5319-4917
郵便振替00120-8-142852
toiawase@hituzi.co.jp　http://www.hituzi.co.jp/

ISBN 978-4-89476-977-9